PATRICIA WENTWORTH

Tod im Sommerhaus

Buch

Althea Graham hat kein leichtes Leben. Von ihrer verwitweten, angeblich schwerkranken Mutter wird sie moralisch erpreßt und ausgenützt. Sogar Altheas Verlobten, den charmanten Journalisten Nicholas Carey, hat Mrs. Graham verscheucht. Doch plötzlich gerät Bewegung in das freudlose Dasein der jungen Frau: Ihre Mutter möchte das gemeinsame Haus verkaufen und findet zwei höchst zahlungswillige Interessenten. Als es deswegen zum Streit zwischen Althea und ihrer Mutter kommt, findet die junge Frau unerwartet Beistand bei Nicholas, der zurückgekehrt ist, um sie zu heiraten. Zum Entsetzen von Mrs. Graham, die davon überhaupt nichts wissen will. Als sie kurz nach einer heftigen Auseinandersetzung tot in ihrem kleinen Sommerhaus gefunden wird, fällt der Verdacht natürlich sofort auf die beiden Verliebten, steht ihrer Hochzeit doch nun nichts mehr im Weg. Zum Glück ist Althea mit Miss Silver befreundet, die sich sofort der Sache annimmt und auch schon bald auf eine heiße Spur stößt . . .

Autorin

Patricia Wentworth (alias Dora Amy Elles) ist mit ihren klassischen englischen Miss-Silver-Romanen die Wiederentdeckung unter den großen »Ladies of Crime«. 1878 in Indien geboren, ließ sie sich 1906 nach dem Tod ihres ersten Mannes in Camberley, England nieder. Nach historischen Romanen schrieb sie 1923 ihren ersten Krimi, dem 70 weitere folgen sollten. Ihre bekannteste Heldin heißt Miss Silver, die zwischen 1928 und Wentworths Tod 1961 in 31 Romanen die Hauptrolle spielte. Als reizende alte Dame mit scharfer Kombinationsgabe greift sie Scotland Yard bei der Lösung von Kriminalfällen unter die Arme und wurde damit zu einem der bekanntesten Vorbilder für Agatha Christies Miss Marple.

Patricia Wentworth im Goldmann Verlag:

Anna, wo bist du? (5935) · Der Elfenbeindolch (5891) · Die Hand aus dem Wasser (1102) · Die Uhr schlägt zwölf (5882) · Die Schatulle (5917) Miss Silvers Wochenende (1220)

PATRICIA WENTWORTH

Tod im Sommerhaus

Kriminalroman

Aus dem Englischen
von Xaver Engelhard

GOLDMANN

Die Originalausgabe erschien 1956 unter dem Titel
»The Gazebo«
bei J. B. Lippincott Company

Umwelthinweis:
Alle bedruckten Materialien dieses Taschenbuches
sind chlorfrei und umweltschonend.
Das Papier enthält Recycling-Anteile.

Der Goldmann Verlag
ist ein Unternehmen der Verlagsgruppe Bertelsmann

Deutsche Erstveröffentlichung 2/1997

Umschlaggestaltung: Design Team München
Umschlagfoto: Ernst Wrba
Satz: DTP-Service Apel, Hannover
Druck: Elsnerdruck, Berlin
Krimi 5946
AB · Herstellung: Sebastian Strohmaier
Made in Germany
ISBN 3-442-05946-1

3 5 7 9 10 8 6 4 2

I

Althea Parker schob den Riegel der Haustür zurück. Schon dreimal hatte ihre Mutter sie zurückgerufen. Vielleicht könnte sie ja diesmal entwischen. Aber kaum hatte sie gedacht, daß es anscheinend wirklich klappen würde, als auch schon Mrs. Grahams hohe, liebliche Stimme mit ihrem dringlichen Unterton zu vernehmen war: »Thea! Thea!«

Sie drehte sich um. Mrs. Graham hatte die Strapaze des Ankleidens hinter sich gebracht und saß jetzt, mit den Füßen auf einem Kissen und einer blaßblauen Decke über den Knien, sehr bequem in dem ihr ganz allein vorbehaltenen Sessel. Sie war ein kleines, gebrechliches Wesen mit blondem Haar, blauen Augen und einem Teint, dem sie die allergrößte Sorgfalt zukommen ließ. Als junge Frau hatte sie ziemlich viele Bewunderer gehabt. Vielleicht nicht ganz so viele, wie sie selbst gerne glaubte. Doch ungeachtet der Tatsache, daß die Anzahl ihrer Verehrer und das Ausmaß der ihr erwiesenen Aufmerksamkeiten rückblickend betrachtet zunahmen, war sie einmal »die hübsche Winifred Owen« gewesen, und als sie Robert Graham heiratete, wurde sie vom Lokalblatt als die schönste aller Bräute beschrieben.

Es war jetzt schon etliche Jahre her, daß Robert gestorben war und ihr ein Einkommen, das nicht mehr ganz so üppig war wie ehedem, eine aufopferungsvolle Tochter – dauernd erzählte sie allen, wie sehr sich Althea für sie aufopferte – und das beständige Gefühl hinterlassen hatte, ungerecht behandelt worden zu sein. An ihn als Menschen konnte sie sich kaum mehr erinnern; die Enttäuschung aber, die er ihr bereitet hatte, vergaß sie nie.

Das Geld war längst nicht so reichlich, wie sie erwartet hatte. Und dann noch die Erbschaftssteuer und die steigenden Lebenshaltungskosten. Das alles war irgendwie Roberts Schuld. Als der Anwalt ihr die Umstände zu erklären versucht hatte, war ihr nur schwindlig geworden. Sie blickte ihn mit den klaren blauen Augen unverwandt an und sagte, das alles sei sehr schwierig zu verstehen. Und er könnte doch beim besten Willen nicht meinen, daß Althea das Haus geerbt hätte und nicht sie selbst! Sie konnte es nicht glauben – konnte es einfach nicht! Ein Kind noch, keine zehn Jahre alt –, wie hatte Robert so etwas tun können? Und wie konnte so etwas überhaupt erlaubt sein! Da ließ sich doch bestimmt was machen, oder? Die ganze Geschichte war im höchsten Maße nervenaufreibend gewesen.

Und so ging es weiter. Die Einkünfte nahmen ab, und die Preise stiegen. Immerhin war da noch das Haus. Häuser waren jetzt mehr wert als früher, und sie hatte es so gut wie vergessen, daß »The Lodge« ihr eigentlich gar nicht gehörte.

Althea tat einen Schritt ins Zimmer und fragte: »Was ist denn, Mutter?«

»Liebling, würdest du bitte die Tür schließen – es zieht so schrecklich! Warte mal, was wollte ich eigentlich? Kommst du bei Burrage's vorbei? Falls ja, dann könnte ich vielleicht diese neue Sungleam-Haartönung ausprobieren, dachte ich mir. Es ist mir heute morgen eingefallen, und dann war ich mir wieder nicht sicher, aber es würde ja nicht schaden, sie einfach mal auszuprobieren, und falls es mir nicht steht, brauche ich es ja nicht zu wiederholen.«

Es gab mal eine Zeit, da hätte Althea sie darauf hingewiesen, daß es sie mindestens noch mal zwanzig Minuten extra kosten würde, zu Burrage's zu gehen, und sie ohnehin schon spät dran wäre, weil ihre Mutter ein Stück Seidenstickgarn verlegt hatte, das gesucht werden mußte, und sie dann noch mal zurückgerufen hatte, um ihr mitzuteilen, daß die letzten Äpfel von Parsons ihrer Meinung nach nicht besonders gut gewesen seien und ob man es nicht mal mit denen von Harper's probieren sollte und – ja, sie finde jetzt doch, es wäre ganz gut, ihr ein neues Buch aus der Bücherei zu holen.

»Und Liebling, warum probierst du nicht selbst mal ein bißchen von diesem Sungleam-Zeug aus? Das gibt es in allen Farbtönen. Und ehrlich gesagt finde ich, daß du nicht genug auf dein Haar achtest. Es war für mich eine große Enttäuschung, daß es nicht blond geblieben ist – nichts bringt ein Mädchen besser zur Geltung als blondes Haar. Aber immerhin glänzte es früher so schön und fiel in einer natürlichen Welle. Weißt du, es ist ein Fehler, auf so was nicht zu achten, ehrlich.«

Althea ging nicht darauf ein. Sie sagte kurz: »Ich gehe zu Burrage's«, und verließ das Zimmer.

Diesmal schaffte sie es sogar, das Haus zu verlassen. Auf dem Weg die Belview Road hinunter merkte sie, wie sie heftig zitterte. Es geschah nicht mehr oft, daß sie solche rasende Wut verspürte. Sie hatte gelernt, diese Anfälle zu ertragen und sich nicht anmerken zu lassen, was sie fühlte. Sie hatte aber nicht gelernt – und würde es nie lernen –, nicht zu leiden, wenn es passierte. *Weißt du, es ist ein Fehler, auf so was nicht zu achten, ehrlich.* Als ihre Mutter das sagte, war Althea blitzartig wütend geworden und hatte den alten sengenden Schmerz empfunden. Sie hatte alles aufgegeben, weil sie es hatte aufgeben müssen. Sie hatte alles aufgegeben, weil ihre Mutter es ihr genommen hatte. Nicht nur ihre Jugend und den Glanz und die Welle in ihrem Haar, sondern auch die Freiheit, das Leben und – Nicholas Carey.

Sie hatte all das aufgeben müssen, weil ihre Mutter geweint

und gefleht und diesem Weinen und Flehen mit einer Reihe von Herzattacken Nachdruck verliehen hatte. »Du kannst mich nicht verlassen, Thea – das kannst du nicht machen! Ich bitte ja nicht um viel – nur darum, daß du die kurze, kurze Zeit, die ich noch zu leben habe, bei mir bleibst. Du weißt ja, Sir Thomas meint, es könnte wirklich eine sehr kurze Zeit sein – und Dr. Barrington wird dir das gleiche sagen. Ich verlange von dir nicht, daß du Nicholas nicht mehr triffst; ich verlange nicht einmal, daß du dich nicht mit ihm verlobst. Ich bitte dich nur, die kurze Zeit , die ich noch habe, bei mir zu bleiben.«

Das alles war jetzt fünf Jahre her – und die waren tot. Die Toten sollten in ihren Gräbern bleiben. Sie haben kein Recht, aufzuerstehen und am hellichten Tage neben einem herzuspazieren. Das sind keine passenden Gefährten, wenn man die Belview Road hinabgeht, auf den Bus wartet und seine Besorgungen macht. Man muß sie loswerden, bevor man das Buch in der Bücherei zurückgibt, den Fisch kauft, nach passendem Stickgarn sucht und die neue Verkäuferin bei Burrage's nach einer Tube Golden Sungleam fragt.

Sie stieg in den Bus und fand sich genau hinter der jüngsten Miss Pimm wieder. Es gab drei Miss Pimms, und fast die einzige Gelegenheit, sie alle drei zusammen zu sehen, war der Gottesdienst. Nicht, weil sie untereinander verfeindet waren, sondern weil sie sich besser entfalten konnten, wenn sie ihre Einkäufe und Büchereibesuche jede für sich erledigten. Weder Bekannte noch Verkäufer können mit drei Damen zugleich plaudern, und alle drei Miss Pimms waren Plaudertaschen. Gab es Neues zu erfahren, hörten sie es, gab es Neues mitzuteilen, übernahmen sie nur allzugern dessen Verbreitung. Althea hatte sich kaum gesetzt, da drehte Miss Nettie auch schon den Kopf über die Schulter nach hinten und erzählte ihr, daß Sophy Justice Zwillinge bekommen hätte.

»Sie wissen doch noch, sie hat vor ungefähr fünf Jahren

einen Verwandten von uns geheiratet und ist mit dem in die Karibik gegangen – hatte irgendwas mit Zucker zu tun. Ewig schade, daß Sie nicht zur Hochzeit kommen konnten! Ihre Mutter hatte wieder eine ihrer Herzattacken, nicht wahr? Sophy wollte Sie eigentlich als Brautjungfer, aber unter den Umständen konnte sie sich nicht darauf verlassen, und das Kleid hätte keiner anderen gepaßt, aber ich weiß, sie war sehr traurig. Sie haben inzwischen schon drei Kinder, und jetzt noch diese Zwillinge – einen Jungen und ein Mädchen. Wirklich ein Haufen Arbeit, aber ihre Mutter sagt, daß es ihnen viel Freude macht. Natürlich schreiben sie nie – nur eine Karte zu Weihnachten. Und dabei haben wir sie jeden Tag vorbeigehen sehen. Ein richtiger roter Wuschelkopf, hat aber bei der Hochzeit unter dem Schleier schön geleuchtet. Mein Gott, es kommt einem nicht so vor, als wäre das wirklich schon fünf Jahre her!«

Im Rückblick schienen Althea diese fünf Jahre dreimal so lang gewesen zu sein. Die Herzattacke, derentwegen sie während Sophys Hochzeit ans Bett ihrer Mutter gefesselt gewesen war, markierte das Ende ihres eigenen Kampfes. So oft und so verbittert sie auch zurückblickte, noch heute konnte sie nicht sagen, was sie anderes hätte tun sollen. Dr. Barrington war sehr offen gewesen. Wenn Mrs. Graham sich nicht mehr aufregte, bestünden ausgezeichnete Chancen, daß sie sich erholte. Sie würde ein ruhiges, geregeltes Leben führen müssen, aber es gäbe keinen Grund, weshalb sie nicht ein hohes Alter erreichen sollte. Falls sie jedoch weiterhin solche Auseinandersetzungen durchzumachen hätte, wäre er für die Konsequenzen nicht verantwortlich. Es dürfte zum Beispiel nicht noch solch ein Gespräch geben wie jenes, das den letzten Herzanfall ausgelöst hatte.

Dieses Gespräch war das mit Nicholas Carey gewesen, und es hatte damit geendet, daß er aus dem Haus gestürmt war. Es war fast das letzte Mal, daß Althea ihn gesehen hatte. Zum allerletzten Mal hatte sie ihn gesehen, als sie durch den nassen Garten zu dem morschen Sommerhaus hochging und dann draußen den traurigen Regen fallen hörte, während sie für immer voneinander Abschied nahmen.

Sie hatte seinem Zorn und seinen Bitten widerstanden. Sie hatte ihrer eigenen schreienden Sehnsucht nach ihm widerstanden. Sie hatte den Augenblick überlebt, als er seinen Kopf auf ihre Schulter legte. Seine heißen Tränen hatten den dünnen Stoff ihres Kleides getränkt. Es war der schwerste Augenblick von allen gewesen, weil sie gespürt hatte, daß auch er sie brauchte. Fast war es eine Erleichterung gewesen, als die Wut wieder in ihm hochstieg – eine kalte, stolze Wut – und er sich losriß und die Tür hinter sich zuknallte.

Und das alles, weil Nettie Pimm ihr erzählt hatte, daß Sophy Justice Zwillinge bekommen hatte! Einen kurzen, bitteren Moment lang hätte sie fast darüber lachen mögen. Und dann sagte Miss Nettie:

»Mrs. Craddock hat mir erzählt, daß sie gestern Nicholas Carey getroffen hat – in einem Lift bei Harrods'. Sie sagt, er war wohl sehr in Eile, aber das ist man ja immer in der Stadt. Er war gerade aus Übersee zurückgekommen – aber vielleicht haben Sie ja von ihm gehört?« Ihr kleines Vogelgesicht sah aus, als ob es regelrecht nach Neuigkeiten schnappte.

»Nein«, antwortete Althea.

Nettie fuhr mit ihrer hellen, fröhlichen Stimme fort:

»Na ja, man verliert sich halt aus den Augen. Und man hat auch gar keine Zeit. Aber Sie waren doch befreundet – sogar sehr eng befreundet, nicht wahr? Nur werden Sie eben ganz von Ihrer Mutter in Anspruch genommen. Ach, übrigens, brauchen Sie vielleicht eine wirklich gute Haushälterin? Denn Mrs. Woodley hört bei den Ashingtons auf. Stellen Sie sich vor, nach all den Jahren! Aber wissen Sie, ihre Kusine Doris

Wills kommt zu uns, und die sagt ...« An dieser Stelle lehnte sich Miss Pimm richtig über die Sitzlehne, senkte die Stimme und fuhr leise murmelnd fort: »Die alte Dame, Sie wissen schon, die ist völlig übergeschnappt, und Mrs. Woodley sagt, wenn sie noch länger dort bliebe, dann wird sie auch noch komisch, ob Sie es glauben oder nicht. Wenn Sie also jemand brauchen ...«

Sie konnten es sich nicht leisten, Mrs. Woodley jeden Tag kommen zu lassen, und Miss Pimm wußte das genausogut wie Althea. Es war nicht ihre Absicht, unhöflich zu sein, aber sie hatte Althea gegenüber etwas Stocherndes und Forschendes an sich. Sie hielt viel von Offenheit. Warum sollte es den Leuten was ausmachen, zuzugeben, daß es ihnen nicht gutginge? Althea konnte das ruhig zugeben, fand sie. Und dann würde sie ihr ihr Mitgefühl zeigen und darüber klagen, wie schrecklich teuer alles sei, und dann würde sie nach Hause gehen und Mabel und Lily erzählen können, daß es den Grahams wirklich nicht gutzugehen scheine und was für ein Jammer das sei. Daß jeder im Bus zuhören würde, machte ihr nicht das geringste aus. Weder sie noch ihre Schwestern hatten irgendwas zu verbergen, und wieso sollten nicht alle anderen auch so offenherzig sein wie sie? Darauf gab es natürlich keine Antwort. Althea jedenfalls schien keine zu haben. Sie lehnte sich so weit wie möglich in ihrem Sitz zurück und sagte mit müder Stimme:

»Danke – aber wir haben Mrs. Stokes.«

»Aber doch nur einmal die Woche, soviel ich weiß, und für besonders gründlich hab' ich die noch nie gehalten. Mrs. Woodley hingegen ist wirklich erstklassig, und sie würde Ihnen eine Riesenhilfe sein. Sie sehen wirklich sehr müde aus. Sie müssen mehr auf sich achten, denn was wird sonst aus Ihrer lieben Mutter? Aber Mrs. Woodley ...« So ging es weiter, bis Althea am oberen Ende der High Street ausstieg.

Sie konzentrierte sich auf ihre Besorgungen. Das war ein Trick, den sie in den letzten fünf Jahren gelernt hatte. Wenn man sich zwang, an das zu denken, was man gerade tat – und das nicht nur mit oberflächlicher Aufmerksamkeit, sondern so, als wäre jedes Detail wirklich wichtig –, dann half einem das, gut durch den Tag zu kommen. Sie kaufte das Stickgarn, nachdem sie bei Gorton's eine beinahe passende Farbe abgelehnt und in einem neuen kleinen Laden in der Kent Street genau die richtige gefunden hatte. Sie kaufte Fisch und tauschte das Buch aus der Bücherei gegen ein neues ein und machte den weiten Umweg zu dem Friseur, der die Sungleam-Erzeugnisse verkaufte. Nur für einen Augenblick wurde die eingedrillte Routine ihrer Gedanken durchbrochen. Sie erkundigte sich nach dem Shampoo für ihre Mutter:

»Das ist kein Färbemittel, oder?«

»O nein, Madam. Ist es für Sie selbst?«

»Nein, nein . . .« Sie war vom Ton ihrer eigenen Stimme überrascht. Es klang genau so, als schiebe sie etwas beiseite. Eilends fuhr sie fort: »Es ist für meine Mutter. Sie hat blondes Haar mit nur ganz wenig Grau drin – eigentlich überhaupt keins.«

Das neue Mädchen war eine gute Verkäuferin. Sie meinte, sie wisse genau, was die Dame brauchte, und holte es hervor.

»Es ist wirklich gut«, sagte sie mit einer netten, freundlichen Stimme. »Dauernd kommen Leute und verlangen mehr davon. Warum probieren Sie es nicht einfach selbst mal aus? Ich bin mir sicher, es würde Ihnen gefallen. Es ist wunderbar, wie es das Haar zum Glänzen bringt und es auch ganz weich und locker macht.«

Das Warum des Mädchens hatte sich in Altheas wohlgeordnete Gedanken hineingedrängt. Es hatte dort nichts zu suchen. Es verschaffte sich einfach Zutritt und blieb ein schamloser, zu allem entschlossener Saboteur. Bevor sie noch ahnte, was sie tun würde, hörte sie sich selbst »Ach, ich weiß nicht recht . . .« sagen, und das in einem Ton, der geradezu wie eine Einladung an den Feind war, weiter einzudringen.

Das Mädchen lächelte zu ihr hinauf. Sie war ein einnehmendes Ding mit Grübchen in den Wangen.

»Es würde Ihnen gefallen – da bin ich mir ganz sicher.«

Althea verließ den Laden mit zwei Flaschen Sungleam, einer für blondes, der anderen für braunes Haar. Das Mädchen hatte ihr auch eine Tagescreme verkauft und sie noch zu Lippenstift und Rouge zu überreden versucht, aber wie mit einem Ruck war sie zu sich gekommen und entflohen. Weit hinten in ihrem Bewußtsein waren Dinge eingesperrt, die unter keinen Umständen ans Tageslicht kommen durften. Althea spürte sie dort, wie sie sich regten, sich aufbäumten und mühten. Irgendwas in der heißen, parfümierten Luft des Ladens, beim Surren der Trockenhauben im Hintergrund, mit den Reihen von Flaschen, den Cremes und Lotionen, dem grellen Rot des Nagellacks, diesem ganzen frivolen, der Schönheit dienenden Aufgebot hatte eben diese Dinge in Bewegung gesetzt. Schon seit Jahren war sie nicht mehr zum Friseur gegangen. Schon seit Jahren benutzte sie kein Make-up mehr. Schon seit Jahren interessierte sie es nicht mehr, wie sie aussah.

Seit fünf Jahren, genauer gesagt.

Sie ging ein Stück weiter und blieb dann stehen. Man kann in einer belebten Straße nicht einfach stehenbleiben. Es muß einen Grund dafür geben. Sie wandte sich zur Seite und blickte in eine Buchhandlung, in deren Auslage ungefähr fünfundzwanzig Exemplare eines Buches zu sehen waren, auf dessen Umschlag ein purpurner Totenkopf vor grellgrünem Hintergrund grinste. Aber es hätte doppelt so grell sein können, Althea hätte ihn nicht bemerkt. Sie blickte eben einfach in ein Schaufenster. Es mußte ja keiner merken, daß sie das nur tat, weil sie partout nicht mehr auf die Straße schauen konnte. Die Zivilisation hat solche ursprünglichen Emotionen zwar nicht zerstört, verlangt aber, daß man sie nur im verborgenen zuläßt. Die extremen Formen von Glück, Schmerz, Verzweiflung und Scham sollen ja nirgends Anstoß erregen. Und Scham, brennende, erdrückende Scham, hatte Althea überkommen.

Während sie mit dem schweren Einkaufskorb am Arm zum Bus strebte, gingen ihr zwei Dinge durch den Kopf. Zwar verknüpfte sie diese nicht bewußt miteinander, aber plötzlich erkannte sie deren wahren Zusammenhang. Da waren sie, nackt und klar und unlöslich miteinander verbunden: Nettie Pimm hatte gesagt, daß Nicholas heimgekehrt sei – er war heimgekehrt, und er könnte ihr an jeder Straßenecke über den Weg laufen. Also hatte sie sich eine Gesichtscreme gekauft und ein Tönungsmittel für ihr Haar. Wäre sie noch fünf Minuten in dem Laden geblieben, hätte sie auch noch Lippenstift und Rouge mitgenommen. Sie hatte sich das zwar nicht bewußt gemacht, aber so war es, und sie schämte sich bis auf die Knochen. Es war wie einer dieser Träume, in denen man sich aller Kleider beraubt nackt auf offener Straße wiederfindet.

Mühsam bekam sie sich wieder in den Griff. Da stand sie also nun auf offener Straße, mußte den Bus nehmen und in die Belview Road zurückkehren. Jetzt erst nahm sie die purpurnen Totenköpfe wahr, die ihr da aus dem Schaufenster entgegengrinsten, und nun war es fast unmöglich, sich wieder von dem Eindruck zu befreien. Sie wollten unbedingt gesehen werden und Widerwillen erregen; sie drängten sich mit Gewalt in ihre Gedanken und riefen dort äußerste Abscheu hervor. Mord und jäher Tod waren gegenwärtig. Brutale Gewalt brutal zur Schau gestellt. Und sie ließ sich durch eine Haartönung und eine Dose Tagescreme beunruhigen!

Mit einemmal gab es einen Ruck in ihr, und die Sache kam

ihr verdammt albern vor. Zunächst mal würde sie Nicholas vermutlich gar nicht sehen. Die Leute aus den Vororten fahren in die Stadt, aber keiner kommt aus der Stadt nach draußen, es sei denn, er hat dort was zu erledigen. Und Nicholas hatte in Grove Hill nichts zu erledigen. Die Tante, bei der er sonst immer gewohnt hatte, war zu einer Schwester in Devonshire gezogen. Es war also höchst unwahrscheinlich, daß Althea ihm an irgendeiner Straßenecke begegnen würde. Aber falls zufällig doch, warum sollte er ihr da gleich ansehen, daß ihr leeres Herz sich vor Kummer während der fünf längsten und einsamsten Jahre ihres Lebens verzehrt hatte? Es war wahr, doch die nackte Wahrheit konnte schrecklich beschämend sein. Sie würde Nicholas nie wiedersehen, aber falls sie ihn doch sähe, würde sie es schon irgendwie schaffen, ein wenig fröhlich zu wirken.

Als sie sich von dem Schaufenster abwandte, winkte ihr Myra Hutchinson von der anderen Straßenseite aus zu. Sie war eine nett anzusehende Person und glich in ihren braunen Cordhosen und der orangefarbenen Strickjacke, über der das Haar glänzte wie ein Penny frisch aus der Münze, einem farbenfrohen Plakat. Als sie noch zusammen zur Schule gingen, war sie ein dürres, bleiches Mädchen mit rotblonden Wimpern gewesen. Die Zeiten waren vorbei. Die Wimpern waren jetzt dunkel, damit sie die grünen Augen betonten, die Wangen hatten Farbe, der Mund war leuchtend angemalt. Im ganzen wirkte sie fröhlich und anziehend. Sie war seit fünf Jahren verheiratet, und sie hatte drei Kinder. Sie war ein paar Jahre älter als Althea, aber sie sah ein halbes Dutzend Jahre jünger aus.

Althea drehte sich um und ging zurück zu Burrage's.

2

Als sie auf dem Weg zur Bushaltestelle die High Street hinaufging, begegnete ihr Mr. Martin. Sie kam gerade an seinem Büro vorbei – Martin & Steadman, Immobilienmakler –, als er einen wohlhabend aussehenden Kunden hinausbegleitete. Der ging in die Richtung davon, aus der Althea kam, weshalb Mr. Martin sie zwangsläufig entdeckte.

Er war Mitglied des Kirchenrats in Mrs. Grahams Gemeinde, und sie kannten einander, seit Althea ein kleines Mädchen gewesen war. Vor einigen Jahren hatte er ihr Haus vermietet, und Althea hatte ihre Mutter für drei Monate an die See gebracht. Es war kein sehr erfolgreiches Experiment gewesen, und sie hatte nicht den Wunsch, es zu wiederholen. Sie nickte ihm zu, lächelte ernst und wollte gerade weitergehen, als er sie ansprach:

»Oh, Miss Graham – Guten Morgen! Welch ein Zufall, Sie einfach so auf der Straße zu treffen! Hätten Sie wohl einen Moment Zeit?«

Sie sagte »na ja« und wurde dann auch schon über die Schwelle durch das vordere Büro und den schmalen Korridor entlanggeleitet, der zu Mr. Martins Privatzimmer führte. Es war ein altes Haus. Am Ende des Gangs gab es zwei überflüssige und unbequeme Stufen nach unten und am anderen Ende zwei weitere nach oben, aber das Zimmer selbst hatte einen schönen Blick auf einen Garten voller altmodischer Blumen.

Als sie sich Mr. Martin gegenüber an den Schreibtisch setzte, sah sie hinaus auf ein rundes, in ein Quadrat aus Mosaikpflaster gefaßtes Rosenbeet und dahinter auf zwei breite Rabatten mit Phlox, Helenenkraut, Nelken und Gladiolen, zwischen denen es einen gepflasterten Weg gab. Mr. Martin betrachtete sich gerne als Gärtner. Sein eigener Garten weiter den Hügel hinauf war ein Schmuckstück, und nichts bereitete ihm mehr Freude, als zu hören, wie die Leute, die vorbeikamen, anhielten und die Pracht bewunderten. Er strahlte Althea an und sagte:

»Nun, ich vermute, Sie fragen sich, warum ich Sie sprechen wollte.«

»Ja, sicher.«

Er lehnte sich in seinem Stuhl zurück und legte die Hände in geschäftsmäßiger Manier gegeneinander. »Ich hätte Sie natürlich anrufen können, aber ich wollte nicht, daß es zu formell wirkt, falls Sie wissen, was ich meine.«

Da sie nicht die leiseste Ahnung hatte, schwieg sie. Einen Moment später fuhr er fort:

»Nun, um ganz offen zu sein, es ist so, daß ich einen Kunden habe, der sich nach Hauseigentum in dieser Gegend erkundigt hat, und da ist mir irgendwie die Idee gekommen, zu fragen, ob vielleicht Sie Interesse hätten.«

»Leider nein, Mr. Martin.«

Nun, er hatte ihr die Frage gestellt, und sie hatte darauf eine ziemlich klare Antwort gegeben. Er runzelte die Stirn, wölbte die Lippen nach vorne und erzählte wie beiläufig:

»Es handelt sich um einen Mr. Blount und seine Frau – eine recht heikle Dame. Mit einem schwierigen Geschmack, falls Sie verstehen, was ich meine, und wie es scheint, entspricht Grove Hill genau diesem Geschmack. Sie meint, es sei sehr gesund hier zu leben, was es natürlich ist. Glaubt, es bekäme ihr hier gut. Sie wohnen in dieser Pension von Miss Madison auf halbem Weg den Hügel hinauf, und sie sagt, sie könne sich nicht erinnern, je an einem Ort gewesen zu sein, der ihr so gutgetan hätte. Sie sagt, sie könne sich nicht erinnern, jemals besser geschlafen zu haben, und sie sind daher fest entschlossen, hier etwas zu kaufen, und irgendwie ist mir da die Idee gekommen ...«

»O nein, Mr. Martin, wir denken nicht im Geringsten daran, zu verkaufen.«

»Nein?« fragte Martin. »Nun, wissen Sie, Ihre Mutter hat bei mir einen ganz anderen Eindruck erweckt. Nur ein paar Bemerkungen, die sie neulich abend über die Hecke hinweg gemacht hat. Ich war vorbeigekommen und stehengeblieben, um ihre Begonien im Vorgarten zu bewundern – wirklich sehr hübsch, wenn ich das so sagen darf –, und Mrs. Graham hat mir zweifelsohne zu verstehen gegeben ...«

»Was hat sie gesagt, Mr. Martin?«

Er bemühte sein Gedächtnis: »Na ja, selbstverständlich nichts Definitives. Denken Sie um Gottes willen nicht, ich wollte andeuten, es gebe schon irgendwas Definitives! Sie erweckte nur den Eindruck, als wäre das Haus größer, als sie es brauchte – um genau zu sein: daß es Ihnen zu viel Arbeit bereite und daß sie daher einem Verkauf nicht abgeneigt wäre, falls die Konditionen vorteilhaft genug wären.«

Altheas Gesicht hatte ein wenig Farbe angenommen. Mr. Martin sah das mit Freude. Er war von gutmütiger Natur, und er kannte Althea, seit sie zehn Jahre alt gewesen war. Sie hatte damals eine wirklich gesunde Farbe gehabt. Er hatte es gern, wenn Mädchen ein wenig Farbe im Gesicht hatten. Er vermutete, daß Althea Graham es nicht leicht hatte – eingesperrt mit ihrer gebrechlichen Mutter. Sehr liebenswürdige Frau, Mrs. Graham, kein Zweifel, aber eine junge Frau braucht Freundinnen in ihrem eigenen Alter. Sie war so alt wie seine Dulcie, und Dulcie war vor einem Monat siebenundzwanzig geworden. Jungverheiratet, seine beiden Mädchen, und besser behauptete er gar nicht erst, er vermisse sie nicht, denn er vermißte sie natürlich, aber eine Frau braucht nun mal ein eigenes Heim und einen Mann und Kinder. Er blickte Althea an, die nichts dergleichen hatte, und sagte:

»Mr. Blount würde einen sehr guten Preis zahlen ...«

Mrs. Graham werkelte im Garten, als Althea die Straße hinaufkam. Es war ein warmer, sonniger Tag, und auch andere Leute außer Mr. Martin blieben stehen und blickten über die Hecke, um die Begonien zu bewundern. Mrs. Graham hatte das angenehme Gefühl, daß diese Bewunderung sich nicht nur auf die Blumen erstreckte. Ein Garten bildet eine äußerst reizvolle Kulisse für eine Frau. Ihr Haar war kaum ergraut, und sie hatte sich ihren guten Teint und ihre schlanke Figur bewahrt. Sie sah sich selbst als grazil und zerbrechlich inmitten ihrer Blumen.

Sie ging mit Althea ins Haus und erzählte ihr von den Leuten, die vorbeigegangen waren, und von deren Bemerkungen.

»Und die Harrisons und Mr. Snead kommen zum Bridge. Du mußt einen Kuchen und ein paar dieser schönen, leichten Scones backen. Es war wirklich sehr angenehm im Garten. Hast du dieses Sungleam-Zeug gekriegt? Ich frage mich allerdings, ob wir noch genug Zeit haben, mein Haar zu waschen und zu legen. Es müßte vor dem Mittagessen sein, weil ich mich doch nachmittags ausruhe.«

»Mutter, ich muß das Mittagessen jetzt kochen. Wenn du es allein schaffen würdest ...«

Es gab eine Pause, nach der Mrs. Graham sanft feststellte: »Du bist manchmal ein wenig gedankenlos, meine Liebe. Findest du es nett, mich daran zu erinnern, daß ich dir eine Last bin?«

»Aber Mutter ...«

Mrs. Graham lächelte tapfer. »Schon gut, Liebling – ich will mich nicht beschweren. Es ist nur so – Mrs. Harrison ist immer so gut zurechtgemacht, und es wäre halt schön gewesen. Ich würde zu gern dieses Sungleam ausprobieren, aber natürlich, wie du sagst, das Mittagessen ...« Plötzlich lächelte sie. »Nein, Liebling, ich hab' eine Idee. Du warst heute morgen recht lange fort, aber wir können es noch schaffen, wenn wir uns beeilen. Wir machen mein Haar, denn das ist – glaube ich – wirklich wichtig. Weißt du, Mrs. Justice gibt am Samstag ihre Cocktailparty, und ich will nicht bis zur letzten Minute damit warten, was Neues wie das Sungleam auszuprobieren – für den Fall, daß es nichts wird. Also machen wir es lieber jetzt. Wir essen halt nur ein Omelette zu Mittag und ein bißchen von deinem letzten Kuchen. Der ist besonders lecker, und es ist eigentlich nicht mehr genug davon da, um ihn zum Tee zu servieren. Also schnell, Liebling, schnell, und du wirst sehen, wir kriegen das alles ganz wunderbar hin.«

Das Sungleam erwies sich als großer Erfolg. Während sie das volle blonde Haar legte, fragte Althea:

»Was hast du zu Mr. Martin gesagt, das ihn glauben läßt, wir wären bereit, das Haus zu verkaufen?«

Mrs. Graham antwortete geistesabwesend: »Mr. Martin – ach, meine Liebe, ich glaube, dieser Lockenwickler sitzt nicht richtig. Du mußt ihn noch mal rausnehmen.«

Althea entfernte den Wickler und wiederholte Mr. Martins Namen.

»Er hat die Begonien bewundert – über die Hecke hinweg –, und du scheinst bei ihm den Eindruck erweckt zu haben, daß wir bereit wären, das Haus zu verkaufen.«

Mrs. Graham nahm den Spiegel in die Hand und drehte ihn herum, um die Wickler am Hinterkopf zu kontrollieren.

»Nun«, sagte sie, »ich denke mir manchmal – Häuser haben in letzter Zeit solche hohen Preise erzielt . . .«

»Wir müßten ein anderes kaufen, und das würde auch einen hohen Preis erzielen.«

»Na ja, wir müßten ja nicht gleich wieder irgendwo einziehen. Ich habe an eine Kreuzfahrt gedacht. Ich glaube, man trifft dort die reizendsten Menschen. Die Harrisons waren letztes Jahr auch auf einer, und die haben es ausgesprochen genossen! Sie haben das ganze kalte Wetter hier verpaßt und sind erst im Frühling nach Hause gekommen. Es klang herrlich.«

»Die Harrisons können es sich leisten. Ich glaube nicht, daß wir das könnten.«

»Nun, mit dem Geld, das wir für das Haus kriegen würden, schon.«

»Und wovon leben wir, wenn wir unser Kapital verbraucht haben?«

»Aber Liebling, was sollen wir denn sonst machen? Es ist unsere einzige Möglichkeit. Die Harrisons machen es seit Jahren – sie hat es mir selbst erzählt. Sagen wir mal, es kostet uns fünfhundert Pfund. Ich weiß nicht, ob das stimmt, aber gehen wir mal davon aus. Ich weiß nicht, wieviel Zinsen wir dafür bekommen würden, aber wenn erst mal die Einkommensteuer abgezogen ist, bleibt so wenig übrig, daß es meiner Meinung nach schon egal ist, ob wir das Geld kriegen oder nicht – aber wir hätten dann wenigstens unsere Kreuzfahrt gehabt. Weißt du, Liebling, für dich ist alles sehr einfach – du kommst viel mehr nach draußen als ich –, aber es gibt Gelegenheiten, da denke ich mir, es würde meiner Gesundheit wirklich guttun, mal von Grove Hill wegzukommen. Das habe ich auch zu Ella Harrison gesagt, und die hat natürlich geantwortet, was ich wirklich brauchte, wären neue Leute und ein bißchen Abwechslung in meinem Leben. Und sie meint, ich sei eigentlich noch eine ziemlich junge Frau. Ich war erst siebzehn, als du geboren wurdest, und auch so wollte sie mir nicht glauben, als ich ihr erzählte, du wärst siebenundzwanzig.«

Althea lachte kurz auf. »War das als Kompliment für mich gemeint?«

Mrs. Graham zeige ein schmales, zufriedenes Lächeln, als sie sagte: »Na ja, Liebling, ich fürchte, nein. Sie konnte es einfach nicht glauben, daß ich eine Tochter habe, die so alt ist. Sie sagt, sie habe immer geglaubt, daß dein Vater vorher schon mal verheiratet gewesen sein müßte und daß du ein Stiefkind wärst. Völlig lächerlich natürlich, aber offensichtlich glaubte sie es wirklich.«

Als sie hinter ihrer Mutter stand und in den Spiegel des recht aufwendigen Schminktisches schaute, konnte Althea ihre beiden Gesichter darin sehen. Selbst mit dem Haar voller Kämme und Wickler war Mrs. Graham eine hübsche Frau. Die Legende von der Heirat mit sechzehn war natürlich ziemlich nebulös. Sie war einundzwanzig gewesen, und Althea war im folgenden Jahr geboren worden. Mrs. Graham war also achtundvierzig, und sie wußte ganz genau, daß Althea das nicht neu war, aber sie verschob das Datum ihrer Hochzeit seit Jahren. Über die sechzehn hinaus würde sie leider nicht zurückgehen können, und das Problem war, daß man Althea ihre siebenundzwanzig Jahre, wenn nicht mehr, wirklich ansah. Sie mußte dazu gebracht werden, mehr für sich selbst zu tun – ihr Haar zur Geltung zu bringen und ein bißchen dezentes Make-up zu benutzen.

Sie war ein attraktives Mädchen gewesen – manche Leute hatten sie sogar eine Schönheit genannt. Sie war allerdings nicht der Typ, den Mrs. Graham schätzte. Männer bevorzugten Blondinen, und sie ebenfalls. Aber Thea hatte recht gute Gesichtszüge, und wenn sie sich ein wenig Mühe geben würde, sollte es ihr möglich sein, fünf oder sechs Jahre von ihrem Alter abzuziehen.

Natürlich würde das drunten in Grove Hill nicht gehen, wo lauter Frauen lebten, die mit ihr in die Schule gegangen waren, sondern nur auf einer Kreuzfahrt unter neuen Leuten, wo Mrs. Graham ihre »junge Tochter« erwähnen und dazu lächelnd ein paar Bemerkungen darüber einstreuen könnte, daß Mädchen kurz nach dem Schulabschluß immer viel zu ernst seien ... Sie verfolgte diesen Gedanken weiter und kam bald auf Mr. Martin zurück.

»Ich finde, ich könnte ihn wirklich bitten, mich mal besuchen zu kommen. Er wird wissen, daß ich nicht in die Stadt hinunterkann.«

Althea war mit den Kämmen und Wicklern fertig. Sie räumte jetzt die Sachen in die Schublade des Waschtischs und fragte über die Schulter hinweg: »Wozu willst du ihn treffen?«

»Liebling, um ihn zu fragen, was für einen Preis man für das Haus erzielen könnte!«

Ein Gedanke machte sich an der Schwelle zu Altheas Bewußtsein beharrlich bemerkbar. Sie wollte ihn nicht hereinlassen, aber es war schwierig, ihn draußenzuhalten. Sie hätte gern gewußt, ob Mrs. Harrison ihrer Mutter erzählt hatte, daß Nicholas Carey zurück war – von wo auch immer er diese fünf langen Jahre gewesen war. Es hatte nichts zu bedeuten, konnte gar nichts bedeuten, aber falls Mrs. Graham da anders dachte, könnte das ein Grund für ihr plötzliches Interesse an einer Kreuzfahrt sein. Althea erklärte ein wenig schärfer als beabsichtigt: »Ich war heute morgen bei ihm, und ich habe ihm gesagt, daß wir nicht verkaufen wollen.«

Mrs. Graham fuhr auf ihrem Ankleidehocker herum. Sie war rot angelaufen und zitterte. »Das hast du mir nicht gesagt!«

»Ich wollte dich nicht aufregen.«

»Du wolltest es mir nicht sagen, weil du wußtest, was ich antworten würde!«

»Mutter – bitte ...«

»Du weißt, ich würde gerne verkaufen. Du weißt, ich will weg von diesem Ort, der mich krank macht.«

»Mutter!«

»Du denkst an niemand außer an dich. Glaubst du, ich weiß

nicht, warum du nicht fort willst? Jederzeit wärst du während der letzten fünf Jahre darauf eingegangen, aber jetzt, bloß weil Nicholas Carey wieder da ist, willst du hierbleiben.« Sie lachte schrill und wütend auf. »Verstehst du so wenig von den Männern, daß du annimmst, er denkt noch an dich? Liebling, es wäre wirklich dumm, wenn du das tätest. Fünf Jahre!« Sie lachte wieder. »Seit dir hat es sicher Dutzende von Frauen gegeben. So sind die Männer halt. Hast du in letzter Zeit mal in den Spiegel geschaut? Als Ella Harrison mir erzählte, daß er zurück ist, habe ich mich gefragt, ob er dich überhaupt noch erkennen würde.«

»Mutter, du wirst dich noch ganz krank machen.«

Das war ihr einziger Schutz, ihre einzige Waffe. Wenn sie widerspräche, wenn sie die schmerzhafte Kränkung in ihrem Inneren zu Wut werden ließe, würde die Szene enden, wie all die Szenen geendet hatten: Ihre Mutter würde plötzlich über den Sturm erschrecken, den sie selbst provoziert hatte, nach Luft schnappen und sich an ihrer Tochter festklammern, um sie bald darauf wieder von sich zu schubsen. Dann mußte man ihr die Arznei geben, sie zu Bett bringen und Dr. Barrington anrufen.

Das war schon oft geschehen, und sie kannte ihre Rolle dabei, eine Rolle in einem Stück, das schon so häufig aufgeführt worden war, daß ihre Erwiderung ganz automatisch auf die Stichworte erfolgte. Sie durfte nicht laut werden, sie durfte nichts sagen oder tun, was Anstoß erregen könnte; sie mußte das Riechsalz genau im richtigen Moment hervorzaubern, und wenn die Zeit dafür gekommen wäre, mußte sie dankbar sein, daß ihr vergeben würde.

So brachte sie es jetzt schnell hinter sich. Schließlich würde es keine der allerschlimmsten Szenen werden, da Mrs. Graham glücklicherweise eingefallen war, daß Mr. Snead und die Harrisons zum Bridge kommen würden. Sie hatte sich das

Haar nicht ohne Grund machen lassen, und sie wollte das Sungleam nicht verschwendet haben, zügelte sich deshalb, preßte die Hände gegen das Herz, stöhnte, schloß die Augen und sprach mit schwacher Stimme:

»Ich bin wirklich nicht fit genug für so was, Liebling – das solltest du doch wissen. Wenn du mir bitte zum Bett helfen würdest ...«

Aber es war natürlich noch wesentlich mehr nötig: das Riechsalz, das sorgfältige Arrangieren der Kissen, das Bettjäckchen: – »Nein Liebling, ich glaube, ich hätte lieber das blaue« –, die Wärmflasche, die Überdecke, das Schließen der Vorhänge, das Zitieren dessen, was Dr. Barrington bei anderer Gelegenheit gesagt hatte. Und dann die abschließende tapfere Versicherung: »Ich werde schon wieder, wenn ich nur eine Weile völlige Ruhe habe«, bevor die verstockte Tochter entlassen werden konnte, um Kuchen zu backen.

3

Mrs. Graham konnte ihre Teegesellschaft und das folgende Bridgespiel dann doch genießen. Das Sungleam hatte ihre Hoffnungen nicht nur erfüllt, sondern sogar übertroffen, und sie mußte wirklich zugeben, daß Thea Talent hatte zur Friseuse. Die sanften goldenen Wellen vorne und die Locken hinten waren ganz entzückend. Wenn sie sich nur mit ihrem eigenen Haar genausoviel Mühe gäbe! Es war sehr hübsch goldbraun gewesen, als sie noch klein war, und eine natürliche Welle ist so was Nützliches. Es war schade, daß sie sich in letzter Zeit so langweilig und uninteressant anzog – es machte sie älter. So wie sie jetzt aussah, würde sie keiner für unter dreißig halten. Althea mußte wirklich dazu gebracht werden, mehr auf sich zu achten. Einfach lächerlich anzunehmen, sie selbst könnte eine Tochter über dreißig haben.

In Mrs. Grahams Bridgerunde war es nicht verboten, sich zu unterhalten. Mr. Harrison war ein kleiner, stiller und bedrückter Mann, der schon mal die Farbe zu bedienen vergaß. Mr. Snead war trocken und grau. Mrs. Harrison verband ein auffällig gutes Aussehen mit lebhaftem Gebaren. Sie sah Bridge als bequemes Mittel an, drei Leute an einen Tisch zu bringen, wo sie mehr oder weniger gezwungen waren, ihr zuzuhören.

Althea wunderte sich, wie die anderen drei das nur aushielten, aber ihr Gebäck hatte Anklang gefunden, und die Bridgespieler schienen sich gut zu unterhalten. Sie wollte gerade das Tablett mit dem Tee hinaustragen, als Mrs. Harrison sagte:

»Nicholas Carey? Ja, das hab' ich Ihnen doch erzählt. Moment mal, Thea – war er nicht ein Freund von Ihnen in jenen finsteren Zeiten, bevor wir nach Grove Hill gezogen sind? Ein wirklich rückständiger Fleck muß es damals gewesen sein! Aber ich bin mir sicher, daß mir irgendwer erzählt hat, daß Nicholas einmal ein Kumpel von Ihnen war. Herzlos, wie sie verschwinden und uns im Stich lassen, nicht wahr? Aber was soll's, das Meer enthält noch viele andere fesche Fische, sage ich immer. Ich habe Ihrer Mutter geraten, daß sie Sie auf eine Kreuzfahrt mitnehmen sollte.«

Althea stieß die Tür auf und ging mit dem Tablett hinaus, aber als sie zurückkam, um die Kuchenplatte zu holen, redeten sie immer noch über Nicholas. Sie hörte ihre Mutter gerade sagen: »Ich habe ihn immer für ungezügelt gehalten.«

Mrs. Harrison lachte. »Das sind die meisten jungen Männer. Oder halt langweilig. Ich habe ihn natürlich nur einmal getroffen, vor ziemlich langer Zeit, aber seine Tante Emmy Lester ist so eine Art Cousine von Jack. Ich sage immer, daß er lieber die hätte heiraten sollen – nicht wahr, Jack?«

Mr. Harrison antwortete »Ja.« Keiner hätte bemerken können, daß er vor Ärger kochte.

»Sie hätten bis aufs i-Tüpfelchen zusammengepaßt«, fuhr Mrs. Harrison fröhlich fort. »Zu dumm – das mit mir, aber ich kann ja schlecht sterben, nur um ihnen einen Gefallen zu tun, oder? Und so wie die Dinge stehen, geht es Jack und mir schließlich auch ganz gut. Wir haben das Haus von Emmy übernommen, wißt ihr. Sie hatte viele Sachen von Nicholas oben im Speicher, und sie hat uns gefragt, ob sie die dort lassen könne, weshalb ich annehme, daß er irgendwann vorbeischauen wird, um sie durchzusehen. Du mußt dann auch kommen und ihn treffen, Thea.«

Jedesmal wenn Mrs. Harrison zu Besuch kam, war Althea aufs neue überzeugt, daß sie die taktloseste Frau war, die ihr je untergekommen war. Sie nahm die Kuchenplatte mit und beschäftigte sich dann so lange wie möglich mit dem Abwasch.

Im Wohnzimmer hatte Mr. Harrison falsch gegeben, und die Karten mußten neu gemischt werden. Mrs. Graham senkte die Stimme und sagte in süßem, vertraulichem Ton, daß Nicholas sich sehr schlecht benommen hätte und daß Thea ihrer Meinung nach kein Interesse habe, ihn wiederzutreffen.

»Das war bloß was zwischen Kindern, wissen Sie – ohne jede Bedeutung. Aber ich glaube nicht, daß sie daran erinnert werden möchte, Ella. Sie war damals wirklich noch lächerlich jung.«

Mrs. Harrison erklärte verständnisvoll, daß man ihr selbst das Herz schon sechsmal gebrochen hätte, bevor sie fünfzehn geworden wäre. Dann hoben sie ihre Karten auf und fuhren mit dem Spiel fort.

Gleich am nächsten Morgen erhielt Mr. Martin einen Telefonanruf von Mrs. Graham. Kaum hatte er den Hörer abgenommen, erkannte er ihre hohe, flötende Stimme:

»Oh, Mr. Martin, sind Sie es? Ich bin ja so froh, weil ich Sie dringend sprechen muß ... Ja, wegen des Hauses. Sie haben – glaube ich – gestern mit meiner Tochter darüber geredet, und ich fürchte, sie könnte einen falschen Eindruck bei Ihnen hinterlassen haben. Unabsichtlich, natürlich, aber es passiert so leicht, daß man jemand irreführt, ohne es eigentlich zu wollen. Und als sie mir von ihrem Gespräch mit Ihnen erzählte, mußte ich befürchten, daß sie genau das getan hat. Es ist selbstverständlich ein sehr schönes Haus, und wir würden einen sehr guten Preis dafür haben wollen.«

Mr. Martin stellte fest, daß es innerhalb der Familie also unterschiedliche Ansichten gab. Er beruhigte sie:

»O ja, Mrs. Graham, ich verstehe vollkommen. Ich glaube, Mr. Blount wäre bereit, ein durchaus akzeptables Angebot zu machen. Er scheint an dem Haus Gefallen gefunden zu haben – und seine Frau auch.«

Ihre Stimme wurde ein wenig schärfer: »Mir war nicht klar, daß schon jemand sein Kaufinteresse bekundet hat.«

Mr. Martin beruhigte sie wieder: »Na ja, es ist noch überhaupt nichts Konkretes. Mr. Blount hat gesagt, daß sie Belview Road entlangspaziert seien und daß ›The Lodge‹ es ihm und seiner Frau besonders angetan habe. Ihnen gefällt daran, daß es ein Eckhaus ist, und was sie vom Garten sehen konnten, hat sie ganz besonders begeistert. Sie haben kein richtiges Angebot gemacht, aber ich habe den Eindruck gewonnen, daß sie bereit wären, einen guten Preis zu zahlen.«

»Und was wäre ein guter Preis, Mr. Martin?«

»Nun, für Nr. 12 wurden fünftausendfünfhundert gezahlt, aber das ist schon einige Jahre her, und die Preise sind seitdem ziemlich gefallen.«

Mrs. Graham gab ein hohes melodisches Lachen von sich. »Aber Mr. Martin, Nr. 12! Das läßt sich doch in keiner Weise vergleichen!«

»Ja, sicher, aber damals hat es die Forster-Siedlung noch nicht gegeben. Diese modernen pflegeleichten Häuser haben den Wert der älteren stark beeinflußt.«

»Alle sagen, die seien schlampig gebaut.«

»Aber, aber, Mrs. Graham, das ist wirklich ein ziemlicher Irrtum, wenn Sie mir die Bemerkung erlauben. Es ist ausgezeichnete Arbeit geleistet worden, das kann ich Ihnen versichern.«

Mrs. Graham hatte an der Forster-Siedlung, die von einem verarmten Adligen auf den Markt geworfen worden war, nicht das geringste Interesse. So fragte sie in ziemlich beißendem Ton:

»Wieviel würde Mr. Blount denn zahlen? Wenn er uns kein Angebot macht, wie soll ich da wissen, ob es sich für uns lohnen würde, darauf einzugehen oder nicht? Es könnte sein, daß wir auf eine Kreuzfahrt gehen, aber wir müßten etwas kriegen, um nach unserer Rückkehr darin wohnen zu können. Meine Tochter meint, ich wäre nicht geschäftstüchtig, aber ich habe über die Sache nachgedacht. Und ich finde, eine Kreuzfahrt täte uns beiden gut. Ein bißchen Abwechslung, wissen Sie – neue Leute, nicht dieselben faden Gesichter jeden Tag. Ich bin es allmählich wirklich leid, sie vorbeigehen zu sehen!«

Da Mr. Martin zu diesen Leuten gehörte, die jeden Tag an ihrem Fenster vorbeigingen, mußte er die Anspielung zwangsläufig auf sich beziehen. Ihm kam nicht zum ersten Mal der Gedanke, daß Althea Graham ziemlich viel zu ertragen hätte. Es würde ihr guttun, zur Abwechslung mal ein bißchen wegzukommen. Viel nötiger hätte sie es allerdings gehabt, mal von ihrer Mutter wegzukommen.

Mit flötender Stimme fuhr Mrs. Graham fort: »Am besten finden Sie also einfach heraus, was er zu bieten bereit ist.« Ein Klicken am anderen Ende der Leitung teilte ihm mit, daß sie aufgelegt hatte.

Althea war unterwegs gewesen, als dieses Gespräch stattgefunden hatte, aber sie war wieder zu Hause, als um zwei Uhr Mr. und Mrs. Blount kamen, um sich das Haus anzusehen. Sie war nicht erfreut, und ihr Benehmen verriet das.

»Es tut mir leid«, sagte sie, »aber ich habe Mr. Martin gestern erklärt, daß wir nicht verkaufen wollen.«

Mr. Blount war ein kräftig gebauter Mann mit rötlicher Gesichtsfarbe und einer irgendwie wohlhabenden Ausstrahlung. Er nahm seine schlaffe und matte Frau beim Ellbogen und führte sie an Althea vorbei in die Diele. Nur mit entschiedener Grobheit hätte man ihn draußen halten können.

Mr. Blounts Stimme war volltönend und gutgelaunt, als er ausrief: »Oje – wie schade. Ich hatte den Makler wirklich so verstanden, daß ... Sind Sie Mrs. Graham?«

»Ich bin Miss Graham.«

Er strahlte. »Ah, dann handelt es sich um ein kleines Mißverständnis. Mr. Martin sagte, daß Mrs. Graham mit ihm gesprochen hätte. Vielleicht könnten wir mit ihr reden ...«

»Meine Mutter ruht sich gerade aus.«

»Oh, wie schade! Wir sind wirklich davon ausgegangen, daß sie einem günstigen Angebot nicht abgeneigt wäre. Da wir jetzt schon mal da sind, können wir uns vielleicht trotzdem ein bißchen umsehen. Es ist in der Tat so, daß meine Frau an dieser Gegend größten Gefallen gefunden hat. Rauf und runter und kreuz und quer haben wir nach etwas gesucht, wo wir uns niederlassen könnten, jetzt, da ich mich zur Ruhe setze, aber irgendwas war immer verkehrt. Entweder das Wasser oder der Boden – oder zu hoch oder zu weit unten, es gab immer was, das nicht gepaßt hat. Und die Ärzte sagen dabei ständig: ›Lassen Sie ihr ihren Willen, Mr. Blount. Drängen Sie sie nicht, oder Sie werden es bereuen.‹ Sind sehr interessiert an ihrem Fall, die Ärzte. Und was sie – eingepackt in diese Ärzte-Sprache – sagen, die ich kaum verstehe und Sie ja vermutlich auch nicht – nun, das läuft auf folgendes hinaus: Was immer sie will, ich muß es ihr beschaffen, und wenn sie es unbedingt will, dann um so schneller. Dieses Haus nun, wir sind daran vorbeigegangen und haben es gesehen, und sie hat äußersten Gefallen daran gefunden – nicht wahr, Millie?«

Mrs. Blount war auf einen der Stühle in der Diele niedergesunken. Vom strähnigen rotblonden Haar bis zu den nach innen gekehrten Füßen hatte sie ein schlappes und mutloses Aussehen. Sie war auf dem geraden Stuhl in sich zusammengesackt und blickte mit blassen, wäßrigen Augen an Althea vorbei. Es sah nicht so aus, als wäre sie wegen irgend etwas zu wilder Begeisterung fähig. Sie öffnete die Lippen, die bei der allgemeinen Blässe ihres Gesichts kaum zu erkennen waren, und antwortete: »O ja.«

Althea hörte sich noch mit einem Ton, wie sie ihn einem Kind gegenüber benutzt hätte, sagen: »Es tut mir leid, aber wir haben wirklich nicht vor, zu verkaufen«, da öffnete sich auch schon die Wohnzimmertür, und Mrs. Graham stand da. Der Gegensatz zur schlaffen Mrs. Blount hätte nicht größer sein können. Vom wunderschön arrangierten Haar bis zu den grauen, zum Kleid passenden Wildlederschuhen trug Mrs. Graham ihre Gebrechlichkeit mit vollendeter Eleganz zur Schau. Sie hatte zwar einen Schal um, aber es war ein wolkiges Etwas aus Rosa und Blau und Violett, das die zarten Farbtöne ihres Gesichts hervorhob und dem Blau ihrer Augen schmeichelte.

»Liebling, ich habe Stimmen gehört. Oh ...« Sie brach ab.

Mr. Blount ging mit ausgestreckter Hand auf sie zu. »Mrs. Graham, gestatten Sie – ich bin Mr. Blount, und das ist Mrs. Blount. Wir wollten das Haus besichtigen, aber es scheint ein Mißverständnis zu geben. Miss Graham ...«

Mrs. Graham lächelte gnädig.

»Ach ja, Thea, Liebling, ich habe heute morgen ein bißchen

mit Mr. Martin geplaudert. Ich hätte es dir sagen sollen, aber es ist mir entfallen. Ich dachte nicht, daß er so schnell etwas arrangieren würde. Vielleicht führst du sie einfach durchs Haus.« Sie wandte sich Mr. Blount mit einem Blick zu, der um Verständnis warb: »Mir ist es nicht erlaubt, mehr als einmal am Tag die Treppen hochzusteigen.«

Ausgeschlossen, vor zwei Fremden eine Szene zu veranstalten. Althea führte sie im Haus herum, wobei Mr. Blount die ganze Zeit redete und Mrs. Blount in jedem Zimmer die beiden selben Worte wiederholte: »Sehr hübsch.« Nachdem sie dies in vier Schlafzimmern, einem Badezimmer, dem Eßzimmer, dem Wohnzimmer und der Küche getan hatte, gingen sie in den Garten, wo zwei bunte Rabatten und ein Grasstreifen zu einem Gebüsch und dem Sommerhäuschen führten.

Das Gefälle war ziemlich steil, so steil, daß Mrs. Graham sich ihm nicht gewachsen glaubte. Das rief in Althea ein Gefühl der Dankbarkeit hervor, aber ihr Gewissen ging deshalb gleich mit ihr ins Gericht. Sie konnte jedoch nichts dagegen tun. Dieser Ort war eine Zuflucht, wenn das Haus selbst ihr keine bot. Denn darin gab es kein Zimmer, wo sie der hohen süßlichen Stimme ihrer Mutter oder der Klingel, mit der diese nach ihr läutete, hätte entgehen können.

Mr. Blount sah sich alles an. Er konnte offenbar weder einen Rittersporn von einem Phlox noch eine Nelke von einer Ringelblume unterscheiden, aber er bewunderte alles. Er bewunderte auch das alte Sommerhäuschen, bei dem es sich in Wirklichkeit, wie Mr. Martin ihm hätte erklären können, um ein »Gazebo« handelte, das um einiges älter war als das Haus selbst. In jenen Tagen, als Grove Hill wirklich noch ein bewaldeter Hügel gewesen war, hatte man es allein zu dem Zweck errichtet, den schönen Ausblick auf die Felder, die sich zum Fluß hinunter erstreckten, zu genießen. Da es einige von Altheas geheimsten Erinnerungen enthielt, war sie froh, daß Mr. Blount weiter kein Interesse daran zeigte und es mit der Bemerkung abtat, daß es in Sommerhäusern immer ziehe und daß Mrs. Blount sich vor Zugluft sehr in acht nehmen müsse.

Als die Blounts gegangen waren, kehrte sie in den Garten zurück und setzte sich in das Gazebo.

4

Nicholas Carey war nach Grove Hill zurückgekommen, weil er viel Gepäck dort gelassen hatte und der Meinung war, daß er es mal durchsehen sollte. Wenn er während der letzten paar Jahre überhaupt mal daran gedacht hatte, war er stets davon ausgegangen, Emmy Lester würde es bei ihrem Umzug mitnehmen oder, wenn nicht, das meiste davon einfach wegwerfen. Aber nein, der Brief, mit dem er bei seiner Ankunft in England empfangen wurde, teilte ihm mit, daß sie den Speicher ganz und gar mit seinem Zeug vollgestopft zurückgelassen hätte. Es gab viele Zeilen von der Art wie »Du weißt, daß die Harrisons das Haus gekauft haben – entfernte Verwandte von mir –, und Jack Harrison hatte wirklich überhaupt nichts dagegen, daß ich alles so lasse, wie es war. Aber ich kenne seine Frau Ella nicht ganz so gut, und ich glaube, daß sie froh wäre, wenn Du vorbeischauen und einfach das aussortieren würdest, was Du behalten willst. Wir haben hier nicht viel Platz, aber wenn wir etwas unterbringen können ...«

Während er den Brief las, erschien Emmy vor seinem geistigen Auge: eine freundliche, geistesabwesende Gestalt mit einem Herzen weich wie Butter. Aber keine Närrin. Er stellte sich vor, daß auf Ella Harrison das Gegenteil zutreffen könnte. Nachdem er Ella begegnet war, konnte er dessen ganz sicher sein. Emmy hatte sie klar durchschaut, und was sie dort entdeckt hatte, gefiel ihr gar nicht.

Es ist immer ein wenig seltsam, an einen Ort zurückzukehren, mit dem man einst sehr vertraut war. Die Person, die man dort war, kehrt aus der Vergangenheit zurück. Sie ist nicht mehr man selbst, weil man weggegangen ist und sie zurückgelassen hat. Ihre Lieben und Vorlieben, ihr Kummer und ihre Verzweiflung sind nicht mehr die eigenen. Der Nebel der Jahre dämpft die Erinnerung an diese Regungen, und sie können keine Freude und keinen Schmerz mehr hervorrufen. Aber wenn man dann leibhaftig zurückkehrt und durch die alten Straßen geht und die vertrauten Orte wiedersieht, neigt dieser Nebel dazu, sich zu lichten. Das Bruchstück einer Strophe kam Nicholas in den Sinn, und eine Stimme flüsterte:

> Grauer grauer Dunst
> Über der alten grauen Stadt
> Nebel der Jahre, Nebel der Tränen
> Wo Geister auf und nieder gehen
> Und die Geister, die flüstern von diesem und jenem
> Von Tagen, da es uns gut erging auf der Welt.

Die Harrisons hatten ihm angeboten, über Nacht zu bleiben, und er hatte die Einladung angenommen. Hinterher sagte er sich, daß Emmys Brief ihm eine Warnung hätte sein müssen. Er hätte vorgeben sollen, daß er viel zu beschäftigt sei, um länger als einen Tag bleiben zu können ... Ella Harrison hatte alles, was ihm an einer Frau am meisten mißfiel, und der arme alte Jack war alles andere als sein eigener Herr. Nicholas erfuhr, daß sie bis in den Frühling hinein eine Kreuzfahrt gemacht hatten, auf der ständig die Hölle los gewesen sein mußte, und daß – soweit es Jack betraf – jede einzelne Minute davon das reinste Gift gewesen wäre.

»Es ist uns wirklich prächtig gegangen!« rief Ella. »Solch eine ausgelassene Gesellschaft! Maria Pastorella, der Filmstar, wissen Sie – fünf Zentimeter lange Wimpern und eine wirklich prächtige Figur! Und ihr neuester Mann, ein mächtig reicher Südamerikaner mit einem Namen, den keiner aussprechen konnte, weshalb wir ihn alle Dada genannt haben! Wirklich – diese südamerikanischen Männer! Was er alles gesagt hat! Irgendwie hatte er es auf mich abgesehen, und das hat ihr, glaube ich, gar nicht gefallen! Es ist uns wirklich großartig gegangen! Ich sage allen meinen Freunden, daß sie auch eine machen sollen!« Sie wandte sich ihrem Mann am anderen Ende des Zimmers zu:

»Jack, ich glaube, die Grahams verkaufen tatsächlich ihr Haus und gehen auf Reisen! Winifred ist schon ganz aufgeregt! Sie sagt, der Mann, der es sich angeschaut hat, hat ausgesprochen großen Gefallen daran gefunden! Er hat fünftausend Pfund geboten, und sie hat abgelehnt, und jetzt sagt er, daß er auf sechs erhöht!« Sie wandte sich wieder Nicholas zu.

»Übrigens, Sie haben sie gekannt, nicht wahr?« Ihre Stimme wurde schelmisch. »Recht gut sogar, heißt es!« Sie gab das Lachen von sich, das ihm an ihr so mißfiel. »Nichts ist so tot wie vergangene Affären, hab' ich nicht recht? Aber das arme Mädchen sitzt seitdem nur hier rum und schimmelt vor sich hin. Keine sehr angenehme Beschäftigung! Sie sah, glaube ich, ganz gut aus, als Sie mit ihr befreundet waren.«

Seine Position hinter den schützenden Seiten der »Times« und vielleicht auch die Gegenwart eines weiteren Mannes hatten Jack Harrison Mut gemacht, als er sagte: »Sie sieht auch jetzt noch sehr gut aus.«

Ellas Lachen klang nicht ganz so hell wie eben noch. »Wirklich, Jack! Was für komische Geschöpfe ihr Männer doch seid! Ich hätte gesagt, daß sie sich vollkommen gehen läßt – aber über Geschmack läßt sich ja nicht streiten. Winifred hat sie natürlich völlig versklavt, aber das ist ihre Sache.«

Nicholas sagte, daß er sich jetzt lieber an das Aufräumen im Speicher machen wollte.

Er war überrascht über seinen Ärger. Früher mochte sein Temperament manchmal mit ihm durchgegangen sein, aber fünf Jahre an einigen sehr seltsamen Orten hatten ihn Selbstbeherrschung gelehrt. Gelegentlich geriet er jedoch immer noch auf einen bloßen Funken hin in Rage, aber dann zog er die Vorhänge zu und verriegelte die Fensterläden, während er sich seiner Laune überließ. Denn an einigen jener Orte hätte ihn schon der geringste, auch nur momentane Verlust der Selbstbeherrschung sofort in Gefahr gebracht. Er hatte seltsame Pfade beschritten, seltsame Riten beobachtet und mit seltsamen Leuten Umgang gehabt...

Ella Harrison, die ihn bis ans untere Ende der Speichertreppe begleitete, hatte nicht die geringste Ahnung, wieviel Vergnügen es ihm bereitet hätte, sie zu erwürgen. Er sah besser aus als auf dem alten Foto, auf das Emmy so stolz gewesen war. Ella bewunderte schlanke, dunkelhaarige Männer und ging davon aus, daß auch er sie bewunderte. Schließlich war sie doch genau sein Typ: blondes Haar, viele Kurven, viel Farbe. Sie war mit sich und ihm sehr zufrieden.

Oben im Speicher erschrak Nicholas angesichts der Unmenge von Gerümpel, die er dort abgeladen hatte. Da waren drei Truhen voller Sachen, die seiner Mutter gehört hatten. Einige davon waren wirklich wertvoll. Alle waren für wert befunden worden, aufgehoben zu werden. Er hatte vorgehabt, sie mal mit Althea durchzuschauen. Da war eine riesige Schachtel voller Decken, deren Inhalt von Emmy sorgfältig gepflegt und jedes Jahr mit Kampfer behandelt worden war. Erst im letzten Mai war sie deshalb extra aus Devonshire angereist. Da war eine Kiste voller Leinentücher. Da waren

Stapel über Stapel von Büchern. Da waren Bilder – Portraits seiner Großeltern und Urgroßeltern. Er erinnerte sich an eine bezaubernde Dame vom Beginn des 19. Jahrhunderts, die in Musselin eingeschnürt war und ein blaues Band im Haar trug. Was sollte er mit der machen? Was sollte er mit ihnen allen machen? Sie im Staub von Ella Harrisons Speicher zurücklassen? Sicher wäre ihnen das lieber, als der da unten im Salon Gesellschaft leisten zu müssen.

Er hob den Deckel einer weiteren Schachtel hoch und entdeckte einige Fotoalben, die zu einem Haufen Briefe und Papiere gestopft worden waren. Man würde sie durchsehen müssen – aber wo und wann? Die Vorstellung, bei den Harrisons mehr Zeit zu verbringen als unbedingt notwendig, erfüllte ihn mit Schrecken. Eine fürchterliche Frau! Und der arme alte Jack ganz der zertretene Wurm.

Aber wo, wenn nicht hier, könnte er sich solch einer Menge an Zeug widmen? Er konnte es nicht in ein Hotel schleppen; er konnte es nicht nach Devonshire karren, wo Emmy ihn schon für pietätlos halten würde, wenn er auch nur das Foto eines Cousins zweiten Grades vernichtete. Was konnte er also tun außer hier durchzuhalten und die Sache so schnell wie möglich hinter sich zu bringen? Vermutlich gehörten gut Dreiviertel der Briefe und Papiere auf den Müll. Am besten machte er sich gleich an die Arbeit.

Ein leerer Wäschekorb stand in der Ecke, in den man gut alles Ausgesonderte würde hineinpacken können. Nicholas hatte ihn ungefähr zu einem Drittel gefüllt, als ihm ein zerlesenes Buch über Maschinenbau in die Hand geriet. Er konnte sich nicht erinnern, je so etwas besessen zu haben, aber als er es aufschlug, stand dort der Name seines Großvaters auf dem Vorsatzblatt. Als er es in den Korb warf, flog ein halbes Dutzend Fotos raus und segelte zu Boden. Die waren mindestens siebzig Jahre jünger als das Buch.

Tatsächlich waren sie nicht älter als sechs Jahre, und er hatte sie selbst aufgenommen. Es waren Fotos von Althea Graham, und einige davon waren hier im Garten gemacht worden und einige in Grahams Garten. Da war auch ein sehr schlechtes Bild von ihr mit Emmys Katze Ptolemäus auf dem Schoß. Ptolemäus war die ganze Sache zuwider gewesen, und wenn Ptolemäus etwas zuwider war, dann ließ er einen das spüren.

Die Szene kam Nicholas wieder in den Sinn. Das Bild war schlecht, weil Althea versucht hatte, nicht zu lachen, Emmy immer wieder »Ruhig!« gezischt hatte, und weil Ptolemäus, gerade als Nicholas den Auslöser drückte, kratzte und geflohen war.

Die ganze Szene war ihm jetzt mit äußerster Lebendigkeit gegenwärtig – Emmy in ihrer Gartenkleidung mit Erde an den Händen und dem Hut auf dem einen Ohr, Allie in einem grünen Leinenkleid. Ihre Augen waren eine Art Mischung aus Grau und Braun, aber das Kleid und der Garten als Schauplatz ließen diese fast so grün wie die Ptolemäus' wirken. Es war eine sehr schlechte Aufnahme, aber weggeworfen wurde sie nicht. Keines der Fotos war wirklich gut. Aber was hat ein Foto je anderes getan, als Gedächtnis und Vorstellungskraft zu veranlassen, eine fast vergessene Geschichte wieder heraufzubeschwören.

Er sah sich die Fotos noch lange an. Er verspürte kurz das Verlangen, sie zu zerreißen. Das Herbeibeschwören der Toten ist ein unheiliger Ritus – damit wollte er nichts zu tun haben. Doch schließlich steckte er die Bilder in die Brieftasche und zerriß statt dessen ein paar Briefe von einem Onkel, der sein Vormund gewesen war und den er partout nicht hatte leiden können. Es verschaffte ihm eine Art respektlose Befriedigung, diesen als Sündenbock benutzt zu haben, und gleich bekam er bessere Laune.

Warum in aller Welt belastete man sich mit solchen Überbleibseln und Pfändern? Nach fünf Jahren unbeschwerten Wanderns wirkte das auf ihn wie reiner Wahnsinn.

Am nächsten Tag erfuhr er, daß man ihn auf der Cocktailparty erwartete, die Mrs. Justice gab. Sie hatte die Harrisons eingeladen, und die hatten ihr versprochen, daß sie ihn mitbringen würden. Darüber hinaus hatte sie ihn selbst auch noch angerufen und dabei überschwenglich von den alten Zeiten geschwärmt, von Sophy und Sophys Mann und deren Kindern unter besonderer Berücksichtigung der neuen Zwillinge und von Emmy – und wie nett es doch sein würde, ihn wiederzusehen.

Er hatte Mrs. Justice immer gemocht, eine dieser riesigen rollenden Frauen, die wie gutmütige Schwerlastzüge durchs Leben ziehen und die Leute mit Freundlichkeit, Begeisterung und guten Ratschlägen plätten. Die rothaarige Sophy war eine Freundin von Allie gewesen – ein übermütiges Geschöpf, das es immer wieder geschafft hatte, dem Tratsch über sie um einen jungen Mann voraus zu sein, und die jetzt angeblich in der Karibik eine Familie großzog. Sophy und eine Horde Kinder! Er fühlte sich plötzlich richtig alt.

5

Nicht jeder Wanderer, der heimkehrt, wird begeistert empfangen. Wenn man einen nichtsnutzigen Stiefbruder mehrere Jahre lang nicht gesehen hat, ist man nicht immer geneigt, dessen Rückkehr mit einem Willkommensfest zu feiern. Mr. Martin wirkte wenig erfreut, als Fred Worple in sein Büro marschiert kam und ihm die Hand schüttelte. Er hatte zwar seine Stiefmutter sehr gern – und das war schon immer so gewesen; sie war seinem Vater eine gute Frau und ihm selbst und Louisa eine gute Mutter –, was nun aber den jungen Fred anging, den Sohn ihres ersten Mannes, da übte man sich besser in gnädigem Schweigen. Der hatte zu Hause immer wieder was angestellt und war in der Schule ständig in Schwierigkeiten geraten. Er war nicht auf den Kopf gefallen, aber man konnte sich nicht auf ihn verlassen.

Der alte Mr. Martin gab ihm Arbeit in seinem Büro, aber er taugte dort nichts. Nach sechs Monaten beim Militär wurde er als dienstuntauglich entlassen und zog in die weite Welt hinaus. Seine Mutter machte sich die größten Sorgen um ihn und wollte stets wissen, wo er wäre und warum er nicht schriebe, aber Mr. Martin hatte immer das Gefühl gehabt, je weniger Erkundigungen man über Fred einholte, desto besser.

Und da war er nun, sah recht wohlhabend aus und trug einen dieser modisch geschnittenen Anzüge mit Einstecktuch und Krawatte, wie sie Mr. Martin an keinem seiner Angestellten geduldet hätte. »Na, Fred?« sagte er. Und dann:

»Warst du schon bei deiner Mutter?«

Fred Worple nickte. »Wohne bei ihr. Komm schon, Bert – warum sagst du nicht, daß du dich freust, mich zu sehen?«

»Kommt darauf an«, antwortete Mr. Martin.

»Worauf?«

»Darauf, ob du nur zurückgekommen bist, um ihr Sorgen zu bereiten.«

Fred lachte. »Du freust dich, oder? Also, ich sage dir was, sie auch. Ist in Tränen ausgebrochen und hat mich geküßt, als hätte ich ihr die Kronjuwelen gebracht. Und du brauchst dir keine Sorgen machen – ich bin nicht zurückgekommen, um ihr auf der Tasche zu liegen – oder dir.«

»Freut mich zu hören.«

»Komm, komm, kein Grund, so eklig zu sein. Nur damit du es weißt, mir ist es ziemlich gut ergangen – war im Ausland und habe eine Menge Geld gemacht. Dachte mir, es wäre nett, in die alte Heimat zurückzukehren und meine lieben Verwandten wiederzusehen. Man will sich ja nicht ewig rumtreiben, und ich habe daher daran gedacht, mich richtig niederzulassen – ein Haus zu kaufen, eine Frau zu suchen, was halt alles so dazugehört. Du weißt vermutlich nichts, das für mich geeignet wäre, oder?«

Mr. Martin zögerte einen Augenblick. Er wußte genau, er wollte nicht das geringste mit Geschäften zu tun haben, an denen Fred beteiligt wäre. Vielleicht hatte er ja wirklich Geld gemacht – und es war vermutlich besser, gar nicht erst zu fragen, womit. Und vielleicht spielte er wirklich mit dem Gedanken, sich niederzulassen und zu heiraten, und er würde seine Mutter sehr glücklich machen, wenn dem so wäre, aber Mr. Martin war sich völlig sicher, daß er mit dem allen nichts zu tun haben wollte.

»Na ja, du könntest dich ein bißchen umschauen«, antwortete er, ohne sich festzulegen, »aber für diese kleinen Häuser werden heutzutage hohe Preise verlangt, und je kleiner sie sind, desto höher der Preis, sozusagen.«

Fred Worple lachte. »Ich bin gar nicht auf so was Kleines aus. Vier oder fünf Schlafzimmer und ein paar Wohnzimmer und ein nettes Stück Garten – das wäre das Richtige. Standen früher eine Menge davon in Grove Hill herum. Mutter sagt, du seist jetzt selbst auf den Hügel gezogen – Hillrest Road, nicht wahr? Schöne Brise dort oben. Wie würde es dir gefallen, wenn ich dein Nachbar werde?«

Das würde Mr. Martin überhaupt nicht gefallen. Er hielt zwar seine Zunge im Zaum, aber sein Gesicht sprach Bände. Nichts brauchte er weniger als einen zwielichtigen Stiefbruder gleich um die Ecke.

Mr. Worple lachte herzhaft, als er diese Miene sah.

»Nicht respektabel genug für dich? Du wirst dich noch wundern! Also, wie wäre es mit einem dieser Häuser in der

Belview Road – haben nette Gärten nach hinten raus. Ich bin ein toller Gärtner – solltest mich mal sehen! Jemand hat mir gesagt, das Eckhaus wäre zu haben.«

»Wer denn?«

»Ach, irgend jemand. Ich hab' mal vorbeigeschaut und es mir von der Straße aus angesehen, aber es steht kein Schild dort.«

»Na ja, jemand ist scharf darauf, aber die Leute wollen nicht verkaufen.«

Fred Worple stieß einen Pfiff aus. »Wieviel verlangen sie?«

»Sie wollen nicht verkaufen.«

»Wollen sie mehr Geld rausholen?«

Mr. Martin runzelte die Stirn. »Sie hatten ein sehr gutes Angebot, aber sie wollen nicht verkaufen.«

»Willst du mir verraten, wie hoch das Angebot war?«

»Nein.«

»Vielleicht dreitausend – vier, fünf, sechs –, du willst doch nicht etwa behaupten, daß sie siebentausend abgelehnt haben?«

Auch während der kleinen Pausen nach jeder der Zahlen blieben die scharfen, recht engstehenden Augen aufmerksam auf das Gesicht des Stiefbruders gerichtet. Als er den letzten Betrag genannt hatte, antwortete Mr. Martin mit Entschiedenheit:

»Ich behaupte überhaupt nichts.«

»Gut, aber schau mal, Bert, es ist doch unsinnig. Warum in aller Welt sollte jemand siebentausend für solch ein Haus ausschlagen? Du hältst mich zum Narren. Als wenn sich da noch jemand weigern würde! Sie wären verrückt, wenn sie es tun würden! Also gut, wenn du mir nicht sagen willst, wieviel dieser andere Kerl geboten hat, dann tu' es halt nicht. Alles, was ich dazu noch zu sagen habe, ist: Wieviel es auch sein mag, ich biete hundert Pfund mehr. Was hältst du davon?«

Mr. Martin musterte ihn sehr genau. Er hatte nicht getrunken, und er schien es ernst zu meinen. Er redete leichthin – nun, das war immer Freds Art gewesen, aber er hatte die Hand auf dem Knie geballt, und die Knöchel waren weiß. Fred führte was im Schilde, und – egal, was es war – die geachtete Firma Martin & Steadman würde damit auf gar keinen Fall etwas zu tun haben. Und das sagte er ihm auch.

»Schau, Fred, ich weiß nicht, worauf du hinauswillst, und will es auch gar nicht wissen. Es geht nicht, daß zwei unserer Kunden gegeneinander für das gleiche Haus bieten, wenn der eine ein Familienangehöriger ist. So machen wir keine Geschäfte.« Weiter kam er nicht, denn Fred brach in Gelächter aus.

»Schon gut, schon gut, nur keine Aufregung! Ich dachte mir, ich gebe der alten Firma eine Chance, das ist alles. Jones – weiter die Straße runter – wird die Sache erledigen, falls es wirklich soweit kommt.« Er schob seinen Stuhl zurück und stand auf. »Nun, es war nett, dich wiederzusehen, Bert. Es wird dir doch gefallen, mich gleich in der Nähe zu haben, oder? Bis dann!« Pfeifend ging er hinaus.

Mr. Worple ging in die High Street hinunter. Die hatte sich eigentlich nicht verändert. Es gab ein neues Kino und andere Namen über ein oder zwei Läden, aber ansonsten war alles beim alten. Gutes, respektables Geschäftsgebaren und gute, respektable Kundschaft. Kein Ort, an dem viel passiert, sollte man meinen . . .

Und genau da stieß er auf Ella Harrison.

Sie sah gerade in ein Schaufenster, und als sie sich umdrehte, standen sie einander plötzlich gegenüber, nahe genug, um sich zu küssen, ohne auch nur einen Schritt nach vorne tun zu müssen. Er dachte daran, es zu versuchen, aber nur einen Moment lang. Dann rief er »Ella!«, und sie sagte »Fred!«, und da standen sie und sahen einander an. Er fand, daß sie sich wirklich gut gehalten hatte. Eine gutaussehende Frau – und eine, die wußte, wie man das Beste aus sich machte. Das leicht getönte Haar und das helle Make-up, das extravagant geschnittene Kostüm entsprachen ganz seinem Geschmack.

»Fred! Wo in aller Welt kommst du plötzlich her?«

Er zeigte ihr das Lächeln, das sie einst so bewundert hatte. Genauer gesagt bewunderte sie es immer noch. Er hatte so eine Art, einem direkt in die Augen zu sehen ... Er sagte:

»Du mußt gerade reden.«

»Was machst du hier?«

»Besuche meine Mutter wie ein lieber Junge.«

»Ach, komm!«

»Ob du es glaubst oder nicht, genau das mach' ich gerade. Hab' ich dir nie gesagt, daß ich aus dieser Gegend hier stamme?«

»Nein, hast du nicht.«

»Na ja, vielleicht nicht, aber es stimmt trotzdem. Und ich habe ehrbare Verwandte – wirklich –, und das ist etwas, was du auch nicht gewußt hast. Martin & Steadman, die Makler da – ein halbes Dutzend Türen weiter; nun, Bert Martin ist mein Bruder.«

»Dein *Bruder*!« Ihre Stimme war ganz schrill.

»Na ja, Stief-. Meine Mutter hat seinen Vater geheiratet. Und was für eine glückliche Familie wir waren – oder auch nicht! Herrje, eine Zeitlang habe ich sogar in diesem öden alten Büro gearbeitet.«

Wie mit einem Ruck kam Ella Harrison zu sich. Sie durften hier mitten in der High Street nicht stehenbleiben, wo irgendwelche Bekannte sie zufällig beobachten konnten. Eine der Miss Pimms zum Beispiel – Hilfe! Und wen entdeckte sie gerade in diesem Augenblick auf der anderen Straßenseite: die älteste und vielleicht neugierigste der drei! Und die wollte auch noch die Straße überqueren. Hastig sagte Ella Harrison:

»An der Ecke Sefton Street ist ein recht nettes Café. Komm mit, wir trinken da eine Tasse Tee. Hier können wir nicht miteinander reden.«

Da sie Miss Pimm gesehen hatte, hatte diese sie natürlich auch gesehen. Zu sehen, was es zu sehen gab, war praktisch der einzige Grund für die Miss Pimms, überhaupt in die High Street zu gehen. Sie hielten stets sehr genau Ausschau, und es entging ihnen nur wenig.

Mabel, deren Blick die Straße überflog, war schon die Tatsache aufgefallen, daß Mrs. Harrison ein neues, offensichtlich teures Kostüm trug, als sie dann auch noch beobachtete, wie diese sich umdrehte und einen Fremden begrüßte. Sie war ziemlich sicher, daß es sich um einen Fremden handelte, denn niemand in Grove Hill trug diese Art von Anzug. Aber für Mrs. Harrison war er offenbar kein Fremder – ganz im Gegenteil! Wie er sie ansah – nun, sie würde nicht umhin kommen, ihren Schwestern später zu erzählen, daß ihr das überhaupt nicht gefallen hatte. »Frech« war der Ausdruck, den sie gebrauchen würde. Ausgesprochen frech.

Gerade in dem Moment, da sich Mabel in diesem Punkt Klarheit verschafft hatte, wurde ihr die Sicht von einem richtiggehenden Verkehrsstau versperrt. Aus dem Bus, der von Grove Hill herunterkam, stiegen die Fahrgäste aus, und ein Möbelwagen, der gerade aus der Sefton Street gekommen war, nahm fast den Rest der Straße in Anspruch. So konnte sie den gegenüberliegenden Gehsteig leider nicht mehr sehen. Diese flotte Mrs. Harrison – die Miss Pimms benutzten immer noch das Vokabular ihrer Jugendzeit – und dieser Geck ganz dicht beieinander und in ein offenbar intimes Gespräch vertieft! Als sie Nettie und Lily später davon erzählte, benutzte sie genau diesen Ausdruck.

»Sie standen viel zu eng beieinander – es sah wirklich so aus, als würde er sie gleich küssen! Kein älterer Herr, überhaupt nicht, und ich vermute, manche Leute hätten ihn gutaussehend genannt, aber sicher nicht die Sorte Mensch, mit der man gesellschaftlichen Umgang pflegt. Natürlich hält niemand Mrs. Harrison für besonders wählerisch, aber da stand er und lächelte sie auf eine höchst vertrauliche Art und Weise an. Und dann muß dieser elende Lastwagen kommen, und als die Straße wieder frei war, waren sie spurlos verschwunden. Ich dachte mir, daß sie vielleicht in das Sefton-Café gegangen seien, und bin also reingegangen und habe ein halbes Dutzend Scones gekauft, hab' die beiden aber nicht entdeckt. Aber natürlich gibt es da noch diese kleinen abgeteilten Nischen ...«

Ella Harrison und Fred Worple saßen in einer dieser Nischen und nippten an ihrem Kaffee. Das Sefton hatte sehr guten Kaffee. Nach dem ersten Schock – offen gestanden war es ein Schock gewesen – stellte Ella erstaunt fest, daß sie sich wirklich freute, ihn wiederzusehen. Nicht immer gefällt es einem, wenn Teile der eigenen Vergangenheit sozusagen aus dem Nichts auftauchen, aber sie hatte früher eine ziemliche Schwäche für Fred gehabt. Eine Zeitlang war sie ganz verrückt nach ihm gewesen, aber das war längst vorbei. Ihre Beziehung war immer anstrengend gewesen, denn keiner von ihnen hatte auch nur einen roten Heller besessen, und sie waren beide launisch veranlagt. Es war zu Szenen und Vorwürfen und wütenden Trennungen gekommen. Das war alles lange her, und der Zorn hatte sich gelegt, aber die Neigung war geblieben. Sie fühlten sich wohl in der Gesellschaft des anderen. Er sagte ihr, sie sollte vergessen, daß er sich Selby genannt habe, denn Worple sei sein richtiger Name – »und vergiß das bloß nicht, Schatz«. Und sie erzählte ihm davon, wie sie krank geworden wäre und den Job in der Tanztruppe verloren und zufällig Jack Harrison in Brighton kennengelernt hätte, wo sie bei ihrer Tante Annie gelebt hätte.

»Böse ist gar kein Ausdruck für die! Hat alles hinter verschlossenen Türen gehalten und genau abgezählt. Ich wäre keinen Tag geblieben, nur konnte ich nirgendwo sonst hin. Und dann kam da plötzlich Jack Harrison auf der Strandpromenade auf mich zu und fragte mich, ob ich mich an ihn erinnerte. Er war auf einer von Anna Kresslers Partys gewesen, und ich sagte also, daß ich mich selbstverständlich an ihn erinnerte, und er sagte, daß er mich nie vergessen hätte, und vielleicht würde ich mit ihm zu Abend essen.« Sie lachte. »Ich hätte auch mit dem Teufel zu Abend gegessen und wäre noch froh darüber gewesen! Ich habe nicht lange gebraucht, um zu erkennen, daß ich ihn genau dahin bringen könnte, wo ich ihn haben wollte. Er hatte Geld von einem alten, unverheirateten Cousin geerbt, und – na ja, es war eine Chance, die ich nutzen mußte, und ich hab' ihn mir also geschnappt, und da wären wir.«

»Völlig etabliert und ehrbar?«

»Oh, ich werde doch nicht mein Glück aufs Spiel setzen.«

Aber schon als sie es sagte, wußte sie, daß sie dieses Glück satt hatte. Wenn man sozusagen am Boden zerstört gewesen war, das Aussehen durch die Krankheit völlig ramponiert, und Tante Annie auch noch den letzten Pfennig aus einem rausholte, da mochte Jack Harrison wie ein Geschenk des Himmels gewirkt haben. Schön und gut, zu behaupten, daß er sich nicht verändert hätte. Das war es ja gerade – er war immer noch derselbe. Tag für Tag, Woche für Woche, Jahr für Jahr blieb er weiterhin der kleine, langweilige, graue Mann, den sie geheiratet hatte. Bis vor kurzem war noch eine Menge Geld vorhanden gewesen, aber nun redete er davon, er müsse die Ausgaben senken, das Haus verkaufen und was Billigeres suchen. Er sprach von Verlusten, und es könnte einen verrückt machen, wie er in einem fort über die Einkommensteuer meckerte. Früher war man müde gewesen und hungrig und lief sich die Hacken ab auf der Suche nach Arbeit, aber man langweilte sich wenigstens nicht.

Sie sah Fred an und dachte an die Zeit, die sie miteinander verbracht hatten. Es hatte Streitereien gegeben, aber auch anderes. Sie dachte daran, wie sie ganze Nächte durchtanzt hatten und wie die Männer sie angestarrt hatten und wie es war, mit jemand zu schlafen. Und hier war Fred nun und sah sie an, wie er es immer getan hatte. Es hatte nichts zu bedeuten, aber – warum eigentlich nicht? Früher hatte er nie einen Heller besessen, aber jetzt schien eine Menge Geld in seinen Taschen zu stecken und Löcher in diese zu bohren, wie es immer passiert, wenn man nie viel davon besessen hat und dann ganz überraschend daran gerät.

Er lachte leise und sagte: »Ach, ich bin jetzt ein lieber Junge – solide wie ein Haus. Und weißt du, das ist gerade etwas, wobei du mir helfen könntest. Du möchtest einem alten Freund doch helfen, oder?«

Sie warf ihm einen kurzen Blick zu. »Solange es was Anständiges ist.«

»Natürlich ist es anständig! Ich möchte mich niederlassen – ein Haus kaufen und ein nettes kleines Geschäft eröffnen.«

»Was für eine Art von Geschäft?«

»Habe mich noch nicht entschieden. Vermutlich Beteiligung an irgendeiner gutgehenden Firma. Zuerst kaufe ich das Haus.«

»Und die Frau?« Sie blickte ihn unter den getuschten Wimpern hervor an.

»Vielleicht kriege ich ja beides zusammen«, sagte er leichthin.

»Und was meinst du damit?«

»Ach, nur ein Witz. Um die Wahrheit zu sagen, ich habe schon ein Auge auf ein bestimmtes Objekt geworfen. Hab' es als Kind immer gesehen und mir gedacht, daß ich da gern mal drin wohnen würde. Hab' nicht gedacht, daß es je soweit kommen würde, aber man weiß nie, wie das Leben so spielt. Jemand hat mir einen Tip gegeben, der Gold wert war, und da habe ich eine Stange Geld gemacht. Also will ich jetzt No. 1 Belview Road haben.«

Komisch, daß er das Haus der Grahams kaufen und nach Grove Hill ziehen wollte. Sie hätte ein Dutzend bessere Möglichkeiten gewußt, das Geld auszugeben. Sie wußte ein Dutzend Möglichkeiten, ihm beim Geldausgeben zur Seite zu stehen.

Mit einem Schuß Boshaftigkeit sagte sie: »Nun, deine Glückssträhne hat ein Ende. Jemand anders ist da schon dran.«

»Woher weißt du das?«

»Die Grahams sind zufällig Freunde von mir. Ich glaube nicht, daß sie verkaufen wollen. Man hat ihnen siebentausend geboten, und sie haben nicht zugegriffen.«

Er stieß einen ungläubigen Pfiff aus. »Siebentausend! Du machst wohl Witze!«

»Mach' ich nicht.«

»Wer ist denn der Trottel?«

»Ein Mann namens Blount.«

Seine Gesichtsfarbe wechselte so rasch, daß Ella zurückschrak. Mit einer Stimme, die eher dem Fauchen eines Tieres glich, sagte er:

»Dieses dreckige, verlogene Schwein!«

6

Miss Madison war immer sehr beleidigt, wenn man ihr Etablissement eine Pension nannte. Dieses Wort weckte triste Assoziationen. Es deutete an, daß es sich um etwas Minderwertigeres als ein Hotel handelte. Miss Madison beherbergte »zahlende Gäste«. Der Ausdruck »Gästehaus« war da eher akzeptabel. Es war ihr Ziel, gegen ein bescheidenes Entgelt für eine fröhliche Umgebung, nahrhaftes und wohlschmeckendes Essen und alle Annehmlichkeiten des eigenen Heims zu sorgen. Da sie eine sehr gute Köchin war, standen ihre Zimmer selten leer. Der alte Mr. Peters wohnte in einem davon, seit seine Frau vor zehn Jahren gestorben war. Er mochte ein untröstlicher Witwer sein, aber die Miss Pimms machten häufig die Bemerkung, daß er um vieles jünger und besser aussähe, seit er bei Miss Madison eingezogen war.

Jedes Zimmer war in einer bestimmten Farbe eingerichtet und trug den entsprechenden Namen. Mr. Peters hatte das »Rote Zimmer«. Die alte Miss Bottomley, die schon beinahe so lange wie er dort war, wohnte im »Blauen Zimmer«. Sie war über achtzig, und sie hatte einen dieser hellen, weichen Teints, die im Verlaufe der Zeit immer noch heller und weicher zu werden scheinen. Sie war eine sehr nette alte Dame, hatte blaue Augen und bauschiges, weißes Haar und sah wirklich bezaubernd aus in ihrem blaßblauen Zimmer.

Mr. und Mrs. Blount wohnten im »Rosa Zimmer«, was schade war, weil Mrs. Blount überhaupt keinen Teint hatte und durch den geblümten Teppich, die rosa Wände und Vorhänge sowie das Doppelbett mit seiner rosenroten Überdecke blasser und unscheinbarer wirkte denn je. Das Rosa gab auch einen wenig vorteilhaften Hintergrund für ihr recht spärliches, rotblondes Haar ab. Nicht, daß es ihre Art gewesen wäre, auf so was wie Farbeffekte zu achten, aber es war Miss Madisons Art, und der machte die Sache zu schaffen. Wenn ein anderes Doppelzimmer frei gewesen wäre, hätte sie darauf gedrungen, daß die Blounts es nähmen, obwohl sie eigentlich, wenn sie es sich recht überlegte, nicht wußte, welche Farbe vorteilhafter gewesen wäre. Gelb oder Grün hätten ganz gut zum Haar gepaßt, aber es schüttelte sie bei der Vorstellung, was das auf das blasse, flache Gesicht und die öden, blassen Augen für Auswirkungen gehabt hätte. Von Menschen mit Sorgen ging immer eine düstere Stimmung aus. Und sie sah Fröhlichkeit als eine Pflicht an.

Mrs. Blount saß in ihrem rosa Zimmer in einem Sessel und hatte eine bunte Zeitschrift auf dem Schoß. Es war eine dieser Publikationen, die ganz offen von sich behaupteten, daß sie sich vor allem an »echte Frauen« wendeten. Sie enthielt Haushaltstips, die Art von Liebesgeschichte, in der am Ende immer alles wieder ins Lot kommt, Antworten auf Leserfragen und Ratschläge, die Kleidung, Gesundheit, das Liebesleben und auch die Probleme mit Heim, Kindern und Ehemann betrafen, vor allem aber Empfehlungen zur Schönheitspflege.

Mrs. Blount las die Liebesgeschichte immer zuerst. Wenn mit Ende der aktuellen Folge die Heldin dann überzeugt davon war, daß der große blonde Mann, der in ihr Leben getreten war, unabänderlich einer anderen zugetan wäre, konnte sich Mrs. Blount mit dem Gedanken trösten, daß sich alles – wenn auch vielleicht nicht in der nächsten oder der übernächsten oder der überübernächsten Woche, so doch zu guter Letzt – als ein Mißverständnis herausstellen und die Hochzeitsglocken läuten würden. Manchmal war der Mann auch dunkelhaarig mit blitzenden Augen. Manchmal war er nicht hübsch, sondern hatte ein hageres, zerfurchtes Gesicht. Aber das Ende war immer dasselbe. Er legte seine Arme um die Heldin, und sie küßten sich.

So sah es Mrs. Blount, auch wenn die Leute, die diese Geschichten schrieben, natürlich für wesentlich mehr Verwicklungen sorgten. Sie war eine einfache und höchst unglückliche Frau. Es linderte dieses Unglück, über andere Leute zu lesen, die unglücklich waren, schließlich darüber hinwegkamen und dann glücklich waren bis an ihr Lebensende. Sie glaubte zwar nicht, daß sie das gleiche erleben würde, aber sie las einfach gern, wie es anderen Leuten passierte.

Aus dem gleichen Grund las sie jeden Tip zur Schönheitspflege: »Wenn Ihre Haut zur Fettigkeit neigt – wenn Sie ein Doppelkinn bekommen – wenn sich diese feinen Fältchen um die Augen zeigen – wenn Sie zuviel an Gewicht verlieren oder zunehmen – wenn Ihr Gesicht zu lang, zu breit, zu dick, zu dünn ist . . .« Alles ließ sich richten, und sie wurde nie müde, darüber zu lesen. Sie versuchte nie, sich auch nur vorzustellen, wie sie eins von den Mitteln ausprobierte, die empfohlen wurden. Nie sah sie sich auch nur für einen Augenblick mit gewelltem Haar, einer verwandelten Haut, sorgfältig gefärbten und in Form gebrachten Brauen, mit Lidschatten, Rouge, Puder und Lippenstift. Sie las nur gerne über diese Dinge.

Als sie Mr. Blounts Schritte auf der Treppe hörte, schob sie die Zeitschrift hinter ein Kissen. Er lachte über die Geschichten und machte unfreundliche Bemerkungen über die Leserbriefe. Schließlich kamen sie von Leuten, die Probleme hatten, und es war nicht richtig, über sie zu lachen. Als er mit gerunzelter Stirn das Zimmer betrat, wußte sie sofort, daß er wegen irgend etwas verärgert war. Er schloß die Tür hinter sich und sagte mit häßlicher Stimme: »Fred ist hier.«

Mrs. Blounts blasser Mund klappte auf, und ihr Mann stieß einen Fluch aus.

»Du brauchst nicht eine noch größere Närrin zu spielen, als du es ohnehin schon bist! Ich sagte ›Fred ist hier‹. Soviel verstehst du ja wohl noch, oder?«

Sie antwortete: »Ja, Sid.«

Wütend starrte er sie an. »Wir haben zu lange gebraucht, da gibt es nichts zu deuteln! Wäre vielleicht ganz anders gekommen, wenn du ein bißchen mitgespielt hättest! Du bist angeblich ganz heiß auf dieses Haus, und was machst du – sitzt wie ein Bündel alter Klamotten da und sagst ›Sehr hübsch‹.«

»Was hätte ich denn sagen sollen?« Die Worte kamen langsam und leblos hervor.

Er fluchte noch einmal. »Ich hätte dich zu Hause lassen sollen, da gibt es nichts dran zu deuteln. Es war dumm, zu erwarten, daß du mitspielen würdest. Du solltest so scharf auf das Haus sein, daß ich keine Ruhe haben würde, bis ich es gekauft hätte. Du solltest so wild darauf sein, daß ich immer mehr Geld bieten müßte, bis sie zu verkaufen bereit wären, aber wenn ich dich dorthin mitnehme, meint man, du seist ungefähr so scharf darauf wie eine Katze auf ein Tauchbad! Eins sage ich dir, ich hätte dir den Hals umdrehen können! Und was ist das Ergebnis – was ist das Ergebnis, frage ich dich! Fred, sage ich dir – Fred, der hier mit den Taschen voll Geld auftaucht und gegen mich bietet! Fred, der kaum ein paar Pennys hatte, um damit in der Tasche zu klimpern, und der zu mir gekommen war, damit ich ihm das Geld beschaffe! Und was jetzt? Er hat einen Glückstreffer gelandet, und da ist er nun, ein Konkurrent in diesem Geschäft, und treibt den Preis in die Höhe! Übel gelaunt außerdem, und das nicht zu knapp! Sagt, ich hätte ihn reingelegt. Dabei konnte er nicht einmal ein paar Pennies aufbringen! Und jetzt will er alles ausplaudern, falls ich ihn nicht beteilige! Und das, nachdem er den Preis hochgetrieben hat! Aus purer Boshaftigkeit!«

Mrs. Blount saß in ihrem Sessel und sah ihn an. Sie wußte nichts von seinen Geschäften – er erzählte ihr nie etwas. Nur gelegentlich, wenn ihn – wie jetzt – etwas aufgeregt hatte, redete er davon. Er erklärte ihr nichts, und so war es ihr auch lieber. Sie wollte von seinen Geschäften nichts wissen. Manchmal, nachts, wenn sie nicht schlafen konnte, überkam sie die Ahnung, daß irgendwas passieren würde, sollte sie je von seinen Geschäften erfahren. Irgendwas Schreckliches. Sie saß einfach da und sah ihn an. Wenn er mit dieser Stimme zu ihr redete, hatte sie zuviel Angst, um etwas anderes zu tun. Sie hätte gerne weggesehen, aber sie hatte sogar davor Angst. Er war nicht groß, aber breit. Er hatte ein rotes Gesicht mit Augen, die zu hell dafür waren. Die Leuten fanden, daß er lustig aussähe. Seine Arme und seine großen rauhen Hände verfügten über beängstigende Kräfte. Sie hatte ihn geheiratet, weil kein anderer ihr einen Antrag gemacht hatte, und sie hatte nicht lange gebraucht, um herauszukriegen, daß er sie nur wegen des Hauses geheiratet hatte, das Onkel George ihr vermacht hatte, und wegen der tausend Pfund auf dem Postsparbuch.

Er stampfte zum Fenster hinüber und wieder zurück.

»Jetzt paß mal auf«, sagte er. »Wenn du Fred in die Arme läufst, weißt du von nichts, verstanden? Von überhaupt nichts! Wenn er dich fragt, warum ich ein Kaufangebot für das Haus gemacht habe, weißt du von nichts! Du kannst dich so dumm stellen, wie du willst, Hauptsache, du weißt von gar nichts! Es sähe Fred nur zu ähnlich, wenn er versuchen würde, dich abzufangen und auszuhorchen! Du schüttelst einfach den Kopf und sagst, du weißt von nichts! Du kannst sagen, ich redete mit dir nie über Geschäfte, und das ist die reine Wahrheit! Hast du das kapiert?«

»Ja, Sid.«

»Na gut, vergiß es bloß nicht!«

Er stampfte aus dem Zimmer, und anstatt die Tür hinter sich zuzuschlagen, schloß er sie vorsichtig, denn er war ja der zuvorkommende Ehemann, der immer soviel Rücksicht auf seine anstrengende Frau nahm.

Miss Moxon kam – gefolgt von ihrer Freundin Mrs. Doyle – aus dem »Grünen Zimmer«. Sie war groß und dünn, und Mrs. Doyle war rund wie ein Knödel, aber voller Energie. Sie erledigte die Einkäufe für Leute, die im Ausland waren. Sie nahm auch Schulkinder in Empfang und führte sie durch London. In der Zwischenzeit schrieb sie unzählige Briefe an ihre verheirateten Söhne und Töchter, die in beide Richtungen, von China bis nach Peru, über die Welt verstreut waren. Miss Moxon löste nur Kreuzworträtsel, aber arbeitete sehr gründlich daran, und das genügte ihr.

Die beiden blieben stehen und redeten mit Mr. Blount und fragten ihn, ob es Mrs. Blount schon etwas besser ginge. Als er voller Bedauern den Kopf schüttelte, tat er ihnen leid, und sie bewunderten ihn, weil er so ein guter Ehemann war.

Mrs. Blount hörte ihre Stimmen durch die Tür hindurch. Sie wußte, was sie sagten, denn es war dasselbe, was alle sagten. Sie hatten Mitleid mit ihr, denn sie waren liebenswürdig, aber sie hatten noch viel mehr Mitleid mit Sid, der solch ein armes Wesen zur Frau hatte.

Als die Schritte und die Stimmen sich entfernt hatten, zog sie ihre Zeitschrift unter dem Kissen hervor und las darüber, wie man ein von Motten befallenes Wollkleid wieder herrichtete: Man kürzte die Ärmel und machte Aufnähtaschen aus den Stücken, die man abgeschnitten hatte. Was man tat, wenn die Mottenlöcher an solchen Stellen waren, wo man sie nicht unter Taschen verstecken konnte, erfuhr sie nicht. Vor zwei Jahren waren die Motten ganz schrecklich gewesen. Sie hatte vergessen, Mottenkugeln zu ihrer Wollunterwäsche zu pakken, und da war die voller Löcher wieder zum Vorschein gekommen.

Als nächstes las sie über einen Trick, wie man Flecken auf Marmor wegbekommt.

7

Mrs. Grahams Verwirrung nahm immer mehr zu. Auf der einen Seite war es durchaus wünschenswert, daß Althea mehr auf ihr Aussehen achtete, denn niemand glaubte einem ja mehr, daß man selbst noch keine vierzig wäre, wenn man eine Tochter hatte, die wie fünfunddreißig aussah. Auf der anderen Seite konnte man gar nicht anders, als diese Veränderungen mit Nicholas Careys unerfreulicher Rückkehr in Verbindung bringen. Wenn Leute fünf Jahre lang weg waren, erwartete man wirklich nicht mehr, daß sie wieder auftauchten. Nicht, daß es wahrscheinlich war, daß er nach all der Zeit auch nur das geringste Interesse an Thea hätte. Sie hatte das französische Sprichwort über die Rückkehr zur ersten Liebe immer für sehr albern gehalten – nichts als eine Phrase um des Reims willen.

»On revient toujours
A ses premiers amours«

War ein Mann erst mal weggegangen, dann blieb er auch weg, das war ihre Erfahrung. Trotzdem hoffte sie, daß die beiden sich nicht begegnen würden. Thea würde sich wahrscheinlich aufregen, und wenn sie sich aufregte, schlug sich das immer auf die Stimmung im Haus nieder. Es wäre wirklich das beste, diesem Mr. Blount das Haus zu verkaufen, der ganz versessen darauf zu sein schien. Sie könnten ihre Möbel irgendwo lagern und auf Kreuzfahrt gehen, bevor das kalte Wetter einsetzte. Sie fragte sich, ob er über siebentausend hinausgehen würde. Falls er das täte, wäre es Wahnsinn, abzulehnen, und Thea würde dann viel zuviel zu tun haben, um noch für Nicholas Carey Zeit erübrigen zu können.

Diese Gedanken spann sie weiter, bis der Nachmittag von

Mrs. Justice' Cocktailparty kam. Es war eine Ironie des Schicksals, daß ausgerechnet Ella Harrison für eine Störung sorgte. Sie hatte sich bis zu dem bequemen Sessel vorgekämpft, den sich Mrs. Graham hatte sichern können, saß nun auf dessen Armlehne und begann eine Art fortlaufenden Kommentars.

»Was für eine Menge Leute! Ich sehe da, daß die drei Miss Pimms hier sind. Ich dachte, die gehen nirgendwo zusammen hin, aber da Sophy Justice einen Verwandten von ihnen geheiratet hat, haben sie sich wohl verpflichtet gefühlt, hier vorbeizuschauen. Seit wir nach Grove Hill gekommen sind, trägt Mabel jetzt dieses blaue Kleid, und ich begreife nicht, was sie überhaupt zu dem Kauf veranlaßt haben könnte. Aber von denen hat ja ohnehin keine Geschmack!«

»Sie hat es zu Sophys Hochzeit vor fünf Jahren gekauft.«

Mrs. Grahams Nachsichtigkeit beruhte auf der Tatsache, daß ihr eigenes Kleid recht neu war. Es war in einem weichen Blau gehalten und wurde durch einen passenden Mantel ergänzt, und es hatte eigentlich mehr gekostet, als sie hätte ausgeben dürfen, aber wenn sie das Haus verkauften, würde sie es einfach von dem Erlös abziehen, und keiner würde etwas merken. Dann hätte sie es ja praktisch umsonst bekommen.

Mrs. Harrison fuhr fort: »Und so schaut es auch aus! Es muß jedenfalls schon damals ziemlich häßlich gewesen sein. Wo ist Thea? Du willst doch nicht etwa sagen, daß sie nicht gekommen ist. Ich habe Nicholas Carey mitgebracht, weißt du. Ich frage mich, ob sie sich noch was zu sagen haben. Er wohnt bei uns, bis er dieses Durcheinander im Speicher beseitigt hat. Er hat es Emmy Lester vermacht, und die hat es uns vermacht, und ich werde weiß Gott froh sein, es endlich los zu sein! Ach, da drüben ist Thea ja und redet mit Nettie Pimm! Du meine Güte, was hat die denn mit sich angestellt – ich habe noch nie eine solche Veränderung gesehen! Wenn ich nicht dieses grüne Kleid von ihr kennen würde, hätte ich sie vermutlich gar nicht wiedererkannt! Weißt du, Winifred, wenn du sie derart gutaussehend mit auf eine Kreuzfahrt nimmst, brennt sie dir noch mit jemand durch, und du bleibst jammernd zurück.«

Mrs. Grahams zarte Brauen zogen sich zu einem Ausdruck des Mißfallens zusammen. »So was Lächerliches!«

»Überhaupt nicht! Ich behaupte natürlich nicht, daß es alle Männer, die man dort trifft, ernst meinen, aber es gibt viel Abwechslung und viele Spiele. Wenn ich könnte, würde ich gleich morgen wieder in See stechen, soviel steht fest. Aber so wie Jack ständig über die Kosten unserer Reise und über die Verluste, die er in letzter Zeit hinnehmen mußte, jammert, ist das nicht sehr wahrscheinlich. Mein Gott, wenn man ihn hört, könnte man glauben, er erwartet von mir, den Rest meines Lebens in Grove Hill herumzusitzen und zu sparen! Da kann er lange warten! Weißt du, ich sage immer, wer lieb ist, ist auch langweilig. Diese Kreuzfahrt war klasse! Mir hat seit Jahren nichts mehr so viel Spaß gemacht! Ich wünschte mir nur, ich hätte wie du Gelegenheit, noch mal eine zu machen.«

Mrs. Graham sah weg. »Ich habe, glaube ich, kein Interesse.«

Ella Harrison war einen Moment lang ganz außer sich. Wie ein Fähnchen im Wind war diese Winifred Graham! Ganz versessen auf diese Kreuzfahrt war sie gewesen, als sie noch hoffte, dort einen Mann für sich selbst zu finden, aber kaum erwähnte man, daß auch für Thea Chancen bestünden, wollte sie nichts mehr davon wissen.

Ella überlegte, wo eigentlich ihr eigenes Interesse in dieser Angelegenheit läge. Fred wollte das Haus, und sie würde ihm einen guten Dienst erweisen, wenn sie die Grahams dazu brächte, zu verkaufen. Sie konnte sich nicht vorstellen, warum er es haben wollte, aber sie hatte vor, es noch herauszufinden. Sie traf Fred jeden Tag, ging mit ihm zwanglos einen Kaffee trinken oder abends mal ins Kino. Wenn er nicht dabei war, sich wieder Hals über Kopf zu verlieben, war er zumindest ein guter Schauspieler.

Sie wußte genau, was für eine Riesendummheit es wäre, wieder auf ihn reinzufallen. Er führte was im Schilde – sie kannte ihn gut genug, um das zu erkennen. Man konnte ihm keinen Zentimeter weit trauen – das wußte sie auch. Besser, sie hätte mit ihm nichts zu tun, da gab es nichts zu leugnen. Und noch während sie dies dachte, wurde ihr bewußt, daß sie immer noch genauso verknallt in ihn war wie früher und daß sie ihm, so es nur irgend ging, helfen würde, falls er die Grahams loswerden wollte.

Alle diese Gedanken gingen ihr durch den Kopf, als sie Mrs. Graham antwortete:

»Meine Liebe, du würdest begeistert sein! Und du hättest Bewunderer ohne Ende. Männer haben nun mal eine Schwäche für zarte Frauen. Und Männer wird es dort viele geben. Warum sollte Thea nicht auch einen abbekommen? Denn das muß ich sagen, sie hätte sich ein bißchen Glanz und Unterhaltung wirklich verdient.«

Als führende Expertin auf dem Gebiet des Glänzens wußte Ella Harrison natürlich, wovon sie sprach. Alles an ihr, von dem messingfarbenen Haar, den durch lange schwarze Wimpern betonten Augen, den Zähnen, die so hell strahlten, als würde damit für irgendeine Zahnpasta Reklame gemacht, bis zu den Diamanten, die von den Ohren herabhingen, der blitzenden Brillantenrosette auf der Schulter und den wertvollen Ringen an den Fingern, die bei jeder Handbewegung funkelten, schien zu glänzen.

Das geschickt aufgetragene Rouge und der außergewöhnliche Lippenstift wurden durch ein enges königsblaues Kleid betont, dessen Farbe sich in einer Tüllschleife und einer juwelenbesetzten Haarspange wiederholte. Sie war sehr zufrieden mit sich selbst gewesen, als sie die Treppe von »Grove Hill House« hinabschritt auf Nicholas Carey zu, der unten in der Diele wartete. Da stand er und betrachtete sie und schien die Augen nicht abwenden zu können. Sie hatte das Gefühl, wieder auf der Bühne zu stehen. Kein Auftritt war so wirkungsvoll wie der über eine Treppe. Es hätte ihr Genugtuung verschafft, wenn sie gewußt hätte, daß sich bei Nicholas ähnliche Assoziationen eingestellt hätten. Allerdings hätte es sein können, daß sie beleidigt gewesen wäre, wenn sie erraten hätte, mit welchen Bühnenanweisungen er ihr Erscheinen angekündigt hätte: »Ein Trompetenstoß. Auftritt der Barbarenkönigin!«

Althea blickte über die Menge hinweg und fragte sich wohl zum hundertsten Mal, wie ihre Mutter diese Ella Harrison nur ertragen konnte. Ihr selbst war es egal, daß sie vulgär war und sich protzig kleidete, aber daß sie ihre Mutter zu überreden versuchte, auf Kreuzfahrt zu gehen und das Haus zu verkaufen, das konnte Althea ihr einfach nicht verzeihen. Als allerletztes Mittel würde ihr natürlich nichts anderes übrigbleiben, als ihre Trumpfkarte auszuspielen: Das Haus gehörte ihr und konnte ohne ihre Zustimmung nicht verkauft werden. Nur hoffte sie – hoffte sie inständig –, daß sie dazu nicht gezwungen sein würde.

Nicholas Carey, der durch Mrs. Justice' massige Gestalt praktisch allen Blicken verborgen blieb, sah, wie sich Altheas Gesichtsausdruck veränderte. Er hatte sie beobachtet, während Mrs. Justice ihm alles über Sophys Hochzeit erzählte, die er nicht hätte verpassen dürfen, und dann fortfuhr, ihm Näheres über den Ehemann, den ältesten Sohn, den jüngeren Sohn, die Tochter und nicht zuletzt über die Zwillinge mitzuteilen.

»Von jeder Sorte eins – und richtige kleine Dickerchen«, sagte sie. »Und ach, mein Lieber, sie haben alle rotes Haar, und sie ist so glücklich darüber, aber unter uns gesagt, ich glaube ja, daß es mit dem Alter noch dunkler wird. Im Moment jedenfalls, so sagt sie, hat es die reinste Karottenfarbe. Es ist natürlich eine fröhliche Farbe, und sie sind eine fröhliche Familie.«

»Sophy war schon immer fröhlich«, bestätigte er.

Sie wälzte sich von dannen, um mit jemand anders zu sprechen, und er blickte wieder Althea an. Sie trug ein grünes Kleid. Nicht aus Leinen wie das auf dem Foto, aber es hatte die gleiche Wirkung auf ihre Augenfarbe. Ella Harrison hatte ihn davon zu überzeugen versucht, daß Althea sich verändert hätte, aber ihn erfaßte jetzt eher ein Staunen darüber, wie wenig fünf Jahre den vertrauten Bewegungen, ihrem Gesichtsausdruck etwas anhaben konnten.

Er hatte ihr Bild verbannt und den Zugang zu ihm versperrt, war auf fremden, abenteuerlichen Pfaden gewandelt, und als das alles vorbei war, war er nach Hause zurückgekehrt und mußte entdecken, daß sich nichts geändert hatte. Die versperrte Kammer war offen und leer. Althea stand einfach auf der anderen Seite des Zimmers, und es war so, als wäre er nie weg gewesen. Sie wandte den Kopf, und ihre Blicke trafen sich.

Es war eine ausgesprochen eigenartige Erfahrung. Man wachte gleichsam auf und entdeckte, daß irgend etwas Schreckliches gar nicht passiert war. Er sah, wie Althea ein leuchtendes Rot ins Gesicht stieg, und er sah, wie sie wieder erbleichte, bis nur noch ein bißchen Farbe auf beiden Wangen zurückblieb. Sie hatte diese so vorsichtig aufgetragen, daß man das Make-up erst erkannte, als ihr alles Blut aus dem Gesicht gewichen war. Althea machte sich auf den Weg zur Tür.

Sie hatte längst gewußt, daß Nicholas auch da sein würde. Und die Miss Pimms hatten es sicher auch gewußt und all die anderen Leute, die das zwischen ihr und Nicholas mitbekommen hatten und die alle sehr daran interessiert sein würden, zu sehen, wie sie einander wiederbegegneten. Es würde ein wirklich ergreifender Augenblick sein für Grove Hill, und sie hatte manchmal geglaubt, daß sie es nicht würde ertragen können. Aber das war vorüber, denn es gab etwas, das sie noch viel weniger ertrüge. Wenn es darum ging, ob sie ihn in Gesellschaft oder überhaupt nicht treffen sollte, hatte sie eigentlich gar keine Wahl. Er würde sie nicht besuchen kommen – nicht, nachdem sie sich vor fünf Jahren auf solche Weise getrennt hatten. Jetzt war er für ein oder zwei Stunden, ein oder zwei Tage zurück. Wenn sie ihn in dieser kurzen Zeitspanne nicht träfe, würde sie ihn nie wiedersehen. Sie machte sich weiter keine Gedanken darüber. Wenn man in der Wüste verdurstet und Wasser in Reichweite findet, macht man sich keine großen Gedanken darüber, ob es hinterher vielleicht nur noch schlimmer sein werde, sondern man schnappt zu und trinkt.

Aber als sie nun zur anderen Seite des Zimmers hinübersah und ihn dort entdeckte und er sie anblickte, verlor sie den Mut. Sie wußte nicht, was geschah oder geschehen würde. Sie wußte nur, daß es nicht hier vor all den neugierigen Augen geschehen konnte. Die lange unnatürliche Selbstbeherrschung der letzten Jahre schwand dahin, und Althea wollte das Zimmer verlassen, bevor diese sie ganz verließe. Sie bahnte sich einen Weg zwischen den Menschen hindurch, die sich irgend etwas zuschrien, ohne daß einer den anderen wirklich verstand. Sie sah nicht noch mal zu Nicholas hin. Sie hörte Ella Harrisons metallisches Lachen, und plötzlich, in einen Moment der Stille hinein, war die Stimme eines Mädchens zu vernehmen: »Und seine Nase war eiskalt!«

Und dann hatte sie auch schon die Tür erreicht. Ein dicker Mann lehnte daran. Er hatte offenbar schon einige Cocktails intus und schien eine Stütze zu brauchen. Sie fragte sich, wie sie an dem vorbeikommen würde, als sie Nicholas sagen hörte:

»Entschuldigung, alter Knabe, aber wir wollen bloß mal durch.« Eine Hand griff über ihre Schulter hinweg. Der Dicke wurde an der Wand entlanggeleitet, die Tür öffnete sich, und sie fand sich im Korridor wieder. Nicholas sagte: »Schnell!«, legte einen Arm um ihre Schultern und rannte mit ihr zu dem kleinen Zimmer, das früher einmal das von Sophy gewesen war.

Als die Tür sich hinter ihnen geschlossen hatte, ließ er Althea los und trat zurück. Sie sprachen nicht, sie sahen einander nur an.

Schließlich sagte er: »Nun?«

Und sie fragte: »Wo bist du gewesen?«

8

Nicholas' Lachen war ein bißchen unsicher.

»Ach, bin bloß die Erde auf und ab gewandert und überall herumgestreift wie mein Namensvetter im Buch Hiob.«

Sie fragte, als sei es eigentlich unerheblich: »Erinnerst du dich noch, wie du als Teufel mit Hörnern und Schwanz verkleidet die Leute auf Sophys Geburtstagsparty zu Tode erschreckt hast, indem du die Sicherung rausgedreht hast und ganz mit phosphoreszierender Farbe beschmiert hereingestürmt bist?«

Er lachte erneut. »Und bums war alles vorbei.«

»Weil du einen Knallfrosch an deinem Schwanz hattest, und als der losgegangen ist, haben alle geschrien.«

»Du nicht.«

»Kann ich nicht, wenn so was passiert – ich werde dann ganz starr.«

»Liebling, das Problem mit dir ist doch, daß du nur aus einem Haufen Hemmungen bestehst. Du schreist nicht, du weinst nicht und springst auch nicht auf einen Stuhl, wenn du eine Maus siehst.«

»Würde ich vielleicht tun, wenn es eine Spinne wäre.«

»Spinnen können Stühle hochlaufen, aber nur die kleinen haben ein Verlangen danach. Die großen, haarigen sind ganz der Faulheit ergeben. Die dösen und lauern in den Toiletten und dort, wo man sich waschen will. Aber laß uns zu deinen Hemmungen zurückkehren. Wenn du die nicht überwindest, werden sie dich am Ende noch zu Stein verwandeln. Das weißt du doch?«

»Ja«, antwortete sie aus der Tiefe ihres Herzens heraus.

»Was sollen wir tun, Allie?«

Ihre Lippen waren ganz steif, aber sie zwang sich, sie zu bewegen. »Ich weiß nicht . . .«

»Ehrlich? Wie wäre es damit?« Seine harten, kräftigen Arme schlossen sich um sie, drückten sie an ihn, und sie konnte seinen Herzschlag spüren. Er küßte sie nicht, sondern hielt sie nur fest und sah ihr in die Augen. Sie wußte nicht, was er dort sah, aber sie wußte, was sie in seinen sah. Nichts von dem, was sie erwartet hatte: Zorn, Spott, Leidenschaft – all das hatte damals in seinem Blick gelegen. Jetzt war er anders, und sie konnte nicht wegsehen.

»Was sollen wir tun, Allie?«

Es gab ja nichts, was sie tun konnten. »Nichts«, antwortete sie.

»Es ist noch sehr stark. Ich wußte nicht, daß es so stark sein würde. Du vielleicht?«

»Ja.«

»Kein Wunder. Schließlich hast du vor fünf Jahren dein Bestes gegeben, um es abzutöten, und ich selbst habe es seither immer wieder versucht. Wenn es nicht so gut wie unzerstörbar wäre, hätten wir es längst schaffen müssen, es abzumurksen. Ich habe ihm während der letzten fünf Jahre immer wieder gesagt, daß es ganz und gar tot sei, aber das scheint nicht den geringsten Effekt gehabt zu haben.«

»Nein.«

»Ich bin bloß hergekommen, weil ich mußte. Emmy hat alle meine Sachen dagelassen, als sie das Haus an Jack Harrison verkauft hat. Ich wollte dich nicht besuchen kommen, weil ich Angst davor hatte. Und weißt du, warum? Ich machte mir vor, ich wollte nicht riskieren, daß die ganze Sache wieder von vorne anfinge, aber das war es gar nicht. Ich hatte Angst, dahinterzukommen, wie tot alles in Wirklichkeit sei. Denn was tut man, wenn man plötzlich eine Leiche am Hals hat? Schwer wieder loszukriegen, solche Leichen. Ich wollte es nicht riskieren! Und ich hätte mir auch gar nicht solche Sorgen zu machen brauchen, was? Das verdammte Ding lebte ja nicht nur, es tobte längst. Ich hatte dich kaum über das ganze Zimmer hinweg zu Gesicht bekommen, da war es schon erwacht und schrie mit lauter Stimme und tat höllisch weh!«

Er sprach mit außergewöhnlicher Geschwindigkeit. Seine Sätze kamen stoßweise, hielten kurz inne und fanden wieder den richtigen Weg; seine Stimme war leise, die Umklammerung Altheas ungebrochen, und durch all dies hindurch spürte sie das schwere Schlagen seines Herzens. Etwas in ihr, das langsam wie zu Tode erfroren war, begann zu schmelzen. Sie fühlte Wärme und Entspannung. Sie konnte nicht fort, konnte sich überhaupt nicht bewegen – sie standen viel zu nahe beieinander. Sie schmiegte ihren Kopf an seinen Ärmel und spürte, wie ihr die Tränen herabrannen. Das war alles, was es zwischen ihnen je würde geben können, Tränen und Trennung und Schmerz, aber wenigstens teilten sie es miteinander und brauchten es nicht allein zu ertragen.

Plötzlich ließ er sie los und trat zurück. »Allie, du weinst ja.«

Mit nassem Gesicht und herabrinnenden Tränen brauchte sie das gar nicht erst zu leugnen. »Ja ...«

»Du weinst sonst nie!«

»Nein ...«

Plötzlich brach er in ein stoßweises Lachen aus. »Nun, jetzt hast du aber ganze Arbeit geleistet! Hier, nimm mein Taschentuch. Ich glaube nicht, daß du eins hast – außer, du hast dich verändert.«

Das Tuch war weich und kühl. Sie drückte es ans Gesicht.

»Genau das ist es, Nicky. Ich habe mich verändert – ganz schrecklich verändert ...«

»Und wie?«

»Ich bin hart und kalt – und gehässig geworden. Ich kann die Leute nicht mehr ausstehen – ich habe keine Freunde. Ich bin kein bißchen mehr die, die ich mal war. Du würdest mich kein bißchen mehr mögen. Ich mag mich ja selbst nicht.«

»Und wer ist schuld daran? Sie hat einen Sklaven aus dir gemacht. Sogar Ella Harrison sagt das.«

»Ja.«

Alle Schranken waren niedergerissen, und es gab nichts mehr außer der Wahrheit. Die Tränen hatten sogar die vergebliche Vorspiegelung rosiger Mädchenwangen weggewaschen. Er sah sie, wie sie wirklich war: zu dünn, zu blaß, zu alt für ihr Alter. Mit lachender Stimme sagte er:

»Liebling, du hast jetzt ein bißchen von dem Rouge auf der Nase. Warte mal, gib mir lieber das Taschentuch.«

Auf einmal passierte etwas. Es war, als bliese ein frischer Wind über sie hinweg und nähme all die krankhaften Gedanken mit sich, die sich in ihrem Kopf angehäuft hatten. Plötzlich hatte sie keinerlei Nachsicht mehr mit ihnen und glaubte, sie nicht mehr ertragen zu können. Nicky war hier, und er liebte sie, und die Vergangenheit hatte keine Gültigkeit mehr.

Er hatte ihr das Gesicht abgewischt und steckte das Taschentuch wieder ein. »Oder willst du es behalten?«

»Nein, ich habe selber eins – wirklich. Nicky, wir sollten zurückgehen.«

»Nein – wir werden reden. Du setzt dich hin, und ich setze mich, und wir werden der Sache auf den Grund gehen. Aber du darfst nicht mehr weinen, denn so was ist dem vernünftigen Gespräch hinderlich. Und nur für den Fall, daß jemand kommt, puderst du dir lieber mal die Nase. Ich nehme an, du hast was dafür in deiner Tasche.«

Sie öffnete sie und holte die Puderdose hervor, die er ihr zu Weihnachten geschenkt hatte, einen Monat vor der Trennung.

Als sie sie nicht mehr brauchte, nahm er sie ihr aus der Hand.

»Die hab' ich doch schon mal gesehen. Habe ich dir die nicht geschenkt?«

Sie nickte, und er tat die Dose in ihre Tasche zurück, wobei er anmerkte: »Ziemlich lange her, daß ich mit so was zu tun hatte. Welch freudiges Wiedersehen!« Er sprach leichthin und ein wenig boshaft.

»Nicky, wo bist du denn gewesen?« fragte sie hastig.

»Hab' ich dir doch gesagt.«

»Nicky ...«

»Liebling, das heben wir uns für die langen Winterabende auf. Eine Serie in zig Folgen. Du wirst begeistert, verzaubert, beängstigt und manchmal sogar entsetzt sein. Es wird keinen Augenblick der Langeweile geben.«

»Nicky, ich habe einen Artikel im ›Jupiter‹ gesehen, der mit ›Rolling Stone‹ signiert war. Warst du das?«

Er nickte.

»Das dachte ich mir. Ich habe die Zeitung immer wieder gekauft, weil ich dachte, es würden noch mehr Artikel kommen. Nach dem zweiten war ich dann sicher, daß sie von dir stammten, aber sie sind so unregelmäßig erschienen.«

»Liebling, das Erstaunliche ist, daß sie überhaupt erschienen sind. Der beste ist nie angekommen. Ich kann es natürlich nicht beweisen, aber vermutlich hat mein Bote ihn zum lokalen Medizinmann gebracht, der ihn dann verkocht und bei einigen der exklusiveren Patienten angewandt hat. Weißt du, ich habe in jenen Gegenden einen ausgezeichneten Ruf genossen, und alles, was ich geschrieben habe, galt als äußerst wirksamer Zauber. Aber wir wollen den Winterabenden nicht vorgreifen. Wir müssen jetzt erst mal das Geschäftliche erledigen. Hör mal her! Wann wirst du mich heiraten?«

»Nicky . . .«

»Nein, sag jetzt bitte nichts Übereiltes! Außerdem habe ich es ohnehin schon alles mal gehört, und es ist verdammter Blödsinn! Vor fünf Jahren warst du eine ernste junge Närrin und ich ein hitzköpfiger junger Narr. Und deine Mutter hat uns nach allen Regeln der Kunst verschaukelt! Ich muß sagen, wenn ich das Ganze unvoreingenommen betrachte, dann hat sie wirklich eine sehr gelungene Vorstellung geboten, unter tüchtiger Mitwirkung von Barrington, einer der leichtgläubigsten alten Tanten des medizinischen Gewerbes.«

»Nicky . . .«

»Liebling, es hat gar keinen Sinn, daß du ›Nicky‹ sagst mit diesem Ton in der Stimme. Das Visier ist heruntergeklappt, das Schwert gezückt – oder welches schiefe Bild auch immer dir einfallen mag. Mit anderen Worten, wir kriegen jetzt die Wahrheit, die ganze Wahrheit und nichts als die Wahrheit zu hören. Deine Mutter versucht seit sieben Jahren, uns auseinanderzubringen. Sie hat dich glauben lassen, daß sie nur noch kurze Zeit zu leben hätte und daß es deine Pflicht wäre, bei ihr zu bleiben. Nachdem das zwei Jahre lang so weitergegangen war, kam es zum abschließenden Krach. Man hatte mich soweit gebracht, daß ich vorschlug, wir könnten in Grove Hill wohnen und ich würde zwischen ›Jupiter‹ und Zuhause hin- und herpendeln. Und ganz zum Schluß hatte ich – wie von Sinnen – auch noch vorgeschlagen, daß wir das obere Stockwerk des Hauses beziehen würden. Ich muß verrückt gewesen sein, aber ihr hat nicht einmal das gepaßt. Prompt bekam sie eine Herzattacke, und Barrington behauptete, sie könnte sterben, falls sie sich weiter so über deine Heirat aufregen müßte. Natürlich hätte er uns statt dessen raten sollen, es einfach hinter uns zu bringen und sie vor vollendete Tatsachen zu stellen. Sie war – und ist – viel zu sehr in sich selbst verliebt, um noch ernsthaft etwas zu riskieren, wenn sie mal begriffen hat, daß das Spiel gelaufen ist.«

»Nicky – Nicky, was bringt das denn ...?« Sie weinte jetzt nicht, sondern saß nur da, mit den Händen im Schoß, und sah ihn flehentlich an.

»Eine ganze Menge. Ich habe nur die gegenwärtige Situation beschrieben, um sicherzugehen, daß wir ähnlich darüber denken. Jetzt kommen wir dazu, was wir daran ändern werden.«

»Gar nichts können wir ändern. Alles ist noch genauso wie vor fünf Jahren. Mutter hat sich nicht geändert, und das wird sie auch nicht.«

Er lachte. »Rede keinen Unsinn! Vor fünf – nein, sogar schon vor sieben – Jahren hieß es, sie würde jeden Augenblick sterben. Nun, sie ist es nicht, und sie wird es auch nicht. Ella sagt, sie achte sehr auf sich selbst und läßt sich von dir nach Strich und Faden bedienen. Sie wird wahrscheinlich dekorative neunzig Jahre alt werden, und alle machen derweil für sie Besorgungen und sagen ihr, was für eine wundervolle Frau sie sei. Ich will nichts Ungehöriges sagen, aber wenn Menschen ihr Leben nur dadurch verlängern, daß sie so eine Art Vampir werden und alle um sie herum bis auf den letzten Tropfen Blut aussaugen, dann wären sie besser tot ...«

»Nicky!«

»Na ja, das ist doch die Wahrheit! Aber keine Sorge – sie wird so lange leben, wie sie es schafft! Und wir werden genau das tun, was wir schon vor fünf Jahren hätten tun sollen: zuerst eine Gesellschafterin für sie finden, dann kurz verschwinden und heiraten. Du kriegst drei Tage, um die Gesellschafterin einzuweisen, dann fahren wir in die Flitterwochen. Wenn sich deine Mutter gut benimmt, suchen wir uns was hier in der Nähe. Ich arbeite an einem Buch und werde weiter für den ›Jupiter‹ schreiben. Wenn sie sich nicht benimmt, hauen wir ab und ziehen auf die andere Seite von London, und Barrington und die Gesellschafterin können sie ganz für sich allein haben. Meinem Gefühl nach wird sie, hat sie erst mal eingesehen, daß es vorbei ist, alles daransetzen, möglichst günstige Bedingungen für sich herauszuschlagen. Du siehst, es ist wirklich ziemlich einfach.«

Sie schüttelte langsam den Kopf. »Sie will das Haus verkaufen«, sagte sie.

»Und auf Kreuzfahrt gehen. Ich weiß – Ella hat es mir erzählt.«

»Man hat uns ein sehr gutes Angebot gemacht. Mutter scheint Mr. Martin erzählt zu haben, daß wir gerne eine Kreuzfahrt unternehmen würden, und er hat einen Mr. Blount samt Frau vorbeigeschickt, damit sie sich mal umschauen. Mr. Blount sagt, seine Frau hätte sich das Haus in den Kopf gesetzt, und jedesmal, wenn ich sage, daß wir nicht verkaufen wollen, bietet er einfach mehr Geld. Er ist jetzt bei siebentausend angelangt.«

»Das ist Wahnsinn!«

»Ich weiß. Ich mache mir Sorgen. Gleich um die Ecke in

der Linden Road stehen zwei Häuser, die praktisch die gleichen sind wie unseres. Mr. Martin sagt, daß die Blounts sich die nicht einmal ansehen wollten. Und heute morgen kam ein Mann, den Jones geschickt hat, der andere Makler. Ich habe ihm von den Häusern in der Linden Road erzählt, aber er sagte, er hätte kein Interesse – er will ›The Lodge‹ und sonst nichts. Er sagt, als kleiner Junge sei er immer daran vorbeigelaufen und habe sich gedacht, daß er dort gerne mal wohnen würde.«

»Und du willst nicht verkaufen?«

»Nein.«

»Und wieso nicht?«

Sie wirkte erschöpft. »Es würde so viel Schwierigkeiten machen. Weißt du, das Haus gehört mir, und das war immer eine Kränkung für sie. Aber solange wir darin wohnen, bleibt diese Kränkung mehr oder weniger im Hintergrund, und Mutter kann so tun, als gäbe es sie gar nicht. Aber wenn es verkauft werden und das Geld unter meinem Namen auf der Bank liegen würde, wäre das ziemlich schrecklich für sie. Sie redet schon davon, einen Teil für diese Kreuzfahrt auszugeben, und sagt, Kapital wäre nur dazu gut, davon zu leben.«

»Das kann sie nicht, wenn es deins ist«, merkte er rasch an.

Sie machte eine Handbewegung, als schiebe sie etwas beiseite. »Wenn ich das auch nur einmal erwähne, wäre das das Ende – wäre es wirklich. Es würde eine ganz schreckliche Szene geben. Sie würde es nie und nimmer vergessen, und sie würde mir nie vergeben. Nein, ich werde einfach Mr. Martin sagen, daß ich nicht verkaufe, egal, was sie noch bieten, und belasse es dabei. Ich werde ihn daran erinnern, daß das Haus mir gehört, und ihn bitten, nicht mehr mit meiner Mutter zu reden.«

Er lehnte sich nach vorne und faßte ihre Hände. »Wann wirst du mich heiraten?«

»Nicky, ich kann nicht!«

»Wenn du bloß nicht solchen Unsinn reden würdest! Mein Onkel Oswald hat mir ein gutes Einkommen hinterlassen; der, der mein Vormund war. Ich habe ihn nie leiden können – keiner hat das. Er hat sich mit allen gestritten und alle sechs Monate oder so ein neues Testament aufgesetzt. Weil ich verschwunden war, konnte ich mich auch nicht mit ihm streiten, und mit dem letzten Testament hat er mir eine ganze Menge Geld vermacht. Wir können deiner Mutter eine Gesellschafterin engagieren und sehr komfortabel von dem leben, was übrigbleibt. Wir werden sogar wohlhabend sein, weil sich während meiner Abwesenheit manches angesammelt hat.«

Für einen Augenblick wenigstens schien alles möglich. Sie und Nicky würden ihr eigenes Haus haben. Sie würde ihr eigenes Leben führen. Es würde Kinder geben. Ihre Mutter würde vernünftig werden – vielleicht würde sie sogar mit ihrer Gesellschafterin auf eine Kreuzfahrt gehen. Die Gefängnistore öffneten sich – Nicky öffnete sie, und sie konnte hinausgehen.

Und dann erwachte sie und wußte, daß es ein Traum war. Menschen werden nicht einfach vernünftig und selbstlos. Sie hatte schon zu oft nachgegeben, um jetzt noch Widerstand leisten zu können. So sagte sie mit müder Stimme: »Sie wird mich nie gehen lassen.«

Sein Griff wurde fester, bis es ihr weh tat. Mit boshaftem Unterton in der Stimme stellte er fest: »Sie wird gar nicht erst gefragt. Vor fünf Jahren war ich ein Junge und ein Narr. Diesmal ist es anders, ob es ihr paßt oder nicht. Wenn sie sich selbst zerstören will, nur zu! Ich hole dich von hier weg – und wenn ich sie und alles um sie herum zerstören müßte.«

Er saß mit dem Rücken zur Tür, aber Althea war dieser zugewandt. Sie sah, wie sie sich öffnete, und zerrte an ihren Händen, um loszukommen, aber es war zu spät. Die Tür schwang nach innen auf, und auf der Schwelle stand Myra

Hutchinson. Mehr denn je glich sie einem Plakat: bronzefarbenes Haar, purpurroter Lippenstift und ein rückenfreies Kleid in einem überraschenden Grünton. Sie hatte gerade gelacht, aber das Lachen war ihr im Halse steckengeblieben, als sie Nicholas' Worte hörte. Sie sagte »Oh!«, und er blickte über die Schulter und grinste sie an.

»Bis später, meine Teure. Wir führen hier gerade eine private Unterhaltung.«

Sie beendete jetzt ihr Lachen, aber es klang nicht ganz so unbeschwert wie sonst. »Das sehe ich«, erwiderte sie, zog sich zurück und schloß die Tür hinter sich.

Nicholas lachte auch. Er hatte Althea nicht losgelassen. Er lachte, stand auf und zog sie mit sich hoch.

»Und jetzt werde ich dich küssen.«

9

Miss Maud Silver nahm normalerweise keine Einladungen zu Cocktailpartys an, dieser modernen Neuerung, die ihrer Meinung nach im Vergleich mit den jetzt praktisch ausgestorbenen Teepartys oder einem zwanglosen Empfang viel zu wünschen übrigließ.

In den Jahren vor dem Krieg saß man entspannt beisammen und unterhielt sich mit seinen Freunden. Auf einer Cocktailparty konnte man sich schon glücklich schätzen, wenn man eine Sitzgelegenheit auftrieb, und es war so gut wie unmöglich, miteinander zu reden, da der Wettstreit der Stimmen ein Brüllen ähnlich dem von Stromschnellen oder paradierenden Panzern produzierte.

Und trotzdem war sie mit der U-Bahn nach Grove Hill gekommen, um einer dieser unerfreulichen Veranstaltungen beizuwohnen. Für jeden hätte sie das nicht getan, doch Mrs. Justice war eine alte Freundin von ihr, und deren Tochter hatte einst Grund gehabt, Miss Silver für ihre gelungene Hilfe dankbar zu sein. Die lebte jetzt glücklich verheiratet auf Barbados und hatte sich Miss Silvers angeheirateter Nichte Dorothy Silver gegenüber als ausgesprochen freundlich erwiesen. Es hatte sich um einen Notfall gehandelt: Dorothys Mann war weg gewesen und Dorothy plötzlich erkrankt, und Sophy Harding war von unübertrefflicher Liebenswürdigkeit gewesen.

Es war jetzt schon vier Jahre her, aber Miss Silver dachte noch immer voller Dankbarkeit daran zurück und hatte sich auch deshalb auf den Weg nach Grove Hill gemacht. Wie es ihre Gewohnheit war, dachte sie vor allem an die erfreulichen Aspekte dieses Ausflugs. Es würde nett sein, Louisa Justice wiederzusehen. Sie hatten sich schon seit längerem nicht mehr getroffen, und sie würde alles über Sophys neuesten Familienzuwachs, die beiden Zwillinge, erfahren. Irgendwie waren Zwillinge ganz besonders reizvoll.

Da sie ziemlich früh angekommen war, konnte sie sich sehr nett mit Louisa Justice unterhalten, bevor sich der Raum füllte. Schon bald fand sie sich auf einem Sofa weit hinten in einem Erker wieder, was ein recht günstiger Sitzplatz war – nicht nur, weil der Lärm dort beträchtlich gedämpft war, sondern auch, weil sich der ganze Raum von dieser Ecke aus bequem überblicken ließ. Ihr Interesse an Menschen war unerschöpflich. Detective Inspector Frank Abbott von Scotland Yard pflegte die Bemerkung zu machen, daß die Menschen für Miss Silver durchsichtig waren wie Glas. Sie schaute sie nicht an, sondern in sie hinein und entdeckte, ob die es wollten oder nicht, was dort verborgen war. Jedenfalls fand sie, während sie Louisas Gäste beobachtete, vieles, was sie interessierte und ihren Geist beschäftigte.

Zunächst einmal nahm sie zur Kenntnis, daß das Sofa von einer weiteren Person eingenommen wurde, einer Dame in Blau, die schlaff in ihrer Ecke lehnte. Einen Augenblick später begann diese Dame zu reden.

»So heiß ...«, sagte sie und holte seufzend Luft.

Miss Silver wandte sich ihr mit teilnahmsvollem Blick zu. Die Dame wirkte erschöpft, war aber weder blaß noch rot im Gesicht. Ihr Teint war farblich zwar aufgebessert worden, aber das sah nicht unnatürlich aus, fand sie.

»Der Raum ist ohne Zweifel sehr heiß«, antwortete Miss Silver.

»Es ist das Wetter«, korrigierte Mrs. Graham sie. »Keine zwei Tage hintereinander dasselbe. Und dabei muß ich mich so vor Temperaturschwankungen in acht nehmen – ich bin leider alles andere als von robuster Gesundheit.«

»Das muß für Sie eine schreckliche Belastung sein.«

»Oh, und ob! Ich bin so empfindlich gegen alles Feuchte, und hier in England ist es natürlich nie richtig trocken. Ich habe schon daran gedacht, auf eine dieser Mittelmeer-Kreuzfahrten zu gehen, um dem ärgsten Winter zu entkommen, aber ich fürchte, ich werde es nicht schaffen.«

»Tatsächlich?«

Mrs. Graham schüttelte voller Bedauern den Kopf. »Ich glaube, das wäre zu viel für mich. Und ich habe gehört, daß die Gesellschaft dort wirklich sehr gemischt ist. Man muß so vorsichtig sein, wenn man eine Tochter hat.«

Miss Silver stimmte ihr zu, und Mrs. Graham fuhr mit seufzender Stimme fort: »Mädchen sind so eigensinnig. Sie glauben, sie wüßten alles, und sie hassen das, was wir zu ihrem Schutz unternehmen. Da – das dort drüben ist meine Tochter Althea.«

Miss Silver sah ein großes, schlankes Mädchen in einem grünen Kleid. Sie trug keinen Hut und hatte hübsches Haar und regelmäßige Gesichtszüge. Ihre Augen waren hell, und sie sah sich um, als gäbe es jemanden, den sie zu entdecken hoffte.

Miss Silver lächelte sanft und sagte: »Sie ist ein hübsches Mädchen.«

Mrs. Graham wußte nicht, ob sie sich darüber freuen sollte oder nicht. Mürrisch antwortete sie: »Töchter sind ein ständiger Anlaß zur Sorge. Und sie denken natürlich nur an sich selbst. Ihr hat da mal ein höchst unerfreulicher junger Mann den Hof gemacht. Die reinste Plage! Glücklicherweise ist nichts daraus geworden, und er ist weggegangen, aber jetzt ist er zurück, und es wäre wirklich schrecklich, wenn das alles wieder von vorn anfinge. Das ist einer der Gründe, weshalb ich an eine Kreuzfahrt dachte – ich würde sie damit vor ihm in Sicherheit bringen. Andererseits könnte es sein, daß ein noch unerfreulicherer Mensch auf dem Schiff wartet.«

»Oder ein erfreulicherer ...«, warf Miss Silver ein.

Mrs. Graham schüttelte den Kopf. »Leider nicht. Auf Schiffen ist die Gesellschaft so schrecklich gemischt. Außerdem ist der junge Mann, von dem ich gesprochen habe, hierhergekommen und hat gerade mit mir geredet. Hätte ich gewußt, daß er auch hier ist, hätte ich Thea dazu überredet, wegzubleiben. Äußerst unangenehm für sie, und solch eine Aufregung! Denn wissen Sie, was er zu mir gesagt hat, und das, ohne daß ich ihn auch nur im mindesten dazu ermuntert hätte? Ich habe ihm natürlich die Hand gegeben – das mußte ich ja –, aber als er sagte, er würde uns gerne mal besuchen kommen, habe ich geantwortet, daß wir leider sehr beschäftigt wären, da wir eine Kreuzfahrt unternehmen wollten, und da besaß er doch glatt die Unverschämtheit, mich zu fragen, wann wir denn in See zu stechen beabsichtigten, und zu behaupten, daß er große Lust verspürte, mitzukommen!«

Auf der anderen Seite des Raumes war Althea eben auf dem

Weg zur Tür. Sie erreichte diese zusammen mit Nicholas Carey. Sie gingen hinaus, und die Tür schloß sich hinter ihnen. Mrs. Graham hatte nichts davon mitbekommen. Sie blickte Miss Silver an und kam gerade in Fahrt, was Nicholas' Unverschämtheit anbelangte.

Aber Miss Silver hatte die junge Leute gehen sehen, und es war ihr nicht entgangen, wie Altheas Gesicht plötzlich erglüht war, als sie sich umdrehte und sah, wer hinter ihr stand. Dann lauschte sie wieder Mrs. Grahams Ausführungen zum Thema »Undankbare Töchter und unerfreuliche junge Männer«.

Zwanzig Minuten später, als Miss Silver wieder allein war, da Mrs. Graham weitergezogen war, beobachtete sie die Rückkehr von Althea und Nicholas. Sie betraten das Zimmer und trennten sich dann, wobei der junge Mann nach links ging und das Mädchen geradewegs den Raum durchquerte. Klar, daß zwischen den beiden irgend etwas vorgefallen war: Das Mädchen hatte geweint. Ihre Wimpern waren noch feucht, aber sie strahlte sanft und bewegte sich wie eine Schlafwandlerin. Was den jungen Mann betraf, so hatte es den Anschein, als wäre ihm gerade sein größter Herzenswunsch erfüllt worden.

Althea redete mit niemandem. Sie schlängelte sich zwischen den Leuten hindurch und ließ sich neben Miss Silver aufs Sofa fallen. Es war wirklich wie im Traum. Es war die Art von Traum, in der Unmögliches möglich wird. Man schwebt schwerelos über Hindernisse hinweg, die sich wie Klippen vor einem aufgerichtet haben und den Weg versperren. Man erklimmt unbezwingbare Höhen, und keine Stimme ruft einen zurück. Sie war sich der Anwesenheit von Miss Silver nur vage bewußt. Dieser Gemütszustand hielt nur ein paar Minuten an. Dann fiel ihr ein, daß die Leute es wohl komisch finden würden, wenn sie hier weiterhin stumm neben einer Fremden säße. Sie wandte den Kopf zur Seite, und in eben diesem Moment sprach Miss Silver sie an.

»Gehe ich recht in der Annahme, daß Sie Miss Althea Graham sind?«

Althea war verblüfft. Sie sah eine kleine, nachlässig gekleidete Person vor sich, die die Gouvernante auf einem alten Gruppenfoto hätte sein können. Sie trug eines dieser gemusterten Seidenkleider, die älteren Damen aufgedrängt werden, wenn sie den Verkäufern nur unzureichend Widerstand leisten. Es hatte ein Gewirr von grünen, blauen und schwarzen Linien auf grauem Grund und war hochgeschlossen, wobei vorne am Hals ein Netz mit kleinen Fischbeinstäbchen eingesetzt war.

Der dazugehörige Hut war schwarz wie alle Hüte von Miss Silver, doch im Gegensatz zu jenen, die bisher aus schwarzem Filz für den Winter und aus schwarzem Stroh für den Sommer hergestellt wurden, handelte es sich bei diesem um eine Art schwarzes Samtbarett, das sie sich für eine Hochzeit im Frühling gekauft hatte und das ihr schon ein Kompliment von einem ihrer alten Schüler, Randal Marsh, jetzt Chief Constable in Ledshire, eingetragen hatte. Es war mit drei Bommeln verziert, einer schwarzen, einer grünen und einer purpurroten, und ihre Nichte Ethel Burkett meinte, daß es ihr ausgezeichnet stehe.

Da Althea von all diesen interessanten Umständen keine Ahnung hatte, wirkte der Hut auf sie auch nicht ganz so flott wie auf die, die an eine nicht enden wollende Reihe von Filz- und Strohkreationen gewöhnt waren.

»O ja, das bin ich.«

Miss Silver lächelte. »Sie werden sich wundern, weshalb ich frage, aber vor kurzem saß hier Mrs. Graham noch und hat mir Sie auf der anderen Seite des Raums gezeigt. Ihr Name ist ungewöhnlich, und als sie von Ihnen als Althea sprach, habe ich mich automatisch gefragt, ob sie wohl die Althea Graham seien, die eine so gute Freundin von Sophy Justice war.«

Althea wurde regelrecht aus ihrem Traum aufgeschreckt, denn die fröhliche, sorglose Sophy war vor sechs Jahren in eine Klemme geraten. Sie hatte einige sehr leichtfertige Briefe an einen Mann geschrieben, der skrupellos genug war, sie mit diesen dann zu erpressen. Gesprächsfetzen kamen aus der Vergangenheit zurück ...

Sophy, wie konntest du nur so dumm sein?

Ach, ich dachte einfach nicht, daß jemand solch einen miesen Charakter haben könnte.

Das ist genau die Art von Charakter, den ziemlich viele Menschen haben.

Und am Ende wurde Sophy gerettet:

Meine Liebe, eine wirklich völlig gouvernantenhafte Person, aber einfach fabelhaft, genau wie Cynthia Urtingham gesagt hatte. Sie hat Lady Urtingham ihre Perlen wiederbeschafft, als schon alle geglaubt hatten, daß sie die nie mehr zu Gesicht bekommen würde.

Schon hörte sie sich selbst sagen: »Oh, ist Ihr Name Silver – Miss Silver? Sophy hat mir erzählt, Sie seien fabelhaft.«

Altheas Stimme und Benehmen waren um sechs Jahre verjüngt. Sie und Sophy waren wieder zwanzig – hoch in der Luft in der einen Minute, tief am Boden in der nächsten, immer am Rande eines Abgrundes und schon halb darüber hinaus, von panischem Schrecken ergriffen, wenn ein Unglück drohte, und himmelhoch jauchzend, wenn es beendet worden war. Ihr Gesicht hatte eine helle, kräftige Farbe angenommen, als sie sagte:

»Sie war Ihnen schrecklich dankbar – wir beide waren es.«

Hüstelnd tat Miss Silver ihr Mißfallen kund: »Als ich mich aus dem Schulbetrieb zurückzog und mich privaten Ermittlungen zuwandte, tat ich das in der Hoffnung und dem Glauben, daß ich damit in die Lage versetzt werden würde, anderen zu helfen, die Schwierigkeiten haben. Außerdem ist Mrs. Justice eine alte Freundin von mir.«

»Sie wußte nichts davon – von Sophy«, sagte Althea hastig. »Sie haben ihr doch nicht davon erzählt?«

»Die vertraulichen Mitteilungen meiner Klienten sind mir selbstverständlich heilig«, erklärte Miss Silver würdevoll.

Die Althea von heute wäre vielleicht nicht weitergegangen. Gewohnheitsmäßige Zurückhaltung und Selbstbeherrschung hatten sie während der letzten fünf langwierigen Jahre immer stärker in den Griff bekommen, aber das Treffen mit Nicholas hatte diese Zeit ausgelöscht, und jetzt, da sie an Sophy dachte und von ihr redete, wurde sie wieder zu der alten impulsiven Althea, die noch nicht gelernt hatte, ihre Zunge im Zaum zu halten. Es stieg etwas in ihr auf und kam ihr über die Lippen, bevor sie es verhindern konnte:

»Oh, wenn Sie *mir* doch helfen könnten!«

Miss Silver wandte sich ihr mit dem Lächeln zu, das schon die Herzen so vieler derer, die zu ihr kamen, gerührt hatte. Althea nahm diese Freundlichkeit wahr, das Verständnis, das Beruhigende, und zwar in einem Maße, wie sie es seit ihrer Kindheit selten erfahren hatte. Für ein Kind hängt das Gefühl der Geborgenheit meist von einer einzigen Person ab. Für Althea war das ihr Vater gewesen. Seit er tot war, hatte sie sich nie mehr so geborgen gefühlt. Daß ausgerechnet Miss Silver sie an ihren Vater erinnern sollte, war sonderbar, aber nach all den Jahren, in denen sie selbst für die Familie zu sorgen gehabt hatte, verspürte sie jetzt plötzlich wieder jenes alte Gefühl der Geborgenheit. Sie beugte sich ein wenig zu Miss Silver hinüber und sagte:

»Es ist wirklich töricht, aber gerade jetzt, als ich davon erzählt habe, hatte ich das Gefühl – na ja, es ist schwer, es in Worte zu fassen, und, wie gesagt, töricht auch, aber ...«

»Ja, meine Liebe?«

Althea lachte ein wenig. »Es klingt einfach töricht, aber – es hat mich erschreckt.«

»Wollen Sie mir davon erzählen?«

»Ja, das will ich, und dann können Sie mich auslachen und mir sagen, daß es alles Blödsinn ist, und ich brauche mir keine Gedanken mehr zu machen. Es ist folgendes: Jemand will unser Haus kaufen ...«

»Hatten Sie es zum Verkauf ausgeschrieben?«

»Nein, das ist es ja gerade – hatten wir nicht. Einer der Immobilienmakler von hier wohnt bei uns in der Nähe. Wir kennen ihn seit Jahren, weil er im Kirchenvorstand unserer Gemeinde ist. Nun, er hat meine Mutter eines Abends im Vorgarten gesehen, als er vorbeiging, und er hielt an, um die Begonien zu bewundern, die sehr schön sind. Ich weiß nicht, wie sie darauf gekommen sind, über das Haus zu reden, aber sie scheint ihm zu verstehen gegeben zu haben, daß es für uns zu groß sei. Ist es natürlich, aber ich habe nie ans Verkaufen gedacht. Nie. Das hab' ich ihm auch gesagt, als er mit mir darüber geredet hat, aber er hat trotzdem Leute zur Besichtigung vorbeigeschickt.«

Sie erzählte Miss Silver von den Blounts.

»Er war völlig begeistert, aber sie hat immer nur ›sehr hübsch‹ gesagt – wie eine Phrase, die sie wie ein Papagei auswendig gelernt hat. Trotzdem wiederholt er ständig, welch außerordentlichen Gefallen sie an dem Haus gefunden hätte, und tut so, als würde sie ihm keine Ruhe mehr lassen, bis er ihr das Haus gekauft hätte. Und er macht immer höhere Angebote. Es ist ein nettes Haus, und der Garten ist hübsch, aber es ist nicht die siebentausend Pfund wert, die er inzwischen dafür bietet.«

»Du meine Güte!« rief Miss Silver aus. Es war der stärkste Ausdruck des Erstaunens, den sie sich erlaubte, aber das konnte Althea nicht wissen. Sie nickte.

»Und das Außergewöhnliche ist, daß jetzt ein anderer Makler, Mr. Jones, auch jemanden vorbeigeschickt hat – einen

Mann, der hier mal als Kind gewohnt hat. Er sagt, daß er immer an unserem Haus vorbeigekommen sei und sich dabei gedacht habe, daß er darin gern einmal wohnen würde. Er ist dieser aalglatte, geschwätzige Typ; ich hab' ihn nicht gemocht. Ich hab' ihm gesagt, daß wir nicht verkaufen wollen, und er antwortete, er wisse, daß jemand anders hinter dem Haus her sei, aber egal, was dieser Mr. Blount biete, er sei bereit, noch was draufzulegen. Er hat mir wirklich überhaupt nicht gefallen.«

Miss Silver stellte ein paar Fragen das Haus betreffend – das Alter, die Zahl der Zimmer, die Größe des Gartens, seit wann die Grahams dort wohnten und wer die Vorbesitzer gewesen wären. Auf diese letzte Frage antwortete Althea, daß sie es nicht wisse. »Aber wir wohnen dort schon seit mehr als zwanzig Jahren. Ich kann mich eigentlich nicht erinnern, je woanders gelebt zu haben.«

»Ist es ein altes Haus?«

»Ach, eigentlich nicht. Fünfzig oder sechzig Jahre – würde ich schätzen, mehr nicht. Ich habe Ihnen ja gesagt, daß das alles ziemlich töricht ist, nicht wahr? An dem Haus ist nichts, was zwei Männer veranlassen könnte, einander mit Kaufangeboten zu überbieten, aber sie können uns nicht zwingen, es gegen unseren Willen zu verkaufen. Das Problem ist, daß meine Mutter irgendwie die Idee hat, auf eine Kreuzfahrt zu gehen . . .« Sie brach ab, und ihre Stimme änderte sich. »Es bleibt uns nichts anderes übrig, als immer weiter nein zu sagen. Und wie gesagt, sie können uns ja nicht zwingen.«

10

Mrs. Graham freute sich überhaupt nicht. Einem halben Dutzend Leute war die Veränderung in Altheas Äußerem aufgefallen. Drei von ihnen hatten festgestellt, daß sie wirklich hübsch aussehe, und zwei hatten hinzugefügt: »Genauso wie früher.« Myra Hutchinson stürzte herbei und flüsterte mit der heiseren Stimme, die ihr schon immer so mißfallen hatte: »Oh, Mrs. Graham, ist es nicht wunderbar, Nicky wieder hier zu haben! Althea sieht prächtig aus!«

Das alles war wirklich äußerst ärgerlich. Hätte sie gewußt, wie es kommen würde, hätte sie lieber einen leichten Herzanfall gekriegt und wäre zu Hause geblieben, und Thea hätte natürlich bei ihr bleiben müssen. Aber dann hätte sie ihr neues Kleid nicht tragen können. Ella Harrison hatte es sehr bewundert, und sogar Mrs. Justice hatte angemerkt: »Sie sehen sehr schick aus, meine Liebe.«

Es war wirklich kaum zu ertragen, daß sie nicht einmal auf eine Party im Haus alter Freunde gehen konnte, ohne sich über Nicholas Careys Anwesenheit ärgern zu müssen. Und es war ausgerechnet Ella Harrison, die ihn mitgebracht hatte. Das hätte sie sich denken können – sie kannte sie doch. Sie war ausgesprochen verärgert über Ella. Sie lehnte sich in ihrem Sessel zurück und sagte mit versagender Stimme zu Nettie Pimm, daß sie sich nicht wohl fühlte und wohl besser nach Hause ginge. »Wenn Sie bitte so liebenswürdig wären, Thea zu suchen und es ihr mitzuteilen.«

Als sie später mit Mabel und Lily darüber sprach, war Nettie der Ansicht, daß Mrs. Graham es offenbar wirklich nicht ertragen konnte, wenn man ihre Tochter bewunderte.

»Ich habe nur gesagt, daß Althea süß aussieht und daß Nicholas Carey das auch zu meinen scheint, und schon lehnt sie sich mit geschlossenen Augen in das Kissen zurück und murmelt, daß sie sich nicht gut fühle. Ich glaube, sie will gar nicht, daß Althea heiratet.«

Mabel und Lily stimmten ihr zu.

Althea brachte ihre Mutter nach Hause, half ihr, das blaue Kleid auszuziehen und in einen bequemen Morgenrock zu schlüpfen, und gab ihr das Riechsalz. Diesen gewohnten Pflichten begegnete sie nun mit einer ungewohnten Gemütsruhe. Es gab keine Ungeduld, die gezügelt, keinen Groll, der besänftigt hätte werden müssen. In den inneren Kammern ihres Herzens herrschten Glück und Freiheit. Was ihr auf wunderbare Weise zurückgegeben worden war, würde sie nicht noch einmal fortwerfen. Eine Zeile eines alten Liedes begleitete sie: »Mein Liebster hat mein Herz, und ich, ich hab' das seine.« Das Licht und die Wärme, die davon ausgingen, machten es ihr leicht, freundlich zu sein.

Mrs. Graham lag auf dem Sofa und schmiedete Pläne.

Sie mußten wegfahren, aber nicht auf einem Schiff, wo sie vielleicht Nicholas Carey als Mitreisenden haben würden. Es gab da doch das abgelegene Hotel, in dem sie vor zwei Jahren gewohnt hatten. Es hatte ihr nicht besonders gefallen, aber man konnte ja auch woandershin gehen . . . Sie lag bequem auf die Kissen gebettet und dachte nach.

Sie aßen im Wohnzimmer von einem Tablett zu Abend, und nachdem Althea das Geschirr hinausgetragen und abgespült hatte, wurde sie von ihrer Mutter mit einem liebevollen Lächeln empfangen.

»Es war ein bißchen viel für mich, aber es war eine nette Party, Thea.«

»Ja«, sagte Althea.

»Es tut einem gut, mal was anderes zu tun und neue Leute zu treffen.«

»Ja, das stimmt.«

»Ich bin so froh, daß du mir zustimmst, Liebling, denn ich glaube, ein bißchen Abwechslung würde uns beiden guttun. Du erinnerst dich doch an den Ort, wo wir vor zwei Jahren waren. Ich mochte das Hotel nicht besonders, aber es gab da eins direkt an der Uferpromenade, das, wie ich finde, ganz nett aussah – ›Avonmouth‹ hieß es, glaube ich. Wir waren dort ein- oder zweimal zum Tee, falls du dich erinnerst, und der Kuchen war wirklich gut. Wir könnten es dort mal probieren.«

Althea sah sie ein wenig bestürzt an. Sie war weit weg, und sie wollte nicht zurück.

»Wegfahren – jetzt? Aber warum denn?«

»Liebling, du hast gar nicht zugehört. Als wir heute abend ausgegangen sind, hatte ich das Gefühl, daß es uns guttun würde, zur Abwechslung mal woandershin zu fahren.«

Diesmal war es ein Treffer. Etwas in ihr sagte: Sie will dich von Nicky wegbringen. Laut antwortete sie: »Mutter, das können wir uns nicht leisten.«

Mrs. Graham unterdrückte ihr Lächeln. »Also Liebling, sei nicht so voreilig. Wir müssen in dieser Sache vernünftig bleiben, und ich habe mir alles gut überlegt. Du weißt, die Mittelmeer-Kreuzfahrt, an die wir gedacht haben – nun, ich fürchte, das wäre zu viel für mich, und wie ich höre, ist die Gesellschaft dort wirklich sehr gemischt, also vielleicht eher was Ruhigeres. Ob wir uns das leisten können?« Sie gab ein kleines, silbernes Lachen von sich. »Was soll's, es würde nicht einmal ein Viertel soviel wie eine Kreuzfahrt kosten. Du siehst, wir würden sogar was sparen.«

Ihre veilchenblauen Augen blickten unschuldig auf. Soweit sich Althea erinnern konnte, war dieser Blick immer nur das eine gewesen – ein Warnsignal. Schon als Kind hatte sie ihn als ein Anzeichen dafür gedeutet, daß sie gleich um etwas gebeten werden würde, was sie nicht mochte. Sie machte sich ganz steif, um sich dagegen zu wappnen.

»Wir könnten uns die Kreuzfahrt nicht leisten, und wir können es uns nicht leisten, Urlaub in einem Hotel wie dem ›Avonmouth‹ zu machen. Das steht völlig außer Frage. Unser Konto ist schon jetzt überzogen.«

Mrs. Graham seufzte. »Es klingt so knickrig, wie du das sagst. Dabei meinte ich es nur als ein kleines Vergnügen für uns beide. Aber leider ist es mein Fehler. Ich hätte das blaue Kleid nicht kaufen sollen, aber es stand mir so gut, und es wäre genau das Richtige für den Abend auf einer Kreuzfahrt gewesen.«

»Ich möchte jetzt lieber nicht wegfahren«, erklärte Althea langsam.

»Aber ich glaube, du brauchst ein bißchen Abwechslung, Liebling. Ich denke dabei natürlich nicht an mich, obwohl Dr. Barrington darauf gedrängt hat, daß ich mal an die See fahre. Ich überlege nur, was für dich am besten wäre. Weißt du, die Leute werden reden, und du hast dich heute abend ziemlich auffällig benommen. Nettie Pimm sagte, du hättest den Raum für eine gute halbe Stunde mit Nicholas Carey verlassen. Ich habe dich nicht gehen sehen, sonst hätte ich versucht, dich aufzuhalten. Nettie hat es überhaupt nicht böse gemeint, aber ich habe bemerkt, daß sie es bedauert, wie du den Leuten Anlaß gibst, zu behaupten, du wärst hinter ihm her.«

Falls Mrs. Graham erwartet hatte, damit Altheas Stolz zu verletzen, wurde sie enttäuscht. Sie errötete zwar ein wenig, aber sie lächelte auch verträumt, was höchst beunruhigend war, und antwortete mit ganz ruhiger Stimme:

»Ach, ich bin nicht hinter Nicky her.«

»Die Leute werden das aber behaupten.«

»Sie irren sich.«

»Thea, ich kann dich nicht verstehen. Es muß dir doch klar sein, daß nichts so tot ist wie ein alter Flirt. Du warst bloß eine Liebelei für ihn, und er ist seither fünf Jahre weg gewesen. Hat er dir auch nur einmal geschrieben – oder uns auch nur wissen lassen, daß er lebt und nicht längst tot ist? Hat er nicht, und du weißt das. Aber er besitzt die Frechheit, zurückzukehren und dich ins Gerede zu bringen, indem er mit dir wieder zu flirten anfängt! Kannst du dir nicht vorstellen, was die Leute sagen werden? Du könntest ihm wenigstens zeigen, daß er sich dich nicht so einfach schnappen und im nächsten Moment wieder fallenlassen kann. Ich hätte gedacht, du verfügtest über mehr Stolz.«

Althea fühlte sich nicht stolz, sie fühlte sich geborgen. Die Worte ihrer Mutter waren wie Fliegen, die vor einem Fenster herumschwirren – einem Fenster, das geschlossen war, damit sie nicht hineinkonnten. Weit weg machten sie ein dummes Geräusch. Sie lächelte immer noch, als sie aufstand. Es war Zeit, die Mutter ins Bett zu bringen und die Wärmflasche zu füllen. An der Tür drehte sie sich um und sagte:

»Mach dir bitte keine Sorgen – es ist unnötig. Ich will mit Nicholas nicht flirten, und er will nicht mit mir flirten.«

11

»Ich kann mir nicht vorstellen, warum du es haben willst«, sagte Ella Harrison.

Fred Worple entblößte die Zähne zu einem seiner Meinung nach faszinierenden Lächeln. »Das brauchst du auch überhaupt nicht, Schatz.«

Sie aßen in der Stadt zu Mittag. Da eine Menge Leute dasselbe taten und eine Jazz-Band spielte, war das Lokal so gut für eine private Unterhaltung geeignet, wie man es sich nur wünschen konnte. Für beide waren Lärm, Glanz und reichlich Getränke die Grundvoraussetzung für alles Vergnügen. Mr. Worples Andeutung, daß sie sich besser um ihre eigenen Angelegenheiten kümmere, wurde ihm nicht übel genommen.

Ella fuhr fort: »Weißt du, ich könnte dir helfen, wenn ich bloß eine Vorstellung davon hätte, worauf du hinauswillst.«

»Ich will nur das Haus kaufen – das ist alles.«

»Stimmt das?«

»Klar.«

»Es ist zu groß für dich.«

»Nicht, wenn ich heirate und ein halbes Dutzend Kinder kriege.«

Heller Zorn erfüllte sie. Ein klein wenig zu eilig fragte sie: »Wer ist das Mädchen?«

»Niemand – irgendeine, wie wäre es mit Miss Althea Graham?«

»Blödsinn!«

Er lachte. Besser hätte er nicht so über sie gelacht. »Na, ich weiß nicht – sie sieht nicht schlecht aus. Und ich verrat' dir was: Das Haus geht auf ihren Namen.«

»Was?«

Er nickte. »Bert Martin hat es letztes Jahr vermietet, und das Mädchen hat den Vertrag unterschrieben. Er wollte nichts verraten, aber wir haben uns unterhalten, und als ich sagte, ›Gib mir eine Chance, und ich krieg' die alte Lady schon rum‹, ist er damit rausgerückt: ›Das Haus gehört Miss Graham – du würdest nur deine Zeit vergeuden.‹ Also habe ich mir gedacht: Fred, mein Junge, wie wäre es? Wenn du eine alte Frau rumkriegen kannst, kannst du auch eine junge rumkriegen. Heirate sie, und du kriegst das Haus umsonst, gratis und kostenlos! Geld in der Tasche und keine Auslagen außer dem Ehering. – Was meinst du, ist das keine gute Idee?«

Was Ella Harrison darüber dachte, behielt sie lieber für sich. Er machte natürlich nur Spaß und stichelte, um zu sehen, ob er sie nicht wie früher auf die Palme bringen könnte. Sie war damals dumm genug gewesen, sich provozieren zu lassen, und es wäre dumm von ihr, wenn sie es jetzt noch täte. Was wollte er erreichen, indem er sie derart reizte? Wenn Jack sie nicht so schrecklich langweilen würde, wenn nicht alles so schrecklich öde wäre, würde sie Fred schon zurechtgestutzt haben.« Sie einfach eifersüchtig machen zu wollen, auch wenn er es nur im Spaß meinte! Sie antwortete und wirkte ganz offen dabei:

»Sie würde dich nicht einmal ansehen!«

»Das denkst du dir so. Da ist dieses gutaussehende Mädchen, das sich mit einer kränkelnden Mutter zu Tode langweilt, und ich komm' vorbei, führe sie ein bißchen aus, werf' mit Geld um mich und sorge dafür, daß sie sich amüsiert – da ist es wohl klar, daß sie sofort zugreift.«

Ella schüttelte den Kopf. Nein, sie würde ihm nicht den Gefallen tun, wütend zu werden.

»Du bist nicht ihr Typ. Außerdem gibt es da jemanden, mit dem sie mehr oder weniger verlobt war, nur hat ihre Mutter es unterbunden, und er ist ins Ausland gegangen, aber jetzt ist er zurück. Und was ich so höre, sind sie wahrscheinlich wieder zusammen. Was er bloß an ihr findet . . .«

Er lachte. »Na ja, es war nur so eine Idee. Vielleicht versuche ich es, ihn auszustechen, vielleicht auch nicht. Was macht es schon, solange ich nur das Haus kriege.«

»Ich verstehe einfach nicht, wozu du es haben willst.«

Schon am nächsten Tag entdeckte Althea Mr. Worple in der High Street direkt neben sich. Er wünschte ihr einen »guten Morgen«, und bevor sie sich's versah, hatte er ihr auch schon die Einkaufstasche aus der Hand genommen.

»Die ist doch viel zu schwer für Sie. Ich trage sie.«

Althea erstarrte. »Vielen Dank, aber mir wäre lieber . . .«

Sie hatte keine Gelegenheit, den Satz zu beenden. Er ließ

sein Lächeln aufblitzen und sagte: »Schon gut, schon gut, überlassen Sie die ruhig mir. Sie übernehmen das Einkaufen und ich das Tragen. Sie wollen doch nicht, daß so eine schwere Tasche Sie nach einer Seite runterzieht! Einer Figur wie der Ihren darf man das nicht antun – wäre ein glattes Verbrechen!«

»Mr. Worple, würden Sie mir bitte meine Tasche zurückgeben.«

Keiner hätte Fred Worple eine Mimose genannt, aber es wurde ihm allmählich klar, daß er Anstoß erregt hatte. Unter leisem Protest gab er ihr die Tasche zurück, ging aber weiter neben ihr her und ließ sich davon auch nicht durch die Tatsache abbringen, daß sie ihn weder ansah noch mit ihm sprach.

»Wissen Sie, Mrs. Graham, ich hoffe wirklich, daß Sie mein Kaufangebot in Erwägung ziehen.«

Nach einigem erfolglosen Geplauder wurde wenigstens diese Bemerkung einer Antwort gewürdigt.

»Nein, ich ziehe es nicht in Erwägung. Wir möchten nicht verkaufen.«

Sie war richtig wütend, und das nicht nur auf Mr. Worple, sondern auch auf Mr. Jones, der keine Entschuldigung dafür hatte, ihnen diese Plage auf den Hals zu hetzen. Er war nicht mit dem Verkauf beauftragt worden – niemand war das, aber während ihre Mutter Mr. Martin noch einen Vorwand geliefert hatte, ihnen die Blounts vorbeizuschicken, hatte Mr. Jones nicht die geringste Ausrede. Ihr stieg die Röte ins Gesicht, und für seine nächste Bemerkung erntete Mr. Worple gleich eine Zurechtweisung.

»Ich bin wirklich nicht bereit, diese Angelegenheit weiter zu besprechen, weder jetzt noch sonst irgendwann. Guten Morgen!« Sie bog ab, als wolle sie ins Postamt gehen, und wäre fast mit Nicholas Carey zusammengestoßen, der gerade durch die Tür kam.

Mr. Worple, der die Begegnung beobachtete, war weniger

entmutigt als verärgert. Sie wollte ihm also einen Korb geben, was? Nun, man würde sehen. Er war der tröstlichen Ansicht, daß Frauen sich gern zierten und daß es ein eher ermutigendes Zeichen wäre, wenn sie mal grob wurden. Sie verstellten sich, damit man um so mehr Interesse an ihnen hatte, und wenn sie mit jemand anders freundlich taten, dann nur, um einen heiß zu machen. Er sah, wie Nicholas Carey die Einkaufstasche nahm, die ihm selbst verweigert worden war, und folgte ihnen bis zur Ecke Sefton Street, wo sie abbogen und in das Café gingen.

Nicholas sagte: »Das ist neu, seit ich das letzte Mal hier war. Setzen wir uns doch in einen dieser grünen Kaninchenställe da ganz hinten – den letzten, wenn er nicht schon besetzt ist.«

Die Nischen sahen Ställen wirklich ziemlich ähnlich – es lag irgendwie an der Art und Weise, wie die grünen Vorhänge drapiert waren. Die letzte war frei, und die nahmen sie in Besitz. Nachdem Nicholas Kaffee bestellt hatte, fragte er:

»Was hatte es mit der hübschen, kräftigen Gesichtsfarbe auf sich, Allie? War das meinetwegen – oder hatte dieser Kerl, der aussah wie ein Schieber, was damit zu tun?«

Sogar in dem blassen grünlichen Licht des Alkovens war es zu erkennen, daß die hübsche kräftige Farbe wiederkehrte.

»Nicky, er ist einfach widerlich! Und er ist der andere Interessent, der ›The Lodge‹ kaufen möchte – der, der sagte, daß er immer hundert Pfund mehr bieten wird als Mr. Blount. Er sieht nicht so aus, als hätte er einen Haufen Geld, oder?«

»Man hört immer wieder von Millionären in Lumpen.«

»Aber es sind keine Lumpen – das ist es ja. Seine Kleider sind ziemlich neu und trotzdem scheußlich.«

»Vielleicht hat er im Lotto gewonnen, oder er hat mit seinem letzten zerlumpten Hemd auf das richtige Pferd gesetzt. Oder er ist einer dieser unternehmungslustigen Wegelagerer, die Goldbarren auf dem Weg zu Postämtern und

Banken beiseite schaffen. Einem intelligenten jungen Mann sollen sich in diesem Gewerbe großartige Chancen eröffnen. Das sind, soweit ich weiß, die einzigen drei Möglichkeiten, um heutzutage noch an Geld zu kommen – der Finanzminister sorgt schon dafür. Ich finde, Einbrecher sollten auch Einkommensteuer zahlen. Im Moment ist es doch so, daß man, je mehr man arbeitet, desto weniger verdient und desto mehr zahlt. Ein faszinierendes Thema, aber eigentlich wollte ich mit dir über etwas ganz anderes reden.«

Eine Kellnerin brachte ihnen den Kaffee und stellte ihn auf den glänzenden grünen Tisch. Als sie wieder gegangen war, sagte Nicholas Carey:

»Eigentlich wollte ich über unsere Heirat reden. Wie steht es damit, Allie?«

Sie hatte gewußt, daß das kommen mußte, aber sie hatte nicht gewußt, wie sie sich dabei fühlen würde. Sie wußte nicht genau, wie sie sich fühlte, und man kann den wichtigsten Schritt in seinem Leben nicht tun, ohne daß man weiß, was für ein Gefühl man dabei hat. Sanft und betrübt sah sie ihn an.

»Ach, Nicky, ich weiß es nicht – dräng mich nicht . . .«

Seine schmalen, dunklen Augenbrauen wölbten sich. »Hast du den Eindruck, daß wir die ganze Sache überstürzen? Nach sieben Jahren? Man kann an vieles glauben, wenn man sich Mühe gibt, aber das überfordert mich.«

Sie sah ihn weiter mit demselben Ausdruck an.

»Mir ist, als wären wir auf einem Hügel – und der ist steil. Wir haben begonnen, nach unten zu laufen, und es wird immer steiler – wir laufen schneller und schneller und sehen nicht, wohin wir rennen – wir können nicht bis zum Fuß des Hügels sehen.«

»Wach auf, Allie! Verstehst du denn nicht, daß das bloß das gleiche Gefühl ist, das alle haben, die fast zu Tode schikaniert worden sind oder jahrelang im Gefängnis waren und dann plötzlich eine offene Tür vor sich sehen und ins Freie können? Sie müssen nur diesen einen Schritt tun und die Tür hinter sich schließen, und sie fürchten sich davor. Das ist eine normale Reaktion – sie glauben, es ist eine Falle, sie glauben, sie werden geschnappt und wieder zurückgebracht. Und sie sind daran gewöhnt, auf die Befehle anderer zu warten – sie haben Angst, eigene Entscheidungen zu treffen und selbständig zu handeln. Wach auf und sieh endlich ein, daß nichts auf der Erde dich daran hindern kann, hinauszugehen und mich zu heiraten!«

»Nehmen wir an, ich tue es, und sie stirbt . . .«

»Nehmen wir an, sie würde nichts dergleichen tun.«

»Und wenn doch?«

»Schau, Allie, du kannst mir über deine Mutter nichts erzählen, was ich nicht längst weiß. Sie war viel jünger als dein Vater, und sie war hübsch, und er hat sie verwöhnt. Übrigens wußte er ganz genau, wie sie war. Er hat das Geld fest angelegt, damit sie nicht ran kann, und er hat dir das Haus vermacht. Außerhalb des Büros ließ er sie tun, was sie wollte. Als er starb, bist du nachgerückt, nur hattest du kein Büro, in das du hättest fliehen können. Es gibt keinen Trick, keine Finte, die sie nicht aus dem Effeff beherrscht, wenn es darum geht, den eigenen Willen durchzusetzen, und solange sie sich davon einen Vorteil verspricht, wird sie nichts unversucht lassen.«

Er wiederholte die letzten Worte immer wieder mit großem Nachdruck: »Solange sie sich davon einen Vorteil verspricht. Aber sind wir erst einmal verheiratet, Allie, ist es für sie aus mit diesem Spiel, das weiß sie. Wenn sie so weitermacht und Herzanfälle bekommt, schadet sie sich damit nur selbst, und wie ich schon gesagt habe, sie ist viel zu sehr in sich selbst verliebt, um das zu tun.«

Althea hörte zu. Sie hatte nicht weggesehen. Er konnte ihr direkt in die Augen blicken. Die grünen Vorhänge ließen diese wirklich sehr grün wirken, und ihr Gesicht hatte alle Farbe verloren und war blaß geworden. Sie hätten vor sieben Jahren zusammen weglaufen sollen. Sie hätten nie zulassen dürfen, daß Winifred Owen sie auseinanderbrachte. Es würde nicht noch einmal geschehen. Er lachte und sagte:

»Ich habe ein Geschenk für dich, meine Süße. Warte einen Moment – es ist in meiner Brieftasche.« Er holte sie hervor, öffnete sie, entnahm ihr ein Papier und breitete es vor Althea auf dem glänzend grünen Tisch aus.

»Heiratserlaubnis.« Er faßte in seine Jackentasche. Ein Päckchen Seidenpapier kam hervor und wurde geöffnet. Ein einfacher Goldreif fiel auf das Dokument. »Ehering«, erklärte er. »Probier ihn mal an und schau, ob er paßt!«

12

Miss Silver legte den Brief, den sie gerade gelesen hatte, beiseite und wandte sich dem Telefon zu. Da sie an ihrem Schreibtisch saß, war der Hörer in bequemer Reichweite. Sie hob ihn ab und hörte ihren eigenen Namen.

»Ist dort Miss Maud Silver?«

»Miss Silver am Apparat.«

Die Stimme fuhr ein wenig zögerlich fort: »Ich wüßte gerne, ob ich Sie mal besuchen dürfte. Vielleicht erinnern Sie sich. Wir haben neulich bei Mrs. Justice miteinander geredet. Ich bin die Freundin von Sophy, Althea Graham. Sie haben mir Ihre Visitenkarte gegeben . . .«

»O ja. Was kann ich für Sie tun?«

»Ich weiß nicht«, sagte Althea. »Wenigstens – ich hoffe, es macht Ihnen nichts aus, daß ich Sie störe, aber hätten Sie was dagegen, wenn ich Sie besuchen komme?«

»Ganz im Gegenteil«, antwortete Miss Silver.

»Sofort – heute noch? Ich bin in der Stadt, gleich um die Ecke. Wäre es Ihnen recht, wenn ich jetzt vorbeikomme?«

»Das wäre mir sehr recht.«

Miss Silver wandte sich wieder dem Brief zu, den sie beiseite gelegt hatte, als sie ans Telefon ging. Wie es der Zufall wollte, war der Brief von Dorothy, der Frau ihres Neffen Jim Silver – eben jener Dorothy, mit der sich Sophy Justice vor vier Jahren in Barbados angefreundet hatte. Jim Silver war durch seine Arbeit als Ingenieur auf diese Insel verschlagen worden, und seine Frau hatte ihn begleitet und ihr damals einziges Kind mitgenommen, einen kleinen Jungen, der nach zehn Jahren Ehe geboren worden war. Ihre Erkrankung auf Barbados war glücklicherweise nur von kurzer Dauer gewesen, und nach ihrer Rückkehr ein paar Monate später wurde die Familie um ein kleines Mädchen vergrößert. Seither hatte es noch Zwillinge gegeben, einen Jungen und ein Mädchen, genau wie bei Sophy.

In Dorothys Brief standen lauter für Miss Silver höchst interessante Einzelheiten über alle Kinder. Jamie sah seinem Vater immer ähnlicher. Jenny kannte schon alle Buchstaben, obwohl sie Weihnachten erst vier werden würde. Teddy und Tina waren wie ein Paar Welpen – man hatte sie ständig zwischen den Füßen, aber sie waren so süß. Es war wirklich eine Freude, solch einen glücklichen Brief zu bekommen. Sie legte ihn nach links auf ihren Block mit Löschpapier, um ihn später in aller Ruhe zu beantworten, und stand auf, um Althea Graham zu begrüßen.

Hätte sie sich nicht schon telefonisch angekündigt gehabt, wäre Althea zwar bis zu den Montague Mansions gekommen, aber sie wäre vermutlich nicht in den kleinen Aufzug gestiegen und hätte auch nicht die Klingel von Nr. 15 gedrückt. Sogar als sie schon den Finger auf dem Knopf hatte, konnte sie sich gerade noch bremsen, nicht umzudrehen und die

Treppen wieder hinunterzurennen. So etwas macht man natürlich nicht – nicht, wenn man gut erzogen ist –, und daher tat sie es auch nicht.

Die Tür öffnete sich, und Miss Silvers vortreffliche Hannah Meadows stand dort, eine heitere, rosige Frau, von der etwas Ländliches ausging. Althea war nicht der erste von Miss Silvers Klienten, der sich durch Hannahs Äußeres beruhigt fühlte, und sie würde nicht der letzte sein.

Althea betrat Miss Silvers Zimmer. Der Schreibtisch wirkte professionell, Teppich und Vorhänge waren in einem Farbton gehalten, der früher Pfauenblau genannt wurde und jetzt seltsamerweise als Petrolblau bekannt ist. Die Sessel hatten geschwungene Walnußgestelle und Sitzflächen, die breit genug waren, um den Reifröcken von früher Platz zu bieten, und mit dem gleichen Material wie die Vorhänge bezogen waren. Da standen ein gelbes Walnußregal und kleine Tische. Eine Unmenge in Leder, Silber und Plüsch gerahmte Fotos war über die Tische, das Regal und den Kaminsims verteilt. Viele von ihnen waren Bilder junger Männer und Mädchen und all der Kinder, die vielleicht nie geboren worden wären, hätte Miss Silver nicht eingegriffen und das Netz entwirrt, in dem sich unschuldige Füße verheddert hatten. An drei Wänden hingen in Ahorn gerahmte Reproduktionen der berühmten viktorianischen Bilder »Hope«, »The Black Brunswicker« und »The Stag at Bay« und blickten auf das Zimmer herab.

Ein kleines fröhliches Feuer brannte im Kamin. Althea setzte sich auf die eine Seite, Miss Silver ließ sich auf dem Sessel ihr gegenüber nieder, nahm einen mit bunten Blumen verzierten Strickbeutel von dem niedrigen Tisch neben sich und holte zwei Stricknadeln hervor. Auf einer von diesen standen ein paar Reihen Rippenmuster wie eine Krause empor. Die Farbe war ein angenehmer Rosaton, und wenn es mal fertig wäre, sollte es eine aus einer ganzen Kollektion von

Westen für Dorothy Silvers zweijährige Tina sein. Es ging etwas sehr Tröstliches von dieser häuslichen Handarbeit aus. Althea sah zu, wie Miss Silver die zweite Nadel einführte und zu stricken begann, wobei sie die Hände – wie auf dem europäischen Festland üblich – tief auf dem Schoß hielt.

Althea beugte sich nach vorne und sagte: »Diese Art zu stricken kenne ich gar nicht.«

Miss Silver lächelte. »Sie wurde mir auf der Schule von einer ausländischen Gouvernante beigebracht. Es geht so viel leichter und schneller als auf die englische Art. Man muß die Wolle nicht um die Nadel schlingen, und es ist fast unmöglich, eine Masche fallen zu lassen.«

»Aha.« Althea machte eine Pause, bevor sie fortfuhr: »Ich darf nicht zu viel Ihrer Zeit in Anspruch nehmen – aber ich weiß nicht, wo ich anfangen soll. Wissen Sie, wenn ich mit Leuten spreche, die ich kenne, stehen diese entweder auf der einen Seite oder auf der anderen. Sie wissen seit Jahren genauestens Bescheid und haben sich längst eine feste Meinung gebildet.«

Die kleinen Augen von unscheinbarer Farbe, mit denen Miss Silver sie betrachtete, sprühten vor Scharfsinn: »Und?«

»Aber jemand, der zum erstenmal davon hört ...« Sie brach ab und errötete. »Sie wissen, was ich meine, nicht wahr? Es ist so schwierig, unparteiisch zu sein, wenn man jemanden über Jahre und Jahre und Jahre hinweg kennt.«

Miss Silver strickte weiter. Die Nadeln bewegten sich mit unglaublicher Geschwindigkeit, aber sie formte die Worte sehr bedächtig, als sie sagte: »Wenn Sie mir vielleicht sagen könnten, was Sie bedrückt ...«

Althea biß sich auf die Lippe. »Ja das tu' ich. Und werde mir viel Mühe geben, fair zu sein. Das ist nicht leicht, wenn man selbst bis zum Hals drinsteckt, aber ich werde mich bemühen ...«

Althea Graham war zwar siebenundzwanzig, aber einen Augenblick lang fühlte sich Miss Silver an ein Kind erinnert, das sagt, »Ich verspreche, brav zu sein«. Sie lächelte ermutigend.

»Denken Sie nicht zuviel darüber nach, was Sie erzählen werden und wie Sie es erzählen werden. Ich kann mir ein besseres Bild von den Fakten machen, wenn Sie ganz unbefangen berichten.«

Althea packte die Sessellehnen. Diese boten keinen bequemen Griff, weil Akanthus-Blätter in das gelbe Walnußholz geschnitzt waren. Die Ränder der Blätter waren ziemlich scharf und schnitten auf der rechten Seite eine tiefe gekerbte Linie in ihre Handfläche. Althea begann, Miss Silver von Nicholas Carey zu erzählen:

»Er verbrachte seine Ferien immer bei einer Tante, die ziemlich in der Nähe wohnte. Er ist zwei Jahre älter als ich. Ich bin oft zu ihrem Haus gegangen, und wir sind zusammen radgefahren. Es war wie mit einem Bruder. Dann wurden wir allmählich erwachsen. Er mußte zum Militär und war für zwei Jahre im Ausland. Als er zurückkam, wurde er in die Redaktion eines Wochenblatts aufgenommen, des ›Jupiter‹. Er schreibt gut, wissen Sie – anders. Wir haben immer noch viel zusammen unternommen. Er hatte ein bißchen eigenes Geld, und er hatte ein Auto. Wir sind damit aufs Land gefahren – ziemlich lange Touren. Meine Mutter kränkelte damals noch nicht, aber ihr hat es schon nicht gepaßt, daß wir zusammen losgezogen sind.«

Miss Silver blickte über ihre emsigen Nadeln hinweg und fragte: »Warum?«

»Weil ich dann weg war. Ihr hat es schon immer gefallen, jemanden um sich zu haben, der alles für sie erledigt.« Sie sagte es schlicht und ohne Bitterkeit. »Als Nicholas wollte, daß wir uns verlobten, hat sie sich schrecklich aufgeregt, aber wir dachten, sie würde sich schon noch damit abfinden.« Sie machte eine ziemlich lange Pause, bevor sie fortfuhr: »Was sie nicht getan hat.«

»Du meine Güte!« sagte Miss Silver.

Althea, die blaß war, errötete kurz. Mühsam beruhigte sich ihre Stimme.

»Wir dachten an ein Häuschen auf dem Land. Es gibt eine alte Kusine, die gerne gekommen wäre und meiner Mutter Gesellschaft geleistet hätte, aber sie wollte sich unsere Pläne nicht einmal anhören. Sie hat bloß geweint, bis sie davon krank wurde und Dr. Barrington sagte, sie brauche Zeit, um sich damit abzufinden. Er sagte, ihr Herz wäre nicht kräftig genug, und wenn sie so weitermache wie bisher, wäre das sehr schlecht für sie. Wir haben sechs Monate gewartet, dann haben wir es noch mal versucht, aber es passierte das gleiche. Wir haben dann gesagt, daß wir uns eine Wohnung in Grove Hill nehmen würden – Nicholas würde in die Stadt zur Arbeit fahren. Aber es hat nichts genützt. Jedesmal, wenn wir das Thema angeschnitten haben, hat sie eine Herzattacke bekommen.

Nicholas hat Dr. Barrington gefragt, was passieren würde, wenn wir uns einfach nicht darum kümmern würden und heirateten, aber der sagte, er könne dann für die Folgen nicht verantwortlich gemacht werden. Nun, nach zwei Jahren waren wir soweit, daß wir ihr angeboten haben, in das obere Stockwerk des Hauses zu ziehen. Natürlich hätte das nicht genügt, aber wir waren verzweifelt. Wir – wir – haben uns sehr gemocht.«

Sie riß den Kopf hoch und biß sich wieder auf die Lippe. »Ich verstehe natürlich, wie es für sie gewirkt haben muß. Sie war daran gewöhnt, daß ich bei ihr war und all die Kleinigkeiten für sie erledigte, und selbst wenn ich noch in dem Haus wohnen geblieben wäre, wäre es nicht das gleiche gewesen –

schließlich hätte ich mich ja auch um Nicky kümmern müssen. Aber am Ende sagte er, daß er so nicht weitermachen könne.« Sie seufzte auf. Es dauerte eine Weile, bis sie fortfuhr: »Es war diese Art von Streiterei, die einen in Stücke reißt – es überraschte mich nicht, daß meine Mutter krank wurde. Ich habe gesagt, ich würde versuchen, fair zu sein. Ich glaube, sie war wirklich überzeugt, daß sie nicht mehr lang zu leben hätte. Immer wieder fragte sie, ob ich nicht die kurze Zeit noch bei ihr verbringen könnte, die ihr noch bliebe. Sie weinte dann und hielt meine Hand und bettelte, daß ich sie nicht verlassen möge. Ich sagte zu Nicky, daß ich ihn nicht heiraten könnte, und er ging fort.« Sie hielt inne und holte tief Luft.

»Und jetzt ist er zurückgekommen?« fragte Miss Silver.

Althea sah zu ihr auf – Liebeskummer in den Augen.

»Nach fünf Jahren. Er hatte gesagt, er würde nicht schreiben, und das hat er auch nicht. Er hatte gesagt, daß ich zwischen ihm und meiner Mutter zu wählen gehabt hätte und daß ich mich entschieden hätte. Er hat sich an allen möglichen wilden Orten rumgetrieben. Ich wußte nicht, wo er war und was er tat. Seine Tante hat ihr Haus verkauft und ist nach Devonshire gezogen, wo sie bei einer Schwester lebt. Danach wußte ich nicht einmal mehr, ob er überhaupt noch lebte. Dann eines Tages habe ich an einem Zeitschriftenstand am Bahnhof den ›Jupiter‹ gekauft. Einer der Artikel war mit ›Rolling Stone‹ gezeichnet, und ich war mir sicher, daß Nicky ihn geschrieben hatte. Es gab dann noch mehr Artikel – in unregelmäßigen Abständen. Sie handelten von all diesen Orten am Ende der Welt. Sie waren seltsam und aufregend und auch brillant geschrieben. Die Leute begannen, darüber zu reden und auf die nächste Folge zu warten. Wenn ich einen las, wußte ich wenigstens, daß er noch gelebt hatte, als er ihn schrieb. Und nach fünf Jahren ist er dann zurückgekommen.«

Miss Silvers verständnisvoller Blick ruhte auf ihr.

»Fünf Jahre sind eine lange Zeit. Ich wußte nicht, ob er noch dieselbe Person sein würde. Ich wußte, daß ich es nicht mehr war. Unglück hat Wirkung – es läßt einen abstumpfen. Er hat abgestumpfte Leute nie ausstehen können. Ich hatte nicht das Gefühl, daß noch irgend etwas übrig war, an dem er Interesse haben könnte. Aber ich hatte das Gefühl, ich müßte wenigstens versuchen, so zu tun, als ob.«

Sie nahm ihre Hände von der Sessellehne. Sie waren taub, so fest hatte sie das Holz umklammert. Sie faltete sie auf dem Schoß zusammen und fühlte, wie das Blut prickelnd in sie zurückkehrte.

Dann fuhr sie fort: »Seine Tante Emmy Lester hatte eine Menge von seinen Sachen im Speicher ihres Hauses zurückgelassen, als sie es verkaufte. Nicholas mußte kommen und sie durchsehen. Ich glaubte nicht, daß ich ihn treffen würde – ich glaubte nicht, daß er mich treffen wollte. Aber er war auf Mrs. Justice' Cocktailparty, und in dem Moment, da wir uns über den Raum hinweg sahen, war es, als wäre er nie fort gewesen. Ich bin auf den Flur hinausgegangen – ich fürchtete, die Beherrschung zu verlieren. Er ist mir gefolgt, und wir sind in Sophys kleines Zimmer gegangen und haben geredet . . .« Ihre Stimme versagte, ihr Blick verklärte sich.

Miss Silver zog an dem blaßrosa Knäuel in ihrem Strickbeutel. Die Stille dauerte eine Weile an, bevor sie gebrochen wurde.

»Und jetzt?« fragte Miss Silver.

»Er will sofort heiraten, ohne meiner Mutter etwas zu verraten. Er hat eine Erlaubnis. Ich finde, wir sollten es ihr sagen. Aber die ganze Sache wird sich bloß wiederholen, wenn wir das tun.«

»Miss Graham, wie steht es denn wirklich um die Gesundheit Ihrer Mutter?«

Althea hob eine Hand und ließ sie fallen. Das Akanthusblatt zeichnete sich darauf immer noch ab. »Ich weiß nicht.

Wenn sie sich aufregt, hat sie einen Anfall. Dr. Barrington sagt, man dürfe nicht zulassen, daß sie sich aufregt.«

»Es ist nicht unbedingt hilfreich, solche selbstsüchtigen Handlungsweisen noch zu fördern. Darf ich fragen, ob die Kusine, von der Sie gesprochen haben, noch zur Verfügung steht, um Ihrer Mutter Gesellschaft zu leisten?«

»Das möchte ich mal annehmen. Ich weiß, daß sie Einbußen hinnehmen mußte und gerade so über die Runden kommt. Sie hat ein paar Zimmer im Haus einer Freundin, aber ich glaube, dieses Arrangement ist kein großer Erfolg. Die Freundin hat sich in letzter Zeit spiritistischen Sitzungen und der Hypnose zugewandt, und meine Kusine hält davon nicht viel. Wir könnten ihr ein Gehalt zahlen, und ich glaube, sie würde mit meiner Mutter gut zurechtkommen. Das Problem ist, wenn ich ihr schreibe und warte, bis sie sich entschieden und mir geantwortet hat, wird die ganze Familie davon wissen und schließlich auch meine Mutter. Kusine Bertha schreibt jede Woche unzählige Seiten an alle Verwandten. Von denen könnte keine ein Geheimnis für sich behalten, selbst wenn sie es versuchen würden, und natürlich versuchen sie es gar nicht erst.«

Miss Silver wurde von herzlichem Mitgefühl erfaßt. Sie hörte zu stricken auf, legte die nun um ein gutes Stück längere Krause in den Schoß und sagte: »Emily Chapell!«

Althea wiederholte den Namen fragend: »Emily Chapell?«

Miss Silver strahlte. »Die wäre außerordentlich geeignet.«

»Ich glaube nicht . . .«

Das Stricken ging weiter. Miss Silver legte den Kopf schief. »Sie ist keine ausgebildete Schwester, aber sie hat viel Erfahrung in der Krankenpflege. Eine sehr zuverlässige Person und glücklicherweise im Moment gerade frei. Falls Sie sich zu einer sofortigen Heirat entschließen sollten, könnte sie einziehen, sobald Mrs. Graham die Nachricht überbracht worden ist.«

»Oh«, war alles, was Althea hervorbrachte.

Miss Silvers Nadeln klapperten. »Ich kenne sie seit zwanzig Jahren, und sie hat es nie an Takt und Gutmütigkeit fehlen lassen.«

Althea sah Miss Silver und Emily Chapell als Zwillingsengel vor sich, die die Riegel ihres Kerkers beiseite rissen und die Türen aufwarfen. Sie hörte, wie Miss Silver sagte:

»Ihre Kusine braucht natürlich ein wenig Zeit, um Ihr Angebot zu bedenken und ihrer Freundin Bescheid zu sagen. Miss Chapell wäre ganz sicher bereit, bei Mrs. Graham zu bleiben, bis alles soweit geregelt ist.«

Althea lehnte sich nach vorne. Die Türen öffneten sich, aber konnte sie – durfte sie – die Schwelle überschreiten? Sie warf Miss Silver einen herzzerreißenden Blick zu und fragte: »Meinen Sie wirklich, ich könnte das tun?«

13

Althea kehrte nach Hause zurück und fand Mrs. Graham in äußerst gereizter Stimmung vor. Diese ließ sich eine Zeitlang über das so erfreuliche Thema »Egoismus der Jugend« aus unter besonderer Berücksichtigung einer Tochter, die ihre Mutter allein gelassen hatte, während sie Zeit und Geld auf einem Stadtbummel verschwendete.

»Und wenn du wirklich hättest einkaufen wollen, dann hättest du auch hier in der High Street sehr gute Geschäfte gefunden.«

»Ich war nicht einkaufen.«

Mrs. Graham sah sie argwöhnisch an. »Was hast du dann gemacht?«

»Eine Freundin von Sophy besucht.«

»Eine Freundin von Sophy Justice – sie heißt natürlich inzwischen Sophy Harding –, warum in aller Welt solltest du eine Freundin von Sophy besuchen gehen?«

»Ich wollte sie gerne wiedersehen.«

»Ach, du hast sie vorher schon mal getroffen?«

»Ja, ich habe sie schon einmal getroffen«, sagte sie und wechselte hastig das Thema. »Ich dachte, Nettie Pimm ißt mit dir zu Mittag. Das hattest du doch gesagt, und ich habe alles bereitgestellt.«

»Sie hat im letzten Moment angerufen und gesagt, daß sie nicht kommen könne. Sie sagte, sie fühle sich nicht gut.« Ein zartes Schniefen drückte aus, was Mrs. Graham von Netties Leiden hielt. »Ziemlich unhöflich, würde ich behaupten, aber ich werde sie schon noch spüren lassen, daß mir das nicht gefallen hat. Und dann kommt noch dazu, daß Mr. Jones wieder wegen des Hauses angerufen hat. Er sagte, Mr. Worple hätte sein Angebot von siebentausendfünfhundert zurückgezogen. Weißt du, irgend etwas an Mr. Jones will mir nicht gefallen. Es klang, als freue es ihn, daß der Preis gefallen ist. Und ich habe ihm gesagt, daß er uns nicht weiter zu belästigen brauchte, weil ich Mr. Worple nicht leiden könnte und nicht die geringste Neigung verspürte, an ihn zu verkaufen. Er erinnert mich an jemanden, den wir mal in einem Film gesehen haben. Ich weiß nicht mehr, wer es war, aber Mr. Worple erinnert mich an ihn, und in dem Film war er alles andere als der Typ Mensch, dem ich gern mein Haus verkaufen würde. Schließlich ist man der Nachbarschaft etwas schuldig, und wir haben hier mehr als zwanzig Jahre gewohnt. Und so, wie es um meine Gesundheit steht, hätte ich ohnehin nicht gern das Gefühl, kein Haus mehr zu haben, in das ich zurückkann.

Ich hatte wirklich geglaubt, die Kreuzfahrt, die wir geplant haben, würde uns beiden guttun, aber es ist leider nicht garantiert, daß man sich dort in angenehmer Gesellschaft befindet, weshalb ich die Idee eigentlich schon aufgegeben habe. Ein paar Wochen in einem netten Hotel an der See hingegen wären ganz was anderes. Man hätte sein eigenes gemütliches Haus, in das man jederzeit zurückkehren könnte. Ich finde, das ist notwendig.

Es tut mir leid, wenn du wegen der Reise enttäuscht bist, aber ich habe mich so ziemlich entschlossen. Außerdem würde es mir nicht gefallen, mich an einen fremden Arzt wenden zu müssen. Dr. Barrington versteht mich, und das ist die Hauptsache. Ich habe also Mr. Jones gesagt, er brauchte nicht zu glauben, daß ich verkaufen würde, und ich habe Mr. Martin angerufen und ihm das gleiche mitgeteilt.«

Sie hatte sich in bessere Stimmung geredet, und Althea beließ es dabei.

Kurz nach neun rief Nicholas Carey an. Das Telefon stand im Eßzimmer, aber ein zweiter Apparat befand sich in Mrs. Grahams Schlafzimmer. Fühlte sie, wie nicht selten der Fall, das Bedürfnis, sich auszuruhen, war sie so trotzdem in der Lage, ausführlich mit ihren Freundinnen zu schwatzen. Und sie konnte auch alles mithören, was Althea sagte, wenn sie den Apparat im Eßzimmer benutzte.

Althea war sich dessen bewußt, als sie den Hörer abnahm und Nicholas Careys Stimme hörte und überlegte, wie groß die Wahrscheinlichkeit wäre, daß sie belauscht würde. Mrs. Graham war im Bad. Falls das Wasser gerade eingelaufen wäre, als das Telefon klingelte, hätte sie es vermutlich gar nicht gehört. Falls ihre Mutter schon in der Wanne wäre, würde sie nicht wieder raussteigen, um an den Apparat zu gehen. Aller Wahrscheinlichkeit nach wäre es ungefährlich, mit Nicky zu reden, aber vorsichtshalber würde man sich lieber nur über Unverbindliches unterhalten.

»Ich habe dir doch gesagt, du sollst mich nicht anrufen«, sagte sie schnell zur Eröffnung.

Er sprach aufreizend langsam. »Gut gemeint, aber vergebens, Liebling. Ich möchte dich sehen. Nein, sag nicht, daß es nicht geht, daß du nicht kannst – oder daß du nicht willst.«

»Wollte ich gar nicht.«

Er fuhr fort, als hätte sie nichts erwidert: »Es ist nämlich ganz einfach – du läßt die Katze raus und kommst mit ihr nach draußen.«

Sie mußte ein wenig lachen, als sie antwortete: »Wir haben gar keine Katze.«

»Sehr nachlässig von dir! Aber im Prinzip ändert sich nichts. Die entscheidenden Worte sind: Du kommst nach draußen.«

»Ach Nicky, das kann ich nicht.«

»Liebling, ich habe dich davor gewarnt, so was zu sagen. Wenn du nicht rauskommst, komme ich rein.«

»Das kannst du nicht tun!«

»Warte es nur ab!«

Sie konnte sich genau vorstellen, wie er am anderen Ende der Leitung aussah – gerunzelte Stirn, ein Funken Boshaftigkeit in den Augen, ein kleines, verächtliches Lächeln. Wenn Nicky in dieser Stimmung war, war ihm wirklich alles egal. Er wäre ohne weiteres fähig, ins Haus marschiert zu kommen und zu sagen, was er sagen wollte. Wenn sie die Tür nicht aufmachte, würde er halt ein Fenster einschlagen. Sie mußte also nach draußen schlüpfen.

»Gut, aber nur einen Augenblick«, sagte sie hastig.

»Komm ich rein oder du raus?«

»Ich komme raus.«

»Braves Mädchen! Um halb elf. Im Gazebo.« Er legte auf.

Die Hand, mit der sie den Hörer auflegte, zitterte ein wenig. Halb elf war zu früh – ihre Mutter schliefe dann vielleicht noch nicht. Sie badete um neun, trank ihre Tasse heiße Ovomaltine zwischen Viertel vor zehn und zehn, und um Viertel nach zehn schlief sie meist schon tief. Nein – halb elf würde schon gehen. Aber falls nicht – was, wenn ihre Mutter immer noch wach wäre? Zu ihrem Selbstverständnis als Leidende gehörte der Glauben, daß sie nachts stundenlang wach liege und dabei größtes Unwohlsein erdulde, nur um Althea nicht zu wecken. Was, wenn ihre Mutter dieses eine Mal wirklich wach bliebe, nicht für Stunden, aber zumindest für dreißig Minuten?

Althea wurde ganz kalt bei dem Gedanken. Sie wollte Nicky genausogern sehen wie er sie, aber sie wollte nicht solch ein Risiko eingehen. Ein Streit mit all der Aufregung wäre eine Gefahr, die man jetzt nicht eingehen durfte – nicht jetzt, gerade in dem Moment, da sich die Gefängnistore öffneten.

Sie hatte vorgehabt, Nicky von der Telefonzelle an der Ecke aus anzurufen, sobald ihre Mutter im Bett wäre. Sie hatte vorgehabt, ihn anzurufen und ihm zu sagen, daß sie ihn sofort heiraten würde – morgen schon, falls er wollte. Dann würden sie Emily Chapell holen und sie bereithalten, und sie würden entscheiden, wann sie Mrs. Graham die Neuigkeit eröffnen sollten.

Sie hatte sich das alles schön im Kopf zurechtgelegt. Sie sah es genau vor sich, wie alles glatt einem Höhepunkt entgegenstrebte, an dem ihre Mutter sich in das Unvermeidliche fügen und ihnen ihren Segen geben würde. Als sie es plante, hatte es nicht unglaubwürdig gewirkt, aber jetzt schon. Wenn nur Nicky nicht angerufen hätte ...

Etwas in ihr, das immer auf seiner Seite stehen würde, verteidigte ihn jetzt. Es war ihr eigener Fehler. Sie hätte sagen sollen »Ich kann jetzt nicht reden – ich rufe dich um zehn an« und dann einfach den Hörer auflegen. Nicht einmal Nicky hätte danach noch gegen die Haustür hämmern und hereinplatzen können. Er hätte eine halbe Stunde gewartet, und sie wäre zur Telefonzelle hinausgeschlüpft, nachdem sie die Ovomaltine-Tasse abgespült hatte. Jetzt mußte sie ihn im Gazebo treffen. Dort, wo sie sich früher immer getroffen hatten. Dort, wo sie sich vor fünf Jahren getroffen hatten, um Abschied zu nehmen. Der heutige Abend würde diese Trennung vergessen machen. Sie würde bloß einen Augenblick bleiben, aber es würde für beide ein wunderbarer Augenblick sein. Sie würde sagen »Morgen heirate ich dich«, und sie würden sich küssen, und sie würde ihn ein letztes Mal fortschicken . . .

Sie ging in den Flur hinaus und die Treppe hoch. Als sie die Badezimmertür erreichte, blieb sie einen Moment lang stehen und lauschte. Als sie nichts hörte, klopfte sie sanft. »Alles in Ordnung, Mutter?«

Man hörte ein Plätschern. Mrs. Graham antwortete gereizt. »Natürlich ist alles in Ordnung! Was soll los sein?«

»Ich konnte nichts hören.«

»Also wirklich, Thea! Bin ich ein lauter Mensch? Ich genieße mein Bad, und das macht mich müde. Ich hätte meine Ovomaltine heute gern ein bißchen früher als sonst. Ich habe wirklich das Gefühl, ich nicke gleich ein.«

Sie wiederholte diese Worte später, als sie die Ovomaltine getrunken hatte und Althea die Tasse zurückgab.

»Sei so leise wie möglich. Ich habe wirklich das Gefühl, ich nicke gleich ein.«

»Das hoffe ich«, sagte Althea. Sie hatte ein schlechtes Gewissen, als sie das sagte.

Sie knipste die Nachttischlampe aus, tastete sich zur Tür und blieb auf der Schwelle stehen, um »Gute Nacht« zu wünschen. Die Stimme ihrer Mutter klang recht schläfrig, als sie darauf antwortete.

14

Alle Ereignisse dieses Abends würden mikroskopisch genau untersucht werden. Die geringste Bemerkung, die beiläufigste Handlung, die Zeit, zu der Nicholas Carey das Haus der Harrisons verlassen hatte, die Zeit, zu der er zurückkehrte, die Zeit, zu der der junge Mr. Burford von der Telefonzelle an der Ecke Lowton Street aus Miss Cotton anrief, die Zeit, zu der Miss Cotton ihr Haus in der Deepcut Lane verließ, die Zeit, die sie brauchte, um zu dem Punkt von Hill Rise zu gelangen, wo diese Straße am Grundstück Nr. 1 Belview Road vorbeiführt, die Bewegungen von Mrs. Traill, die für Mr. und Mrs. Nokes in 28 Hill Rise die Kinder gehütet hatte – alles das würde man feststellen und vergleichen müssen. Alles, was man gesagt oder gehört hatte, alles, was die Betroffenen gesehen oder getan hatten, würde dem gleißenden, gnadenlosen Licht eines Scheinwerfers ausgesetzt sein.

Aber für Althea, die leise die Gartentür aufmachte und sie einen Spaltweit offenließ, damit das Klicken des Schnappens sie nicht verriete, war das alles noch verborgen. Nicht die Zukunft beschäftigte sie, als sie in der gütigen Dunkelheit leise durch den Garten ging, sondern die Vergangenheit kehrte mit jedem ihrer Schritte zurück. Dieses Treffen hätte eines von vielen sein können, die ihr und Nicky vor fünf oder sechs Jahren vergönnt gewesen waren. Ihr Fuß folgte demselben gepflasterten Weg. Dem Thymian, an dem sie entlangstreifte, entstieg derselbe Geruch. Rechts standen die Levkojen. Sie mochten den Platz dort, säten sich jedes Jahr aus und kamen immer wieder, um die Dunkelheit mit ihrem Duft zu erfüllen.

Drei Stufen führten zum Gazebo hoch. Sie ging sie hinauf. Jemand bewegte sich an dem dunklen schattigen Ort, und schon lag sie in Nickys Armen.

Mrs. Graham schlief nicht. Sie hatte nicht vorgehabt zu schlafen. Sie war viel zu wütend, um müde zu sein. Aber sie war schlau gewesen – sie hatte Althea nicht merken lassen, daß sie wütend war. Als Mädchen hatte sie ein wenig an privaten Theateraufführungen Geschmack gefunden. Sie machten ihr Spaß, und alle sagten, sie sollte zur Bühne gehen. Sie hatte sogar selbst mit dem Gedanken gespielt, dann aber statt dessen geheiratet. Die Vorstellung, daß sie immer noch gut genug spielte, um vor Althea zu verheimlichen, wie wütend sie war, bereitete ihr große Genugtuung.

Sie war immer noch wütend. Sie war nicht in der Wanne gewesen, als das Telefon klingelte. Sie hatte noch ihren Morgenrock angehabt, und sie war hinüber ins Schlafzimmer gehuscht und hatte den Hörer abgehoben, gerade als Althea im Zimmer darunter dasselbe tat. Wenn man beide Hände benutzte und den Hörer sehr vorsichtig bewegte, merkte die Person, die telefonierte, nicht das geringste davon, daß sie belauscht wurde.

Mrs. Graham hatte alles gehört, was Nicholas und Althea sagten, und hatte gleich entsprechende Pläne entworfen: Sie würde ihr Bad nehmen und ihre Ovomaltine trinken, und sie würde behaupten, sehr müde zu sein, und sie würde Althea bitten, keinen Lärm zu machen. Sie hatte keine Angst, sie könnte einschlafen – dazu war sie viel zu aufgeregt und wütend. Sie würde einfach auf die vielen Kissen zurückgelehnt liegenbleiben und warten, bis es halb elf wäre . . .

Sie mußte doch ein bißchen eingenickt sein, denn ihr wurde plötzlich bewußt, wie die Uhr unten in der Diele schlug. Der eine Schlag hatte sie geweckt, und der zweite tönte, als sie darauf wartete. Sie blickte zur Seite zum Nachttisch neben ihrem Bett und sah, daß die leuchtenden Zeiger der kleinen verzierten Uhr auf halb elf standen. Sie zählte bis zwanzig, bevor sie aus dem Bett stieg und sich zur Tür tastete. Auf dem

Flur brannte immer Licht. Sie konnte nicht schlafen, wenn in ihrem Zimmer ein Licht an war, aber es beruhigte sie zu wissen, daß es gleich auf der anderen Seite der Tür hell wäre.

Sie lauschte und wurde sich der Stille und Leere des Hauses bewußt. Thea war schon zu ihrem Treffen mit Nicholas Carey gegangen. Sie war also hinausgeeilt und hatte ihre kranke Mutter allein in dem unverschlossenen Haus zurückgelassen. Eine Welle des Selbstmitleids überschwemmte Winifred Graham. Was konnte einer einsamen Frau in einem unverschlossenen Haus alles zustoßen – was konnte einer Frau mit so labilem Gesundheitszustand geschehen!

Thea war es ganz egal, was mit ihrer Mutter passierte. Ihr war allein daran gelegen, zu ihrem Geliebten hinauszuschlüpfen wie irgendein Mädchen, dem man kein richtiges Benehmen beigebracht hat. Das war nicht nur gefühllos und grausam, sondern überaus ungezogen.

Sie kehrte in ihr Zimmer zurück, schaltete die Nachttischlampe ein und zog sich an, wie sie es geplant hatte, Strümpfe und feste Schuhe – Gärten sind nachts immer feucht – einen warmen Schlüpfer, den sie über das zarte Nachthemd zog, eine weiche Weste, eine Strickjacke, die sich bis obenhin zuknöpfen ließ, einen Rock und einen langen schwarzen Mantel. Sie band sich ein Chiffontuch um den Kopf und wickelte sich einen weichen Wollschal um den Hals.

Dann ging sie ins Bad, ohne das Licht einzuschalten, und sah aus dem Fenster. Das Bad lag auf der Rückseite des Hauses. Falls im Sommerhäuschen Licht wäre, würde sie es von hier sehen. Ihre Augen suchten die Dunkelheit ab. Kein Licht war zu entdecken. Sie lauschte angestrengt, aber kein Geräusch war zu vernehmen. Unter dem Bogen eines windstillen Himmels lag der Garten düster und ruhig da.

Ohne Licht zu machen, ging sie die Treppe hinunter und dann durch das Haus. Die Gartentür stand offen. Ihre Wut flammte frisch auf, ihr Selbstmitleid wurde noch größer. Es war niederträchtig von Althea – niederträchtig, niederträchtig, niederträchtig!

Ihre Augen hatten sich an die Dunkelheit gewöhnt. Als sie sich vom Haus entfernt hatte, konnte sie ziemlich gut sehen. Sie ging zwischen den beschnittenen Stechpalmen hindurch, die die beiden Abfallkörbe verbargen, und folgte wie Althea dem gepflasterten Weg den Hang hoch zum Gazebo.

Erst als sie am Fuß der Stufen angelangt war, hörte sie das Murmeln der Stimmen. Mehr war es nicht – nur ein Gemurmel. Keine Worte. Wenn es Worte gab, so gingen sie von Mund zu Ohr oder unmittelbar von Mund zu Mund. Sie wurde von einer Wut erfüllt, die ihr den Atem stocken ließ. Sie rang nach Luft, stolperte die Stufen zum Sommerhäuschen hoch und hielt auf der Schwelle keuchend inne.

Die Tür stand offen. Das Geräusch jener stolpernden Füße und der keuchende Atem drangen in den Traum hinein, in dem sich Nicholas und Althea befanden, und ließen sie erschrokken auseinanderfahren.

»Mutter!«

»Mrs. Graham!«

Die machte ihrem Ärger Luft. Ihre Stimme ertönte laut und schrill: »Wie können Sie es wagen, Nicholas Carey? Wie können Sie es wagen!«

»Mutter – bitte! Du wirst noch krank werden!«

»Dir würde es doch nichts ausmachen, wenn ich sterbe. Dir würde es nichts ausmachen, mich zu töten! Du denkst nur an dich!«

Nicholas antwortete mit beherrschter Stimme: »Es tut mir leid, Mrs. Graham, aber Sie wollten ja nicht, daß ich ins Haus käme, und ich mußte Allie treffen. Ich gehe jetzt und komme morgen zurück, um mit Ihnen zu reden.«

Sie klammerte sich an Althea fest und schluchzte: »Nein,

nein – Sie dürfen nicht kommen! Ich werde Sie nicht empfangen! Schick ihn weg, Thea! Ich ertrage es nicht – er bringt mich noch um! Schick ihn weg!«

Althea mußte sie stützen. »Ja, er wird gehen. Nicky, es ist wohl besser. Es hat keinen Sinn, jetzt mit ihr zu reden zu versuchen, aber du mußt mir – glaube ich – helfen, sie ins Haus zurückzubringen.«

Nicholas tat einen Schritt auf sie zu, und Mrs. Graham schrie auf: »Nein, nein! Wagen Sie es nicht, mich anzurühren! Wehe, Sie wagen es!«

Althea sprach kaum vernehmlich: »Du gehst jetzt besser – ich werde schon damit fertig. Mutter, du wirst wirklich noch krank werden. Wenn du nicht willst, daß Nicholas dir hilft, dann stütz dich auf mich und komm mit ins Haus zurück. Du willst doch nicht hierbleiben, oder? Laß mich dich ins Bett bringen, wo du es gemütlich hast.«

Nicholas blieb, wo er war. Wenn sie nicht wollte, daß er ihr half, dann wollte sie es eben nicht, und Schluß! Es hatte überhaupt keinen Zweck, mit ihr zu reden. Hatte es noch nie gehabt – und würde es nie haben. Das einzige Argument, das sie akzeptierte, waren vollendete Tatsachen. Sie würde nachgeben müssen, wäre Althea erst mal seine Frau. Und sie würden morgen heiraten.

Kalter Zorn loderte in seinem Herz, als er sich fragte, wie groß die Chance wäre, diesen Plan durchzuführen. Mrs. Graham würde sicherlich nicht davor zurückschrecken, einen Anfall zu kriegen, wenn das die einzige Möglichkeit wäre, sie voneinander zu trennen. Nun, wenn sie kämpfen konnte, konnte er das schon lange! Er würde es nicht hinnehmen – nicht ein zweites Mal! Und selbst wenn er dazu, wie er bei ihrem Treffen in Sophys kleinem Zimmer gesagt hatte, alles in Reichweite zerstören mußte. Und selbst wenn er dazu Althea mit Gewalt entführen mußte.

In diesem Moment fühlte er sich zu allem fähig. Er spürte, er könnte sie in die Arme nehmen und mit ihr über den Rand der Welt hinausgehen. Er gehörte ihr – und sie ihm, und keiner würde sie mehr trennen.

15

Althea führte ihre Mutter ins Haus und brachte sie ins Bett. Dem ununterbrochenen Strom von Vorwürfen, Kritik und düsteren Prophezeiungen stellte sie ein Schweigen entgegen, in dem sie weder geknickt noch störrisch, sondern ruhig und unerschütterlich wirkte. Sie gab ihr das Riechsalz und füllte mit Sorgfalt eine zweite Wärmflasche, aber sie redete nicht, außer um so etwas zu sagen wie »Ist dir warm genug?« – »Liegst du bequem?« oder »Kann ich noch was für dich tun?«. Und schließlich: »Gute Nacht, Mutter.«

Es war, als befände sie sich hinter einer Glasscheibe, durch die kein Laut zu ihr drang. Sie und Nicky standen auf der einen Seite, ihre Mutter und ihre engstirnige Herrschaft, ihre Anmaßung und ihre Vorwürfe waren auf der anderen. Sie nahm sie dort zwar wahr, ihre Gesten, ihr Bemühen, sie zu kontrollieren und zu verletzen, aber es war wie etwas weit Entferntes. Der Schall und der Wahn erreichten sie nicht. Es gab eine unüberwindliche Schranke dazwischen, und sie stand dahinter und war sicher.

Nichts mehr konnte jetzt ihren einmal gefaßten Entschluß noch umstürzen. Am Morgen würde sie Nicky heiraten, und sie würde Emily Chapell kommen lassen. Es gab keine Gitter mehr, und die Gefängnistore standen weit offen. Sie legte sich ins Bett und schlief schon beinahe, als ihr Kopf das Kissen berührte.

Mrs. Graham lag wach und addierte diese Schlaflosigkeit noch zu den übrigen Vorwürfen gegen Althea. Sie würde nicht schlafen können, und es war sehr schlecht für sie, wenn sie nicht schliefe. Sensible Menschen brauchten viel Schlaf, und sie war ein sehr sensibler Mensch. Sie hatte Dr. Barrington schon oft erzählt, wie sensibel sie wäre, und er hatte ihr jedesmal zugestimmt. Sie war einer unerträglichen Tortur unterworfen worden, und sie würde viel Zeit brauchen, um darüber hinwegzukommen. Selbst wenn sie nicht an einer Erkältung sterben sollte – die Nachtluft, so heimtückisch –, so war sie doch gezwungen gewesen, hoch bis zum obersten Ende des Gartens zu gehen und dann noch die Stufen zum Gazebo zu erklimmen. Es zeigten sich zwar noch keine Symptome, aber die Krankheit würde vielleicht nur um so schlimmer werden, weil sich deren Ausbruch verzögerte.

Im Moment fühlte sie sich eigentlich überhaupt nicht krank, nur unruhig, so als ob sie nicht würde schlafen können. Recht betrachtet, wollte sie auch gar nicht schlafen. Sie fühlte sich wohl und warm. Sie wollte hier liegen und daran denken, was für eine schlechte Tochter sie hatte und wie hinterlistig Thea gewesen war – sich wieder mit Nicholas Carey einzulassen und hinauszuschlüpfen, um ihn mitten in der Nacht zu treffen. Plötzlich kam ihr der unerträgliche Gedanke, daß Thea möglicherweise noch einmal verschwunden wäre, um Carey zu treffen.

Schändliches Benehmen! Wirklich ein schändliches Benehmen!

Angenommen, Nicholas wäre gar nicht weggegangen, als er dazu aufgefordert worden war! Angenommen, er wartete noch im Gazebo! Angenommen, er hätte auf Thea gewartet! Angenommen, sie wären jetzt dort beisammen! Diesen Gedanken konnte sie wirklich nicht ertragen!

Sie stand auf, schlüpfte in ihren schwarzen Mantel und ging

in das Badezimmer auf der anderen Seite des Flurs hinüber. Sie würde diesen Mantel nicht anstelle des Morgenrocks getragen haben, wenn irgend jemand sie hätte sehen können. In ihren Augen war das eine höchst schlampige Angewohnheit. Sie hatte einen sehr hübschen hellblauen gesteppten Morgenrock, aber er war so hell, daß man sie gesehen hätte, wenn sie sich darin aus dem Badezimmerfenster gelehnt hätte. Vielleicht war überhaupt niemand im Gazebo, wenn aber doch, dann wäre der schwarze Mantel sicherer.

Die Gardinen waren immer noch zurückgezogen. Sie trat ans Fenster, und als sie den linken Fensterflügel entriegelte und aufklappte, meinte sie, im Gazebo ein Licht zu sehen.

Sie meinte, es zu sehen, und meinte, es gesehen zu haben – aber als sie sich richtig hinauslehnte, konnte sie nichts mehr entdecken. Nichts leuchtete in der Dunkelheit. Mrs. Graham blieb, wo sie war, und bewegte sich nicht. Es war stockdunkel.

Und dann, gerade als sie die Kälte der Luft draußen zu spüren begann, sah sie das Licht wieder. Es erstrahlte und verlosch innerhalb eines Augenblicks, aber diesmal war sie sich sicher, daß sie es gesehen hatte. Jemand war im Gazebo. Das Licht, das nur kurz aufblinkte und gleich wieder ausging, konnte ein Signal sein. Theas Fenster gingen zum Garten hinaus. Mrs. Graham lehnte sich vor, bis sie diese sehen konnte. Sie standen wie immer offen, aber in dem Zimmer dahinter war es dunkel, und niemand bewegte sich darin.

Sie drehte sich um, ging in ihr Zimmer zurück und schlüpfte wieder in die Schuhe. Sie hielt sich nicht damit auf, sich anzukleiden und Strümpfe überzuziehen. Sie hatte den schwarzen Mantel an, und sie nahm die beiden Schals mit, die sie vorher getragen hatte, den aus Chiffon für den Kopf und den aus dünner Wolle für den Hals.

Daß im Sommerhäuschen Licht war, hieß, daß Carey nicht

weggegangen wäre und daß Althea entweder schon bei ihm wäre oder jeden Augenblick dort eintreffen würde.

Mrs. Graham kochte vor Wut. Thea dachte, sie könnten sie zum Narren halten, aber sie würde es ihnen schon noch zeigen! Thea, die sie mit einer Wärmflasche ins Bett verfrachtet hatte, ihr das Riechsalz gegeben und ihr dann mit beschwichtigender Stimme eine gute Nacht gewünscht hatte, als habe sie es mit einem Kind zu tun – der würde sie es schon noch zeigen! Sie war so wütend, daß sie das Gefühl hatte, sie würde nie mehr eine Wärmflasche nötig haben.

Die Haustür war natürlich verschlossen und verriegelt. Sie zog den Schlüssel ab und ließ ihn in die Manteltasche fallen. Dann nahm sie sich Theas Taschenlampe vom Dielentisch, ging zur Gartentür hinaus und sperrte sie ab. Wenn Thea jetzt das Haus verlassen wollte, würde sie schon zum Fenster rausklettern müssen!

Über den gepflasterten Weg erreichte sie die Stufen, die zum Gazebo hochführten, und hielt lauschend inne. Da war jemand. Ihr Gehör war sehr scharf – sie konnte hören, wie dieser Jemand sich bewegte. Und dann, durch den Körper eines Mannes verdeckt, sah sie wieder das Licht. Es mußte Nicholas Carey sein, der hier im Dunkeln wartete – auf Thea wartete.

Geräuschlos stieg sie die Stufen hoch und stand auf der Schwelle. Er stand mit dem Rücken zu ihr – er hatte nichts gehört. Nun, sie würde ihm einen Schrecken einjagen! Mit lauter heller Stimme sagte sie: »Wie können Sie es wagen, Nicholas Carey!«, und schaltete Theas Taschenlampe ein.

Es war ihre letzte Tat . . .

16

Althea erwachte aus traumlosem Schlaf. Sie fühlte sich erholt. Der gestrige Tag schien weit weg, er schien keine Bedeutung mehr zu haben. Sie schaute auf die Uhr und sah, daß es halb sieben war. Es mußte noch viel erledigt werden – Emily Chapells Zimmer mußte hergerichtet und irgend etwas zum Mittagessen vorbereitet werden, das man schnell warm machen könnte. Es war ihr Hochzeitstag, ihrer und Nickys. Alles mußte glattgehen.

Sie ging zum Fenster und sah hinaus. Weißer, nasser Dunst hing dort. Manchmal wurde er zu Regen, aber noch häufiger lichtete er sich und wich einem wolkenlosen Tag. Sie verharrte einen Moment und lauschte auf die Tropfen, die von der Dachrinne, den Bäumen und den Pflanzen in den Rabatten fielen. Dann ging sie ins Bad, fand das Wasser heiß genug, um zu baden, und kleidete sich an. Sie zog einen alten braunen Rock und einen gelben Pullover an. Ohne Zweifel hatte das Sungleam ihr Haar zum Glänzen gebracht. Es sah nett aus, fand sie und hoffte, daß Nicky das auch finden würde. Dann ging sie nach unten und entriegelte die Haustür. Sie wollte gerade aufsperren, als sie entdeckte, daß der Schlüssel fehlte.

Er konnte nicht verschwunden sein! Er mußte aus dem Schloß gefallen sein, nur verstand sie nicht, wie das hätte passieren sollen. Wenn, dann müßte er auf dem gebohnerten Boden liegen oder unter dem Fußabstreifer. Sie hob den Abstreifer hoch und schüttelte ihn, und sie sah an allen möglichen und unmöglichen Stellen auf dem Boden nach. Als sie die beiden Dielenstühle und den Tisch verschob und die Matte am Fuß der Treppe hochhob, erwartete sie jeden Moment, ihre Mutter zu hören, die mit lauter Stimme würde wissen wollen, was der ganze Lärm zu bedeuten hätte. Der Schlüssel war nirgends, und keine Stimme ertönte aus Mrs. Grahams Zimmer.

Plötzlich war es Althea völlig klar, daß ihre Mutter den Schlüssel genommen hatte. Mit aufeinandergepreßten Lippen und rotem Gesicht durchquerte sie das Haus und fand auch die Gartentür verschlossen und ohne Schlüssel – er war ebenfalls verschwunden. Was für ein dummer Streich, was für ein dummer, kindischer Streich! Sie drehte sich um und rannte die Treppe hoch und bemerkte, als sie sich der Tür ihrer Mutter näherte, zum erstenmal, daß diese nur angelehnt, aber nicht geschlossen war. Zwischen Tür und Rahmen klaffte kein Spalt, aber das Schloß war auch nicht eingeschnappt. Die Tür öffnete sich auf eine leichte Berührung hin, und Thea sah das leere Bett.

Sie kam nicht auf die Idee, beunruhigt sein zu müssen. Erst als sie sich umdrehte und merkte, daß die Badezimmertür immer noch offenstand, wie sie sie zurückgelassen hatte, regte sich zum erstenmal ein wenig Angst in ihr. Sie stand mitten im Flur und rief:

»Mutter – wo bist du?«

Es kam keine Antwort. Das Haus fühlte sich leer an. Sie rief noch einmal, und ihre Stimme hallte verunsichert wider. Sie rannte die Treppe hinab und sah im Eßzimmer nach, im Wohnzimmer, in der unteren Toilette, in der Küche und der Speisekammer und rannte dann wieder nach oben, um den Schlafzimmerboden abzusuchen. Als schließlich der Postbote an die Haustür klopfte, wußte sie, daß niemand außer ihr im Haus wäre.

Sie kehrte in das Zimmer ihrer Mutter zurück und öffnete den Kleider- und den Schuhschrank. Der schwarze Mantel und der Rock, die sie selbst kurz vor Mitternacht aufgehängt hatte, waren verschwunden. Und die Schuhe, die sie eigenhändig weggestellt hatte, auch.

Ihre Mutter war nach draußen gegangen . . .

Einen Moment lang war Althea wie vor den Kopf geschlagen vor Staunen. Daß ihre Mutter an einem nebligen Morgen vor sieben Uhr aufgestanden und, nachdem sie beide Türen versperrt und die Schlüssel mitgenommen hätte, weggegangen sein sollte, war schlicht unvorstellbar. Und das Ganze war nicht nur unvorstellbar, sondern wurde auch noch geradezu beunruhigend, als Thea entdeckte, daß – obgleich die Schuhe verschwunden waren – die Strümpfe und die Wäsche immer noch auf dem Stuhl am Fußende des Betts lagen, über dem die blaue Seidendecke mit ihren silber- und mauvefarbenen Brokatstickereien säuberlich ausgebreitet worden war.

Die weitere Suche ergab, daß zwar kein Kleid oder Kostüm aus dem Schrank fehlte, dafür aber die Weste und das Nachthemd, das Mrs. Graham getragen hatte, sowie das flauschige blaue Bettjäckchen und zwei Schals. Das alles war verschwunden, und sie selbst auch.

Es drängte sich also die Schlußfolgerung auf, daß sie barfuß in ihre festen Schuhe geschlüpft wäre und bloß einen Rock und einen Mantel über das Nachthemd gezogen hätte, als sie das Haus verließ. Solche Handlungsweise ließ sich nur mit einem Notfall erklären, aber seit zwanzig Jahren war es Altheas Aufgabe gewesen, sich der Notfälle anzunehmen. Ihr wurde mit Schrecken deutlich, daß ihre Mutter sich in dieser Situation von ihr abgewandt hatte. Sie hatte nicht nach ihr geklingelt, sie hatte nicht gerufen, sie war nicht zu ihr gekommen. Sie hatte Mantel und Schuhe angezogen und war aus dem Haus geeilt, das sie hinter sich abschloß.

Einen Augenblick lang schwankte das Zimmer. Althea faßte nach dem Bett und hielt sich daran fest, bis sich alles wieder beruhigt hatte. Ihr wollte nur eine einzige Sache einfallen, die ihre Mutter nach draußen getrieben haben könnte – eine Sache, eine Person. Sie mußte geglaubt haben oder sogar der festen Überzeugung gewesen sein, daß Nicholas noch immer im Garten oder im Sommerhäuschen wartete. Vielleicht hatte sie geglaubt, daß sie – Althea – wieder rausschlüpfen würde, daß sie sich noch mal hatten treffen wollen. Aber wenn das der Grund gewesen wäre, weshalb sie hinausgegangen war, dann mußte das alles schon vor Stunden geschehen sein. Sie würde und konnte nicht annehmen, daß Nicky erst zwischen sechs und sieben Uhr morgens wiederkommen würde! Mehr als sieben Stunden waren seit Mitternacht vergangen, aber sie war nicht zurückgekehrt ...

Althea rannte die Treppe hinunter und kletterte aus dem Küchenfenster. Schwerer Nebel lag über dem Garten. Sie konnte das Gazebo erst erkennen, als sie den Weg schon zur Hälfte hochgelaufen war. Und selbst dann sah sie es nicht deutlich. Es war nur ein Schatten vor der schattenhaften Hecke. Sie stellte sich vor, daß ihre Mutter rausgegangen war, um sicherzustellen, daß Nicholas verschwunden wäre. Sie war in Eile gewesen, und dann hatte sie irgendeine Art von Anfall bekommen und das Bewußtsein verloren und hatte nicht mehr in das Haus zurückgekonnt. Das war das Schlimmste, was ihr einfiel. Sie ging die Stufen zum Sommerhäuschen hoch – und entdeckte ihre Mutter, die rechts von der Tür am Boden ausgestreckt lag.

Ein Bauerntisch aus massiver Eiche stand in der Mitte des Raums und daneben eine Holzbank. Ein paar Liegestühle lehnten an der Wand. Die Taschenlampe lag kurz vor dem Tisch. Und da war Winifred Grahams Körper. Sie lag auf dem Gesicht. Die bloßen Knöchel schauten unter dem schwarzem Mantel hervor. Vom ersten Augenblick an hatte Althea keinen Zweifel, daß ihre Mutter tot war, aber sie kniete nieder, ergriff die eiskalte Hand und fühlte nach dem Puls, den es nicht mehr gab.

Es gab keinen. Es gab schon seit Stunden keinen mehr. Sie kniete weiter auf dem Boden des Gazebos, während die unerträgliche Gewißheit dieser Erkenntnis sich entlang der Bewußtseinsströme ausbreitete, bis alles andere ausgelöscht war. Sie stand auf und verspürte eine einzige instinktive Regung: Sie mußte Hilfe holen. Sie mußte Dr. Barrington rufen.

Später, rückblickend betrachtet, hoben sich für sie die Dinge, die sie nie würde vergessen können, eigenartig und erschreckend deutlich von einem öden Hintergrund voller Furcht und Verwirrung ab, als ragten sie aus einer nebelverhangenen See hervor: ihre Hand in der Tasche des schwarzen Mantels, wo sie nach den Schlüsseln tastete. Ihre eigene Stimme, die am Telefon ausdruckslos mit Dr. Barrington sprach – »Würden Sie bitte sofort kommen? Meine Mutter ist tot« – und der ungläubige Protest in seiner Stimme, als er ausrief: »O nein!« Etwas bewegte sich träge in ihrem tauben Hirn. Er hatte nicht erwartet, daß ihre Mutter sterben würde. Vergrößerte oder verkleinerte das ihre Schuld?

Als er in das Haus kam, war sie diejenige, die gefaßt wirkte. Sie konnte sich bewegen, aber offenbar nichts empfinden. Dr. Barrington war ein korpulenter Mann und führte seine Praxis seit dreißig Jahren. Eigentlich hätte er ruhig sein müssen, aber er war es nicht. Er war völlig fassungslos. Sie glaubte, wie sie es früher schon manchmal getan hatte, daß er ihre Mutter sehr gemocht hatte und vielleicht sogar ein bißchen in sie verliebt gewesen war. Er war schon auf der Treppe, als sie ihn zurückrief.

»Sie ist nicht dort oben.«

Er drehte sich um. »Hier unten? Sie haben mir nicht gesagt, was passiert ist.«

»Ich weiß es auch nicht. Ich habe sie im Gazebo am oberen Ende des Gartens gefunden.«

»Im Garten? Was heißt das?« fragte er verblüfft.

»Ich habe sie dort gefunden. Sie war schon tot. Dann habe ich Sie angerufen.«

Wütend verzog sich sein Gesicht. »Sie meinen, ich soll Ihnen glauben, daß sie um diese Uhrzeit und bei diesem Wetter in den Garten rausgegangen ist?«

»Ich glaube, sie ist nachts rausgegangen. Sie – ist nicht angekleidet.«

Er starrte sie an, als hätte sie etwas Ungeheuerliches behauptet, dann drehte er sich um und schritt ihr voran durch das Haus zur Gartentür. Wortlos gingen sie den Weg hinauf. Als sie das Gazebo erreichten, setzte sie einen Fuß auf die unterste Stufe und zog ihn wieder zurück. Dr. Barrington überholte sie, und sie blieb dort stehen und wartete auf das, was er sagen würde – was er, wie sie wußte, ganz ohne Zweifel sagen würde.

Sie wußte, wie der Befund lauten würde, aber es gesagt zu bekommen, würde wie ein Hieb sein, und für einen Augenblick scheute sie davor zurück. Aber als sie die Worte hörte, waren es nicht die, die sie erwartet hatte. Sie waren schlimmer, schrecklich und unverständlich – viel schlimmer. Er stand in der Tür und sagte mit furchtbarer Stimme:

»Es war Mord. Sie ist ermordet worden. Wer war es?«

17

Miss Maud Silver hatte das Frühstück beendet, aber es stand noch eine zweite Tasse Tee auf dem Tisch neben ihr, und sie widmete sich ein wenig ausführlicher als sonst der bunteren der beiden Zeitungen, die sie abonniert hatte. Sie dachte über die Geschwindigkeit nach, mit der sich Neuigkeiten verbreiteten, und fragte sich, was zur Veröffentlichung von Artikeln wie »Filmstar heiratet ein fünftes Mal« oder »Mutter: Ich liebe mein Baby« geführt haben mochte, als das Telefon im Zimmer nebenan läutete. Sie legte die Zeitung weg, ging zum Apparat hinüber und ließ ihren Tee kalt werden.

Eine Stimme, die sie nicht erkannte, nannte ihren Namen. Sie erkannte die Stimme nicht, aber sie war sich sofort dessen bewußt, daß deren Besitzerin verzweifelte Angst hatte. Es gibt Angst, die die Stimme zittern läßt, und es gibt die, die sie erstarren läßt. Die Stimme, die »Miss Silver ...« sagte, war schreckensstarr. Als Miss Silver fragte: »Mit wem spreche ich denn – bitte?«, gab es eine Pause, bevor die Antwort kam:

»Althea Graham. Ich habe Sie gestern besucht. Etwas Schreckliches ist geschehen. Meine Mutter ist tot.«

Miss Silver hörte heraus, wie angestrengt diese Stimme um Beherrschung rang.

»Gibt es irgend etwas, das ich für Sie tun kann?«

Althea klang unnatürlich, als sie antwortete: »Man sagt, sie ist ermordet worden. Würden Sie bitte kommen?« Dann wurde aufgelegt.

Miss Silver versuchte nicht, zurückzurufen. Gottlob hatte sie sich Althea Grahams Adresse aufgeschrieben! Sie ging in ihr Schlafzimmer, um den Koffer zu packen. Vielleicht würde sie dort übernachten müssen, vielleicht auch nicht. Ganz sicher durfte man das arme Mädchen nicht allein in dem Haus lassen.

Da sie gerade einen äußerst anspruchsvollen Fall gelöst hatte, hatte sie auf eine Pause gehofft, in der sie ihre Korrespondenz endlich hatte erledigen wollen. Aber das hier war kein Hilferuf, den man mißachten durfte!

Zwanzig Minuten nachdem sie den Hörer abgenommen hatte, sorgte sie dafür, daß ihr Koffer am Eingang der Marsham Street der Montague Mansions ins Taxi gehievt wurde, und verabschiedete sich von Hannah Meadows, die sie bis dorthin begleitet hatte.

Da es sich bei dem schon erwähnten Fall auch um einen

besonders lukrativen gehandelt hatte, beschloß sie, die ganze Strecke bis nach Grove Hill im Taxi zurückzulegen.

Als sie ankam, war Dr. Barrington bereits gegangen, und die Polizei hatte alles in Beschlag genommen. Der Detective Inspector der Polizei des Ortes informierte sie, daß noch einige Leute von Scotland Yard kommen würden. Sobald diese einträfen, würde Miss Graham befragt werden, weshalb sie das Haus nicht verlassen sollte. Sie befände sich im Wohnzimmer, fügte er hinzu und trat beiseite, um Miss Silver durchzulassen.

Althea wandte sich mit bleichem, abgespanntem Gesicht vom Fenster ab. Es fiel schwer, in ihr die junge Frau wiederzuerkennen, die noch am Tag zuvor die Montague Mansions mit hoffnungsvoll leuchtenden Augen verlassen hatte.

»Sie sind also gekommen . . .«, sagte sie.

»Ja, meine Liebe. Ich habe Ihnen doch gesagt, daß ich kommen würde.«

»Nichts geschieht, wie man es erwartet«, sagte Althea mit benommener Stimme.

Miss Silver betrachtete sie freundlich. »Es war ein großer Schock für Sie. Setzen wir uns doch und überlegen wir, wie Ihnen zu helfen ist. Fühlen Sie sich imstande, mir zu erzählen, was geschehen ist?«

Althea sah Miss Silver nicht an. Sie starrte auf ihre verkrampften Hände.

»Ich weiß nicht, was geschehen ist – keiner weiß das. Ich erzähle Ihnen soviel wie möglich. Sie ist ungefähr um neun hochgegangen, um ihr Bad zu nehmen. Dann hat Nicky angerufen. Ich vermute, sie ist dann in ihr Schlafzimmer rübergegangen, um am anderen Apparat mitzuhören. Er sagte, daß er mich treffen möchte, und ich sagte, daß ich nicht könne. Oben, am Ende des Gartens, steht eines dieser altmodischen Sommerhäuschen, die man früher Gazebo genannt hat. Dort haben wir uns immer getroffen – vor langer Zeit ...« Die Stimme versagte ihr. Gleich darauf fuhr sie fort: »Er sagte, er würde um halb elf dort sein, und wenn ich nicht rauskäme, würde er reinkommen. So ist er – man kann ihn nicht aufhalten, wenn er sich etwas in den Kopf gesetzt hat.«

Eine böse Vorahnung erfaßte Miss Silver. Es war von Mord die Rede, und die Polizei war im Haus. Scotland Yard übernahm den Fall, und Nicholas Carey war ein junger Mann, der vor nichts zurückschreckte, um seinen Willen durchzusetzen ...

»Sie haben ihn also getroffen?« fragte sie.

Die Hände auf Altheas Schoß verkrampften sich noch stärker.

»Wenn ich nicht gegangen wäre, wäre er ins Haus gekommen. Wenn ich die Tür verschlossen hätte, hätte er ein Fenster eingeschlagen. So ist er halt. Es hätte gar nichts genützt, nein zu sagen, und ich wollte ihn ja auch sehen. Um halb elf hätte meine Mutter längst geschlafen. Ich brachte ihr ihre Ovomaltine kurz vor zehn und wartete, bis es halb schlug, aber ich fürchte, sie hat auch gewartet. Ich habe Nicky getroffen, und wir haben geredet. Ich habe ihm von Ihrer Miss Chapell erzählt und ihm gesagt, daß wir heute heiraten könnten. Und dann – ist sie gekommen ...«

»Ihre Mutter?«

Althea bewegte sich ganz leicht und sagte: »Ja. Sie war wütend – sehr, sehr wütend. Ich hatte Angst, sie würde krank werden. Sie sagte, mir machte es ja nichts aus, sie umzubringen – sie sagte, daß ich nur an mich dächte. Nicky hat sein Bestes versucht, aber es hat nichts genützt. Er hat nicht die Geduld verloren – hat er wirklich nicht. Er sagte, es täte ihm leid, daß er mich so treffen müsse, aber sie ließe ihn ja nicht ins Haus. Er sagte, er würde am Morgen vorbeischauen, und sie sagte, er wollte sie umbringen und daß er nicht kommen dürfte. Also habe ich ihn fortgeschickt und sie ins Haus begleitet und ins Bett gebracht. Ich wollte nicht darüber reden. Nachdem ich sie versorgt hatte, bin ich selbst ins Bett gegangen. Ich dachte nicht, daß ich würde schlafen können, aber ich hab' wie ein Murmeltier geschlafen. Und dann, als ich aufwachte, war sie nicht in ihrem Zimmer. Und auch nicht im Haus.«

»Um wieviel Uhr sind Sie aufgewacht?«

»Es war halb sieben.«

»Was haben Sie dann getan?«

»Nachdem ich im ganzen Haus gesucht hatte, bin ich in den Garten hoch zum Gazebo gegangen.«

»Warum haben Sie das getan?«

Zum ersten Mal sah Althea sie an. »Ich weiß nicht. Ich dachte mir, sie wäre vielleicht wieder hingegangen, um nachzusehen, ob Nicky wirklich weg wäre. Sie vergewisserte sich gerne. Ich dachte, sie wäre vielleicht noch mal hingegangen, um sich wegen Nicky zu vergewissern, und hätte dann das Bewußtsein verloren. Ich glaube, sie muß in Eile gewesen sein. Sie hatte keine Strümpfe und keine Unterwäsche angezogen, wie beim ersten Mal – nur einen Rock und Schuhe und einen Mantel über dem Nachthemd.«

»Konnte sie das Gazebo von ihrem Fenster aus sehen?«

»Nein, aber vom Bad aus. Sie mußte etwas gesehen haben, sonst wäre sie nicht so rausgegangen. Und sie hat die Haustür abgesperrt und die Gartentür und die Schlüssel mitgenommen – sie waren in ihrer Manteltasche. Ich mußte durchs Küchenfenster klettern.«

Sie sah wieder weg. Sie hatte den Teil erreicht, der erzählt werden mußte, ohne daß sie wußte, wie sie die Worte finden sollte, um davon zu erzählen. Es war, als stemmte man sich mit aller Kraft gegen etwas Hartes, Schweres und wälzte es einen Berg hoch. Es war die Art von Prüfung, die man nur schaffte, wenn man dazu gezwungen war.

Und sie war dazu gezwungen.

»Sie lag im Gazebo«, sagte sie. »Auf dem Boden. Sie war tot. Ich dachte, es wäre ihr Herz, aber Dr. Barrington sagte, daß sie ermordet worden wäre. Er sagte, jemand habe sie erwürgt.«

Jetzt hatte sie die Worte herausbekommen. Sogar die letzten und schlimmsten. Sie hatte keine Kraft mehr. Überhaupt keine Kraft mehr. Sie blickte zu Miss Silvers Gesicht auf und sagte mit erschöpfter Stimme:

»Nicky kann es nicht gewesen sein. Nie und nimmer war es Nicky.«

Miss Silver wirkte ausgesprochen ernst. »Wieviel haben Sie davon der Polizei erzählt?« fragte sie.

»Ich habe gesagt ...«

»Hat die Polizei schon mit Mr. Carey gesprochen?«

»Nein. Ich habe dort angerufen. Er war unterwegs. Er wollte alles für ... unsere Hochzeit organisieren.« Ihre Stimme wurde ein wenig lebhafter. »Sie werden – Sie werden sie doch nicht glauben machen, daß er es war? Er ist ganz ruhig geblieben – er hatte mir versprochen, daß er ruhig bleiben würde. Er hätte so was nicht fertiggebracht! Sie werden uns doch helfen, oder?«

Miss Silver ergriff die Hand, die ihr plötzlich instinktiv entgegengestreckt wurde.

»Meine Liebe, ich werde alles mir Mögliche tun, um Ihnen zu helfen. Aber es gibt keine Hilfe außer der Wahrheit. Ich muß Ihnen sagen, was ich jedem meiner Klienten sage. Ich kann einen Fall nicht übernehmen, um die Schuld oder Unschuld einer bestimmten Person zu beweisen. Ich kann nur mein Bestes versuchen, um die Wahrheit herauszufinden. Falls Mr. Carey unschuldig ist, wird die Wahrheit ihn freisprechen. Es kann nicht meine Aufgabe sein, entweder Schuld oder Unschuld festzustellen. Ich diene nur der Gerechtigkeit und behaupte aus tiefster Überzeugung, daß Gnade und Gerechtigkeit letztendlich eins sind.«

Althea zog ihre Hand zurück, die so taub war, daß sie sie nicht mehr spürte. Einen Moment lang verharrte ihr verwirrter Blick auf Miss Silver, dann wandte er sich der Tür zu. Draußen wurde gegen die Haustür gehämmert. Stimmen ertönten, und rasche Schritte näherten sich durch die Diele. Die Salontür wurde aufgerissen, und Nicholas Carey trat ins Zimmer. Er machte sich nicht die Mühe, die Tür hinter sich zu schließen. Der Inspector der örtlichen Polizei stand dabei und sah zu.

Althea erhob sich. Sie bewegten sich aufeinander zu. Sie legte ihren Kopf an seine Schulter, und er hielt sie fest. Detective Inspector Sharp und der Detective Sergeant hinter ihm hörten beide, wie sie sagte:

»Ach, Nicky, sag ihnen, daß du es nicht warst – es nicht warst!«

18

Detective Inspector Frank Abbott war der Ansicht, daß Scotland Yard mal wieder schwer benachteiligt worden war. Das konnte man natürlich erwarten, wenn man einen Fall draußen auf dem Land übernahm, aber wenn der Tatort so nahe lag wie Grove Hill, hätte man annehmen sollen, mit ein bißchen Glück rechtzeitig einzutreffen, um die ersten Reaktionen wenigstens des Hauptverdächtigen mitzubekommen.

Was ihn am meisten ärgerte, war, daß er genug Zeit gehabt hätte, wenn ihn nicht der Chef – alias Chief Superintendent Lamb – mit einigen Fragen bezüglich der gerade abgeschlossenen Ermittlungen gegen die Callaghan-Bande aufgehalten hätte, mit denen er ohne weiteres bis zu einem günstigeren Zeitpunkt hätte warten können. Nachdem der Chef mit den hervortretenden Augen, die manchmal respektloser mit kleinen Pfefferminzbonbons verglichen wurden, das ungeduldige Verlangen wahrgenommen hatte, den alten Fall endlich zu den Akten zu legen und mit einem neuen zu beginnen, ließ er Abbott außerdem noch eine seiner Gardinenpredigten zuteil werden, die die Pflicht der jüngeren Polizisten, sich ihren Vorgesetzten gegenüber gehorsam und ehrfürchtig zu verhalten, zum Thema hatte und in der Warnung gipfelte, daß in der Eile alles schiefginge.

Das hatte zur Folge, daß Abbott in dem Haus Nr. 1 Belview Road ungefähr zehn Minuten nach Nicholas Careys dramatischem Auftritt eintraf.

Er hatte Detective Sergeant Hubbard bei sich, einen jungen Mann, dessen ganzer Ehrgeiz darin bestand, sich Inspector Abbott in jeder Hinsicht zum Vorbild zu nehmen – was im Verlauf der Ermittlungen so offensichtlich wurde, daß der entnervte Frank sich Miss Silver gegenüber zu der Bemerkung hinreißen ließ, daß sie, sollte es zu einem zweiten Mord kommen, nicht weit entfernt nach dem Opfer oder dem Täter würde suchen müssen.

Aber all das lag noch weit in der Zukunft. Er kannte Detective Inspector Sharp und konnte nur loben, was bisher getan worden war. Nachdem Sharp ihn mit den Fakten vertraut gemacht hatte – soweit sie ihm bekannt waren, fügte er noch hinzu:

»Es ist eine seltsame Geschichte, eine sehr seltsame. Da ist diese Frau von angeblich äußerst zarter Gesundheit, und sie geht nicht nur einmal, sondern zweimal mitten in der Nacht raus, um nachzusehen, ob ihre Tochter sich nicht im Garten mit einem Kerl trifft.«

»Passiert immer wieder.«

»Nun, da ist noch mehr dran an diesem Fall. Dieser Typ Carey und Miss Graham waren ein Paar – ach, das muß mindestens sieben Jahre her sein. Er hatte ein erschreckend altes Auto, und ich selbst hab' sie darin gesehen. Alle sagten, sie wären verlobt. Dann vor ungefähr fünf Jahren war das alles vorbei, und er ist ins Ausland gegangen. Die Mutter hatte die Leidende gespielt – ich glaube nicht, daß ihr viel gefehlt hat, aber sie hat viel daraus gemacht. Selbstsüchtige alte Frau nach allem, was man so hört. Wollte nicht, daß ihre Tochter heiratete, und hat sie bis auf die Knochen geschunden. Klarer Fall von Sklaverei, wenn Sie mich fragen.«

»Sie sagen, sie ist zweimal rausgegangen?«

»Falls die Tochter die Wahrheit sagt. Sie sagt, sie sei rausgegangen, um Carey zu treffen, weil ihre Mutter ihn nicht ins Haus lassen wollte und er gesagt hätte, wenn sie nicht rauskäme, würde er reinkommen. Er steht im Ruf, zu der entschlosseneren Sorte von Burschen zu gehören. Sie sagte, sie wollten heiraten und alles dafür besprechen. Er ist nach fünf Jahren zurückgekommen, und soweit ich es verstehe, wollten sie die Sache jetzt einfach durchziehen und ihrer Mutter erst davon erzählen, wenn sie nichts mehr dagegen würde unternehmen können. Oben am Ende des Gartens ist eine Art Sommerhäuschen. Dort haben sie sich getroffen, und dort wurde auch Mrs. Graham ermordet.

Miss Graham sagt, ihre Mutter sei rausgekommen und habe sie dort gefunden und ihnen dann eine Szene gemacht, aber sie hält daran fest, daß sie Carey weggeschickt und dann ihre Mutter ins Haus begleitet und ins Bett gebracht habe. Wenn das stimmt, dann muß Mrs. Graham noch mal rausgegangen sein. Vielleicht hat sie gedacht, daß Carey immer noch irgendwo in der Nähe gewesen sei, und wollte nur sichergehen, daß ihre Tochter sich nicht erneut mit ihm träfe. Wenn es nicht stimmt und sie nur einmal rausgegangen ist, dann wurde sie umgebracht, als sie die beiden überraschte, und die beiden stecken bis zum Hals in der Sache drin. Wie auch immer, sie ist mit kräftigen Händen erwürgt worden und zur Sicherheit noch einmal mit dem Schal, den sie umgehabt hat.«

»War die Tochter mit ihr allein im Haus?«

»Normalerweise ist sie das – und sie war es gestern auch.«

»Und was meinen Sie damit?«

Sharp verzog sein Gesicht irgendwie eigenartig. »Ihre Miss Silver ist vor einer halben Stunde eingetroffen, und Nicholas Carey ist ungefähr zehn Minuten vor Ihnen hereingeplatzt. Er ist einfach am jungen Hammet vorbeimarschiert, der ihm die Tür geöffnet hatte, und bevor ihn jemand aufhalten konnte, war er im Wohnzimmer. Ich bin dazugekommen, gerade als die junge Frau sich in seine Arme warf und rief: ›Oh, Nicky, sage ihnen, daß du es nicht warst.‹«

Frank Abbott stieß einen Pfiff aus. »Nun, das trifft auf jeden Fall genau den Punkt. Ich nehme an, Sie haben sie nicht die Köpfe zusammenstecken lassen, oder?«

»Wofür halten Sie mich? Er ist im Eßzimmer – kommen Sie lieber und unterhalten Sie sich mit ihm. Vielleicht wollen Sie vorher noch einen Blick auf Miss Grahams Aussage werfen?«

Nicholas Carey marschierte voller Kraft und Ungeduld auf und ab. Er wollte die Aussage hinter sich bringen, und er wollte zu Althea zurück. Sie schien total am Ende zu sein, und sie brauchte eine Schulter, an der sie sich ausweinen konnte, und sonst nichts. Er selbst wollte wissen, was geschehen wäre, und wie es hatte möglich sein können, daß es geschah. Er hielt mitten im Gehen inne, als die beiden Polizisten hereinkamen, und fragte unvermittelt:

»Was geht hier vor?«

Frank Abbotts farblose Brauen wölbten sich. Er hatte die Art von Aussehen, die ohne weiteres den Eindruck von Hochmütigkeit erweckte: eine lange Nase, ein langes blasses Gesicht, glänzendblondes, glatt nach hinten gekämmtes Haar, Augen in einem ganz hellen Blaugrau, eine schmale lange Figur, eine gewisse Eleganz, was die Kleidung anging, eine gewisse Detailverliebtheit, was alles zusammen überhaupt nicht dem normalen Bild von einem Polizisten entsprach. Er hätte irgendein junger Mann in einem ziemlich exklusiven Club sein können. Die hellen Augen richteten sich auf Nicholas und blickten ihn herausfordernd an:

»Wissen Sie das nicht?«

Nicholas war zwischen Eßtisch und Fenster blaß und erstaunt stehengeblieben. »Ich habe gehört, daß Mrs. Graham tot ist. Ich bin gekommen, um herauszufinden, ob das wahr ist. Miss Graham und ich sind verlobt. Ich wollte von Ihnen wissen, was passiert ist, und ich will es noch immer wissen.«

»Mrs. Graham wurde letzte Nacht ermordet«, erklärte Frank völlig ausdruckslos.

»Ermordet?« rief Nicholas aus.

»Vor ein paar Stunden.« Er wandte sich zu Inspector Sharp um. »Hat der Polizeiarzt eine erste Schätzung hinsichtlich des Zeitpunkts riskiert?«

»Irgendwann um Mitternacht.«

»Vielleicht können Sie uns helfen«, fuhr Frank Abbott fort. »Um wieviel Uhr sind Sie von hier weggekommen?« Und dann, als in Nicholas sich alles anspannte, fügte er hinzu: »Oh, wir wissen, daß Sie hier waren – Miss Graham war diesbezüglich ganz offen. Mein Name ist übrigens Abbott – Detective Inspector Abbott von Scotland Yard. Ich bin gerade erst angekommen und habe selbst Miss Graham noch nicht gesprochen. Ich wäre an Ihrer Darstellung der Ereignisse interessiert. Sie hatten eine Verabredung mit ihr – wie kam es dazu?«

»Ich habe angerufen. Ich sagte, ich würde vorbeikommen und sie um halb elf treffen.«

»Mrs. Graham ist früh ins Bett gegangen?«

»Ja – ungefähr um neun.«

»Ihr war an Ihren Besuchen nicht gelegen?«

»So könnte man es ausdrücken.«

»Was wohl der Grund dafür war, weshalb Sie ausgemacht haben, sich mit Miss Graham in dem Sommerhäuschen am oberen Ende des Gartens zu treffen.«

»Ja.«

»Und haben Sie die Verabredung eingehalten?«

»Habe ich.«

»Nun, Mr. Carey, würden Sie uns bitte erzählen, was dann passiert ist? Sie sind dazu natürlich nicht verpflichtet. Andererseits, wenn Sie nichts zu verbergen haben . . .«

»Selbstverständlich habe ich nichts zu verbergen.«

»Dann können wir uns, glaube ich, genausogut setzen.« Er drehte einen der Stühle um, die dicht am Eßtisch standen, und nahm Platz. Inspector Sharp folgte seinem Beispiel.

Mit einem Ruck zog Nicholas Carey einen Stuhl für sich selbst hervor. Es ging ihm durch den Kopf, daß es ganze sechs Jahre her war, seit er in diesem Haus das Brot gebrochen hatte. Und das, obwohl es Allies Haus war und schon immer gewesen war – eine weitere Ironie! Er nahm Platz und wartete, daß die Polizisten begännen. Der Mann von Scotland Yard machte den Anfang.

»Gut, Sie sind hier um halb elf angekommen. Haben Sie das Haus betreten?«

»Nein, ich habe im Gazebo gewartet.«

Dieses Wort erinnerte Frank Abbott an etwas: Seine Großmutter, die gefürchtete Lady Evelyn Abbott, hatte in ihrem altmodischen Garten in Deeping ein Gazebo gehabt. Es war seit dreihundert Jahren im Besitz der Abbotts gewesen, und es gehörte jetzt seinem Onkel, dem Colonel Abbott. Vom Gazebo blickte man auf eine Eibenallee, an deren Rändern

Monica Abbott in der entsprechenden Jahreszeit immer Lilien hatte pflanzen lassen. Aber Lady Evelyns Geld war nicht ihr, sondern ihrer Tochter Cicely vermacht worden, der einzigen Verwandten, mit der sich zu streiten Lady Evelyn nicht gelungen war. Das alles war längst vergangen und beschäftigte Frank nicht im geringsten. Nur das einst vertraute Gazebo kam ihm wieder in den Sinn und blieb dort.

Nicholas Carey fuhr mit seiner Aussage fort: »Miss Graham hat mich wie verabredet getroffen, und wir besprachen gerade unsere weiteren Pläne, als Mrs. Graham uns unterbrach.«

»Kam es zu einer Szene?« fragte Frank Abbott.

Nicholas blickte düster vor sich hin. »Sie hat uns eine gemacht. Miss Graham hat sie gewarnt, daß sie noch krank werden würde, und ich sagte, ich würde sie am Morgen besuchen kommen.«

»Wieso?«

»Wir hatten besprochen, wie wir wegen unserer Hochzeit vorgehen würden. Mrs. Graham hatte sie vor fünf Jahren unterbunden, und das wollte sie jetzt wieder tun.«

Seltsamerweise kam in diesem Moment Frank Abbott und Nicholas Carey derselbe Gedanke. Frank dachte: »Das war nicht klug«, und Nicholas: »Vermutlich hätte ich das nicht sagen sollen.« Gleich darauf fuhr er laut fort:

»Sie wollte nicht auf uns hören, und daher sagte mir Miss Graham, daß ich lieber gehen sollte, und brachte dann ihre Mutter ins Haus zurück.«

Franks kühler Blick wurde enger. »Und dann?«

»Bin ich gegangen.«

»Direkt zurück nach – wo wohnen Sie überhaupt?«

»Ich wohne zur Zeit bei Mr. und Mrs. Harrison in ›Grove Hill House‹.«

»Und Sie sind direkt dorthin zurückgegangen?«

»Nein – ich habe noch einen Spaziergang gemacht.«

»Wann sind Sie dann zurückgekommen?«

»Ich weiß nicht – ziemlich spät. Ich war recht durcheinander und wollte wieder einen klaren Kopf bekommen. Ich habe nicht auf die Uhrzeit geachtet.«

»Ich verstehe. Und heute morgen haben Sie gehört, daß Mrs. Graham tot ist. Wer hat es Ihnen gesagt?«

»Ich bin gleich nach dem Frühstück weggegangen. Wir hatten geplant, heute zu heiraten. Miss Graham wollte eine kirchliche Trauung, und ich mußte mit dem Pfarrer sprechen. Ich dachte mir, ich träfe ihn am ehesten, bevor er das Haus verließ. Er war früher ein ziemlich guter Freund von mir. Ich wollte das nicht telefonisch erledigen. Nun, er hatte einen Anruf von einem Kranken bekommen, und deshalb bin ich nach ›Grove Hill House‹ zurückgekehrt. Mrs. Harrison sagte, ihre Haushaltshilfe wäre gerade gekommen und hätte erzählt, daß Mrs. Graham in der Nacht gestorben sei.«

»Und wer hat es der Haushaltshilfe erzählt?«

»Der Milchmann, sagt sie. Ich bin sofort hierhergekommen.«

Die Befragung ging noch weiter. Am Ende hatte Nicholas Carey nichts gesagt, was nicht mit Althea Grahams Aussagen übereingestimmt hätte. Als er seine eigene Aussage unterschrieben hatte, ließ man ihn gehen.

Als er ins Wohnzimmer ging, tauchte Miss Silver dort auf. Sie hatte immer noch ihre Straßenkleidung an: den schwarzen Tuchmantel, der schon viele Jahre im Dienst war und noch viele vor sich hatte, und den schwarzen Filzhut, der nicht ihr bester war, der aber mit dem Rüschenbesatz aus schwarzen und purpurnen Bändern für den Herbst hergerichtet worden war, der älteren Damen so schlecht stand und ihnen vom Hutmachergewerbe trotzdem immer wieder aufgeredet wurde.

Da das Wetter milde war, trug sie nicht ihren archaischen, so herrlich warmen und kuscheligen Pelzkragen, auf den sie an kälteren Tagen als Ergänzung ihres Mantels zurückgreifen konnte, der aber aufgrund der wechselhaften Natur des englischen Klimas in einem Koffer ruhte und bis jetzt noch nicht ausgepackt worden war.

Sie begrüßte Frank Abbott mit jener Förmlichkeit, die sie vor Fremden immer so sorgfältig zu wahren suchte. Im privaten Umgang sprach sie ihn mit Frank an und ließ ihm das gleiche liebevolle und ungezwungene Verhalten angedeihen, das sonst ihren Verwandten vorbehalten blieb, aber in der Öffentlichkeit gab es keinen Verstoß gegen die Konventionen.

»Wie geht es Ihnen, Inspector Abbott?« fragte sie und erhielt darauf eine höfliche und völlig angemessene Antwort. Nachdem Inspector Sharp und der andere Detective der örtlichen Polizei gegangen waren, führte Frank sie ins Eßzimmer und schloß die Tür.

»Nun, meine Liebe«, sagte er, als sie sich gesetzt hatten. »Und wie bist du hierhergekommen, wenn ich fragen darf? Der Chef würde sicher vermuten, daß irgendwo ein Besenstiel versteckt steht. Und auch ich muß mich wundern, wie du uns zuvorkommen konntest.«

Miss Silver lächelte nachsichtig. »Miss Graham hat gestern meinen Rat gesucht.«

»Und worum ging es dabei, wenn ich fragen darf?«

Sie schwieg einen Moment. Dann sagte sie: »Sie hat mir erzählt, daß sie eine Aussage gemacht hat. Ich nehme an, du hast sie gelesen.«

Er nickte. »Sharp hat sie mir gezeigt. Worüber wollte sie denn mit dir reden?«

»Darüber, ob es zu rechtfertigen wäre, daß sie entgegen dem Wunsch ihrer Mutter heiratet.«

»Und was hast du ihr geraten?«

Sie gab das leichte Hüsteln von sich, mit dem sie manchmal wichtige Feststellungen einleitete.

»Wegen des höchst selbstsüchtigen Charakters jenes Wunsches ihrer Mutter sowie der Tatsache, daß dieser während der letzten sieben Jahre das einzige Hindernis zwischen Miss Graham und Mr. Carey gebildet hatte, war ich der Ansicht, daß ausreichend Zugeständnisse gemacht worden wären und daß auf den Willen der Mutter weiter keine Rücksicht genommen werden sollte. Mr. Carey hatte eine Heiratserlaubnis besorgt. Ihm war sehr daran gelegen, daß die Trauung sofort und ohne weitere Unterredung mit Mrs. Graham stattfände. Da sie in der Vergangenheit unweigerlich eine ihrer Herzattacken vorgeführt hat, wann immer dieses Thema angeschnitten worden war, schien es wünschenswert, sie vor vollendete Tatsachen zu stellen, und ich war in der Lage, eine Krankenschwester im Ruhestand zu empfehlen, die bereit gewesen wäre, sich als Gesellschafterin um sie zu kümmern. Es ist daher ganz normal, daß Miss Graham mich mit der neuesten tragischen Wendung vertraut machte und mich bat, zu ihr zu kommen.«

Frank Abbott hatte es sich so bequem gemacht, wie es ein Eßtischstuhl zuließ. Er hatte ein Bein über das andere geschlagen und stellte so ein paar Zentimeter einer dezenten Socke und die Politur seines gutgeschnittenen Schuhs zur Schau. Eine seiner farblosen Brauen wölbte sich, als er sagte:

»Nachdem sie ohnehin schon bei dir gewesen war, hat sie sich selbstverständlich wieder an dich gewandt, aber ich wüßte gerne, wie sie überhaupt auf dich gekommen ist.«

Miss Silver lächelte. »Das ist sehr einfach. Ich konnte vor ein paar Jahren einer Freundin von ihr helfen. Die hat ihr davon erzählt – und von mir. Vor kurzem bin ich auf eine Cocktailparty im Haus einer alten Freundin gegangen, die in

Grove Hill wohnt, und dort bin ich auch Mrs. Graham begegnet.«

»Ach, tatsächlich?«

»Sie war der Typ Frau, der mit einer Fremden über Privatangelegenheiten spricht.«

Er lachte. »Die Leute reden nun mal gerne mit dir, weißt du. Worüber hat die Verstorbene denn mit dir gesprochen?«

»Sie hat von sich selbst erzählt und von einem unerfreulichen jungen Mann, der ihre Tochter belästigte, und darüber, daß sie auf Kreuzfahrt gehen wollte, um die beiden auseinanderzubringen. Sie hat mir ihre Tochter gezeigt und auch Mr. Carey, den ›unerfreulichen jungen Mann‹. Die Entdeckung, daß er anwesend war, schien sie sehr zu beunruhigen, und sie sagte, daß es glücklicherweise zwischen den beiden aus sei und daß er fort gewesen wäre, daß es jedoch schrecklich wäre, wenn die ganze Sache wieder von vorne beginnen würde.

Während Mrs. Graham mit mir sprach, bahnte sich Miss Graham einen Weg durch die Leute hindurch und verließ den Raum. Mr. Carey folgte ihr. Von meinem Platz aus konnte man das sehen, aber nicht von Mrs. Grahams aus. Es war, soweit ich weiß, ihre erste Begegnung seit fünf Jahren. Ich sah, wie sie gingen, und ich sah, wie sie ungefähr eine halbe Stunde später zurückkehrten. Sie waren ganz offensichtlich zu einer Übereinkunft gelangt. Miss Graham wirkte, als träumte sie. Ich saß zurückgezogen auf einem Sofa. Sie kam dorthin und setzte sich. Nach einer Weile sprach ich sie an und erwähnte den Namen ihrer Freundin sowie meinen eigenen. Wir redeten ein bißchen miteinander, vor allem über einige ziemlich seltsame Kaufangebote, die ihnen für ihr Haus gemacht worden waren.«

»Seltsam? In welcher Hinsicht?«

»Folgendes, Frank: Das Haus war nicht zum Verkauf ausgeschrieben, und trotzdem wollten es zwei Interessenten, jeder auf Vermittlung eines anderen Maklers, besichtigen und versuchten, einander mit Angeboten auszustechen, die schließlich für Mrs. Graham eine ernste Verlockung darstellten. Soweit ich es verstehe, war diese Situation Miss Graham sehr unangenehm, denn das Haus gehört ihr. Nach allem, was ich von Mrs. Graham zu sehen bekam, kann ich mir gut vorstellen, daß es ihr keine Schwierigkeiten bereitet hat, diese oder jede andere Tatsache, die ihr nicht paßte, einfach zu vergessen. Ein derart ichbezogener Mensch ist mir wirklich nur sehr selten begegnet. Miss Graham war sehr zurückhaltend in ihren Andeutungen, aber man merkte, daß die Situation für sie eine Belastung war. Ich war deshalb nicht sehr überrascht, als sie mich anrief und fragte, ob sie mich nicht besuchen kommen könnte. Doch bevor wir fortfahren, möchte ich vorschlagen, daß die Vorgeschichte dieser Kaufinteressenten untersucht wird.«

»Aber meine Liebe!«

Ihr Blick wies ihn zurecht. »Ich bin mir sicher, daß ich dich nicht daran erinnern muß, daß auch der geringsten Auffälligkeit nachgegangen werden muß.«

»Natürlich. Aber ich verstehe nicht ganz ...«

»Die Vorgänge in Zusammenhang mit dem Haus waren auffällig. Du mußt dir immer vor Augen halten, daß das Haus nicht zum Verkauf stand. Trotzdem sind zwei Kaufinteressenten aufgetaucht. Sie überbieten einander, bis der Preis den Wert deutlich übersteigt. Dann geschehen zwei Dinge. Einer von ihnen, Mr. Worple, zieht sein Angebot plötzlich zurück. Und Mrs. Graham wird ermordet. Diese beiden Vorfälle mögen nichts miteinander zu tun haben, vielleicht gibt es aber doch einen Zusammenhang. Selbst wenn es weit hergeholt ist, lohnt es sich doch, das zu überprüfen. Ich habe hier das wenige, das über Mr. Blount und Mr. Worple bekannt ist, notiert. Ich glaube, es wäre klug, weitere Informationen zu sammeln.«

Sie reichte ihm ein sauber beschriebenes Blatt, auf dem bezüglich Mr. Blount nur die Adresse und die Tatsache, daß er mit einer kränklichen Frau verheiratet war, aufgeführt waren, hinsichtlich Mr. Worples aber dessen frühere Verbindungen zu Grove Hill sowie seine Verwandtschaft mit Mr. Martin von Martin & Steadman, dem Immobilienmakler, deren Kunde wiederum nicht er selbst, sondern Mr. Blount war.

Frank steckte das Blatt in seine Brieftasche. Er war an Mr. Blount und Mr. Worple, deren Verknüpfung mit dem Fall er für rein hypothetisch hielt, nicht sonderlich interessiert, dafür aber um so mehr an Nicholas Carey.

»Wie wäre es, wenn wir auf Carey zurückkämen? Mrs. Graham hat ihn als einen unerfreulichen jungen Mann beschrieben. Gibt es irgendwas, das diese Ansicht stützt?«

»Ich glaube, nicht. Er scheint seine Ferien hier bei einer Tante verbracht zu haben. Miss Graham kannte ihn von Kindesbeinen an. Sie waren Spielgefährten und Freunde, bevor sie sich ineinander verliebten. Er ist in der Redaktion des ›Jupiters‹, und er verfügt über ein ansehnliches Privatvermögen. Er scheint Mrs. Graham jedes nur mögliche Zugeständnis gemacht zu haben und ging dabei sogar so weit, vorzuschlagen, daß er und Althea ins obere Stockwerk des Hauses einziehen wollten, ein Arrangement, das sich gewiß als äußerst unbefriedigend erwiesen hätte. Wenn Mrs. Graham irgend etwas gewußt hätte, das gegen seinen Charakter spräche, dann hätte sie es mir gegenüber auch angeführt, da bin ich mir sicher. Sie war bereit, jede erdenkliche Waffe einzusetzen, um ihre Tochter am Heiraten zu hindern. Schließlich wurde die Situation für Mr. Carey unerträglich. Miss Graham hatte Angst, ihre Mutter zu verlassen. Sie befürchtete einen vielleicht tödlichen Herzinfarkt. Mr. Carey war der Belastung nicht mehr gewachsen. Er war während der letzten fünf Jahre im Ausland, hat wilde Gegenden bereist und den ›Jupiter‹ mit Artikeln versorgt, über die eine ganze Menge geredet wurde.«

»Er ist nicht zufällig Rolling Stone?«

»Ich glaube, das ist der Name, unter dem er schreibt.«

Frank stieß einen Pfiff aus. »Sein Zeug ist gut, ganz ohne Zweifel, und – er hat sich in wirklich wilden Gegenden rumgetrieben. Die Frage ist, wieviel er von den dortigen Sitten und Gebräuchen übernommen hat – genug, um das Gesetz zu übertreten und die alte Frau einfach zu erwürgen, die zwischen ihm und dem Mädchen stand, das er haben wollte? Ein hübsches Motiv, findest du nicht?«

Miss Silver schüttelte den Kopf. »Ich glaube nicht, daß es dieses Motiv gab. Miss Graham hatte eingewilligt, ihn zu heiraten. Das Treffen gestern diente dazu, die Einzelheiten zu besprechen. Eigentlich sollten sie schon heute heiraten.«

Frank Abbotts Augen nahmen einen düsteren Ausdruck an. »Sollten eigentlich«, knurrte er. »Glaubst du denn, daß sie noch eine Chance hatten, es wirklich zu tun, nachdem Mrs. Graham sie beim Pläneschmieden ertappt hatte? Wenn Herzattacken ihr Spiel waren, dann hatte sie doch sicher noch genug Trümpfe im Ärmel, meinst du nicht? Ich würde sagen, Carey hatte ein *Mords*motiv! Und eine ganze Menge Hemmungen können während der fünf Jahre verlorengegangen sein, die er unter Leuten verbracht hat, die vermutlich überhaupt nie welche gehabt haben – zumindest nicht die Art von Hemmungen, die einen daran hindern, den zu beseitigen, der einem im Weg ist.«

Miss Silvers Stimme war milde, täuschte ihn aber keinen Moment lang.

»Falls du, mein lieber Frank, von mir erwartest, daß ich dir glaube, Miss Graham hätte daneben gestanden, während ihre Mutter umgebracht wurde, und hätte hinterher eine völlig falsche Aussage gemacht, auf die sie auch einen Eid abzulegen bereit ist, dann muß ich dir leider sagen, daß dies überhaupt nicht ihrem Charakter entspräche und daß ich diese Idee keinen Augenblick lang in Betracht ziehen werde.«

19

In jedem Mordfall gibt es einige vereinzelte Fäden, die aufgehoben und miteinander verwoben werden müssen. Einige scheinen wichtiger zu sein als andere, aber keiner darf übersehen werden. Manchmal entpuppt sich ein beiläufiges Wort oder ein zufälliges Ereignis als wichtiger Hinweis. Bei der Polizeiarbeit muß man daher ständig auch die dünnsten und unscheinbarsten dieser Fäden zusammensuchen, sie sortieren und neu arrangieren.

Nichts stand dem Anschein nach weniger mit Mrs. Grahams Tod in Zusammenhang als die Tatsache, daß die junge Ehefrau von Detective Inspector Sharp den nächsten Nachmittag wählte, um ihre Tante Miss Agnes Cotton zu besuchen, die Gemeindeschwester von Grove Hill, doch sollte gerade dadurch der Gang der Dinge entscheidend beeinflußt werden.

Miss Cotton hatte sehr wenig Interesse an der Tagespresse. Die Probleme des Auslands waren weit entfernt, und man konnte ohnehin nichts dagegen tun. Und was die Schwierigkeiten im Inland anbelangte, so hatte sie schon mit Bettlägerigen, Unfallopfern und anderen örtlichen Notfällen alle Hände voll zu tun und brauchte über so was nicht auch noch in der Zeitung zu lesen. Was nützte es, zu erfahren, daß eine Frau in Japan Vierlinge zur Welt gebracht hatte oder daß in Marseille ein Mann seine Frau erstochen hatte, wenn sie schon mit den Thomas-Zwillingen genug zu tun hatte, von denen der eine zu sterben entschlossen war und sie dies nach Kräften zu verhindern versuchte, oder gleich in unmittelbarer Nachbarschaft Bill Jones seine Mrs. Jones derart verprügelt hatte, daß es nicht so aussah, als würden die beiden diesmal um eine Gerichtsverhandlung herumkommen.

Wenn Miss Cotton überhaupt Zeit zum Lesen hatte, dann bevorzugte sie eine Frauenzeitschrift mit einer netten Liebesgeschichte, in der alles ein gutes Ende nahm, und ein paar leckeren Rezepten und Strickmustern. Früher oder später hätte sie bestimmt vom Mord in der Nachbarschaft gehört, aber sie hätte ihn vermutlich nicht mit Mrs. Burfords falschem Alarm und Mr. Burfords Anruf Dienstag abend in Verbindung gebracht. Ein jungverheiratetes Paar und schreckhaft, das waren sie. Sehr häufig lag das am ersten Baby. Hilda Burford war ein nervöses kleines Ding und John einer dieser langen, blassen Kerle, die für jedermann wie ein in Talg getunkter Faden aussahen.

Miss Cotton war sehr erfreut, ihre Nichte zu sehen. Und bei hausgemachten Scones und Johannisbeerkuchen erzählte Mary Sharp dann, wieviel Ted zu tun hätte und wie schrecklich es wäre, im eigenen Garten erwürgt zu werden! Miss Cotton schenkte sich eine Tasse guten, starken Tees ein, tat drei Stück Zucker hinein und ungefähr vier Tropfen Milch und erkundigte sich, wer denn ermordet worden wäre.

Mary Sharp war ziemlich rot und aufgeregt angekommen.

»Diese Mrs. Graham, die das Eckhaus zwischen Hill Rise und Belview Road hat! Man sagt, sie hat die Tochter mit deren Freund mitten in der Nacht im Garten erwischt, und am Morgen lag sie tot in dieser Art Sommerhaus, das sie haben.«

Miss Cottons Tasse befand sich auf halbem Wege zu ihren Lippen. Sie stellte sie wieder ab. Sie war eine angenehme rosige Person, und sie schien immer zu lächeln, aber jetzt lächelte sie nicht, als sie fragte: »Wann ist das passiert?«

Mary sah sie verblüfft an. »Letzte Nacht, Tantchen. Ted

wird ganz davon in Anspruch genommen – zu beschäftigt, um zu wissen, ob ich überhaupt da bin oder nicht, weshalb ich mir dachte, es wäre eine gute Idee, zu dir zu kommen und mich aufheitern zu lassen. Nicht ein einziges Wort hat er beim Abendessen von sich gegeben, und wenn ich mal was gesagt habe, hab' ich bloß ein ›Was?‹ zu hören bekommen.«

Miss Cotton stand Miss Silver an Scharfsinn in nichts nach. »Dann war es also nicht Ted, der dir von dem Mord erzählt hat?«

Mary schüttelte den Kopf.

»Hat ihn erwähnt – und dann kein Wort mehr darüber – außer daß er viel zu tun hätte, weil jemand von Scotland Yard käme. Nein, es war diese Mrs. Stokes, die für die Grahams arbeitet. Ich hab' sie getroffen, als ich meine Einkäufe erledigte und – es war nicht ihr Tag bei den Grahams; die haben sie nur einmal die Woche, aber sie schien alles darüber zu wissen. Sie ist eine von denen, die gern reden – hält es für ihre Pflicht, alles in Erfahrung zu bringen. Und da stehe ich also, und mein Ted hat direkt damit zu tun, und ich weiß trotzdem nicht das geringste – außer daß es passiert ist. Keine Ahnung, was die sich gedacht haben muß – und wie ich mich erst gefühlt habe.«

Miss Cotton hielt ihr eine Strafpredigt. Mary war ein liebes Mädchen, aber das Leben als Frau eines Polizisten war ihr neu. Wenn Ted Sharp nicht von seiner Arbeit erzählte, dann tat er nur, was von ihm erwartet wurde, und sie sollte stolz auf ihn sein und nicht dauernd ein langes Gesicht ziehen. Mit solchen Klatschbasen wie Mrs. Stokes zu tratschen war keine Art, ihm zu helfen. »Und vergiß das ja nicht, meine Liebe!«

Als Mary ging, spazierte Miss Cotton mit ihr zurück, verabschiedete sich an der Straßenecke von ihr und nahm dann, anstatt wieder denselben Weg zurück einzuschlagen, den Bus in die Stadt und stieg bei der Polizeiwache aus.

20

Am nächsten Tag klopften Ted Sharp und der Inspector von Scotland Yard an Miss Cottons Tür. Sie hatten angerufen, und Miss Cotton quetschte sie zwischen die Thomas-Zwillinge und die alte Mrs. French. Ihr Landhäuschen war wirklich noch ein Landhäuschen, stand viel weiter von der Straße entfernt als die neuen gemeindeeigenen Wohnhäuser zu beiden Seiten und verfügte über einen langen schmalen Garten, der vorne voller Herbstblumen war und hinten voller Salatköpfe, Rosenkohl und Artischocken.

Im Erdgeschoß gab es ein Wohnzimmer und eine Küche und im ersten Stock zwei Schlafzimmer. Zwischen den beiden befand sich ein Badezimmer, während die Toilette an die Rückseite des Hauses angebaut worden war. Die Haustür führte direkt in das Wohnzimmer mit seinem runden Tisch in der Mitte, den Sesseln zu beiden Seiten des Kamins, dem Eckschrank und den vier Stühlen, die mit den Lehnen an der Wand standen. In dem Schrank standen eine Teekanne und eine Zuckerdose, vier Tassen und Untertassen und ein Milchkännchen, alle mit einem blauen Rand und einem Reliefmuster aus Früchten.

In der Mitte des Kaminsimses thronte eine Vase mit der Aufschrift »Ein Geschenk aus Margate«. Sie war voller bronzefarbener und gelber Chrysanthemen und das Marmeladenglas auf dem Tisch ebenfalls. Weiterhin standen auf dem Kaminsims ein gerahmtes Foto von Mary Sharp in ihrem Hochzeitskleid, auf der anderen Seite ein Schnappschuß von ihrer Taufe, sowie in der einen Ecke eine dieser großen, rosa angelaufenen Muscheln und in der anderen eine Frauenhand aus Bronze. Die war fast zehn Zentimeter lang, äußerst elegant, schimmerte hellgold, so sehr war sie poliert, und hatte einen Ring am Finger. Alles in dem Zimmer war blitzsauber, Miss Cotton in der fröhlichen blauen Uniform mit dem weißen Kragen inbegriffen. Sie hatte viel graues Haar, sehr blaue Augen und einen Hut, den sie eher auf dem Hinterkopf trug.

Sie empfing die Polizisten würdevoll, sagte ihnen, daß sie sie zwischen zwei Termine eingeschoben hätte, und kam sofort zur Sache.

»Sie sind wegen der Aussage hier, die ich gestern abend gemacht habe.«

Ted Sharp bejahte dies. Er fuhr fort: »Dies ist Detective Inspector Abbott von Scotland Yard«, und übergab an diesen.

Sie saßen rund um den Tisch. Frank Abbott holte ein Papier hervor, bei dem es sich um Miss Cottons unterschriebene Aussage handelte, und legte es vor sich auf den Tisch. Dann sagte er mit seiner Stimme voll vornehmer Lässigkeit:

»Ich glaube, Sie haben gestern diese Aussage zu Protokoll gegeben, Miss Cotton.«

Sie saß da mit ihrem grauen Haar, ihren blauen Augen und ihren rosigen Apfelbäckchen und wirkte sehr besonnen.

»Meine Nichte war bei mir zum Tee. Sie erzählte mir, daß Mrs. Graham nachts in Nr. 1 Belview Road ermordet worden ist, und ich hielt es für meine Pflicht, auf die Polizeiwache zu gehen und zu melden, was ich wußte.« Und dann, als Ted Sharp unter seiner gebräunten Haut zu erröten begann, fügte sie noch hastig hinzu: »Meine Nichte ist Frau Sharp, wie Ihnen Ted hier vermutlich gesagt hat, aber von ihm hat sie nichts über den Mord erfahren, was sie mir hätte erzählen können, sondern nur von dieser Mrs. Stokes, die bei den Grahams arbeitet. Und die ist wirklich eine Schwätzerin.«

Ted Sharps Gesicht verlor wieder an Farbe. Er sah sie nicht an, aber er war ihr von Herzen dankbar. Hatte er je geglaubt, daß Mary zu oft zu ihrem Tantchen Agnes hinüberflitzte, dann nahm er es jetzt zurück.

Frank Abbott fuhr fort: »Nun, Miss Cotton, wir sind Ihnen dankbar. Würden Sie jetzt bitte diese Aussage einfach mal vergessen und mir die ganze Geschichte noch einmal in Ihren eigenen Worten erzählen?«

Sie warf ihm einen kurzen, anerkennenden Blick zu.

»Die verändern die Sachen ein bißchen beim Aufschreiben, nicht wahr? Ich habe das dem jungen Mann gesagt, der das Protokoll aufgenommen hat, und dem hat das nicht gefallen, daß ich das gesagt habe – er meinte, ich brauche ja nicht zu unterschreiben, wenn ich nicht wolle. Aber es war nichts direkt falsch daran, falls Sie wissen, was ich meine, nur war es nicht genau so, wie ich es selbst ausgedrückt hätte, also habe ich es unterschrieben und bin gegangen.«

Sein Lächeln ließ die ererbten Gesichtszüge freundlicher wirken. »Ich weiß. Nun gut, warum hören wir es uns dann nicht einfach in Ihren eigenen Worten an?«

»Es begann damit, daß Mr. Burford mich anrief. Es ist das erste Baby, und ich dachte, vermutlich ist es falscher Alarm, aber man kann natürlich nie wissen. Ich war noch angekleidet, was ein ziemliches Glück war, und so mußte ich nur in meine Straßenschuhe schlüpfen und Mantel und Hut anziehen und losgehen. Ich habe mein Fahrrad aus dem Schuppen geholt und bin damit bis zum steilen Stück von Hill Rise gefahren. Es lohnt sich nicht, es hochzufahren – kostet einen mehr Mühe, als es einem erspart. Also bin ich abgestiegen und habe es geschoben. Da Sie hier fremd sind, weiß ich nicht, ob Sie damit vertraut sind, wie hier die Straßen verlaufen, aber Hill Rise mündet gleich hinter der Hügelkuppe in die Belview Road, und Nr. 1 Belview Road ist das Eckhaus. Der Garten grenzt bis zur Hügelkuppe hinauf an Hill Rise, und genau dort wollte ich gerade wieder auf mein Fahrrad steigen, als ich jemanden auf der anderen Seite der Hecke rufen hörte.«

»Eine Frau oder einen Mann?«

»Es war Miss Graham. Sie rief ›Mutter‹!«

»Woher wissen Sie, daß es Miss Graham war?«

Miss Cotton war nicht aus der Ruhe zu bringen. »Oh, ich habe Mrs. Graham ziemlich häufig gepflegt, wenn es ihr einfiel zu sterben und sie niemand anders kriegen konnte.«

»Na gut, fahren Sie fort.«

»Nicht weit von der Hecke, am Ende des Gartens, gibt es so eine Art Sommerhäuschen, und dort waren sie. Eine Männerstimme sagte ›Graham‹ . . ., und ich konnte hören, wie sie nach Luft schnappte. Der Garten steigt ziemlich steil an, und sie wollte nie dort hochgehen, also fragte ich mich, was sie dort wohl vorhätte. Sie kam wieder zu Atem und rief: ›Wie können Sie es wagen, Nicholas Carey – wie können Sie es wagen!‹ Miss Graham versuchte, sie zu beruhigen. Sie sagte ihr, daß sie noch krank werden würde, und Mrs. Graham rief: ›Es würde dir doch nichts ausmachen, mich umzubringen! Du denkst nur an dich!‹

Mr. Carey sagte, es täte ihm leid, aber sie wollte ihn ja nicht ins Haus lassen, und er hätte Miss Graham treffen müssen. Er nannte sie Allie – sie heißt Althea, wissen Sie. Er sagte, er würde jetzt gehen und am Morgen mit ihr reden. Mrs. Graham war ganz aufgebracht und weinte und schrie. Sie sagte, er dürfte nicht kommen und sie würde ihn nicht empfangen, falls er es doch täte. Sie befahl Miss Graham, ihn fortzuschicken – sagte, sie ertrüge es nicht. ›Er wird mich noch umbringen – schick ihn fort!‹«

Sie machte eine Pause und sagte leicht verlegen: »Es schaut sicher nicht gut aus, daß ich dort so gestanden und gelauscht habe, aber das alles schien so schnell zu gehen, und wenn sie sich in eine Herzattacke hineingesteigert hätte, dann wären sie vielleicht über meine Hilfe froh gewesen. Ich glaubte, ich könnte nicht einfach losfahren und sie allein lassen.«

»Nein, natürlich nicht, Miss Cotton. Bitte fahren Sie fort.«

»Miss Graham sprach davon, sie zum Haus zurückzubringen. Ich habe nicht alles mitbekommen, aber ich glaube, sie bat Mr. Carey, ihr zu helfen, denn Mrs. Graham schrie: ›Nein – nein! Wehe, Sie wagen es, mich anzurühren – wehe, Sie wagen es!‹ Danach konnte ich nur Miss Grahams Stimme hören, aber ich habe nicht verstanden, was sie gesagt hat, nur am Schluß hörte ich was, daß sie ihre Mutter ins Bett bringen und sich um sie kümmern wollte. Und das war alles, außer, daß ich gehört habe, wie sie zusammen in den Garten runtergegangen sind und Miss Graham ihre liebe Mühe hatte.«

»In welcher Hinsicht?«

»Oh, in jeder Hinsicht. Mrs. Graham schrie und schnappte nach Luft, und so wie es klang, mußte man annehmen, daß Miss Graham sie fast ganz getragen hat. Ich habe also gewartet, um zu sehen, ob sie es schafft, sie ins Haus zu bringen, und als ich die Tür zufallen hörte, bin ich auf mein Fahrrad gestiegen und zu den Burfords gefahren. Und es war falscher Alarm, genau wie ich mir gedacht hatte, und ich habe ihr also eine Tasse Tee gemacht und selbst eine getrunken und bin wieder nach Hause zurückgekehrt.«

Frank Abbott dachte ein wenig boshaft über den Unterschied zwischen dem gesprochenen Wort und dem toten, starren Zeug nach, auf das der durchschnittliche Polizeibericht es reduzierte. Es gab keinen wirklichen Widerspruch zwischen dem, was Miss Cotton gerade gesagt hatte, und dem, was sie letzten Abend auf der Polizeiwache unterschrieben hatte, aber beide Fassungen unterschieden sich voneinander wie ein lebender Mensch von einem toten. Das Papier lag vor ihm auf dem Tisch. Seine Augen pickten einen Satz heraus: »Als ich mich auf meinem Fahrrad zu den Burfords begab . . .« Er hätte wetten mögen, daß sich Miss Cotton in ihrem ganzen Leben noch nie irgendwohin »begeben« hatte.

»Sind Sie auf dem gleichen Weg zurückgekehrt, auf dem Sie gekommen sind?« fragte er.

»Ja, bin ich.«

»Sie sind also an Nr. 1 Belview Road vorbeigekommen – sind Sie gefahren, oder haben Sie das Rad geschoben?«

»Ich bin abgestiegen und habe es geschoben. Die Straße ist dort ziemlich steil.«

»Irgendwas gesehen oder gehört?«

»Nein, nichts.«

»Licht im Haus?«

»Nicht, soweit ich sehen konnte. Sicher gab es eins im oberen Flur – sie lassen es die ganze Nacht brennen.«

Es gab eine Pause. Dann fuhr er fort: »Ich nehme an, Sie wissen, daß Mrs. Graham in dem Sommerhäuschen, von dem Sie sprachen, tot aufgefunden worden ist ... und daß man sie erwürgt hat.«

»Das ist das, was ich gehört habe.«

»Miss Graham hat sie gefunden, aber erst um sieben in der Frühe. Sie sagt, als sie ging, lag ihre Mutter bequem im Bett, und sie hätte keine Ahnung gehabt, daß diese wieder ausgegangen wäre. Sie hat das Haus abgesucht, und als sie entdeckte, daß der Mantel und die Schuhe ihrer Mutter fehlten, hat sie im Garten nachgeschaut. Sie hat die Leiche ihrer Mutter in dem Sommerhäuschen gefunden und dann Dr. Barrington angerufen. Das ist ihre Darstellung. Was ich jetzt wissen möchte, ist: Wie war das Verhältnis zwischen Mrs. Graham und ihrer Tochter?«

Miss Cotton sah ihn mit diesen ausgesprochen blauen Augen an. »Miss Graham hat für sie getan, was sie nur konnte.«

»Mrs. Graham war anstrengend?«

Miss Cotton nickte. »Sie war der egoistischste Mensch, der mir je untergekommen ist. Von morgens bis abends hieß es ›Thea, dies‹ und ›Thea, das‹. Ich weiß nicht, wie das arme

Mädchen das ausgehalten hat, wirklich nicht. Und alle sagen, daß Mrs. Graham sie gezwungen hat, ihre Verlobung zu lösen.«

»Die mit Nicholas Carey?«

»Richtig – eine echte Schande ist das. Seit der Schule immer zusammen und richtig verliebt ineinander – na ja, man hat es ihnen auf den ersten Blick angesehen.«

»Sie würden also sagen, daß Miss Graham eine gute Tochter war. Hat sie ihre Mutter gemocht?«

»Es wäre ein Wunder, wenn es so gewesen wäre.«

»Nun ja, Wunder passieren immer wieder. Die Frage ist, mochte sie sie?«

»Sie hat für sie getan, was sie konnte.«

»Ich verstehe. Jetzt sagen Sie mir – Sie haben gehört, wie Mrs. Graham einige Sachen wie ›Dir würde es nichts ausmachen, daß ich sterbe – dir würde es nichts ausmachen, mich umzubringen!‹ gerufen hat. Das war gegen ihre Tochter gewandt. Haben Sie Miss Graham irgendwas sagen hören, das dies erklären würde?«

»Nein, hab' ich nicht. Sie hat ihre Mutter gewarnt, daß sie sich noch ganz krank machen würde.«

»Das hat sie nicht irgendwie drohend gesagt?«

»Natürlich nicht! Sie hat wie sonst ihr Bestes getan, um sie zu besänftigen.«

»Sie hat ihre Mutter immer zu besänftigen versucht?«

»Ja, hat sie. Jeder wird Ihnen das bestätigen.«

»Das wollte ich bloß wissen. Nun zu Mr. Carey. Als Mrs. Graham von ihm sprach, sagte sie: ›Er wird mich noch umbringen – schick ihn weg!‹, und an ihn selbst gewandt: ›Wehe, Sie wagen es, mich anzurühren – wehe, Sie wagen es!‹ Haben Sie ihn irgendwas sagen hören, das erklären würde, weshalb sie so mit ihm redete?«

»Nein, habe ich nicht. Mr. Carey ist ein Gentleman, und er

hat wie einer gesprochen . . . hat die Ruhe bewahrt und gesagt, daß es ihm leid täte, aber sie wollte ihn ja nicht ins Haus kommen lassen, und er hätte Allie treffen müssen, womit er Miss Graham meinte, und er könnte wiederkommen und morgen mit ihr reden. Es gab keine Veranlassung für Mrs. Graham, zu sagen, was sie gesagt hat. Sie war einfach hysterisch, das ist alles.«

»Und Sie sind sich sicher, daß Miss Graham ihre Mutter zurück ins Haus gebracht hat?«

»Ich habe sie den ganzen Garten hinab gehört, und ich habe sie reingehen und die Tür schließen gehört. Als ich an die Ecke kam, habe ich die Belview Road entlanggeschaut und gesehen, wie das Licht in Mrs. Grahams Schlafzimmer anging.«

»Dann scheint es, als wäre Mrs. Graham später in das Sommerhäuschen zurückgekehrt. Sind Sie sich ganz sicher, daß Sie auf Ihrem Rückweg nichts gesehen oder gehört haben, als Sie am Garten entlang den Hügel hochgegangen sind?«

»Ich habe nichts gesehen oder gehört.«

»Und im Haus brannte kein Licht?«

Sie überlegte kurz, dann sagte sie:

»Selbst wenn das Licht im Flur an war, hätte ich es nicht sehen können – da hängt ein dicker Vorhang. Das Haus sah dunkel aus.«

21

»Was sollen wir tun, Nicky?«

Sie saßen eng beisammen auf dem tiefen Sofa im Wohnzimmer. Sie hatten sich nicht zurückgelehnt. Altheas linke Hand lag auf dem Sitzbezug. Nicky bedeckte sie mit seiner Rechten. Er antwortete:

»Da gibt es nicht viel, was wir tun könnten.«

Er wollte nicht sagen »Es wird vorübergehen«, aber er dachte daran. Sie mußten die Untersuchung und die Beerdigung hinter sich bringen, dann würden sie heiraten, und er würde sie wegbringen. Er fragte sich, ob sie das Haus würde verkaufen wollen und ob die beiden Parteien, die daran Interesse gehabt hatten, jetzt, da jemand darin ermordet worden war, immer noch so versessen darauf wären. Je eher er Allie würde fortbringen können, desto besser – am besten sofort. Alles das ging ihm durch den Kopf, aber es war ein bißchen zu früh, um mit Allie darüber zu reden, weshalb er bloß wiederholte, daß es nicht viel gäbe, was sie tun könnten, und es dabei beließ.

Er war auch nicht so dumm zu glauben, daß sie schon über den Berg wären. In gewisser Hinsicht – und für den Zeitraum, den sie abdeckte – war Miss Cottons Aussage eine Hilfe gewesen. Glücklicherweise deckte sie genug Zeit ab, damit klar wurde, daß Allie ihre Mutter ins Haus zurückgebracht und die Tür geschlossen hatte. Aber es wurde auch klar, daß es einen schrecklichen Streit gegeben hatte. Er hatte eine unangenehm scharfe Erinnerung daran, wie Mrs. Graham geschrien hatte, daß er sie umbringen wollte – und ähnliche Sachen. Es ließ sich nicht ändern, daß die Polizei ihn als den Hauptverdächtigen ins Auge gefaßt hatte. Und er konnte es ihnen gar nicht verübeln, denn sosehr er auch nachdachte, ihm fiel beim besten Willen keiner ein, der seinen Platz hätte einnehmen können. Für Nicholas Carey hatte es tatsächlich einige Gründe gegeben, Mrs. Graham aus dem Weg schaffen zu wollen, aber keinen einzigen für all die anderen.

»Es ist schrecklich für dich«, sagte er abrupt, »aber es wird nicht immer so schlimm bleiben. Wir müssen es hinter uns bringen – die Polizei und alles. Entweder sie finden heraus, wer es war, oder eben nicht. Jedenfalls wird es viel Gerede geben – und allmählich weniger. Dann passiert plötzlich etwas anderes, und alle wenden sich dem zu. Miss Silver bleibt noch ein bißchen, oder?«

»Ja.« Ihre Stimme wurde plötzlich wärmer. »Nicky, weißt du, Mrs. Justice hat angerufen und gefragt, ob ich zu ihnen kommen möchte. Ich finde wirklich, das war schrecklich nett von ihr. Als sie allerdings hörte, daß ich Miss Silver hier habe, hat sie gesagt, daß ich niemand Besseres finden könnte, und ich glaube, sie war wirklich ein bißchen erleichtert.«

»Du bleibst lieber hier?«

»Viel lieber. Mrs. Justice ist sehr nett, aber sie redet die ganze Zeit, und sie würde ständig wollen, daß ich eine Tasse Ovomaltine trinke oder so was. Es hat Sophy früher ganz verrückt gemacht.«

Ihr schauderte. Mrs. Graham war von Ovomaltine begeistert gewesen. Sie trank sie mitten am Vormittag und noch einmal abends im Bett zum Tagesabschluß. Sie war sehr heikel, was die Zubereitung betraf. Über Jahre hinweg hatte Althea ihr zweimal am Tag eine machen müssen. Sie würde es nie wieder tun ...

Dieser Gedankengang wurde von Nicholas unterbrochen. Scheinbar beiläufig sagte er: »Es ist besser, wenn ich bei den Harrisons ausziehe.«

Altheas Hand zuckte unter der seinen. »Warum?«

Es gab mehrere Gründe, aber er nannte nur einen. »Na ja, es verwickelt sie in eine Affäre, mit der sie eigentlich nichts zu tun haben. Ich vermute, daß die Polizei mich irgendwo griffbereit haben möchte, während sie die Sache aufklärt, aber ich kann ja im ›George‹ ein Zimmer nehmen.«

Ein oder zwei Stunden später spähte Ella Harrison um die offene Schlafzimmertür herum und entdeckte, daß er packte. Sie kam herein und fragte: »Herrje, was ist denn hier los?«

Ein offener Koffer lag auf dem Bett – direkt auf einer der neuen Decken. Männer waren wirklich das Letzte! Er stopfte ein paar Socken in eine Ecke und drehte sich um.

»Oh, ich wollte schon runterkommen und Ihnen Bescheid sagen – ich dachte mir, ich ziehe lieber aus.«

Lidschatten, Maskara, Puder, Lippenstift, sie hatte wirklich alles aufgeboten. Die nachgezogenen Brauen wölbten sich. »Warum denn um Himmels willen?«

»Na ja, man redet ein bißchen viel über mich, finden Sie nicht? Ich glaube, es wäre Ihnen und Jack gegenüber nicht fair.«

»Mein lieber Nicky – was für ein Unsinn! Ich will nichts davon hören, daß Sie gehen! Außerdem erwartet die Polizei sicher, daß Sie bis nach der Untersuchung in der Nähe bleiben.«

»Ich könnte mir im ›George‹ ein Zimmer nehmen.«

»Ich will nichts davon hören! Jack wäre wütend. Außerdem sähe es doch schlecht aus – als hätten wir Sie rausgeworfen. Es könnte Ihnen unter Umständen schaden – als wenn wir dem Gerede, das man so hört, glauben würden. Und genau darüber wollte ich eigentlich mit Ihnen sprechen.« Sie tat einen Schritt zurück, stieß gegen die Tür, so daß diese sich schloß und richtig zuschnappte, und kam wieder nach vorn. »Sehen Sie, Nicky, Sie stecken doch in der Klemme, oder?«

Sie wollte nur nett sein, aber das Problem war, daß er es nicht ertrug. Sie war ihm einfach zuwider – das aufgedonnerte Haar und all das Make-up, ihr Lachen, die Art, wie sie über Allie lästerte, die Art, wie sie den armen alten Jack behandelte. Sie war eine gutaussehende Frau. Die Augen, die ihn anlächelten, waren ohne Zweifel schön. Die Menschen waren ihm nicht grundsätzlich zuwider, aber Ella Harrison schon.

Sie sagte mit einer Stimme, die so aufgedonnert wirkte wie ihr Haar:

»Was für ein Glück für Sie und Thea, daß angeblich Schwester Cotton vorbeigekommen ist und jetzt sagen kann, daß sie gehört hat, wie Thea ihre Mutter ins Haus gebracht hat, nachdem ihr diesen Krach in diesem Ding da gehabt habt. Wie nennt ihr es doch gleich? Dem Gazebo. Ziemlicher Unsinn, dem so einen fremdartigen Namen zu geben, aber das war eben wieder typisch Winifred Graham!«

Er schüttelte den Kopf. »Der Name ist viel älter als Mrs. Graham – achtzehntes, neunzehntes Jahrhundert – mindestens hundert Jahre vor ihrer Zeit.«

Sie lachte. »Na gut, aber das ist ohnehin nicht das, worüber wir gesprochen haben. Ich sagte, was für ein Glück, daß Schwester Cotton beschwören kann, daß Thea ihre Mutter ins Haus gebracht und Sie im Garten zurückgelassen hat. Bloß wird die Polizei jetzt wissen wollen, warum Winifred wieder rausgekommen ist.«

»Sie scheinen in der Sache gut Bescheid zu wissen«, sagte er.

Sie machte eine ungeduldige Bewegung. »Meinen Sie, die Leute reden nicht? Schwester Cotton hat bei der Polizei eine Aussage gemacht, nicht wahr? Sie ist mit einer Miss Sanders befreundet, die in dieser kleinen Privatschule in Down Road unterrichtet. Miss Sanders hat eine Tante, die früher die Gouvernante von den Miss Pimms war. Ich habe heute morgen Lily Pimm getroffen, und die hat mir alles erzählt. Und alles darüber, was Miss Cotton der Polizei berichtet hat. Und wie gesagt, was für ein Glück für Sie, daß Schwester Cotton behauptet, daß Thea mit ihrer Mutter ins Haus gegangen ist und Sie im Garten zurückgelassen hat. Sie sagt, daß sie ungefähr eine halbe oder dreiviertel Stunde später den gleichen Weg zurückgekommen ist, was ungefähr der Zeit entspricht, als der Mord vermutlich begangen worden ist. Und sie sagt, sie hat nichts gehört und niemand gesehen. Es läßt einen schaudern, wenn man sich vorstellt, daß die arme Winifred Graham vielleicht gerade auf der anderen Seite der Hecke in diesem – wie heißt es gleich wieder – Gazebo erkaltet ist, als Schwester Cotton vorbeiging. Natürlich ist es allen ein Rätsel, weshalb Winifred mit Thea erst ins Haus gegangen und dann wieder rausgekommen sein soll, aber so wird es wohl gewesen sein.«

Sie war näher an ihn herangekommen. Er konnte das schwere Parfüm riechen, das sie benutzte. Er haßte Frauen, die Parfüm benutzten. Er entschuldigte sich und ging zum Waschbecken hinüber, wo er Zahnbürste, Nagelfeile, eine Tube Zahnpasta und einen Waschlappen zusammensuchte. Er wickelte alles in ein Stück Papier, als Ella Harrison ausrief:

»Sie sollten das in einen Extrabeutel tun! Sie können das nicht einfach so verpacken! Ich besorge Ihnen das nächste Mal einen in der High Street! Männern ist wirklich alles egal!« Und ruhiger fuhr sie fort: »Die Polizei wird natürlich wissen wollen, was Sie gemacht haben, nachdem Thea ihre Mutter fortgebracht hat.«

Jedesmal, wenn sie Thea sagte, wurde er wütend. Zum einen erinnerte es ihn an Mrs. Graham, und zum anderen stand es ihr überhaupt nicht zu, Allies Namen abzukürzen. Dieser Gedanke nahm ihn noch weiter gegen sie ein.

»Ich habe der Polizei gesagt, was ich getan habe. Ich war spazieren.«

Er warf den Packen von der anderen Seite des Betts aus in den Koffer, aber sie kam ihm schon wieder um dieses herum näher.

»Nicky, das nützt nichts: Sie waren spazieren! Um wieviel Uhr? Es ist zu dünn. Sie brauchen jemand, der sagt, wann Sie hierher zurückgekommen sind! Thea hat vermutlich eine halbe Stunde gebraucht, um ihre Mutter wieder ins Bett zu bringen und nach all der Aufregung wieder zu beruhigen –

zumindest kann sie das ja behaupten. Schwester Cotton hat ihr Häuschen angeblich um halb elf verlassen und würde dann um Viertel vor elf auf der Hügelkuppe von Hill Rise angelangt sein, wo sie den Streit im Gazebo mitbekommen hat. Nun, es war vermutlich kurz vor elf, als Thea ihre Mutter ins Haus und ins Schlafzimmer hochgeschafft hat, und es dauerte einige Zeit, bis sie sie ins Bett gebracht hatte und allein lassen konnte. Wenn also jemand behaupten würde, Sie wären um elf wieder zurück gewesen – na ja, dann wären Sie aus dem Schneider, oder?«

»Und wer sollte das behaupten?«

Sie war am Fußende des Betts entlanggestrichen. Jetzt bog sie um die Ecke und war auf derselben Seite wie er. »Nehmen wir an, ich tue es ...«

Sie sah ihn unter den langen getuschten Wimpern hervor an. Die dunkle Wut auf seinem Gesicht bereitete ihr ein perverses Vergnügen. Seine Wut machte auch sie wütend. Und sowohl das Vergnügen als auch die Wut wirkten stimulierend.

»Das können Sie nicht!« antwortete er. »Ich habe nicht auf die Uhr geschaut, aber es muß mindestens zwölf gewesen sein, als ich hierher zurückgekommen bin.«

Sie lachte. »Nun, das würde ich aber nicht der Polizei erzählen, mein Teurer!«

Mit verändertem Tonfall fuhr sie fort: »Nicky, wissen Sie, Sie könnten dadurch ganz schön in die Klemme geraten. Schwester Cotton sagt, daß Sie mit Winifred Graham einen Streit hatten und daß sie Ihnen Sachen an den Kopf geworfen hat, wie die, daß Sie sie töten wollten. Und später findet man sie dann tot in diesem verdammten Gazebo – nun, da haben Sie es! Niemand sonst hat sich mit ihr gestritten. Niemand sonst hatte ein Motiv, sie zu töten, außer vielleicht Thea – und das bringt Ihnen nichts, denn wenn Thea damit zu tun hätte, dann hätten zwangsläufig auch Sie damit zu tun.«

»Keiner von uns hat damit zu tun.«

Sie stand lächelnd vor ihm. »Na gut, das behaupten Sie, aber keiner wird es Ihnen glauben – außer, Sie können beweisen, daß Sie gar nicht dort waren. Darum dreht sich doch alles. Und wenn Sie meinen, daß ich daran nichts ändern könnte, dann irren Sie sich einfach, denn das kann ich sehr wohl! Schauen Sie, Nicky, warum wollen wir nicht einfach Freunde sein? Ich könnte Ihnen sehr helfen, wissen Sie – und das würde ich auch gern, wenn Sie mich nicht dauernd anfunkeln würden, als wollten Sie mich gleich auch noch ermorden!«

Er war so wütend, daß er nicht zu sprechen wagte. Stattdessen ging er zu der Walnußkommode auf der anderen Seite des Zimmers hinüber, zog die oberste Schublade hervor und kam mit einem Stoß Unterwäsche zurück, den er in den Koffer auf dem Bett kippte. Jetzt schaffte er es, mit tödlicher Höflichkeit zu antworten:

»Das ist sehr freundlich von Ihnen, aber leider gibt es nichts, was Sie für mich tun könnten.«

Es war nicht Ellas Art, lange um eine Sache herumzureden. Das hatte sie nie getan, und das würde sie nie tun. Sie rückte sofort mit ihrem Vorschlag heraus.

»Ich kann sagen, daß du um elf hierher zurückgekommen bist und daß du nicht wieder weggegangen bist, weil du bei mir geblieben bist. Komm schon, Nicky, wäre es das nicht wert, ein bißchen nett zu mir zu sein? Wie steht es? Solche Hilfe kannst du von mir natürlich nicht erwarten, wenn du mich weiter anstarrst, als sollte ich zur Hölle fahren und dort schmoren, bis ich schwarz bin!«

Er hielt sich im Zaum. Nachdem er ein halbes Dutzend Hemden geholt und eingepackt hatte, war er in der Lage, im Plauderton zu antworten: »Das ist eine nette Idee, aber leider habe ich der Polizei schon erzählt, daß ich einen langen Spaziergang gemacht habe und erst ziemlich spät zurückgekommen bin.«

»Das, Liebling, hast du nur gesagt, weil du Jacks Cousin und ein perfekter Gentleman bist und mich nicht bloßstellen wolltest. Ziemlich gute Gründe, um zu sagen, daß du einen Spaziergang gemacht hast. Das wird dir eh keiner glauben. Es ist die Frage, was dir lieber ist: daß sie glauben, daß du in Winifreds Garten gelauert hast, um sie rauszulocken und zu ermorden, oder daß du dich mit mir amüsiert hast. Die Leute nehmen immer das Schlimmste an, weißt du, und es besteht eine gute Chance, daß sie dazu gebracht werden könnten, das mit mir und dir zu glauben.«

»Und was werden Jack und Althea davon halten?«

Sie zuckte mit den Achseln. »Ist mir völlig egal.«

»Aber mir vielleicht nicht.«

Sie setzte sich auf das Bettende. Ihre Stimme wurde leiser: »Ich meine es ernst, weißt du – das alles! Ich nehme an, du hast hier nicht eine ganze Woche zugebracht, ohne spitzzukriegen, daß Jack mich zu Tode langweilt. Stimmt doch, oder? Wir hätten viel Spaß zusammen, weißt du. Ich reise gerne – so zum Vergnügen. Wir wären ein phantastisches Paar, wenn du dich nur ein bißchen gehen lassen würdest. Und wegen Jack brauchst du dir keine Sorgen zu machen – er will nur ein ruhiges Leben, wie er sagt. Aber mir macht es keinen Spaß, arm zu sein. Wenn ich schwöre, daß du Dienstag nacht bei mir warst, hast du ein Alibi, aber Jack wird sich vermutlich von mir scheiden lassen – und davon muß ich eigentlich ausgehen. Wenn ich es nicht tue, hängen sie dich vermutlich, und du würdest es doch nicht zulassen, daß mir daraus, daß ich deinen Kopf rette, Nachteile entstehen, oder? Wir könnten ins Ausland gehen, bis alles vorüber ist – reisen und uns amüsieren.«

Ach, sie würden reisen, ja? Seine Gedanken schweiften zu einigen der Orte, wo er Ella würde hinbringen können, um sie dort sitzen zu lassen. Eine asiatische Wüste, über die die Polarwinde jagten. Ein von Blutegeln wimmelnder Sumpf. Eine Insel voller wilder Kopfjäger. Er antwortete mit höchst manierlicher Stimme:

»Leider wird daraus nichts, Ella. Sehen Sie, wäre Mrs. Graham nicht gestorben, hätten Althea und ich längst geheiratet.«

22

Wie gesagt, hatten die Miss Pimms die Angewohnheit, ihr Netz so weit wie möglich auszuspannen. Auch wenn sie mit demselben Bus zur High Street hinunterfuhren und mit demselben Bus wieder zurückkamen, so trennten sie sich doch nach dem Aussteigen und ließen, nachdem sie die Besorgungen untereinander aufgeteilt hatten, keine Chance zu einem Gespräch ungenutzt.

Lily, die mittlere Miss Pimm, war normalerweise die trägste von den dreien und die mit dem geringsten Erfolg. Sie verfügte weder über Mabels feinen Riecher für Skandale noch über Netties leidenschaftliche und hartnäckige Gründlichkeit. Aber sie konnte Gespräche, die sie belauscht hatte, oder Nachrichten, die ihr mitgeteilt worden waren, Wort für Wort wiedergeben. Eben diesen Fähigkeiten verdanken wir die großen Mythen und Balladen, die über unzählige Generationen hinweg mündlich überliefert worden sind. Die, die schreiben können, haben dieses Vermögen meist schon verloren, aber die meisten Kinder verfügen noch darüber. Miss Lily Pimm, die einst für die Bemühungen der ausgezeichneten Miss Sanders, ihrer ehemaligen Gouvernante, schrecklich unempfänglich gewesen war, hatte es sich bewahrt.

Sie betrat den Gemüseladen, wo sie Äpfel und einen Blumenkohl kaufte. Sie traf die jüngste Miss Ashington und erkundigte sich besorgt nach deren Mutter, worauf Louisa antwortete, dieser gehe es sehr gut, vielen Dank. Sie schien es eilig zu haben, und Lily ließ sie laufen, was keine ihrer Schwestern getan hätte. Mabel hätte mit lauter Stimme und entschiedenem Auftreten eine befriedigendere Antwort erzwungen, und Nettie hätte diese mit schlauen, bohrenden Fragen erschlichen, aber Lily Pimm fiel, obwohl ihr ebenfalls klar war, daß Mrs. Ashington inzwischen so gut wie verrückt sein mußte, keine bessere Verzögerungstaktik ein als ein paar Worte und ein Lächeln und hatte damit auch nur wenig Erfolg.

Sie kaufte abgepackte Seife in der Gemischtwarenhandlung und Toilettenseife in der altmodischen Apotheke, zu der schon ihre Eltern immer gegangen waren. Sie traf Mrs. William Thorpe, die für drei Kätzchen unbestimmter Farbe und Abstammung ein Zuhause suchte, Miss Brazier, die mit großem Ernst Geld sammelte, um das elfte Kind von irgend jemandem mit einer Schuluniform auszustatten, und den alten Mr. Crawley, der jedem, der ihm begegnete, die Auslandsnachrichten erzählte, die ihm selbst an diesem Morgen von der Zeitung erzählt worden waren.

Da dies nicht die Art von Tratsch war, der die Pimm-Familie interessierte, verschwand Lily so bald wie möglich und stellte sich im Fischgeschäft an, wo sie plötzlich gräßlich von der Frage gequält wurde, ob sie für Mabel nun frischen oder geräucherten Schellfisch besorgen sollte. Wenn sie im richtigen Moment zugehört hätte, würde sie sich erinnern, aber das war gerade das Problem – sie war mit den Gedanken woanders gewesen, und wenn sie jetzt die falsche Sorte Fisch kaufte, würde Mabel damit überhaupt nicht einverstanden sein.

Und dort, in der Schlange beim Fischhändler, sagte eine barhäuptige Frau in einem schäbigen Mantel zu der Frau vor ihr: »Ich weiß wirklich nicht, was ich tun soll.« Die andere Frau trug Freizeithosen und ein Kopftuch und rauchte. »Was Sie nicht sagen, Mrs. Traill!«

Lily Pimms Gedächtnis begann zu speichern, was sie sagten. Als sie endlich an die Reihe gekommen war und frischen Schellfisch gekauft und sich auf halbem Weg zur Bushaltestelle wieder daran erinnert hatte, daß Mabel eigentlich doch geräucherten Schellfisch haben wollte, und wieder umgekehrt war und den Fisch umgetauscht hatte, warteten Mabel und Nettie längst auf sie und waren nicht allzu erfreut darüber. Sie hatten sich schon mehr als einmal gefragt, wie um alles in der Welt Lily es nur schaffte, so viel länger als sie beide für ihre Einkäufe zu brauchen. Daß diese beinahe im Laufschritt und mit geröteten Wangen an der Haltestelle eintraf, beschwichtigte sie nicht im geringsten. Wenn sie den Bus verpaßt hätten, hätten sie noch mal eine halbe Stunde warten müssen.

Zum Glück hatten sie den Bus nicht verpaßt. Den ganzen Weg den Hügel hoch lächelte Lily Pimm stillvergnügt vor sich hin. Sobald sie zu Hause wären, würde sie ihren Schwestern eine echte Neuigkeit erzählen können, und die Frau vom Fischladen hatte ihr außerdem Mrs. Traills Adresse gegeben. Sie hoffte, Mabel würde erkennen, wie klug es von ihr gewesen war, sich diese gleich zu beschaffen. Mabel und Nettie behandelten sie immer, als wäre sie nicht besonders helle. Alle behandelten sie so, aber diesmal hatte sie sich wirklich sehr schlau angestellt, und sie würden das zugeben müssen.

Solange sie im Bus saßen, verriet sie nichts, sondern saß nur da und lächelte. Sie stiegen wie immer am Ende von Warren Crescent aus, aber sie hatte keine Gelegenheit, schon dort von der Schlange im Fischladen zu berichten, weil Nettie Mabel erzählte, daß sie Mrs. Stock beim Metzger getroffen hätte.

»Und weißt du, sie hat nur das billigste Fleisch genommen, das es gab – und selbst wenn das für die vier nur einen Tag lang reichen soll, ist es kein Wunder, daß die immer halbverhungert aussehen!«

Lily äußerte die Vermutung, daß vielleicht vom Sonntagsbraten noch was übrig wäre, worauf Nettie nur »Blödsinn!« antwortete, aber ohne Groll in der Stimme, und als nächstes von den Vorräten sprach. Lily mußte warten, bis sie im eigenen Hausflur standen, um endlich reden zu können:

»In der Fischschlange habe ich etwas ganz Furchtbares gehört.«

»Daß Mr. Browning sich das Bein gebrochen hat? Ich habe immer schon gesagt, daß er sich noch mal das Bein brechen wird, wenn er in seinem Alter ständig auf Leitern herumturnt!«

Lily schüttelte den Kopf. »O nein, was viel Schlimmeres – etwas über den Mord an Mrs. Graham, etwas wirklich Furchtbares!«

Mabel öffnete die Wohnzimmertür und winkte den anderen, mit ihr hineinzugehen. Als sie sie hinter sich schloß, warnte sie leise:

»Doris Wills lauscht! Ich hab' es schon immer gewußt! Wenn sie nur nicht so fleißig wäre . . .« Sie brach ab und kam gleich zur Sache. »Was hast du also in der Fischschlange gehört?«

Dies war für Lily der Augenblick des Triumphs. Beide warteten darauf, daß sie redete – waren ganz Ohr. Sie war glücklich und zufrieden wie eine schnurrende Katze.

»Nun, eine Frau stand vor mir. Ich kenne sie vom Sehen, aber ich wußte ihren Namen nicht, bis die andere Frau ihn nannte. Sie ist eine ziemlich alte Frau und ein wenig schlampig. Sie hatte einen sehr alten, schäbigen Mantel an, der an einem Ellbogen durchgescheuert war. Sie redete mit der Frau vor ihr, dieser Mrs. Rigg, die überall in Hosen hingeht, und das nie ohne Zigarette im Mund. Das erste, was ich hörte, war, daß

Mrs. Traill sagte: ›Ich weiß wirklich nicht, was ich tun soll‹, und Mrs. Rigg antwortete: ›Was Sie nicht sagen!‹

Mrs. Traill klang ziemlich verärgert: ›Ich sag' es nicht bloß, es ist die Wahrheit. Ich weiß wirklich nicht, was ich tun soll, und als ich meinen Mann gefragt habe, hat der mir nur geraten, mich nicht in fremde Angelegenheiten einzumischen.‹ Diese Mrs. Rigg lachte – sie hat ein blödes Lachen, wie ein altkluges Kind, und sagte: ›Die Männer sagen nie was anderes, stimmt's? Kümmere dich um deinen eigenen Kram – misch dich nicht ein; das geht dich doch nichts an! Aber ich denke, dann könnte man ja genausogut tot sein!‹ Mrs. Traill sagte: ›Ja, stimmt.‹ Und dann sprach sie ganz leise, und ich hätte gar nichts verstanden, wenn ich mich nicht so weit vorgelehnt hätte, wie es nur ging, ohne sie zu berühren, und selbst so war es äußerst schwierig, aber ich habe gehört, wie sie sagte: ›Es will mir einfach nicht aus dem Kopf, Mrs. Rigg, ehrlich. Gleich nach dem Aufwachen und nachts, vor dem Einschlafen, höre ich sie, das arme Ding, wie sie aufschreit, und ich stehe da und tue nichts.‹«

»Oh, Lily!« stieß Nettie Pimm mit zitternder Stimme aus. Aber Mabel sagte nur: »Erzähl weiter!«

Lily Pimm fuhr fort: »Mrs. Rigg sagte: ›Mein Gott, was meinen Sie denn damit, Mrs. Traill?‹ Und Mrs. Traill erzählte ihr, daß sie bei diesen Mr. und Mrs. Nokes oben in Hill Rise das Baby gehütet hätte. Sie hatte erwartet, bis zwölf dort zu bleiben, weil die Nokes' im Kino waren und hinterher mit einem Freund zum Abendessen wollten. Aber wie es scheint, hat Mrs. Nokes Kopfweh bekommen, und sie haben das Abendessen schnell abgesagt und sind nach Hause gegangen. Danach gab es für Mrs. Traill keinen Grund mehr zu bleiben, und sie hat ihr Geld bekommen und ist Hill Rise hinuntergegangen. Es war zwanzig nach elf, als sie zur Haustür raus ist, denn sie hat auf die Uhr im Flur geschaut und zugesehen, daß sie den Bus an der Ecke Belview Road erwischen würde. Und gerade, als sie am Garten der Grahams vorbeikommt, hört sie jemand auf der anderen Seite der Hecke schreien.«

Lily Pimm blickte von einer Schwester zur anderen. Sie sah zuerst Mabel an, denn die war die älteste und bei allem die erste. Mabels knöcherne Nase ragte weit aus dem langen dünnen Gesicht hervor, ihre Augen leuchteten wißbegierig, und ihre Lippen waren zusammengekniffen. Dann sah Lily zu Nettie hinüber, der kleinsten und jüngsten der drei. Die hatte den Kopf leicht schräg gelegt, und ihre Augen waren wie die eines Vogels, der gerade dabei ist, einen Wurm zu picken. Endlich hatte einmal Lily etwas, das es wert war, erzählt zu werden, und es konnte ihnen gar nicht schnell genug gehen. Sie drängten sie, und sie fuhr fort:

»Mrs. Traill behauptete, es war Mrs. Graham, die gerufen hat, und dann hat sie eine Pause gemacht und gesagt, sie wüßte nicht, ob sie noch mehr sagen sollte. Mrs. Rigg sagte: ›Aber Sie können doch jetzt nicht aufhören! Kommen Sie schon, Mrs. Traill, seien Sie keine Spielverderberin!‹, und da hat sie dann beinahe geflüstert und gesagt, sie hätte gehört, wie Mrs. Graham rief: ›Nicholas Carey – wie können Sie es wagen!‹«

Mabel Pimm wiederholte den Namen. »Nicholas Carey!«

Nettie brachte ein ängstliches »Oh!« hervor. Und dann: »Das hat sie doch nicht direkt in der Fischschlange gesagt?«

Lily nickte. Sie war die Dickliche in der Familie. Sie hatte ein rundes blasses Gesicht und runde blasse Augen und eine Knopfnase, klein wie die eines Babys.

»Doch, hat sie! Und keiner außer mir und Mrs. Rigg hat es gehört, denn vor Mrs. Rigg stand der alte Mr. Jackson in der Schlange, und der ist so taub wie ein Brett. Und sie hat vermutlich auch nicht gemerkt, daß ich zugehört habe, denn sie wußte – glaube ich – nicht einmal, daß ich hinter ihr stand, und weil sie geflüstert hat, meinte sie sicher, keiner konnte verstehen, was sie gesagt hat, nur bin ich darin eben wirklich gut, wie ihr wißt. Und sie hat gesagt, daß sie gehört hätte, wie Mrs. Graham ›Nicholas Carey – wie können Sie es wagen!‹ gerufen hat. Mrs. Rigg hat einen kleinen Schrei ausgestoßen und ›Oh, nicht möglich!‹ gesagt. Und Mrs. Traill antwortete: ›O doch, das arme Ding, und es will mir nicht aus dem Kopf, egal, was ich tue. Es hat mich richtig erschreckt, und deshalb und weil ich den Bus habe kommen hören, bin ich los und runtergerannt und habe ihn gerade noch erwischt. Aber es will mir nicht aus dem Kopf. Das arme Ding, wie sie gerufen hat, und ich gleich auf der anderen Seite der Hecke! Und als ich in der Zeitung gelesen habe, was ihr passiert ist, ist es mir schlagartig gekommen, daß ich sie vielleicht hätte retten können, wenn ich geschrien hätte oder so was.‹

Und Mrs. Rigg meinte über die Schulter gewandt: ›Eher hätte er Sie auch noch ermordet, Mrs. Traill.‹ Und gerade da ist Mr. Jackson von dem jungen Mann im Laden bedient worden, und die Frau kam zu Mrs. Rigg herüber, und die hat dann Heringe gekauft, und Mrs. Traill hat nicht mehr mit ihr geredet. Sie hat aber draußen vor dem Laden gewartet, und sie sind zusammen weggegangen, aber ich glaube nicht, daß Mrs. Traill noch viel zu erzählen hatte.«

Sie sagte das in geringschätzigem Ton. Soweit sie sehen konnte, hätte sie gar nicht mehr herauskriegen können. Sie war es gewöhnt, von Mabel und Nettie Vorwürfe zu hören, wenn irgendwas schiefging, aber in diesem Fall war sie sich wirklich sicher, daß man sie loben würde. Sie blickte Nettie an, und die schüttelte nur den Kopf. Sie sah Mabel an, und die sagte mit ihrer strengsten Stimme:

»Du hättest ihnen folgen müssen!«

23

Früh am selben Nachmittag blickte Miss Silver über die zweite Weste, die sie für Dorothy Silvers kleine Tina strickte, hinweg auf und sagte:

»Meine Liebe, ich finde, Sie werden sich einfach zwingen müssen, etwas zu essen.«

Ihre Gedanken waren ganz beim Stricken und bei dem hübschen blonden Kind, das die Weste tragen würde, gewesen. Es gab viele Arten von Rosa, aber das hier war wirklich ein besonders angenehmer Ton. Als sie hochschaute, sah sie Althea Graham im Profil. Sie hielt ein Buch auf den Knien, aber es war lange her, seit sie eine Seite umgeblättert hatte. Ihr Gesicht war farblos. Unter den Augen hatten sich dunkle Flecken gebildet. Die Augen selbst sahen aus, als hätte sie lange nicht mehr geschlafen. Sie antwortete auf Miss Silvers Bemerkung mit sanfter, gleichgültiger Stimme:

»Ach, es geht schon, danke.«

Die Nadeln klapperten munter.

»Man kann über ziemlich lange Zeit hinweg zu wenig essen, ohne es überhaupt zu merken. Die Gedanken sind woanders, Nahrung ist einem zuwider geworden, es kommt zu einem völligen Appetitverlust. Das alles geschieht unmerklich. Und dann plötzlich, gerade wenn es gilt, einem unvorhergesehenen Ereignis zu begegnen, ist man hilflos. Der Verstand ist nicht rege und das Urteilsvermögen nicht zuverlässig. Ich möchte, daß Sie mir versprechen, ein Ei zu Ihrem Tee zu essen.«

Althea sah auf und lächelte flüchtig: »Das ist äußerst reizend von Ihnen. Aber Sie brauchen sich um mich keine Sorgen zu machen – ich fühle mich ziemlich kräftig.«

Was Miss Silver darauf zu antworten wußte, hätte Frank Abbott gewiß in den Kanon ihrer Sinnsprüche aufgenommen:

»Kraft wird uns gegeben, wenn wir das Richtige zu tun versuchen, aber wir können größeren Nutzen aus ihr ziehen, wenn wir nicht versäumen, für das rechte Maß an Schlaf und Nahrung zu sorgen. Sie haben den ganzen Tag nichts gegessen. Wenn ich Ihnen eine schöne Tasse Tee mache, würden Sie mir dann bitte den Gefallen tun, sie auch zu trinken – vielleicht mit einem Ei darin?«

»Ach, leider – nein. Ich mag sie roh nicht.«

Miss Silver strahlte. »Dann werde ich es ein wenig kochen und ein kleines dünnes Butterbrot dazu machen! Ich versichere Ihnen, Sie werden sich um vieles besser fühlen, wenn Sie das zu sich genommen haben.«

Plötzlich war es ihr zu mühsam, sich weiterhin zu weigern. Miss Silver schaffte Ei, Tee und die dünne Scheibe Butterbrot ohne weitere Umstände herbei, und als Althea den ersten Bissen zu sich genommen hatte, merkte sie, daß sie wirklich hungrig war. Sie aß das Ei, das Butterbrot und ein bißchen Pudding, der nett mit braunem Zucker bestreut war, und während sie aß, unterhielt sich Miss Silver mit ihr und schaffte es dabei irgendwie, besänftigend zu wirken, ohne sie zu langweilen. Sie schien sich für Grove Hill zu interessieren:

»Für einen Vorort ist es noch nicht sehr alt, nicht wahr?«

»Ich glaube – nicht, nein.«

»Die Häuser sind – ungefähr wie alt?«

»Ich glaube, die ersten wurden ungefähr 1890 errichtet. Dies hier ist eines der älteren.«

»Von vor 1890?«

»O nein, das meinte ich nicht. Aber ich glaube, es ist das erste, das auf dem ehemaligen Gut ›Grove Hill‹ gebaut worden ist. ›Grove Hill House‹ weiter oben, wo jetzt die Harrisons wohnen, war früher eigentlich ein alter Landsitz. Es stammt ungefähr aus dem Jahr 1750. Unser Gazebo gehörte zu den Ländereien. Man muß von ihm aus einen herrlichen

Blick gehabt haben, bevor alles zugebaut wurde. Das Haus wurde während der Gordon-Aufstände zerstört und brannte teilweise ab. Es hatte einem Mr. Warren gehört, einem Katholiken, und die Aufständischen haben alle katholischen Häuser geplündert und angezündet. Mr. Warren war ein reicher Bierbrauer. Er hatte eine wertvolle Bildersammlung und viele schöne Möbel und so was. Er war vor den Aufständischen gewarnt worden, aber er wollte nicht fliehen. Er versuchte zu retten, was zu retten war, aber ich glaube, fast alles ist verbrannt und eine der Wände ist eingestürzt und hat ihn unter sich begraben. Nickys Ururgroßvater hat das Gut von Mr. Warrens Enkelin gekauft.«

Miss Silver blickte sie mit gespannter Aufmerksamkeit an. »Wirklich sehr interessant! Ein gewalttätiger Mob ist etwas Schreckliches. In diesem Land wissen wir kaum mehr, was das ist. Charles Dickens hat uns in seinem Roman *Barnaby Rudge* ein sehr lebhaftes Bild der Gordon-Aufstände überliefert. Es ist doch wirklich außerordentlich, wenn man bedenkt, daß die Aufständischen die Bank von England angegriffen, das Newgate-Gefängnis angezündet und ganz nach Belieben geplündert und gebrandschatzt haben und praktisch niemand sie daran zu hindern versucht hat.«

Während sie sprach, nahm sie zu ihrer Genugtuung wahr, daß Althea mit dem Ei und dem Butterbrot gute Fortschritte machte. Nachdem sie noch einen Sinnspruch zum Thema religiöse Intoleranz beigesteuert hatte, sagte sie:

»Das ist alles sehr interessant. Fahren Sie doch bitte fort!«

»Ich glaube nicht, daß es noch viel zu erzählen gibt. Mein Vater hat gern die Geschichte bestimmter Orte studiert. Ein paar seiner Bücher sind noch oben im Speicher – es gibt eins über Grove Hill. High Street und die Läden und der Bahnhof sind, glaube ich, irgendwann zwischen 1850 und dem Jahrhundertende gebaut worden. Die Häuser sind immer weiter den Hügel hochgerückt. Nickys Urgroßvater hatte angefangen, Land, das zu dem Gut gehörte, zu veräußern. Sein Großvater hat alles außer ›Grove Hill House‹ und dem Garten darum herum verkauft. Nicky hat dort immer die Ferien bei seiner Tante Miss Lester verbracht. Während er im Fernen Osten unterwegs war, hat sie das Haus an die Harrisons verkauft, die mit ihr verwandt sind, und ist nach Devonshire gegangen, wo sie bei einer Schwester lebt. Das ist der Grund, weshalb Nicky hierhergekommen ist – der Speicher ist voll mit seinen Sachen, und er muß sie sortieren. Jack Harrison ist der Verwandte, nicht Ella.«

Sie sprach sanft und farblos, als sage sie eine Lektion auf, die sie schon so oft wiederholt hatte, daß jeder Sinn verlorengegangen war. Sie war mit dem Butterbrot fertig, und auf die gleiche, fast mechanische Art aß sie jetzt von dem Pudding. Miss Silver bemerkte mit Genugtuung, daß sich ihre Farbe gebessert hatte, und redete weiter über ebenso harmlose wie erbauliche Themen wie die Tendenz der Städte – und hier vor allem Londons –, sich auszudehnen und die früheren Dörfer einzugemeinden.

Und während sie derart beschäftigt waren, bogen zwei der Miss Pimms ein paar hundert Meter den Hügel hinab aus dem Warren Crescent in die Belview Road ein. Sie blieben einen Augenblick lang an der Ecke stehen und blickten hinauf in die Richtung von »The Lodge«. Nachdem sie ein paar Worte miteinander gewechselt hatten, wollten sie gerade die Straße überqueren, als der grüne Bus aus der Stadt den Hügel hochkam. Er hielt an der Ecke Belview Road und Hill Rise, wo Frank Abbott ausstieg.

Lily Pimm erlebte hier einen weiteren Moment des Triumphs, denn sie wußte, wer er war, und ihre Schwester Mabel nicht. Sie strahlte freudig, als sie Mabel verriet, daß dies der Inspektor von Scotland Yard wäre.

Mabel Pimm war zu Recht verärgert. Es geschah nicht oft, daß Lily ihr etwas sagen konnte, was sie nicht schon wußte, und genau dies war jetzt zum zweiten Mal innerhalb eines Tags geschehen, und sie wehrte sich instinktiv dagegen.

»Unsinn, Lily – der sieht überhaupt nicht wie ein Polizist aus!«

»Das weiß ich, aber er ist trotzdem einer. Mrs. Justice hat mir alles über ihn erzählt. Lady Evelyn Abbott war seine Großmutter, und sie hatte eines dieser großen Reedereivermögen, und sie hat es am ganzen Rest der Familie vorbei einer Enkelin vermacht, einer fünfzehnjährigen Schülerin. Der Mann heißt auch Abbott – Frank Abbott.«

Mabel gab einen kleinen explosiven Laut von sich, der manchmal mit »Tschah!« wiedergegeben wurde. Wann und wie hatte Lily bei Louisa Justice diese Information eingeholt, und warum hatte sie die nicht gleich weitergereicht? Lily überflügelte sie allmählich. Man würde sie zurechtstutzen müssen. Sie wies sie scharf zurecht.

»Frank also! Wirklich, Lily, was geht uns beide denn der Vorname des Mannes an, und wieso nimmst du an, daß er mich auch nur im geringsten interessiert? Ich kann nur wiederholen, daß er nicht wie ein Polizist aussieht, falls er tatsächlich einer ist.«

Lily zeigte sich unbeeindruckt. »Man hört es doch heutzutage kaum noch, daß jemand Frank heißt, oder? Schau, Mabel, er ist in ›The Lodge‹ verschwunden! Ich schätze, wir werden unseren Besuch verschieben müssen.«

»Und warum das? Wir besuchen Althea, um ihr unser Mitgefühl wegen des Todes ihrer Mutter auszusprechen. Ich sehe keinen Grund, warum wir unseren Plan ändern sollten. Ich warte bloß darauf, daß der Bus weiterfährt.«

Der Bus fuhr weiter. Sie überquerten die Straße und wollten gerade an die Haustür von »The Lodge« klopfen, als Miss

Silver dort Frank Abbott ins Wohnzimmer führte. Sie hatte ihn nicht erwartet und fragte sich, ob er Althea oder sie selbst sprechen wollte, da entschied er diese Frage, indem er sie um eine kurze Unterredung bat. In diesem Moment kam ihr sein Besuch nicht besonders gelegen, was sie ihm gegenüber auch andeutete:

»Ich habe dem armen Mädchen gerade etwas zu essen gemacht. Ich versuche, sie von dem Fall abzulenken. Ich habe wirklich Angst, daß die Belastung sich als zu groß für sie erweist. Ich hoffe, du bringst keine schlechten Nachrichten?«

Er betrachtete sie liebevoll.

»Nun, ich bin nicht mit einem Haftbefehl in der Tasche hergekommen, wenn es das ist, was du mit schlechter Nachricht meinst. Ich glaube nicht, daß an Careys Schuld viel Zweifel besteht, aber bis jetzt haben wir noch keinen Beweis dafür, daß er zum Gazebo zurückgekehrt ist, nachdem Mrs. Graham ins Haus gegangen war. Natürlich gibt es auch keinen Beweis dafür, daß er das Gazebo überhaupt verlassen hat. Vielleicht ist er spazierengegangen, wie er behauptet, und dann wieder zurückgekommen, oder aber er hat sich im Gazebo herumgetrieben und gewartet, daß Althea Graham noch einmal rauskäme. Von ihren Fenstern aus sieht man den Garten, weißt du, aber von Mrs. Grahams Zimmer aus nicht. Er konnte damit rechnen, daß sie noch ein letztes Mal aus dem Fenster schaute, bevor sie das Licht ausmachte und die Vorhänge zuzöge. Die meisten Leute machen das, weißt du. Und er hätte ihr mit einer Lampe Signale geben können. Nehmen wir an, das hat er, und nehmen wir an, Mrs. Graham hat das Signal gesehen: Von ihrem Zimmer aus hatte sie keinen Blick nach hinten, aber vom Bad aus schon.

Laut Miss Cotton war sie eine hysterische Frau, und sie war sehr wütend und mißtrauisch veranlagt. Ich glaube, sie hat zweifellos von Carey weitere Versuche erwartet, ihre Tochter zu treffen. Wenn sie aus dem Badezimmer geschaut hat, hat sie das Gazebo gesehen. Ihr wäre schon der geringste Lichtschimmer aufgefallen. Ich glaube, wir müssen davon ausgehen, daß sie etwas gesehen hat, und das, was sie gesehen hat, hat sie in den Garten gelockt, wo sie ermordet wurde.

Für die Zeit, nachdem Althea ihre Mutter ins Haus gebracht und Miss Cotton von der Straßenecke aus gesehen hat, wie das Licht in Mrs. Grahams Schlafzimmer anging, haben wir allerdings keine einzige Zeugenaussage. Von diesem Augenblick an befinden wir uns in einer richtigen Pattsituation. Carey kann nicht beweisen, daß er gegangen ist, und wir können nicht beweisen, daß er einfach geblieben ist, wo er war. Vielleicht ist er ja weggegangen, wie er sagt. Wenn, dann hat er niemand, der das bestätigt, aber wir können genausowenig beweisen, daß er zurückgekehrt ist und Mrs. Graham erwürgt hat. Er hatte mit Sicherheit ein Motiv, und er hätte sicherlich auch die Gelegenheit nutzen können. Im Moment kann weder seine noch unsere Version bewiesen werden.«

Die beiden Miss Pimms standen auf der Türschwelle und hoben weder den Klopfer hoch, noch drückten sie die Klingel. Als sie den gepflasterten Weg hochgegangen waren, hatten sie zu ihrer Rechten das Fenster des Wohnzimmers und zu ihrer Linken das des Eßzimmers gesehen. Das Wohnzimmer hatte einen eckigen Erker, und man hätte einen guten Blick ins Innere gehabt, wenn nicht auf der Seite zum Türportal hin eine undurchsichtige Gardine vorgezogen worden wäre. Das Eßzimmer hatte auch einen Erker, aber die Gardine war nicht vorgezogen, und das Fenster stand eine Handbreit offen.

Lily Pimm sah nach rechts. Mabel jedoch hatte mehr Glück. Sie sah, wie Miss Silver und Detective Inspector Abbott das Zimmer hinter dem offenen Fenster betraten. Ein noch größeres Glück war es, daß sie nicht in ihre Richtung sahen. Sie berührte Lily am Arm, legte einen Finger auf die Lippen und suchte hastig unter dem Portal Deckung. Als Lily die selten große Dummheit beging, den Mund zu öffnen und zum Sprechen anzusetzen, wurde der Griff an ihrem Arm so schmerzhaft, daß ihr Tränen in die Augen traten und sie den Versuch sofort aufgab. Mabel nahm den Finger von den Lippen und zeigte damit auf das Fenster, und sie beide hörten den Detective Inspector sagen: »Ich glaube nicht, daß an Careys Schuld viel Zweifel besteht.« Danach brauchte sogar Lily nicht mehr in den Arm gezwickt zu werden.

Sie waren nicht zu sehen und standen wie festgenagelt vor der Türschwelle – Mabel, lang und dünn, und Lily, klein und rund. Ihr Spitzname als Kind war Dickerchen gewesen, und er paßte immer noch zu ihr. Sie konnten alles hören, was geredet wurde. Aber als Detective Inspector Abbott an dem Punkt anlangte, wo er behauptete, daß Nicholas Carey mit Sicherheit ein Motiv und auch die Gelegenheit gehabt hätte, und fortfuhr mit »Im Moment kann weder seine noch unsere Version bewiesen werden«, da ging er um den Eßtisch herum auf das Fenster zu. Sie hörten, wie er sagte: »Ich weiß nicht, warum wir uns nicht hinsetzen.« Und dann wandte er sich plötzlich dem Seitenfenster des Erkers zu und sah sie unter dem Portal stehen.

Mabel Pimm verhielt sich ausgesprochen geistesgegenwärtig. Sie hatte kaum die Bewegung eines Jackenärmels auf der anderen Seite des Fensterflügels wahrgenommen, da hatte sie auch schon den Klopfer ergriffen. Ihr kräftiges Hämmern fiel praktisch mit Frank Abbotts Feststellung zusammen, daß jemand an der Tür wäre. Als das zweite Klopfen ertönte, trat er zurück und fragte ganz leise:

»Macht jemand auf, oder soll ich hingehen?«

Althea war schon im Flur. Sie ließ sich die Bestürzung über den Anblick der Miss Pimms, die wie ein Nebel über sie kam, nicht anmerken. Da sie sie seit ihrem sechsten Lebensjahr kannte, machte sie sich keinerlei Illusionen hinsichtlich des strengen Kreuzverhörs, dem sie nun unterworfen werden würde. Sie empfand daher beträchtliche Erleichterung, als sie sah, daß sich die Tür zum Eßzimmer öffnete und Miss Silver und Frank Abbott herauskamen. Der zeremonielle Kuß, den Mabel Pimm ihr gerade verabreichen wollte, wurde zurückgehalten, und unter dem gedämpften Gemurmel von Beileidsbeteuerungen begab man sich ins Wohnzimmer. Frank Abbott konnte sich nicht entscheiden, ob er bleiben oder gehen sollte. Schließlich wurde er den Miss Pimms vorgestellt und beschloß, zu bleiben.

Miss Mabels Neugier war unverkennbar, als sie sich an Miss Silver wandte: »Ich glaube nicht, daß ich Ihren Namen schon mal gehört habe. Sind Sie eine Verwandte?«

Sie setzten sich, wobei Miss Silver und Mabel Pimm auf dem Sofa, Frank Abbott auf einem Sessel, der für seine Größe ein wenig klein war, Althea auf einem dieser quadratischen Hocker, die zur Zeit von Mrs. Grahams Hochzeit ziemlich in Mode gewesen waren, und Lily Pimm in einem großen, recht isoliert stehenden Lehnstuhl auf der anderen Seite des Kamins Platz fanden.

Lilys Füße reichten kaum bis zum Boden. Sie trug möglichst lange Kleider in der Hoffnung, dadurch größer zu wirken, aber dies war ein Irrtum. Ihre schwarzen Glacéhandschuhe waren zu eng für die plumpen Hände, und sowohl sie als auch ihre Schwester trugen anläßlich des Besuchs in einem Trauerhaus schwarze Mäntel und Hüte, wie man sie eigentlich zur Beerdigung trägt. Sie wirkten so, als wären sie überhaupt nie in Mode gewesen, und rochen stark nach Mottenpulver.

Miss Silver hob ihre Stricknadeln auf und antwortete auf Miss Mabels Frage: »O nein, ich bin keine Verwandte.«

»Eine Freundin also?«

»Das hoffe ich.«

Miss Pimm öffnete den obersten Knopf ihres Mantels. Es war eine ihrer Eigenheiten, daß die Zimmer für sie nie die richtige Temperatur hatten. Wenn es ihr zu warm war, öffnete sie den Mantel. Wenn es ihr nicht warm genug war, schloß sie ihn. In beiden Fällen sagte sie, was sie meinte. So wie jetzt.

»Warme Zimmer führen zu Entkräftung. Dieses Zimmer ist viel zu warm. Sind Sie eine alte Freundin? Ich kann mich nicht erinnern, Ihren Namen schon einmal gehört zu haben.«

Miss Silver zerrte an dem blaßrosa Wollknäuel. »Tatsächlich?« antwortete sie mit solch mildem Ton, daß Frank Abbott eine Braue wölbte.

Mabel Pimm wandte sich ab und sprach zu Althea: »Lily und ich sind gekommen, weil wir es für unsere Pflicht halten. Wir hätten in jedem Fall unser Beileid bekundet, aber es gibt noch etwas, von dem wir glauben, daß du es unverzüglich erfahren solltest. Vielleicht ist es ein Glück, daß der Herr Detective Inspector anwesend ist, denn er würde sicherlich auch darüber informiert werden müssen.« Sie saß mit ihren kleinen hellen Augen und der hervorstehenden Nase steif und aufrecht auf dem Sofa und hatte die Hände im Schoß gefaltet. Dann, als Althea das blasse Gesicht in ihre Richtung drehte, fuhr sie fort: »Es ist, glaube ich, von größter Wichtigkeit – meine Schwester Lily hat zufällig etwas gehört.«

Lily Pimm nickte mit ihrem formlosen Hut. »In der Fischschlange.«

Franks Mund zuckte. Sein Sinn für Humor brachte ihn manchmal in Schwierigkeiten, aber diesmal hatte er ihn unter Kontrolle. Miss Silver warf ihm einen Blick zu.

»Vielleicht sollten Miss Graham und ich rausgehen«, schlug sie vor.

Noch bevor er den Kopf geschüttelt hatte, antwortete Althea: »Nein, das ist sehr nett von Ihnen, aber ich bleibe lieber.« Sie wandte sich von Mabel ab. »Was gibt es, Miss Lily?«

Für Lily war es wirklich ein wunderbarer Tag. Sie hatte Mitleid mit Althea Graham und war ihr durchaus freundschaftlich zugetan, aber es war einfach wunderbar, solch eine interessante Geschichte erzählen zu dürfen. Es kam nicht oft vor, daß ihr jemand aufmerksam zuhörte. Es kam nicht oft vor, daß ihr überhaupt jemand zuhörte. Aber heute hörten sie ihr alle zu. Erst Mabel und Nettie zu Hause – und jetzt Althea und die Freundin, die bei ihr wohnte, und der Polizist und Mabel. Sie hörten ihr alle gespannt mit größter Aufmerksamkeit zu. Erpicht – das waren sie –, erpicht auf ihre Geschichte. So ein seltsames Wort! Sie wußte nicht, warum es ihr eingefallen war, aber da war es. Jetzt saßen sie alle dort, sahen sie an und warteten darauf, daß sie redete.

Sie fing an zu erzählen, was Mrs. Traill zu Mrs. Rigg gesagt hätte und was Mrs. Rigg zu Mrs. Traill gesagt hätte, gab die ganze Unterhaltung wieder, irrte sich mit keinem Wort und kam zum Schluß:

»Und ich habe Mrs. Jones im Fischladen gefragt, wo Mrs. Traill wohnt, und die sagte: bei ihrer Schwiegertochter in Nr. 4 Holbrook Cottages.«

Sie blickte im Kreis umher wie ein Schauspieler, der Applaus erwartet, und stellte zu ihrer Enttäuschung fest, daß es offenbar keinem bewußt war, wie klug sie sich angestellt hatte.

Miss Silver legte das Strickzeug auf die Knie. Mabel hatte die Geschichte natürlich vorher schon einmal gehört. Der Inspektor von Scotland Yard sah zu ihr hin, aber etwas an seinem Aussehen gefiel ihr überhaupt nicht, etwas, das sie an einen kalten Luftzug und nasse Füße erinnerte. Und Althea Graham sah schrecklich aus. Sie war früher mit Nicholas Carey verlobt gewesen, und die Leute sagten, daß die beiden vielleicht wieder zusammenfänden, jetzt, da er nach Hause gekommen war, nur konnten sie schlecht heiraten, wenn er ihre Mutter ermordet hätte. Nein, nein – das ging natürlich nicht! Schon der bloße Gedanke war erschütternd.

Die Stimme des Inspektors unterbrach sie bei diesen Überlegungen. Sie wurde davon ziemlich überrascht, denn es war nicht die Art von Stimme, die man bei einem Polizisten erwarten würde. Sie war eher die eines Sprechers der BBC, nur nicht so freundlich.

»Sind Sie sich sicher, daß Mrs. Traill die Zeit erwähnt hat, zu der sie das Haus in Hill Rise verlassen hat?«

Mabel Pimm antwortete für ihre Schwester: »Es ist Nr. 28, und Mr. Und Mrs. Nokes leben dort. Er arbeitet in einer Reederei und fährt jeden Tag in die Stadt. Und sie haben ein kleines Baby, weshalb sie einen Babysitter brauchen, wenn sie abends ausgehen wollen, wobei ich selbst Mrs. Traill für ganz und gar ungeeignet halte – eine höchst schlampige Person.«

Der Inspektor sah sie an. »Sie kennen sie?«

Mabel Pimm wirkte beleidigt. »Aber ich bitte Sie! Mir würde nicht einmal im Traum einfallen, solch eine Person zu beschäftigen. Ich habe das nur aus dem gefolgert, was meine Schwester erzählt hat.«

Er wandte sich wieder Lily zu. »Ich wollte nur wissen, ob Sie Mrs. Traill haben sagen hören, wann sie das Haus in Hill Rise verlassen hätte.«

»Nr. 28«, ergänzte Mabel Pimm.

Lily ließ sich dadurch nicht verwirren. »O ja, das habe ich. Mrs. Nokes hatte Kopfweh, weshalb sie vom Kino aus direkt nach Hause gegangen sind und nicht erst noch in ein Restaurant. Es gab für Mrs. Traill keinen Grund mehr, zu bleiben, so daß sie ihr Geld genommen hat und gegangen ist, und es war zwanzig nach elf, als sie zur Haustür hinaus ist, denn sie blickte auf die Uhr im Flur und hat gesehen, daß sie den Bus an der Ecke Belview Road gerade noch kriegen würde.«

Er hatte sich schon gefragt, ob es möglich sein würde, sie

anzuhalten oder umzudirigieren, bevor sie die ganze Geschichte noch einmal erzählt hatte. Er unterbrach sie mit einem »Vielen Dank, Miss Pimm« und mußte dann hören, wie ihn die Schwester rechts hinter ihm mit einer gewissen Schärfe in der Stimme verbesserte:

»Miss Lily, bitte, Inspector. *Ich* bin Miss Pimm.«

Althea hatte weder gesprochen noch sich bewegt. Der Hokker, auf dem sie saß, hatte keine Lehne. Ihre zuvor so entspannte Haltung war immer steifer geworden, bis sie alle Anmut verloren hatte. Sie trug kein Make-up, und das schwarze Kleid, das ihr der Brauch auferlegte, raubte ihrer Haut auch das letzte bißchen Farbe. Die Augen, die manchmal die Farben des Meeres annahmen und hellgrün strahlten oder weich schimmerten, waren jetzt grau wie Eis. Sie starrten geradeaus, als wenn die Menschen und das Zimmer in Wirklichkeit gar nicht da wären.

Alles war in einem Nebel verschwunden wie dem, durch den hindurch Althea zu ihrer toten Mutter gegangen war. Ihr Verstand rang mit dem, was Lily Pimm gesagt hatte. Sie versuchte, es mit dem zu vereinbaren, was sie schon wußte: Nicky, der sie anrief und ihr sagte, sie müsse ihn um halb elf treffen. Es war halb elf, als sie zur Gartentür hinausschlüpfte und durch den Garten zum Gazebo hochging. Und dann war ihre Mutter aufgetaucht. Sie war aufgetaucht und hatte geschrien: »Wie können Sie es wagen, Nicholas Carey!«, und es war zum Streit gekommen, und sie waren zusammen in das Haus zurückgekehrt.

Aber Lily Pimm sagte, daß diese Mrs. Traill das Haus der Nokes' um zwanzig nach elf verlassen hatte und daß sie ihre Mutter eben diese Worte hatte rufen hören, als sie auf der anderen Seite der Hecke am Gazebo vorbeiging. Sie hatte gehört, wie sie »Wie können Sie es wagen, Nicholas Carey!« rief.

Das alles paßte überhaupt nicht zusammen, und der Nebel im Zimmer wurde immer dichter. Sie kannte Mrs. Nokes ziemlich gut vom Sehen her. Das Baby hatte blondes Haar, das in alle Richtungen vom Kopf abstand, und ein fröhliches Grinsen. Etwas in ihr sagte: Du warst nicht lange im Gazebo – gar nicht lange. Schon vor elf warst du wieder im Haus und hast Ovomaltine gemacht und deine Mutter ins Bett gebracht. Mrs. Traill kann sie um zwanzig nach elf gar nicht im Gazebo gehört haben – sie kann sie unmöglich rufen gehört haben »Wie können Sie es wagen, Nicholas Carey!«.

Miss Silver legte das Strickzeug neben sich auf das Sofa und stand auf. Sie wandte sich höflich an Frank Abbott:

»Ich glaube, dies alles ist für Miss Graham zu viel, Inspector. Würden Sie die Miss Pimms bitte ins Eßzimmer führen?«

24

Althea verlor nicht ganz das Bewußtsein, aber beinahe. Sie lag auf dem Sofa und hatte das unbestimmte Gefühl, es sei seltsam, daß sie dort unter einer weichen Decke mit einem Kissen unterm Kopf lag. Eine kleine feste Hand hob die Decke und fühlte ihr den Puls. Althea öffnete die Augen ein bißchen und sagte: »Mir geht es gut.« Der Raum war immer noch wie im Nebel. Miss Silvers Stimme drang durch ihn hindurch:

»Ja, es geht Ihnen ganz gut. Bleiben Sie ruhig liegen, und erholen Sie sich.«

Es wäre schön gewesen, alles zu vergessen und in einen Traum hinüberzugleiten. Aber etwas mußte sie zuerst noch tun! Nein, sie mußte es sagen, nur bekam sie es nicht ganz zu fassen – es war offenbar gerade außer Reichweite. Und es war dringend – sie durfte es nicht aufschieben! Ihr mußte einfallen, was es war – sie mußte es sagen! Ihre Hand ergriff die von Miss Silver.

»Da ist was – das ich sagen muß.«

»Machen Sie sich keine Sorgen, meine Liebe.«

»Ich erinnere mich ...«, fing sie an, und da fiel es ihr wieder ein: Es hatte mit Nicky zu tun – sie mußte ihnen etwas über Nicky erzählen. Sie versuchte, den Kopf zu heben, aber ihr war zu schwindelig. Mit erschöpfter Stimme sagte sie:

»Es hat mit Nicky zu tun – Sie müssen es denen sagen. Er war es nicht – wirklich nicht. Das sagen Sie ihnen doch, nicht wahr?«

Miss Silver nahm ihre Hand nicht weg. »Ich werde ihnen genau das wiederholen, meine Liebe.«

Althea holte tief Luft. Sie hatte getan, was sie hatte tun müssen. Ihre Hand, die die von Miss Silver gehalten hatte, entspannte sich. Langsam schlief sie ein.

Als Frank Abbott zum Haus zurückkehrte, schlief sie immer noch. Miss Silver führte ihn ins Eßzimmer, wo er den Vorhang vor dem Erkerfenster, das zur Haustür blickte, schloß, zurückkam, einen der Stühle unter dem Tisch hervorzog und sich Miss Silver über Eck gegenübersetzte.

Er betrachtete sie voller Zuneigung. Das säuberlich in ein Netz gefaßte Haar mit den Ponys vorne und den Zöpfen hinten, die kleine gesäumte Spitzenweste mit ihrem aufstehenden Kragen, das graue Kleid mit dem zarten schwarzen und blaßlila Muster, die Brosche aus Mooreiche in Form einer Rose mit der irischen Perle in der Mitte, die grauen Baumwollstrümpfe und die glänzendschwarzen Glacéhandschuhe mit ihren kleinen Schleifen ergaben zusammen einen Anblick, der ihn entzückte. Sie hatte ihr Strickzeug mitgebracht. Ein kleines rosa Kleidungsstück hing von den Plastiknadeln herunter.

»Du bist wirklich ein demoralisierender Umgang für einen Polizisten, weißt du«, sagte er mit träger Stimme.

Sie schenkte ihm ein kleines Lächeln und strickte weiter. »Inwiefern demoralisiere ich dich denn?«

»Mein Gott! Ich finde es fast unmöglich, dich anzusehen und dabei nicht zu vergessen, daß es so was wie Verbrecher gibt. Dich umgibt eine Aura der Sicherheit, die den Gedanken an Verbrecher völlig ausschließt.«

»Mein lieber Frank!«

»Ich weiß, ich weiß – es gibt Verbrechen, und wir haben es hier mit einem Mordfall zu tun. Sehen wir uns den mal genauer an. Ich habe die schlampige Mrs. Traill befragt, und du kannst mir glauben, sie ist wirklich schlampig. Und Nr. 4 Holbrook Cottages auch, ebenso die Stieftochter und die drei kleinen Traills, die noch nicht zur Schule gehen. Aber ziemlich vertrauenswürdig und hilfsbereit. Die Miss Pimms haben sich beste Noten verdient. Lily scheint eine Art menschlicher Phonograph zu sein, denn Mrs. Traill wurde von ihr eher noch genauer wiedergegeben als von dieser selbst.«

Miss Silver gab das leichte Hüsteln von sich, mit dem sie für gewöhnlich auf ungenaue oder übertriebene Behauptungen hinwies.

»Mein lieber Frank ...«

Er hob eine Hand. »Nein, warte mit deinen Beschuldigungen. Ich bin bereit, diesen Punkt zu beweisen. An zwei Stellen wich Mrs. Traills Darstellung dessen, was Dienstag nacht passierte, leicht von Lily Pimms Bericht über die Unterhaltung in der Fischschlange ab. Als ich nachhakte, verwarf Mrs. Traill sofort ihre eigene Version und bestätigte vielmehr, daß das, was sie vor dem Fischgeschäft zu Mrs. Rigg gesagt hatte, richtig wäre. Ihr eigener, mehrfach wiederholter Ausdruck dafür war übrigens ›Ja, ganz recht‹. Ich hatte das Gefühl, es fehlte nicht viel, und sie hätte mich ›Schatz‹ genannt. Es ging alles sehr familiär zu.«

Miss Silver zerrte an dem blaßrosa Knäuel. »Ich habe keinen Zweifel an der Richtigkeit von Lily Pimms Aussage. Ich halte sie für unfähig, irgendwas zu erfinden.«

Er nickte. »Hat sie zumindest nicht in diesem Fall. Da haben wir jetzt also das fehlende Glied, über das wir uns unterhalten hatten, als ich aus dem Fenster sah und Mabel und Lily vor der Haustür entdeckte. Soweit ich mich erinnere, sagte ich, daß die Chancen, was Nicholas Carey anginge, fünfzig zu fünfzig stünden. Er hatte keinen Beweis dafür, daß er nicht zurückgekommen war, um Mrs. Graham zu ermorden, aber wir konnten auch nicht nachweisen, daß er das schon war. Nun, mit Mrs. Traills Aussage ändert sich das alles, nicht wahr? Wie Lily berichtet und Mrs. Traill selbst bestätigt, hat sie Nr. 28 Hill Rise um zwanzig nach elf verlassen, ist ungefähr fünfzig Meter weit die Straße entlanggegangen, bis sie sich auf Höhe des Gazebos befand, und hat dann gehört, wie Mrs. Graham ausrief: ›Wie können Sie es wagen, Nicholas Carey!‹ Es wird ihm schwerfallen, das zu erklären, was?

Miss Graham hat ihre Mutter um – sagen wir mal – Viertel vor elf ins Bett gebracht. Sie und Carey hatten sich für halb elf verabredet. Sie trafen sich. Ihre Mutter stand auf, zog sich was an, ging raus und fand sie. Danach mußte noch Zeit gewesen sein für den Streit, Überredungsversuche und Mrs. Grahams Rückkehr ins Haus. Sagen wir also eine Viertelstunde oder zwanzig Minuten, aber es war dann trotzdem noch längst nicht elf. Carey sagt, er ist sofort gegangen, hat einen langen Spaziergang gemacht und ist – er weiß nicht, wann – nach ›Grove Hill House‹ zurückgekehrt. Mrs. Traill, der dadurch sicher kein Vorteil entstünde, ist bereit, unter Eid auszusagen, daß sie gehört habe, wie Mrs. Graham ihn irgendwann zwischen zwanzig und fünfundzwanzig nach elf mit wütender Stimme anschrie. Einer von beiden lügt also, und nur Carey hat dafür ein Motiv.«

Miss Silver gab ein leichtes Hüsteln von sich.

»Ich glaube, du schließt aus Mrs. Traills Aussage mehr, als gerechtfertigt ist. Mrs. Traill hörte eine Stimme sagen ›Wie können Sie es wagen, Nicholas Carey!‹, und unter Berücksichtigung der anderen Aussagen können wir wohl davon ausgehen, daß es Mrs. Graham war, die gesprochen hat. Die Worte sind die gleichen, die Schwester Cotton eine halbe Stunde zuvor gehört hatte. Sie hat jedoch die Stimme als die von Mrs. Graham identifizieren können, wohingegen Mrs. Traill nicht in der Lage dazu ist. Trotzdem ist die Annahme erlaubt, daß es sich in beiden Fällen um dieselbe Sprecherin gehandelt hat. Was wir meiner Meinung nach aber nicht annehmen dürfen, ist, daß die Person, mit der sie redete, notwendigerweise beide Male dieselbe war.«

»Sie hat ihn beim Namen genannt!«

Miss Silver strickte eifrig weiter.

»Es war ungefähr eine halbe Stunde her, daß sie in das Haus gegangen war und Nicholas Carey im Gazebo zurückgelassen hatte. Miss Graham hatte sie ins Bett gebracht und sich in ihr eigenes Zimmer zurückgezogen, wo sie, wie sie sagt, sofort in tiefen Schlaf fiel. Wir wissen nicht, was Mrs. Graham in das Gazebo zurückgelockt hat. Irgend etwas muß auf einen Eindringling hingedeutet haben – vermutlich der Schein einer Taschenlampe. Es scheint keinen Zweifel daran zu geben, daß das, was sie gesehen hat, sie von Mr. Careys fortgesetzter Anwesenheit in ihrem Garten überzeugte, und sie konnte dafür nur *eine* Erklärung finden, nämlich die, daß er dort auf ihre Tochter wartete.

Sie eilt hinaus, erreicht das Gazebo, wird sich des Eindringlings bewußt und ruft die Worte aus, die Mrs. Traill gehört hat: ›Wie können Sie es wagen, Nicholas Carey!‹ Aber meinst du, sie hat ihn wirklich gesehen und erkannt? Ich glaube, sie hat höchstens den Eindruck gehabt, daß sich dort jemand bewegte. Ich bin gestern abend kurz nach elf den Garten hochgegangen. Das Wetter war fast das gleiche wie am Dienstag. Der Mond schien nicht, und der obere Teil wird von hohen Bäumen umstanden. Als ich am Gazebo anlangte, war es wirklich sehr dunkel. Und drinnen war es wie in einer finsteren Höhle.«

»In Mrs. Grahams Manteltasche steckte eine Lampe«, sagte er.

Miss Silver wies ihn zurecht. »Wenn sie die benutzt hätte, wäre sie nicht in ihrer Tasche gefunden worden. Vermutlich hat sie bloß gehört, daß jemand im Gazebo war, und ich bleibe dabei, es gibt keinen Beweis dafür, daß es Nicholas Carey war.«

Es entstand eine Pause, bevor er antwortete.

»Ich werde ins Büro fahren müssen und dem Chef Bericht erstatten. Ich glaube, der wird sagen, daß der Fall dem Staatsanwalt übergeben werden solle. Du bist zu Careys Gunsten voreingenommen, aber ich brauche dir ja wohl nicht zu sagen, daß es mit Mrs. Traills Aussage schlecht für ihn aussieht. Andererseits wird man auch nichts überstürzen wollen. Diese Artikel im ›Jupiter‹ haben ziemliche Wellen geschlagen. Aber sie sind auch ziemlich kaltschnäuzig geschrieben, und das Leben an einigen der Orte, die er beschreibt, ist – so sollte man meinen – geeignet, einem ein paar Skrupel auszutreiben. Ich glaube, du tätest gut daran, Althea Graham nicht allzuviel Hoffnung auf ein glückliches Ende zu machen.«

25

Eine halbe Stunde nachdem Frank Abbott gegangen war, klopfte es, und Miss Silver ging in den Flur, um die Haustür aufzumachen. Ein junger Mann stand unter dem Vordach mit einem Strauß rosa Nelken in der Hand. Er war auf eher aufdringliche Weise gutaussehend, und er machte einen sehr selbstgefälligen Eindruck. Es handelte sich um Fred Worple, und er war gekommen, um Miss Althea Graham zu besuchen. Er teilte diese Tatsache lässig mit und tat einen Schritt nach vorn, als hätte er keinen Zweifel daran, daß man ihn vorlassen würde.

Miss Silver blieb, wo sie war. »Leider kann Miss Graham keine Besucher empfangen.«

»Es war ein Schock für sie«, erklärte Mr. Worple. »Nun, klar war es das. Aber es bringt doch nichts, sich einzusperren. Was sie braucht, sind Freunde, die sie ein bißchen aufheitern. Gehen Sie nur, und fragen Sie sie, ob sie mich nicht sehen möchte.«

Miss Silver begutachtete ihn nachdenklich. Dann sagte sie: »Miss Graham ruht sich gerade aus. Sind Sie ein Freund der Familie?«

»Das kann man wohl sagen – ein sehr guter Freund sogar. Kommen Sie, es wird ihr guttun, mich zu sehen.«

Miss Silver trat zur Seite. »Leider wird das nicht möglich sein. Aber wenn Sie einen Moment hereinkommen wollen . . .« Sie führte ihn ins Eßzimmer.

Als sie die Zimmertür hinter ihnen geschlossen hatte, ging Miss Silver zum Kamin und blieb dort stehen.

»Miss Graham hat Ihren Namen erwähnt, Mr. Worple. Sie sagte, daß Sie sich gerne in Grove Hill niederlassen würden und daß Sie Mrs. Graham ein Angebot für das Haus gemacht hätten.«

»Das stimmt. Und zwar ein sehr gutes Angebot. Übrigens, sind Sie eine Verwandte?«

Man hätte schwerlich jemanden finden können, der es besser als Miss Silver verstand, sich in Gesprächen plumper Vertraulichkeit zu erwehren. Dies war wirklich eine Kunst, in der sie alle überragte. Selbst Chief Inspector Lamb hatte, obgleich er nie bewußt gegen die guten Sitten verstieß, schon erbleichen müssen. Dennoch blieb Fred Worple fürs erste verschont. Miss Silver antwortete ruhig:

»Ich wohne bei Miss Graham als eine Freundin. Hat Mrs. Grahams Tod Einfluß auf Ihre Pläne hinsichtlich des Hauses?«

Er war ihr zum Kamin gefolgt und lehnte jetzt lässig am Sims, während die rosa Nelken von seiner Hand herunterbaumelten.

»Na ja, ich weiß nicht. Eigentlich gab es noch einen anderen Interessenten, und ich hatte die ganze Sache schon so ziemlich aufgegeben. Mord – das schreckt einen doch ab, nicht wahr? Das wird natürlich den Preis drücken. Ich glaube nicht, daß das Mädchen hier noch weiter wird wohnen wollen – nicht nach all dem, was passiert ist.«

»Ich habe nicht die geringste Ahnung, was Miss Graham vorhat.«

Fred Worple lachte. »Wenn sie weiß, was gut für sie ist, nimmt sie, was sie kriegen kann, und verschwindet!«

Der Kamin war voller Holz, aber er war nicht angezündet worden. Nachdenklich betrachtete Miss Silver das Papier, die Zweige und die Kohle dazu.

»Diese Häuser sind – glaube ich – nicht sehr alt, oder?«

»Ach, ungefähr fünfzig Jahre oder so. Mein Papa – eigentlich mein Stiefvater – sagte immer, daß er sich noch erinnere, wie es hier ausgesehen hat, bevor alles zugebaut wurde. Gehörte alles zu diesem alten Gut ›Grove Hill‹.«

»Man muß damals vom oberen Teil des Gartens aus einen schönen Blick gehabt haben. Ich nehme an, deshalb hat man dort auch dieses Sommerhäuschen gebaut. Miss Graham nennt es ein Gazebo. Sie scheint der Ansicht zu sein, daß es älter als das Haus hier ist.«

»Ach, ich weiß nicht – ich habe mich nie sonderlich dafür interessiert. Ich dachte mir einfach, ich würde gerne mal in solch einem Haus wohnen – bin immer daran vorbeigegangen, wenn ich hier in die Gegend gekommen bin, und habe mir gedacht: Na, da würde ich gern mal wohnen – wie Kinder halt so sind. Aber jetzt bin ich mir nicht mehr so sicher – nicht nach allem, was passiert ist. Außer, es wäre wirklich ein Schnäppchen.« Er richtete sich auf. »Schauen Sie, seien Sie doch so gut und sagen Sie Miss Graham, daß ich hier bin. Sagen Sie ihr, daß es ihr guttun wird, mit jemand zu reden, der mit der ganzen Sache nichts zu tun hat, und daß ich ihr diese Blumen vorbeigebracht hätte.«

Miss Silver schüttelte den Kopf. »Leider wird daraus nichts, Mr. Worple. Miss Graham schläft, und ich kann sie jetzt unmöglich wecken.«

Althea erwachte erfrischt. Ihre Reaktion auf die rosa Nelken, die Mr. Worple ihr überbracht hatte, entsprach ganz dem, was Miss Silver erwartet hatte.

»Er ist ein entsetzlicher Mensch – wirklich. Er hat sich mit seinem Kaufangebot einfach aufgedrängt. Mr. Jones – das ist der andere Makler – hatte gar kein Recht, ihn hierherzuschikken. Wir hatten ihn nicht beauftragt – wir haben uns immer an Mr. Martin gewandt. Von dem kam Mr. Blount, der andere Interessent. Mr. Martin hätte ihn eigentlich auch nicht schikken dürfen, aber er hatte eine Art Ausrede, denn leider erweckte meine Mutter in ihm den Eindruck, daß wir ein richtig gutes Angebot durchaus in Erwägung ziehen würden.«

Miss Silver wirkte sehr interessiert.

»Es scheint mir, daß dieser Mr. Worple herausfinden wollte, ob Sie das Haus jetzt zu verkaufen bereit wären. Er wollte mich glauben machen, daß er persönlich kein Interesse mehr daran hätte, aber das wirkte auf mich alles andere als überzeugend. Er ist ein dreister und aufdringlicher Mensch, aber er wirkte sehr unruhig.«

»Er ist einfach schrecklich«, stellte Althea fest.

Sie tranken gerade Tee, als Nicholas Carey an der Haustür läutete. Da sie mit Recht annahm, daß ihre Anwesenheit jetzt nicht mehr nötig wäre, zog sich Miss Silver Mantel und Hut an und ging hinaus. Als sie Warren Crescent erreichte, bog sie ab und folgte der Straße bis zur Warren Road. Die Häuser hier standen inmitten von Gärten, die zwischen drei- und sechstausend Quadratmeter groß waren.

»The Hollies«, das nach Auskunft des Telefonbuchs die Ehre genoß, die Miss Pimms beherbergen zu dürfen, nahm eines der größeren Grundstücke ein. Es hatte drei Stockwerke und einen großen viktorianischen Wintergarten. Die Stechpalmen, nach denen das Haus benannt war, waren einmal in Form von Vögeln und wilden Tieren geschnitten gewesen, aber im Laufe der Zeit und aufgrund zunehmender Verwahrlosung hatten sie für den Betrachter mehr und mehr von ihrem Reiz eingebüßt.

Miss Silver betrachtete sie mit Widerwillen, als sie durch die Gartentür trat und die vier breiten Stufen zum Portal hochging. Sie klingelte, und die Tür wurde augenblicklich von Lily Pimm geöffnet. Das war natürlich das Unangenehme, wenn man nur über eine Zugehfrau verfügte. Die Miss Pimms konnten sich noch an die Zeit erinnern, als sie einen Koch, ein Zimmermädchen und eine Haushälterin gehabt hatten, ganz zu schweigen von der Frau, die einmal die Woche die Böden schrubbte, und dem Jungen, der die Stiefel und Messer putzte und im Garten aushalf, wo außerdem noch ein Vollzeitgärtner tätig war. Jetzt gab es nur noch Doris Wills, und die ging um halb drei.

Die Miss Pimms öffneten äußerst ungern selbst die Haustür, und nachdem sich Mabel und Nettie in dieser Angelegenheit verbündet hatten, war dies eine der Lily übertragenen Aufgaben geworden, was leider den einen Nachteil hatte, daß Lily es nicht fertigbrachte, nein zu sagen, wenn ein Hausierer kam oder jemand, der für einen wohltätigen Zweck sammelte.

Sie stand jetzt mit der Klinke in der Hand da und blickte Miss Silver verständnislos an. Die lächelte.

»Miss Lily Pimm? Wir haben uns vor ein paar Stunden in ›The Lodge‹ getroffen, wo ich bei Miss Althea Graham wohne. Mein Name ist Silver – Miss Maud Silver.«

Lilys Miene heiterte sich auf. »Ach ja – Sie tragen jetzt einen Hut.«

Mabel Pimm erschien in der Wohnzimmertür. Sie warf Lily einen ätzenden Blick zu und verwandelte diesen dann für den Gast rasch in ein Willkommenslächeln.

»Ah, Miss Silver, kommen Sie doch bitte herein! Wie schön, daß Sie vorbeischauen!«

Es wäre vielleicht ungerecht, Mabels Gefühle mit denen eines Wolfs zu vergleichen, der, nachdem er kunstfertige Pläne für einen Anschlag auf die Schafe geschmiedet hatte, zu seiner großen Genugtuung entdeckte, wie sich ihm eines der zarteren Lämmchen aus freien Stücken näherte, aber es stand fest, daß es außer Althea selbst in ganz Grove Hill niemanden gab, den sie lieber in ihren Salon geleitet hätte. Als sie hineingingen, sagte Miss Silver:

»Ich habe es so bedauert, daß Sie Ihren freundlichen Besuch bei Miss Graham wegen deren angeschlagener Konstitution vorzeitig abbrechen mußten, und war der Meinung, ich müßte bei Ihnen nun vorbeischauen und Ihnen mitteilen, daß Althea tatsächlich ein wenig schlafen konnte und sich jetzt deutlich besser fühlt. Die ganze Angelegenheit war für sie ein ganz schrecklicher Schock.«

»Selbstverständlich.« Mabel wollte noch weitere wohlgesetzte Worte anfügen, als Lily sie unterbrach.

»Ich kann mir nicht vorstellen, wie es mir gegangen wäre, wenn ich Mama unten im Garten ermordet aufgefunden hätte ...«

Beide Schwestern riefen zugleich »Lily!« aus, aber das hatte praktisch keine Wirkung, denn Lily machte weiter:

»Natürlich haben wir kein Gazebo, und Mama war während ihrer letzten Jahre ans Bett gefesselt. Aber wenn sie das nicht gewesen wäre und ich sie gefunden hätte – vielleicht in dem Gebüsch dort –, dann wäre das mit Sicherheit ein ganz schrecklicher Schock gewesen.«

»Lily ...!« Mabels Stimme hatte einen scheußlichen Ton angenommen. Obwohl sie nicht die Hellste war, schaffte Lily es doch, zu der Einsicht zu kommen, daß es wohl besser wäre, ihre Zunge zu zügeln. Sie saß eine Weile schweigend da, während das Gespräch zwischen ihren Schwestern und Miss Silver seinen Lauf nahm, und drehte nur den Kopf hin und her, um immer die Person, die gerade sprach, anzusehen.

Mabel war voller Fragen über Althea. »Und Sie glauben, ihr geht es gut genug, um allein zu bleiben?«

Miss Silver hüstelte mißbilligend. »Ich hätte sie nicht gerne allein zurückgelassen. Aber Mr. Carey ist bei ihr.«

Nettie und Mabel wiederholten den Namen: »Nicholas Carey!«

»O ja. Sie sind sehr gute Freunde, wußten Sie das nicht? Es ist tatsächlich so ...« Sie zögerte und brach ab. »Aber vielleicht ist es noch gar nicht bekannt? Und in solch einem Augenblick der Trauer selbstverständlich ...«

Es war schade, daß Frank Abbott nicht das Vergnügen zuteil wurde, Miss Silver in der Rolle der gutmeinenden Freundin erleben zu dürfen, die abwechselnd mal zu viel, mal zu wenig über die Angelegenheiten erzählte, in die sie verwikkelt worden war. Innerhalb weniger Minuten wetteiferten Mabel und Nettie miteinander darin, Miss Silver davon zu überzeugen, daß ihre Beziehung zu Miss Graham äußerst innig gewesen sei und daß sie völliges Vertrauen zu ihnen gehabt habe. Gemeinsam stellten sie fest, daß Nicholas Carey ein durchaus bezaubernder junger Mann sei, aber auch überaus unzuverlässig. Man brauche doch nur daran zu denken, wie er Althea vor fünf Jahren sitzengelassen hatte, um in der Wildnis zu verschwinden!

»Sie hat uns richtig leid getan!«

»Es hat sie ziemlich verändert.«

»Ein höchst unbeständiger junger Mann.«

Miss Silver blickte von der einen zur anderen. »Ach, meinen Sie wirklich?«

Mabel Pimms lange Nase zitterte. »Sie sehen doch, was passiert, sobald er zurück ist.«

Lily brach ihr Schweigen: »Mrs. Graham wollte sie nicht heiraten lassen«, sagte sie. »Mrs. Stokes, ihre Zugehfrau, hat es Doris Wills erzählt, und die hat es mir erzählt. Sie hat gesagt, daß alles schrecklich romantisch war und daß es sie nicht überraschen würde, wenn das alles wieder anfangen würde, jetzt, da er zurück ist, bloß Mrs. Graham tat halt, was sie konnte, um ihm einen Stock zwischen die Speichen zu werfen. Das hat Mrs. Stokes gesagt.«

Wenn Mabel fähig gewesen wäre, zu erröten, dann wäre sie jetzt für Lily errötet. Es war schön und gut, genau zu sein, aber es bestand kein Grund, Mrs. Stokes' ungebildete Ausdrucksweise zu wiederholen. Sie warf ihr einen Blick zu und erklärte voller Stolz, daß sie nichts auf Klatsch gebe.

Nachdem Nicholas Careys insgesamt recht unbefriedigender Charakter weiter besprochen worden war, merkte Miss Silver vorsichtig an, daß sie sich in einer heiklen Situation befände und daß jede Information, die ihr solche alten Freundinnen wie die Miss Pimms geben könnten, äußerst nützlich wäre. Wenn zum Beispiel Bekannte nach Miss Graham fragten, wäre es, da ihr diese alle fremd wären, eine große Hilfe, zu wissen, wie nahe sie der Familie tatsächlich stünden.

Solch eine Gelegenheit ließ sich Mabel Pimm keinesfalls entgehen. Miss Silver erfuhr alles über Dr. Barringtons Schwäche für Mrs. Graham.

»Die Leute haben geredet – aber man kann nicht alles glauben, was man hört, nicht wahr, und ein Arzt sieht sicherlich zu viele kranke Menschen, um sich von ihnen noch bezirzen zu lassen. Andererseits hat sie ihn immer wieder kommen lassen ...«

Daran schlossen sich ein paar Bemerkungen zu Mrs. Justice an: »Es hat etwas ziemlich Vulgäres an sich, über so viel Geld zu verfügen, finden Sie nicht? Diese junge Sophie hat einen entfernten Verwandten von uns geheiratet. Sie leben drüben in der Karibik. Übrigens, waren Sie nicht auch auf der Cocktailparty, die Mrs. Justice neulich gegeben hat?«

Miss Silver lächelte ein bißchen nervös. »O ja, sie war so nett, mich einzuladen. Wir waren einmal recht eng befreundet. Ich habe natürlich nicht erwarten können, dort viele Leute zu kennen. Vielleicht können Sie mir über einige von ihnen was erzählen? Es gab da eine Frau, die sehr mit Mrs. Graham befreundet gewesen zu sein schien – eine ziemlich eindrucksvoll aussehende Person in Königsblau mit diesem sehr hellen goldenen Haar?«

Miss Mabels dünne Brauen wölbten sich. »Wenn man das Gold nennen will.«

»Es ist natürlich gefärbt – ich glaube, sie macht gar keinen Hehl daraus. So ist das heutzutage. Sie nennen es nicht mehr Färben, sondern sagen einfach, es sei eine Glanzspülung. Ich habe mich in letzter Zeit sogar manchmal gefragt, ob nicht Althea ...«

Mabel unterbrach sie. »Das war Mrs. Harrison. Die Harrisons sind hier in Grove Hill neu, aber Mr. Harrison ist ein

Cousin der Lesters, denen früher ›Grove Hill House‹ gehört hat. Er hat es vor ein paar Jahren von Miss Lester gekauft, und Emmy Lester bat alle, ihnen mal einen Besuch abzustatten, was wir dann auch getan haben.«

Nettie übernahm wieder die Führung. »Sie paßt hier nicht gut her, aber Mrs. Graham hat sich mit ihr eingelassen. Natürlich haben die Harrisons eine Menge Geld. Sie trägt viel Schmuck. Natürlich weiß man nicht, wo der herkommt.«

»Vielleicht hat Mr. Harrison ihr den geschenkt«, schlug Lily vor.

Mabel Pimm schniefte durch zusammengekniffene Nasenlöcher. »Ich glaube, sie war mal auf der Bühne!«

Nettie plapperte weiter: »Schauspielerinnen kriegen natürlich wirklich wertvolle Geschenke. Sie hat eine Brillantrosette – eine ziemlich große. Sie hat sie auf der Cocktailparty von Mrs. Justice getragen – das war ein wenig übertrieben, fanden wir. Vielleicht ist es Ihnen aufgefallen?«

»O ja, ist es mir. Ein sehr dekoratives Stück.«

Nettie fuhr fort: »Und haben Sie ihre Ringe bemerkt? Es gibt einen mit Rubinen und Diamanten, einen mit Diamanten und Saphiren und einen, den sie immer trägt – fünf Diamanten in einer Reihe, große, strahlende Steine.«

»Sie hat einen von den Diamanten verloren«, warf Lily Pimm ein.

Beide Schwestern drehten sich zu ihr um.

»Einen Diamanten aus dem Ring?« rief Nettie.

»Woher weißt du das?« rief Mabel.

Lily strahlte. »Weil ich es gesehen habe. Sie saß Mittwoch morgen im Bus, und als sie den Handschuh auszog, um Kleingeld für die Fahrkarte zu suchen, konnte man den Ring sehen. Und einer der Steine war weg! Ich habe gesagt: ›Oh, Mrs. Harrison, Sie haben einen Stein aus Ihrem Ring verloren!‹ Und sie rief: ›O nein!‹ Und ich fragte: ›Wußten Sie denn nicht, daß er weg ist?‹ Und sie sagte: ›Nein, das wußte ich nicht‹, und stülpte den Handschuh von innen nach außen, um zu sehen, ob der Stein vielleicht in einen der Finger gekullert wäre, aber er war nicht da. Und ich habe gesagt: ›Haben Sie es denn nicht gemerkt, als Sie ihn angezogen haben?‹ Und sie antwortete: ›Ich brauche ihn gar nicht anzuziehen, weil ich ihn praktisch nie ablege. Er sitzt ein bißchen locker und rutscht hin und her, und daher habe ich es vielleicht nicht bemerkt, daß der Stein weg ist.‹ Und ich habe gesagt: ›Nun, gestern abend war er noch vorhanden, als Sie bei den Reckitts Bridge gespielt haben, denn ich schaue immer, was für Ringe Sie tragen, und an der Rechten trugen Sie diesen und einen mit Perlen und Diamanten und an der Linken den mit Rubinen und den mit den Saphiren, und die Diamanten waren da noch alle drin.‹ Ich weiß nicht, warum sie deshalb wütend werden mußte, aber sie wurde es, denn sie fauchte: ›Woher wollen Sie denn das wissen?‹ Also habe ich es ihr gesagt.«

Miss Silver zeigte höchstes Interesse. »Und woher wußten Sie es?«

»Ich habe sie gezählt«, erklärte Lily trocken. »Drei sind in dem mit den Saphiren und drei in dem mit den Rubinen und noch einmal drei in dem Ring mit den zwei Perlen und fünf in dem, der bloß Diamanten hat und sonst nichts. Und diese fünf Diamanten waren alle da! Also habe ich gesagt: ›Vielleicht haben Sie ihn danach verloren?‹ Und sie war ziemlich verärgert und sagte, o nein, das wäre unmöglich, weil alle die Steine noch da gewesen seien, als sie sich am Morgen zum Ausgehen fertiggemacht hätte. Ich weiß nicht, warum sie das behauptet hat, wenn sie mir doch zuerst erzählte, daß der Ring auf dem Finger herumrutschte und sie deshalb vielleicht nicht gemerkt hätte, daß der Stein weg war.«

»Wie eigenartig«, sagte Miss Silver. »Und das alles ist Mittwoch morgen im Bus passiert? Sie haben gesehen, daß der Stein weg war, und sie hat Ihnen dann zuerst erzählt, daß der Ring für gewöhnlich auf ihrem Finger herumrutschte, weshalb sie den Verlust des Diamanten vielleicht nicht bemerkt hätte, und später sagt sie dann, sie habe beim Anziehen gemerkt, daß der Stein noch da sei.«

Lily lächelte zufrieden. »Ja, das ist, was sie gesagt hat. Sie hängt sehr an dem Ring, wissen Sie. Irgendein Onkel oder Uronkel in der Familie hat die Steine aus Indien mitgebracht. Sie sind viel wert. Mr. Harrison hat sie zur Hochzeit neu fassen lassen. Sie war ganz außer sich, weil sie einen davon verloren hatte.«

Miss Silver erzählte dann von einem Ring, der an einem Strand in Devonshire verlorengegangen und einige Jahre später in einer Handtasche aufgetaucht wäre, die aber nicht der Person, die den Ring verloren hatte, gehörte, sondern einer Verwandten, die nicht einmal in der Nähe des Strandes gewesen wäre, als der Ring verschwand. Es war eine ziemlich lange Geschichte mit vielen nebensächlichen Abschweifungen wie zum Beispiel Erörterungen des genauen Verwandtschaftsgrades von Besitzerin und Finderin des Ringes und ihrer vorhergehenden wie nachfolgenden Lebensläufe. Als die Geschichte zu Ende war, war Mrs. Harrison in den Hintergrund getreten und tauchte erst später wieder auf, wurde diesmal aber nicht in Verbindung mit dem Ring erwähnt, sondern von Mabel als Überleitung genutzt, mit der sie das Gespräch auf Mr. Worple bringen wollte.

»Ein wirklich schrecklicher junger Mann – ein bißchen wie diese Schieber, von denen man in der Zeitung liest. Ich habe mit eigenen Augen gesehen, wie sie ins Sefton's gegangen sind. Ich mußte selbst hin, um ein paar Hörnchen zu kaufen, und da saßen sie dann in einer dieser kleinen Sitznischen am Ende des Ladens. Ich bin nach Hause gekommen und habe zu meinen Schwestern gesagt, ich könnte einfach nicht glauben, daß die beiden sich gerade erst kennengelernt hätten.«

»Genau, das hat sie!« rief Nettie.

»Und wie sich herausstellt, hatte ich völlig recht. Und wer, meinen Sie, ist er wirklich? Sie haben in der High Street vielleicht die Immobilienmakler gesehen, Martin & Steadman – nun, die zweite Frau vom alten Mr. Martin, dem Vater des jetzigen Mr. Martin, war eine Mrs. Worple, und das ist ihr Sohn, Fred Worple. Er hat gleich im Büro zu arbeiten angefangen, als er groß wurde, aber seine Leistung war alles andere als zufriedenstellend, und nach einer Weile ist er verschwunden, und die Martins haben nicht mehr von ihm geredet. Das muß schon fast zehn Jahre her sein, und jetzt ist er wieder da, und es scheint ihm ziemlich gutzugehen. Unsere Haushälterin Doris weiß es von Mrs. Lane, die für die Martins arbeitet – die Haushälterinnen tratschen alle, wissen Sie. Ich weiß nicht, woher Fred Worple Mrs. Harrison kennt, aber sie sind, wie es scheint, ziemlich alte Freunde, und sie sehen sich jetzt jeden Tag.«

Nettie fuhr dazwischen: »Was Mr. Harrison wohl davon hält?«

»Vielleicht gar nichts«, schlug Lily Pimm vor.

26

Nachdenklich gestimmt kehrte Miss Silver zu »The Lodge« zurück. Die Miss Pimms verfügten ohne Zweifel über ein ungewöhnliches Talent, Informationen zusammenzutragen. Alles, was sie ihr erzählt hatten, versorgte sie mit reichlich Stoff zum Nachdenken. Mrs. Harrison war von Mabel schärfste Kritik zuteil geworden – wegen ihrer Kleidung, ihres Benehmens beim Bridge, ihres übergroßen Interesses an Personen des anderen Geschlechts, ihres Verhaltens ihrem Mann gegenüber. Erst vor zwei Wochen hatte sie während einer Bridgepartie bei Mrs. Justice mit ihm die Geduld verloren. Er war natürlich kein guter Spieler, und sie machte ihn nur noch schlechter, indem sie an seinem Spiel herummäkelte; aber als sie ihn einen Narren nannte mit einem Adjektiv davor, das Mabel nicht wiederholen zu können meinte, und ihm anschließend auch noch ihre Karten ins Gesicht warf, war sie wirklich über alle Stränge geschlagen.

Im Anschluß daran mißbilligte Nellie die Tatsache, daß ähnliche Vorstellungen in »Grove Hill House« angeblich recht häufig wären. Mrs. Harrison ertrug es nicht, wenn man ihr widersprach. Mr. Harrison brauchte bloß ein Wort zu sagen, und schon brauste sie auf. Bei einer Gelegenheit hatte sie mit einer Karaffe nach seinem Kopf geworfen. Hätte sie ihn getroffen, hätte sie ihn vielleicht getötet, aber er duckte sich, und die Karaffe krachte gegen einen großen Spiegel an der Wand im Eßzimmer.

Nettie wußte auch eine Menge über ihr beharrliches Werben um den jungen Dr. Hamilton und den Hilfspfarrer von St. Jude zu erzählen: »Solch ein netter junger Mann, und wir haben rausgekriegt, daß wir eine Tante von ihm vor dem Krieg in Brighton kennengelernt haben.« Es gab wirklich viel, über das sich Miss Silver nun Gedanken machen konnte.

Althea hatte ihr einen Haustürschlüssel gegeben. Als sie in den Flur kam, konnte sie dem Gemurmel im Wohnzimmer entnehmen, daß Nicholas Carey immer noch da war. Sie hoffte, ihn zu sehen, bevor er ginge, aber sie glaubte nicht, daß er es eilig hatte. Sie hatte die Treppe erreicht und tatsächlich schon eine Hand auf das Geländer gelegt, als sie innehielt und für ein paar Augenblicke reglos verharrte. Als sie sich wieder bewegte, ging sie zwar zu ihrem Schlafzimmer hoch, aber in anderer Absicht.

Sie ließ die Tür angelehnt, zog sich die Handschuhe aus und legte sie säuberlich in die linke obere Schublade der Kommode. Dann öffnete sie die rechte obere Schublade, nahm eine starke Taschenlampe heraus, die ein nützliches Geschenk von Frank Abbott war, und steckte sie auf dem Weg nach unten in ihre Manteltasche. Der unmittelbare Zweck dieser Lampe war nicht offensichtlich. Es würde vor acht nicht dunkel werden, und es war jetzt erst Viertel nach sechs.

Miss Silver ging durch das Haus in den Garten und dann den gepflasterten Weg hoch zum Gazebo. Von den Fenstern in Altheas Zimmer und im Bad sowie von denen in der Küche und der Vorratskammer aus konnte man zwar in diese Richtung blicken, doch ansonsten war der Garten kaum einsehbar, denn eine drei Meter hohe Hecke schirmte ihn auf der einen Seite zur Straße hin ab, und Gesträuch und dicht wachsende Bäume bildeten einen Sichtschutz zum Nachbarhaus hin.

Miss Silver war eine Person, deren Handlungen von Prinzipien, Vernunft und gesundem Menschenverstand bestimmt wurden. Sie hätte behauptet, sich von nichts sonst leiten zu lassen, und hätte ihren Erfolg auf dem Gebiet der Kriminalermittlung auf nichts sonst zurückgeführt. Doch in diesem Augenblick gehorchte sie etwas, was Frank Abbott vielleicht eine Ahnung genannt hätte. Sie selbst hätte diesen Ausdruck zwar abgelehnt, ihrer Erfahrung nach kam es aber gelegentlich vor, daß sich Gedanken und Eindrücke, die einzeln zu unbestimmt waren, um Aufmerksamkeit auf sich zu ziehen, sich plötzlich zu einem verblüffenden Bild verbanden.

Als sie später darauf zurückblickte, fand sie für ihren Besuch im Gazebo keine bessere Erklärung. Es war ja von der Polizei sorgfältig und sachgemäß durchsucht worden. Sie selbst hatte es sich gleich nach ihrer Ankunft angesehen. Jede

Spur der Tragödie war beseitigt worden. Trotzdem stand sie jetzt im Eingang und würde das Innere noch genauer untersuchen, als es bisher geschehen war. Die Wände waren aus Backsteinen und Gips, die Tür, der Boden, die Fensterrahmen und ein Teil der Täfelung aus Eiche. Es war ausgezeichnete Handwerksarbeit, und das Holz hatte sich gut gehalten. Es gab vier Fenster – zwei auf jeder Seite der Tür – und damit ein ziemlich weites Sichtfeld. In jenen Tagen, als die einzigen Gebäude, die von diesem Punkt aus zu sehen waren, ein Landhaus oder ein paar entfernte Bauernhöfe gewesen waren, mußte der Ausblick wirklich sehr reizvoll gewesen sein.

In der Mitte des Raums gab es einen Tisch. An der hinteren Wand stand eine stabile Bank, neben der einige recht moderne Klappstühle lehnten. Der Boden war gefegt worden, nachdem man Mrs. Grahams Leichnam hinausgetragen hatte, und da ringsum Bäume und eine hohe Hecke standen, war kein frischer Staub hineingeweht worden.

Einen Moment später betrat Miss Silver den Raum und schaltete die Taschenlampe ein. Obwohl es im Garten immer noch recht hell war, gab es im Gazebo einige dunklere Ecken, vor allem unter den Fenstern und im Schatten der schweren Bank. Der kräftige Lichtstrahl glitt über den Boden und unter Tisch und Bank. Miss Silver legte die Lampe weg, während sie die Klappstühle umräumte. Die Polizei war gründlich gewesen. Es gab keinen Staub, wo die Stühle gestanden hatten, nichts außer dem gefegten Boden und der Täfelung, die bündig mit ihm abschloß. Der Lichtstrahl bewegte sich gleichmäßig hin und her, bis jeder Zentimeter des Bodens erforscht worden war.

Als sie in dem ganzen Raum einmal herumgegangen und wieder zum Eingang zurückgekehrt war, stand sie dort und ließ die Hand mit der eingeschalteten Lampe herabhängen. Ihr Auge, das dem Lichtstrahl folgte, bemerkte zum ersten

Mal, daß im Gazebo Staub gelegen hatte und daß dieser zur Tür hinausgekehrt worden war. Zwischen dem verwitterten Schwellenbalken der Tür und dem daran anschließenden Dielenbrett hatte sich eine Ritze gebildet. Die Lampe beleuchtete sie und offenbarte, daß sie voller Staub war. Miss Silver kniete sich hin, legte die Lampe beiseite, zog eine Haarnadel aus ihrem sorgfältig geflochtenen Zopf und säuberte die Ritze.

Es war viel Staub und Sand darin, ein paar kleine tote Spinnen, eine Nadel, Spinnweben, die obere Hälfte eines Druckknopfs, noch mehr Dreck, feinzerriebene Erde und dann etwas, das der von der Seite kommende Lichtstrahl auffunkeln ließ. Sie hob es mit Daumen und Zeigefinger hoch und legte es auf die Handfläche. Sie hatte keinen vernünftigen Grund gehabt, diesen Fund zu erwarten – es hatte keinen Grund für die Vermutung gegeben, daß dieses Ding dort zu finden sein würde. Sie hatte keine Erklärung dafür, wie es in die Spalte geraten wäre. Vielleicht war es dorthin gerollt, als es auf den Boden gefallen war, und war später mit dem Staub bedeckt worden, der über die Schwelle gefegt wurde. Vielleicht war es nicht bemerkt worden, als Althea den Leichnam ihrer Mutter fand. Vielleicht hatte sie es bei ihrer Flucht mit dem Fuß in die Ritze gestoßen, vielleicht war es der Fuß eines derjenigen gewesen, die sie zu Hilfe geholt hatte.

Wie auch immer es dorthin gekommen war, es war bis jetzt übersehen worden. Miss Silver begutachtete es mit würdevoller Gelassenheit. Was immer sonst zweifelhaft sein mochte, sie hatte keinen Zweifel daran, daß es sich bei dem kleinen hellen Objekt in ihrer Hand um den fehlenden Stein aus Ella Harrisons Ring handelte.

27

Miss Silver rief Detective Inspector Frank Abbott an. Da er in die Stadt gefahren war, um seinen unmittelbaren Vorgesetzten die Indizien, die gegen Nicholas Carey sprachen, darzulegen, versuchte sie es zuerst bei Scotland Yard, bekam aber nur heraus, daß er dort gewesen und schon wieder weggegangen war. Sie wählte deshalb seine Privatnummer und vernahm mit Erleichterung sein gemächliches »Hallo . . .?«

»Hier ist Miss Silver. Hättest du vielleicht Lust, heute noch einmal hierherzukommen?«

»Ach je! Sogar hart arbeitende Gesetzeshüter haben gelegentlich eine halbe Stunde frei! Heute gehe ich mit einer meiner dekorativeren Kusinen essen. Ihr Mann hat so viel Geld, daß sie es nicht aufbrauchen könnten, selbst wenn sie während der nächsten fünfzig Jahre nur vom Kapital leben würden. Öl, du verstehst. Das Abendessen wird super. Ich mache mich gleich morgen früh wieder an die Arbeit. Wofür brauchst du mich denn?«

Miss Silver hüstelte. »Ich glaube nicht, daß es ratsam wäre, dies am Telefon zu besprechen.«

Sie vernahm einen leichten Pfiff am anderen Ende der Leitung. »Ein As im Ärmel? Ein Kaninchen aus dem Hut? Oder eine Katze im Sack?«

»Das werde ich dich morgen wissen lassen.«

Als er auflegte, fragte er sich, was sie wohl herausgefunden hatte. Er kannte sie zu gut, um anzunehmen, daß sie ihn grundlos angerufen hätte. Von Zeit zu Zeit mußte er während des höchst erfreulich verlaufenden Abends daran denken. Er hatte schon früher miterlebt, wie sie solche Kaninchen aus dem Hut hervorgezaubert hatte.

Miss Silver überließ Nicholas und Althea sich selbst und

erschien erst im Flur, als Nicholas sich zum Gehen anschickte. Als die Tür sich hinter ihm geschlossen hatte, ging sie mit Althea zurück ins Wohnzimmer.

»Ach, Miss Silver ...«

Die sah sie an. Sie war errötet und zitterte. »Meine Liebe, setzen Sie sich lieber hin.«

Althea strich sich das Haar mit einer unsicheren Bewegung zurück. »Er ist bei den Harrisons ausgezogen und ins ›George‹ gegangen. Er sagt, er glaubt, daß sie ihn bald festnehmen werden, und es wäre Jack Harrison gegenüber nicht fair, wenn das in seinem Haus passieren würde.«

»Sie glauben doch nicht, daß es soweit kommt, oder?«

»Und wenn doch, dann werde ich ihn nicht mehr sehen können – ach, ich hätte ihn nicht gehen lassen dürfen! Er hätte zum Abendessen hierbleiben können – es war gar nicht nötig, daß er ins Hotel geht. Ich weiß nicht, warum ich ihn habe gehen lassen – bloß, weil er gesagt hat, er müßte noch einen Artikel für den ›Jupiter‹ schreiben, und den fertigkriegen wollte, bevor ... bevor ...«

»Meine Liebe, so beruhigen Sie sich doch bitte!«

Althea sank auf das Sofa nieder. »Wie kann ich das? Wissen Sie, er war es nicht – bestimmt nicht! Warum sollte er es getan haben? Wir hätten am nächsten Tag geheiratet. Diesmal hätte ich mich durch nichts davon abbringen lassen – das wußte er. Ihre Emily Chapell sollte kommen – und es war alles schon ausgemacht. Außerdem würde er so was Schreckliches nie tun – das brächte er nicht fertig! Sie müssen mir glauben! Ich liebe ihn nicht nur, ich kenne ihn auch! Er brächte es nie und nimmer fertig!«

Die ganze ruhige Selbstbeherrschung war dahin. Dies war eine neue Althea, glühend überzeugt und zum Kampf bereit.

Ruhig setzte sich Miss Silver neben sie. »Meine Liebe ...«

Althea warf ihr einen ungestümen Blick zu.

»Sie glauben mir nicht, aber das müssen Sie! Wenn ich Sie nicht überzeugen kann, wie kann ich – wie kann Nicky dann irgendwen sonst überzeugen – diese ganzen Polizisten, Rechtsanwälte, die Geschworenen, Leute, die ihn nicht kennen, Leute, die glauben werden, daß er es war! Und er will nichts sagen, was ihn retten würde!«

Miss Silver hob mahnend die Hand. »Ich habe nicht gesagt, daß ich glaube, Mr. Carey hätte Ihre Mutter ermordet. Sie sagen, es gibt etwas, das ihn retten würde, aber er zögert, sich dies zunutze zu machen. Sagen Sie mir bitte, worum es geht.«

In normaler Gemütsverfassung hätte Althea kaum geredet. Aber die Schleusen waren offen; Gedanken und Worte strömten ungehindert heraus.

»Er könnte ein Alibi haben, aber er läßt es nicht zu. Es ist wegen Jack – da bin ich mir sicher –, aber er will es nicht zugeben. Sie will behaupten, daß er um elf zu Hause war und daß sie zusammen waren, aber er läßt es sie nicht tun ...«

»Miss Graham, wen meinen Sie denn?«

Althea blickte mit hellen, unnatürlich weit aufgerissenen Augen vor sich hin.

»Ella Harrison – Mrs. Harrison. Er wohnt bei ihnen. Er ist jetzt ins ›George‹ gezogen, aber er war bei den Harrisons, als es geschah. Jack und er sind Cousins, und Ella sagt, sie wäre bereit, zu behaupten, daß Nicky um elf zu Hause gewesen wäre und daß sie danach ziemlich viel Zeit miteinander verbracht hätten. Wenn sie das täte, würde sie ihn retten. Diese Frau – diese Mrs. Traill –, die sagt, sie hat zwischen zwanzig nach elf und halb zwölf gehört, wie Mutter Nicky angeschrien hat. Es ist allein ihre Aussage, die zu seiner Verhaftung führen würde. Aber wenn Ella Harrison sagt, daß Nicky bei ihr in ›Grove Hill House‹ war, dann kann er nicht im Gazebo gewesen sein, oder? Und man könnte ihn nicht verhaften.«

»Es würde sehr davon abhängen, wie glaubwürdig Mrs. Harrison ist.«

»Er kann nicht in ›Grove Hill House‹ und im Gazebo zugleich gewesen sein, das geht nicht!« rief sie mit herzzerreißender Stimme.

Miss Silver betrachtete sie voller Mitleid. »Behauptet Mr. Carey, daß er in ›Grove Hill House‹ gewesen ist?«

Althea sah aus, als schwänden ihr die Kräfte. »Er – weiß nicht, wann er zurückgekommen ist. Ella Harrison sagt aber, sie wisse es. Er könnte sie einfach behaupten lassen, daß er zu Hause war.«

»Und das möchte er nicht?«

»Er – er . . .« Die Stimme versagte ihr vollends.

»Er möchte also nicht. Weil er sich dessen bewußt ist, daß es nicht die Wahrheit wäre?«

»Er weiß nicht, wann er zurückgekommen ist. Das sagt er selbst. Und wenn er es nicht weiß, wie will er dann wissen, ob es stimmt oder nicht?«

»Ich glaube, Mr. Carey hat ausgesagt, daß er, ohne eine genaue Uhrzeit angeben zu können, annimmt, erst sehr spät nach ›Grove Hill House‹ zurückgekehrt zu sein«, erklärte Miss Silver feierlich.

»Er weiß es doch gar nicht. Ella Harrison behauptet, er war um elf zurück. Warum läßt er sie das nicht einfach aussagen?«

»Hat er es Ihnen nicht gesagt?«

Althea sah zur Seite. »Nein, hat er nicht. Ich vermute, es ist wegen Jack. Ich glaube – ich glaube, wenn sie sagt, er war im Haus, dann wird sie auch sagen, daß sie zusammengewesen wären – eine lange Zeit. Ach, sehen Sie denn nicht, was ich meine? Verstehen Sie nicht, was die Leute meinen würden – was Jack meinen würde?«

Miss Silver verstand es sehr gut. Sie verstand einiges. Aber bevor sie antworten konnte, fuhr Althea fort: »Aber es wäre doch nicht wahr, was würde es also ausmachen? Jack Harrison würde es nicht glauben. Nicky ist sein Cousin. Er ist nicht bei Ella geblieben, nachdem er zurückgekommen ist – er ist gleich ins Bett gegangen. Man könnte ihm sagen, daß sie das nur getan hätte, um Nicky zu helfen. Jack würde nicht glauben, daß es irgendwas zwischen ihnen gegeben hätte.«

Miss Silver antwortete einen Moment lang nicht. Dann sagte sie: »Es wäre tatsächlich sehr dumm von Mr. Carey, sich mit solch einer Falschaussage helfen zu lassen. Meineid ist moralisch verwerflich und gesetzlich strafbar. Ein Mensch, der anbietet, solch einen Verstoß zu begehen, hat entweder einen alles andere als vertrauenswürdigen Charakter oder aber ein zwingendes Motiv für sein Tun. Haben Sie sich in Mrs. Harrisons Fall mal gefragt, ob es solch ein Motiv geben und worin es liegen könnte?«

Althea antwortete kaum vernehmlich: »Sie will Nicky helfen ...«

28

Am nächsten Morgen öffnete Miss Silver für Detective Inspector Frank Abbott die Tür und führte ihn ins Eßzimmer, setzte sich auf den einen der beiden Lehnstühle, die zu der Garnitur rund um den Tisch gehörten, und holte ihr Strickzeug aus dem geblümten Chintzbeutel hervor. Die zweite für die kleine Tina bestimmte Weste näherte sich ihrer Vollendung. Frank betrachtete sie, wölbte eine farblose Braue und fragte:

»Wie viele Millionen Maschen strickst du eigentlich im Jahr?«

Sie lächelte. »Ich muß gestehen, mit dieser Frage habe ich mich nie beschäftigt.«

»Das solltest du aber. Vielleicht sind es Milliarden. Wieviel Kleider die Menschen doch brauchen!«

Sie gestattete ihrem Auge, über seinen makellosen Anzug, das harmonische Ensemble aus Krawatte, Einstecktuch und Socken sowie die elegant geschnittenen Schuhe zu schweifen, bevor sie antwortete:

»Finde ich nicht. Nur die ganz jungen, mein lieber Frank.«

Er lachte. »Man tut sein Bestes. Zu meiner Genugtuung wird immer wieder festgestellt, daß ich überhaupt nicht wie ein Polizist aussehe. Was manchmal sehr nützlich ist. Nun, was hast du für mich?«

Sie strickte eifrig weiter. »Nicholas Carey ist aus ›Grove Hill House‹ ausgezogen.«

Frank lehnte sich so weit zurück, wie es auf einem Eßtischstuhl eben geht. Er hatte ihn zur Seite gedreht, um seine langen Beine ausstrecken zu können. Er wirkte reichlich matt, woran vielleicht die Tatsache schuld hatte, daß die Party bei der attraktiven Kusine sehr lange gedauert hatte. Er antwortete mit einer Stimme, die seiner Körperhaltung entsprach:

»Er hat uns davon in Kenntnis gesetzt.«

»Er war gestern nach dem Tee eine Weile hier, was mir Gelegenheit gegeben hat, die Miss Pimms zu besuchen.«

»Oje!«

»Dies erwies sich als sowohl interessant wie aufschlußreich. Sie waren ausgesprochen erfreut, mich zu sehen, und sie haben mir eine Menge Informationen mitgeteilt.«

»Die du jetzt vermutlich mir mitteilen wirst.«

Miss Silver ging daran, so viel von der Unterhaltung bei den Pimms wiederzugeben, wie sie für wichtig hielt. Bevor sie zum Ende gekommen war, wurde sie gewahr, daß er sie mit einer Spur Boshaftigkeit betrachtete.

»Und was soll ich deiner Meinung nach aus der Tatsache machen, daß Mrs. Harrison für die feine Gesellschaft von Grove Hill ein wenig zu viel Rouge aufträgt und daß die Miss Pimms sie beschuldigen, außer Haus den Männern – sagen wir mal – einladende Blicke zuzuwerfen, während sie zu Hause auf ihren Mann eher jähzornig reagiert? Dr. Hamilton und der Hilfspfarrer von St. Jude scheinen mir mit dem Mord an Mrs. Graham nicht sehr viel zu tun zu haben.«

Ihr Blick wies ihn zurecht. Er wurde an ihre professionelle Erfahrung erinnert. Seine Bemerkung war unpassend gewesen.

Ohne weiteren Kommentar fuhr sie mit ihrem Bericht fort und wiederholte Lily Pimms schlichte Geschichte vom Stein aus Mrs. Harrisons Diamantring. Ihr wurde sofort klar, daß diese ihn nicht beeindruckte. Er sah sie spöttisch an.

»Und was soll ich nun damit anfangen?«

Sie strickte weiter und erwähnte beiläufig: »Ich habe den Stein gefunden.«

Da richtete er sich mit einem Ruck auf. »Du hast was?«

Sie zog ein wenig Wolle von dem rosa Knäuel in ihrem Strickbeutel. »Ich habe, glaube ich, den Stein aus Mrs. Harrisons Ring gefunden.«

»Und soll ich jetzt fragen, wo du ihn gefunden hast?«

»Ich habe ihn nicht einen Meter von der Stelle entfernt gefunden, an der Mrs. Grahams Leiche lag«, fuhr sie nüchtern fort.

»Was!«

Jetzt konnte sie sich nicht mehr über mangelndes Interesse beklagen. Seine kalten, blauen Augen blickten sie gespannt an.

»Ich kann nicht erklären, was mich dazu veranlaßt hat, das Gazebo einer genauen Untersuchung zu unterziehen. Ich wußte ja, daß die örtliche Polizei gründliche Arbeit geleistet hatte.«

»Anscheinend nicht gründlich genug.«

»Ich glaube nicht, daß man ihr das vorwerfen sollte. Die Polizisten haben den Raum nur ganz generell abgesucht und hatten dabei nichts Bestimmtes im Auge.«

»Aber du schon?«

»Mir wollte dieser fehlende Stein nicht aus dem Kopf«, sagte sie einfach.

»Wo hast du ihn gefunden?«

»Zwischen der Türschwelle und der ersten Holzdiele ist eine Ritze. In die ist der Stein reingerollt. Als der Boden gefegt wurde, wurde er vom Staub verdeckt.«

»Und wie hast du ihn dann gefunden?«

»Ich habe mit einer Haarnadel in der Ritze herumgestochert.«

Er blickte sie fasziniert an. »Du hast in der Ritze herumgestochert. Mit einer Haarnadel. Jetzt ist mir alles klar!«

Sie hörte einen Moment lang auf zu stricken, langte in ihren Chintzbeutel und holte eine kleine Pappschachtel hervor. Die legte sie auf den Tisch und schob sie ihm zu.

»Der Diamant ist da drinnen, in Seidenpapier eingewickelt. Ich glaube, man wird feststellen, daß er in Mrs. Harrisons Ring paßt. Wenn dem so ist, dann kann man kaum um die Schlußfolgerung herumkommen, daß sie irgendwann, nachdem sie am Dienstag abend das Haus dieser Leute namens Ricketts verlassen hatte, wo sie zum Bridgespielen war, im Gazebo gewesen ist.

Lily Pimm, die meines Erachtens eine äußerst zuverlässige Zeugin ist, war auch auf dieser Bridgeveranstaltung. Sie ist sehr an Mrs. Harrisons Juwelen interessiert, und sie sagt, sie hat die Diamanten gezählt – drei in einem Ring mit Diamanten und Saphiren, drei in einem mit Rubinen und Diamanten, drei in einem mit zwei Perlen und fünf in einem reinen Brillantring. Am Mittwoch, als Mrs. Harrison im Bus ihren Handschuh auszog, um nach Kleingeld zu suchen, hatte Lily Pimm sofort bemerkt, daß einer der fünf Steine des Brillantrings fehlte.«

»Den kann sie überall verloren haben. Schau – wenn er schon am Morgen, als sie sich den Ring ansteckte, gefehlt hat ...«

»Lily Pimm machte die gleiche Bemerkung, worauf Mrs. Harrison antwortete, daß sie den Ring nicht angezogen hätte, weil sie ihn ohnehin nie abnähme, und hinzufügte, daß er ihr ein wenig zu groß sei und am Finger herumrutsche und sie deshalb vielleicht nicht bemerkt habe, daß der Stein fehlte.«

Er runzelte die Stirn ein wenig. »Ich behaupte immer noch, daß sie den Stein überall verloren haben könnte.«

»Wenn dieser Stein in Mrs. Harrisons Ring paßt – wenn er zu den anderen Steinen paßt ...«

Ein wenig ungeduldig fuhr er dazwischen: »Ist denn irgendwas daran so besonders?«

»Ich bin keine Expertin. Es ist ein reiner, großer Stein von schöner Farbe.«

Er öffnete die Pappschachtel, nahm das Seidenpapier heraus und faltete es vorsichtig auseinander. Der Diamant rollte auf die polierte Tischfläche und schimmerte dort wie ein Tautropfen.

Frank stieß einen leisen Pfiff aus. »Es ist ohne Zweifel ein ziemlich großer und sehr reiner Stein. Fünf davon in einer Reihe ist vielleicht ein bißchen übertrieben – meiner Meinung nach.«

»Lily Pimm sagt, der Ring sei sehr wertvoll. Einer aus der Familie hat die Steine aus Indien mitgebracht. Mr. Harrison hat sie für seine Frau zur Hochzeit neu fassen lassen.«

Er sprach nachdenklich. »Wenn der Stein in den Ring und zu den anderen Steinen paßt, dann wird Mrs. Harrison zu erklären haben, was sie im Gazebo getan hat, nachdem sie die

Bridgeparty am Dienstag verlassen hatte und bevor sie ... Wann ist Lily am Mittwoch mit ihr in die Stadt gefahren?«

»Sie haben den Zehn-Uhr-Bus hier an der Ecke genommen.«

Er saß jetzt richtig aufrecht und dachte laut: »Wenn sie den Stein im Gazebo verloren hat – wer hat sie dorthin mitgenommen? Ich nehme an ...« Er brach ab. »Weißt du, ob sie an jenem Abend vielleicht hier war? Sie war mit Mrs. Graham befreundet – vielleicht hat sie kurz vorbeigeschaut und sie im Anschluß an den Bridgeabend besucht?«

»Nein, Frank, das hat sie nicht. Es war schon einige Tage her, daß sie im Haus gewesen war, und selbst wenn sie dort vorbeigeschaut hätte, kann ich mir nicht vorstellen, warum sie den Garten hoch ins Gazebo gegangen sein sollte.«

Er zuckte kurz mit den Achseln. »Wenn dieser Stein im Gazebo aus ihrem Ring rausgefallen ist, dann ist sie auch dorthin gegangen, egal, aus welchem Grund. Ist sich Miss Graham ganz sicher, daß Mrs. Harrison nicht am Dienstag abend kurz zu Besuch da war?«

»Sie ist sich vollkommen sicher.«

Er hob den Diamanten auf, wickelte ihn ein und legte ihn in die Pappschachtel. Als er die Schachtel in seiner Jackentasche verstaut hatte, schob er den Stuhl zurück und stand auf.

»An diesem Punkt gehe ich Mrs. Harrison einen Besuch abstatten und frage sie, was sie in der Zeit zwischen dem Bridgeabend am Dienstag und dem Treffen mit Lily Pimm Mittwoch morgen im Gazebo getan hat.«

Miss Silver legte ihr Strickzeug aufs Knie, aber sie erhob sich nicht.

»Einen Moment noch, Frank. Da ist noch was anderes, was du – glaube ich – wissen solltest.«

»Noch ein Kaninchen?«

Sie ging auf seinen Scherz nicht ein und sagte: »Es steht

vielleicht, vielleicht aber auch nicht, in folgenschwerem Zusammenhang mit dem, was ich dir gerade erzählt habe.«

Er setzte sich wieder. »Worum geht es?«

»Ich habe es von Althea Graham. Wäre sie nicht so beunruhigt, daß sie völlig die Selbstbeherrschung verloren hat, hätte sie es nicht weitererzählt.«

»Ach, sie hat etwas weitererzählt?«

Sie legte den Kopf schief. »Ich habe dir doch gesagt, daß Nicholas Carey hier gewesen ist. Sie waren eine Zeitlang zusammen, und er scheint auf Mrs. Traills Aussage hin zu dem Schluß gekommen zu sein, daß seine Verhaftung kurz bevorstehe. Sie war natürlich ganz am Ende. Bisher hatte sie eine bewundernswerte Haltung bewahrt, aber nachdem Mr. Carey gegangen war, ist sie zusammengebrochen. Unter diesen Umständen hat sie etwas erzählt, das – wie ich glaube – von äußerster Wichtigkeit ist. Mr. Carey scheint ihr berichtet zu haben, daß Mrs. Harrison ihm angeboten hat, ihm ein Alibi zu verschaffen, aber er hat es abgelehnt. Offenbar war sie bereit, zu behaupten, daß er um elf in ›Grove Hill House‹ zurück gewesen wäre und daß sie danach noch beträchtliche Zeit miteinander verbracht hätten. Miss Graham wurde immer erregter, während sie mir das erzählte. Ich gelangte zu der Ansicht, daß Mr. Carey ihr zwar sehr wenig über das Gespräch mit Mrs. Harrison erzählt hätte, sie aber doch einiges erraten hätte und schließlich zu der Überzeugung gekommen wäre, daß das angebotene Alibi Mr. Carey in anderer Hinsicht kompromittieren könnte. Sie wiederholte mehrmals, daß er nichts tun würde, was seinen Cousin verletzen könnte – Mr. Harrison ist sein Cousin.«

Frank Abbott zog eine Braue hoch. »Die übliche kompromittierende Situation: Er kann es nicht gewesen sein, denn er war bei mir! – Aber weißt du, sie hat schon ausgesagt, daß sie keine Ahnung habe, wann Carey zurückgekommen ist.«

Miss Silver hob ihr Strickzeug wieder auf. Die Nadeln klapperten eifrig.

»Sie ist offensichtlich bereit, das zu widerrufen. Mr. Carey hat ihr Angebot abgelehnt, und Althea Graham wird zwischen dem Gefühl, daß dieses Alibi ihn vielleicht vor der Verhaftung bewahren würde, und dem verständlichen Widerwillen, ihn die Rolle von Mrs. Harrisons heimlichem Geliebten spielen zu lassen, hin- und hergerissen.«

Frank nickte. »Eine ziemlich schöne Bescherung, wie du sicher gerade feststellen wolltest.«

»Mir scheint – und dir ja sicher auch –, daß Mrs. Harrisons Motive auf das genaueste untersucht werden sollten. Es wäre natürlich möglich, daß sie Mr. Carey derart zugetan ist, daß sie Schande und Scheidung zu riskieren bereit ist, um ihn zu schützen.«

Er warf ihr einen spöttischen Blick zu. »Dem Tonfall deiner Stimme entnehme ich, daß dir diese Erklärung wenig behagt.«

Sie strickte hastig weiter. »Richtig, Frank, das tut sie. Nach dem, was ich über Mrs. Harrison gehört habe, sollten auch andere Überlegungen berücksichtigt werden. Sie ist mit ihrer Ehe unzufrieden – vor allem, seit Mr. Harrison finanzielle Schwierigkeiten hat. Sie hält das Leben in Grove Hill House für langweilig und ist gern bereit, mit anderen Männern zu flirten. Mr. Carey ist attraktiv und hat kürzlich ein ansehnliches Vermögen geerbt. Wenn sie diese Aussage macht, die ihn vor einer Mordanklage bewahrt, sie selbst aber kompromittiert, dann erwartet sie bestimmt, daß er sie heiratet, sollte ihr Mann sich von ihr scheiden lassen. Das würde Mr. Carey in eine äußerst schwierige Situation bringen.«

»Wieviel davon hat er Miss Graham wirklich erzählt?«

»Ich weiß es nicht. Ich vermute, wenig mehr als die Tatsache, daß Mrs. Harrison bereit wäre, ihm ein Alibi zu geben.«

»Du meinst, den Rest denkt sie sich selbst?«

»Ich glaube, schon. Sie kann Mrs. Harrison nicht leiden, und sie ist in Nicholas Carey verliebt.«

»Scheint Ihrem Scharfsinn gutzutun.«

»Da ist noch was, Frank, und ich glaube, es ist wichtig. Ein Alibi für Mr. Carey wäre auch ein Alibi für Mrs. Harrison.«

29

»Grove Hill House« war mit Personal wohlversorgt, allerdings wohnte von den Bediensteten niemand im Haus. Das Zimmermädchen, das Detective Inspector Abbott und Detective Inspector Sharp die Tür öffnete, hatte vor ihrer Ehe eine sehr gute Stelle gehabt. Jetzt, da sie verwitwet war, hatte sie wieder in ihrem einstigen Beruf zu arbeiten begonnen. Ihre beiden Kinder gingen längst zur Schule, und ihre Mutter wohnte bei ihr, weshalb sich das mit der Arbeit ganz gut arrangieren ließ. Sie wurde anständig bezahlt und bekam drei Mahlzeiten am Tag. Das mußte sie Mrs. Harrison lassen, es gab immer reichlich Essen im Haus, und man durfte sich selbst bedienen. Selbstverständlich war es nicht dasselbe, wie für eine echte Lady zu arbeiten, aber die Bezahlung stimmte, und Mr. Harrison war solch ein netter, ruhiger Gentleman, wie man ihn sich nur wünschen konnte. Sie führte die beiden Polizisten in den Salon und verschwand, um Mrs. Harrison Bescheid zu sagen.

Ella Harrison ließ sich Zeit. Als sie das Wohnzimmer betrat, bemerkte Frank Abbott sofort, daß Puder und Lippenstift frisch aufgetragen worden waren. Er verfügte angeblich über mehr Verwandte als irgendwer sonst in England, und da sich darunter der übliche Anteil junger Frauen befand, gab es nur sehr wenig, was er nicht über die zarte Kunst des Schminkens wußte. Gezwungenermaßen war er bei der Beurteilung um einiges nachsichtiger als die Miss Pimms, aber er war sich doch sicher, daß ein wenig mehr Zurückhaltung Mrs. Harrison ganz gutgetan hätte. Schon mit seiner natürlichen Farbe wäre ihr Haar auffällig gewesen, aber natürlich war diese schon lange nicht mehr. Zusammen mit Mascara, Lidschatten und einem besonders farbenfrohen Lippenstift war das alles einfach zu viel des Guten. Hätte sie Schwarz, Braun oder Dunkelblau getragen, wäre es vielleicht eben noch gegangen, aber bestimmt nicht in Kombination mit einem buntkarierten Rock und einem hellgrünen Twinset.

Er war ihr bisher noch nicht begegnet, denn das erste Mal, als es darum ging, zu klären, wann Nicholas Carey wo gewesen war, hatte Sharp sie befragt. Bei dieser Gelegenheit hatten sowohl sie als auch Jack Harrison behauptet, daß sie früh ins Bett gegangen wären und daß sie keine Ahnung hätten, wann Nicholas Carey zurückgekommen wäre. Da von den Bediensteten keiner im Haus schlief, schien sich die Sache damit erledigt zu haben.

Diesmal waren die Polizisten jedoch in ganz anderer Absicht gekommen. Die Dame galt als jähzornig. An Gerüchten hinsichtlich gewalttätiger Äußerungen dieser Veranlagung herrschte kein Mangel. Die Geschichte vom zerbrochenen Spiegel war auch Detective Sharp zu Ohren gekommen. Er hoffte, daß es nicht zu Unannehmlichkeiten kommen würde.

Ella Harrison reichte ihnen nicht die Hand. Sie bat sie nicht einmal, Platz zu nehmen. Frank Abbott kam es vor, als wären sie Vertreter, denen sie in keiner Weise Hoffnung machen wollte. Und dennoch hatte sie sich die Mühe gemacht, ihr Gesicht aufzufrischen. Sharp blickte Frank an, und dieser begann als erster:

»Mrs. Harrison, wir sind hier in Zusammenhang mit einem Stein, der aus einem Diamantring gefallen ist. Sie haben vor kurzem solch einen Stein verloren, nicht wahr?«

Sie blickte vom einen zum anderen. »Aber ja – woher wissen Sie das? Ich habe es nicht gemeldet.«

»So was spricht sich herum«, sagte er leichthin. »Tatsache ist, daß ein Stein gefunden worden ist. Wenn es der ist, den Sie verloren haben, erkennen Sie ihn vielleicht wieder.«

»Falls es meiner ist, wäre ich sehr glücklich, ihn zurückzubekommen.«

»Vielleicht lassen Sie uns den Ring mal sehen. Sie tragen ihn nicht?«

Der schon erwähnte Ring mit Rubinen und Diamanten steckte an ihrer linken Hand und darüber ein weniger wertvoller Ring mit Perlen und Diamanten. An ihrer rechten Hand trug sie nur einen Ring mit Saphiren und Diamanten.

»Nein – ich dachte mir, die anderen Steine seien vielleicht auch locker«, sagte sie und verließ das Zimmer.

Die Stimmung war ein wenig gereizt, ein wenig gespannt – man hatte es nicht leicht mit dieser Frau. Sie kam mit dem Ring zurück.

Am Fenster stand ein kleiner Tisch. Es war ein altes Stück mit einer Platte aus Walnußholz, an deren Rand entlang ein Blumenkranz eingelegt war. Es war eine sehr schöne Arbeit aus verschiedenfarbigen Hölzern. Die Mitte des Tisches war nicht verziert. Als Mrs. Harrison mit dem Ring in der Hand wieder das Zimmer betrat, lag der verlorene Diamant genau dort in der Mitte, wo das dunkle Holz ihn besonders gut zur Geltung brachte.

Frank Abbott streckte die Hand nach dem Ring aus, und sie gab ihn ihm. Er hob den Stein auf und setzte ihn wieder an seinen Platz. Es konnte kein Zweifel daran bestehen, daß er dort hingehörte. Die Steine waren sehr schön. Sie hatten die gleiche Größe und den gleichen Glanz. Sie hätten kaum besser zueinander passen können. Frank Abbott sagte:

»Ich muß Sie leider bitten, uns den Ring zu überlassen. Ich werde Ihnen eine Quittung dafür ausstellen.« Mit diesen Worten legte er ihn in die Pappschachtel, die den Stein enthalten hatte.

Mrs. Harrisons Gesicht rötete sich. »Einen Moment, was wollen Sie mit dem Ring? Es ist schließlich meiner, oder?«

»Oh, das steht außer Frage. Der Ring und der Stein gehören beide zweifellos Ihnen. Übrigens, haben Sie irgendeine Ahnung, wo Sie den Diamanten verloren haben könnten?«

»Nicht die geringste. Wo ist er denn gefunden worden?«

Detective Sharp stand daneben und war froh, daß er nicht allein hatte kommen müssen. Abbott antwortete ihr in dieser leicht affektierten Manier, die er meist an sich hatte:

»Wir hatten eigentlich gehofft, Sie könnten uns was darüber erzählen.«

»Nun, kann ich nicht.«

Dann knallte er es ihr kurz und trocken hin: »Er wurde im Gazebo von ›The Lodge‹ gefunden.«

Es war ein ziemlicher Schlag – man konnte es sehen. Sie blinzelte wie jemand, der tief getroffen worden war. Es war ein Treffer, und er erschütterte sie, aber sie bekam sich wieder in den Griff. Mit scharfer, fester Stimme antwortete sie:

»In dem Gazebo von den Grahams? Ich verstehe nicht ...«

»Nein? Nun, dort ist er gefunden worden. Vielleicht können Sie uns sagen, wann Sie zum letzten Mal dort waren.«

Sie erholte sich allmählich. »Pah, keine Ahnung – ich bin oft bei den Grahams; ich spiele dort Bridge.«

Franks Brauen wölbten sich. »Im Gazebo?«

»Natürlich nicht. Aber wir spielen nur bis zum Abend – vielleicht bin ich dann hochgegangen, um den Ausblick zu genießen.«

»Können Sie sich daran erinnern?«

»Nicht genau. Wir waren letzte Woche mal im Garten – vielleicht war es da.«

»Mrs. Harrison, Miss Lily Pimm behauptet, daß Dienstag abend, als Sie in dem Haus von Leuten namens Reckitts Bridge spielten, in Ihrem Ring noch kein Stein gefehlt hat.«

Sie stieß ein wütendes Lachen aus. »Ah, Lily Pimm – und Sie wollen glauben, was die sagt?«

»Gibt es irgendeinen Grund, warum wir das nicht tun sollten?«

Sie stampfte mit dem Fuß auf den Teppich. »Sie ist übergeschnappt, das ist alles!«

»Sie scheint eine genaue und gewissenhafte Beobachterin zu sein. Sie hat uns erzählt, daß sie Ihre Ringe sehr bewunderte und sie sich immer genau ansähe. Sie ist sich sicher, daß am Dienstag noch alle fünf Steine in dem Brillantring waren. Als sie Sie am nächsten Tag im Zehn-Uhr-Bus traf und Sie Ihren Handschuh auszogen, um nach Kleingeld für die Fahrkarte zu suchen, bemerkte sie sofort, daß einer der Steine fehlte. Sie sagte, sie hätte Sie darauf aufmerksam gemacht, worauf Sie ganz aufgeregt erwidert hätten, bisher noch nicht bemerkt zu haben, daß der Stein fehlte.«

Die Farbe, die Ella Harrison aufgetragen hatte, wurde jetzt noch durch die Zornesröte verstärkt.

»Selbstverständlich wußte ich, daß er weg ist! Er hat schon seit Tagen gefehlt!«

»Und Sie haben den Ring trotzdem getragen?«

»Ich trage ihn immer!«

»Sie kamen nicht auf die Idee, daß die anderen Steine locker sein könnten?«

»Nein.«

»Aber Sie haben uns doch gerade erzählt, daß das der Grund ist, weswegen Sie den Ring nicht anhätten.«

Ihre Augen blitzten zornig. »Mir ist es nicht gleich aufgefallen, aber dann schon! Was dagegen?«

»Wann ist es Ihnen zum ersten Mal aufgefallen, daß der Stein fehlt?«

»Keine Ahnung.«

»Denken Sie genau nach, Mrs. Harrison. Dies scheint ein wertvoller Ring zu sein. Da Sie ihn immer tragen, scheint er Ihnen viel zu bedeuten. Als Sie entdeckten, daß einer der Steine fehlte, waren Sie natürlich entsetzt.«

»Das wäre doch jeder!«

»Da stimme ich Ihnen ganz zu. Sehr unerfreulich, wenn einem so was passiert. Sie haben selbstverständlich mit Ihrem Dienstmädchen darüber gesprochen – sie gebeten, das Haus gründlich abzusuchen für den Fall, daß Sie ihn hier verloren hätten.«

»Also, das habe ich nicht.« Sie stampfte wieder mit dem Fuß auf. Wenn er bloß mit dieser Fragerei aufhören und ihr Zeit geben würde, zu überlegen! Aber er ließ ihr keine Sekunde, sondern fuhr fort:

»Das wäre doch das Nächstliegende gewesen.«

»Nun, für mich nicht! Ich wußte, ich hatte ihn nicht im Haus verloren.«

»Darf ich fragen, woher Sie das wußten?«

Sie mußte sich schnell was einfallen lassen. Wenn man keine Zeit zum Nachdenken hatte, mußte man sich einfach für eine Möglichkeit entscheiden und sich auf sein Glück verlassen . . .

»Weil der Ring noch in Ordnung war, als ich das Haus verlassen habe«, antwortete sie. »Es muß bei meinem letzten Besuch bei den Grahams passiert sein, wenn der Stein dort gefunden worden ist«, fügte sie ruhig hinzu.

»Ja«, antwortete Frank und ließ es einen Moment lang wirken, bevor er fortfuhr: »Ihr letzter Besuch bei den Grahams – das war am Dienstag nach dem Bridgeabend bei den Reckitts, nicht wahr?«

»Zu welchen Behauptungen versuchen Sie mich zu verleiten? Ich war am Dienstag abend nicht einmal in der Nähe der Grahams. Es war die Woche davor – Mittwoch oder Donnerstag, ich erinnere mich nicht mehr. Ich war dort zum Tee, und Mrs. Graham ist hinterher mit mir in den Garten gegangen und hat mir Pflanzen oder irgendwas gezeigt.«

»Wer war noch dabei?«

»Niemand. Nur Mrs. Graham und ich.«

»Ich dachte, Sie hätten nach dem Tee Bridge gespielt.«

»Das habe ich nie gesagt. Es gab niemand, mit dem wir hätten spielen können – sogar Thea war fort. Wir waren im Garten.«

»Sagten Sie, daß Sie in das Gazebo hochgegangen sind?«

»Ja, allerdings. Mrs. Graham wollte, daß ich sehe, was für einen Ausblick man von dort hat.«

»Sie ist nicht mitgegangen?«

»Nein.«

»Und als Sie nach Hause kamen und entdeckten, daß ein Stein aus Ihrem Ring fehlte, haben Sie sich natürlich sofort erkundigt, ob Sie ihn bei den Grahams verloren hätten?«

Dreist erwiderte sie seinen bohrenden Blick. »Ja, das habe ich.«

»Seltsam, daß Mrs. Graham dies nicht ihrer Tochter gegenüber erwähnt hat.«

»Ich nehme an, sie hat es vergessen. Für das, was ihr nicht selbst passiert ist, hatte sie kaum Interesse.«

»Sie haben den Verlust des Steins Ihrem Dienstmädchen gegenüber nicht erwähnt, und Mrs. Graham hat ihn ihrer Tochter gegenüber nicht erwähnt. Ein ziemlicher Zufall, nicht wahr? Ich vermute, Sie haben Ihrem Mann von dem Stein erzählt.«

Wenn Jack nur weg gewesen wäre – wenn sie sich nur hätte sicher sein können, daß sie Gelegenheit haben würde, ihm zu sagen, was er zu antworten hätte, aber nein, er mußte in seinem Arbeitszimmer sitzen – sie konnte sich wegen gar nichts sicher sein. Sie ging das nächste Wagnis ein und behauptete:

»Ich wollte nicht, daß er davon erfährt. Der Ring stammt aus seiner Seite der Familie. Er hat ihn mir zur Hochzeit geschenkt.«

Sie lügt in einem fort, dachte sich Frank. Laut sagte er: »Sie sind sich wegen der Daten ganz sicher, Mrs. Harrison?«

»Ich bin mir nicht sicher, ob es Mittwoch oder Donnerstag war, als ich zu den Grahams gegangen bin – Mittwoch oder Donnerstag letzter Woche.«

»Aber Sie sind sich sicher, daß es letzte Woche war?«

»Ganz sicher.«

»Und da haben Sie den Stein verloren?«

»Genau.«

»Mrs. Harrison, Miss Pimm ist vollkommen davon überzeugt, daß sie den Ring am Bridgeabend bei den Reckitts an Ihrem Finger gesehen hat und daß er da noch alle Steine hatte. Sie sagt, sie hat sie gezählt.«

Ella Harrisons schwelender Zorn flammte empor. Wutentbrannt schrie sie die Polizisten an: »Dann ist sie nicht nur eine verdammte Närrin, sondern auch eine verfluchte Lügnerin! Jeder – jeder mit nur einem Funken Verstand – sieht doch, was sie und ihre Schwestern sind: gehässige alte Jungfern, die nichts Besseres zu tun haben, als Klatsch zu sammeln und damit bei einem Haufen leichtgläubiger Schwachköpfe hausieren zu gehen, die dumm genug sind, sich jeden Mist andrehen zu lassen! Versuchen Sie es ruhig, und rufen Sie Ihre Lily Pimm in den Zeugenstand, dann werden Sie ja sehen, in welchem Zustand sie ist, wenn der Verteidiger mit ihr fertig ist. Versuchen Sie es ruhig!«

In dieser Rede kamen noch einige nicht druckfähige Worte vor. Manche schockierten Inspector Sharp ziemlich, denn schließlich hatte eine Frau von Mrs. Harrisons Stand sie geäußert. Vor Gericht hätte er sie vielleicht als obszön charakterisiert. Für sich selbst tat er sie einfach als gewöhnlich ab. Er wunderte sich wirklich, wo sie die aufgeschnappt hatte.

Frank Abbott, der wartete, bis sie fertig war, sah die Tür hinter ihr aufgehen und Mr. Harrison das Zimmer betreten – ein kleiner ruhiger Herr mit ergrauendem Haar und einem duldsamen Ausdruck um die Augen herum. Er fragte: »Was ist los?«, und Ella Harrison fuhr herum.

»Man beleidigt mich, das ist los! Schöne Zustände sind das, wenn die Polizei, ohne auch nur zu fragen, ins Wohnzimmer gerumpelt kommt und einen beleidigt!« Sie drehte sich wieder um. »Vielleicht sind Sie ein wenig vorsichtiger mit dem, was Sie sagen, wenn mein Mann da ist – einfach so hereinzuplatzen und mich in meinem eigenen Haus eine Lügnerin zu nennen!«

Jack Harrison blieb, wo er war. Auch leicht verwirrt verfügte er über eine gewisse Würde. »Vielleicht würde mir mal jemand erklären, worum es überhaupt geht.«

Frank Abbott erzählte es ihm ruhig und knapp. Mr. Harrisons Verwirrung nahm noch zu. »Ein Stein aus dem Ring meiner Frau – im Gazebo von ›The Lodge‹? Sind Sie sicher, daß es keine Verwechslung ist? Sie hat den Ring Dienstag abend getragen – ich habe ihn selbst gesehen. Da waren noch alle Steine vorhanden.«

Dieser Trottel – dieser riesengroße Trottel! Einen Moment lang konnte sie nicht denken, nicht reden, sich nicht bewegen.

»Sind Sie sich dessen sicher?« fragte Frank Abbott.

»O ja«, antwortete Jack. Er war weder klug noch von schneller Auffassungsgabe. Er verstand das alles nicht. Der Zorn seiner Frau schüchterte ihn ein. Er suchte bei den offensichtlichen Fakten Halt. Ella konnte letzte Woche keinen

Stein aus ihrem Ring verloren haben, weil sie ihn am Dienstag bei den Reckitts getragen hatte. Das sagte er und wiederholte sich damit, wie es so seine Art war:

»O ja, er war absolut vollständig, als wir bei den Reckitts waren. Wir haben eine Zeitlang am gleichen Tisch gespielt. Es ist ein schöner Ring, und er ist mir besonders aufgefallen. Die Steine sind aus Golconda. Ein Großonkel von mir hat sie mit nach Hause gebracht und hier schleifen lassen. Sie passen sehr gut zusammen. Am Dienstag waren sie ohne Zweifel noch alle da.«

Ella Harrison war inzwischen Schritt für Schritt zurückgewichen. Es war eine rein instinktive Bewegung. Gleich würde ihr etwas zu sagen oder zu tun einfallen. Der Moment war noch nicht gekommen. Sie mußte noch warten. Sie ging rückwärts, bis der Kamin ihr den Weg versperrte. In der Mitte des Simses stand eine Sèvresvase, und auf beiden Seiten von da befanden sich eingearbeitete Porzellanfiguren. Achtzehntes Jahrhundert – die Dame trug einen Reifrock und hatte gepudertes Haar, der Herr trug einen Brokatmantel und Schuhe mit roten Absätzen. Sie packte die Dame am schlanken Hals und schleuderte sie nach Jack Harrison.

30

Mr. Harrison duckte sich. Die Porzellandame in ihrem apfelgrünen Kleid und ihrem geblümten Unterrock krachte gegen die Tür, die er hinter sich geschlossen hatte, und stürzte in Scherben zu Boden. Der Kopf rollte unter einen kitschigen kleinen Hocker. Ella Harrison lehnte stark errötet am Kaminsims und atmete heftig. Niemand redete, bis Frank Abbott mit unterkühlter, gleichgültiger Stimme feststellte:

»Vielleicht wäre es besser, den Rest des Gesprächs zu verschieben, bis Mrs. Harrison sich beruhigt hat.«

»Ich glaube, das wäre besser«, antwortete Jack Harrison. »Ich bin im Arbeitszimmer, falls Sie mich brauchen.« Er drehte sich um und ging aus dem Zimmer.

Ella Harrison verließ den Kamin und machte ein paar Schritte nach vorn. »Jetzt können wir ja zur Sache kommen!« Ihre Stimme war laut und bestimmt.

Sie raste vor Wut, aber sie war jetzt über das Zerschlagen von Porzellan hinaus. Es gab noch mehr Zerbrechliches, und sie würde es zerstören. Sie ging zu einem der Sessel und blieb dort stehen, die Hände auf die Lehne gestützt.

»Sie da«, sagte sie, an Frank Abbott gewandt, »Sie waren ziemlich verschwenderisch mit Ihren Fragen. Jetzt werden Sie mal mir zuhören! Ich habe nämlich was zu sagen!«

»Sie wollen eine Aussage machen?«

»Wenn Sie es so nennen wollen. Ich habe was zu sagen, und wenn Sie wollen, können Sie mitschreiben.«

Inspector Sharp fand einen Stuhl, holte sein Notizbuch hervor und stützte es gegen die Kante des Tisches, auf dem der Diamant gelegen hatte.

»Vielleicht wollen Sie sich setzen, Mrs. Harrison«, bot Frank ihr an.

Sie starrte ihn wütend an. »Ich bleibe lieber stehen! Es dauert nicht lange. Nett ist das, wenn zur Abwechslung mal ich rede und Sie mir zuhören müssen, anstatt mich dauernd mit Fragen zu bombardieren, als wären Sie der witzige Conférencier und ich der Trottel, der die Pointen liefert. Jetzt passen Sie mal auf, Sie – Sie hochgestochener Mr. Oberpolizist, ich spiele für niemand den Trottel! Und wenn Sie glauben, Sie können mir irgendwas anhängen, dann können Sie sich gleich wieder an die Arbeit machen und sich was Neues ausdenken, denn ich habe nämlich ein Alibi! Und Sie, Mr.

Wie-war-doch-gleich-der-Name, Sie dürfen das alles aufschreiben, und dann scheren Sie sich zum Teufel!«

Das Furnier war weg. Dies war die Frau, die in einem Haus voller Betrunkener aufgewachsen war und sprechen gelernt hatte, indem sie ihrem Vater und ihrer Mutter zuhörte, wie die einander während ihrer häufigen Streitereien beschimpften; die als Kind in der Gosse gespielt hatte; die sich mit rücksichtslosem Einsatz erst eine Rolle in einer Kinderpantomime erkämpft hatte und dann wegen ihrer langen Beine und volltönenden Stimme im Varieté untergekommen war. Sie hatte sich schon damals von niemand was gefallen lassen, und sie würde sich auch jetzt von diesen Polizisten nichts gefallen lassen! Das verkündete sie lauthals schreiend:

»Ich weiß nicht, worauf Sie hinauswollen mit Ihrem ›Waren Sie Dienstag abend bei den Grahams?‹. Also gut, ich war nicht dort, also stecken Sie sich das ruhig an den Hut! Und warum nicht? Sie sehen, diesmal stelle ich die Fragen, und hier ist gleich die Antwort: Ich war nicht unten bei den Grahams, weil ich Wichtigeres zu tun hatte. Und wenn Sie wissen wollen, mit wem ich es getan habe: Es war Nicholas Carey! Er kam ins Haus zurück, als es gerade elf schlug, und er ist nicht wieder fortgegangen – das kann ich Ihnen versichern. Hier war er, und hier ist er geblieben, und keiner von uns beiden hätte es anders gewollt. Jack war um zehn im Bett, und die Hausangestellten schlafen nicht hier, weshalb es niemand gegeben hat, der uns hätte stören können, und das war uns gerade recht. So, jetzt wissen Sie es!«

Frank Abbotts kalter, gleichgültiger Blick ruhte auf ihr. Er fragte sich, wieviel davon gegen Jack Harrison gerichtet war. War es nur ein weiterer wirksamer Versuch, ihn zu verletzen? Teilweise bestimmt, und der Rest war das Alibi, das Miss Silver schon vorausgeahnt hatte. Er fragte sie:

»Als Sie das erste Mal befragt wurden, haben Sie behauptet,

daß Sie um elf im Bett waren und daß Sie keine Ahnung hätten, wann Mr. Carey zurückgekommen wäre. Jetzt sagen Sie, er war um elf zurück und ist bei Ihnen geblieben.«

Sie stampfte wieder mit dem Fuß auf. »Klar, man will ja schließlich nicht gleich die Karten auf den Tisch legen, oder?«

»Das heißt, Sie sagen nur die Wahrheit, wenn es Ihnen paßt?«

»Stellen Sie es nicht so hin, als hätte ich etwas gesagt, was ich gar nicht gesagt habe!«

»Hinsichtlich Ihrer Beschäftigungen am Dienstag abend haben Sie doch selbst erst das eine, dann was anderes erzählt.«

»Da dachte ich noch, das hat doch niemand zu kümmern. Aber jetzt, wo Sie mir was anhängen wollen, muß ich mich darum kümmern, daß Sie sich keine verkehrten Dinge in den Kopf setzen! Nicky war ab elf hier und hat den größten Teil der Nacht hier verbracht. Wir wollten beide nicht, daß das rauskommt – da noch nicht. Aber so ist es gewesen, da können Sie sich auf den Kopf stellen!«

Ihr Gesicht leuchtete wie im Triumph. Sie hatte zugeschlagen und zwei Fliegen auf einmal erwischt. Wenn sie ein Alibi hätte, konnte die Polizei nicht so tun, als wäre sie Dienstag nacht bei den Grahams gewesen, und wenn dieses Alibi Jack weh tat, nun, der hatte es wirklich darauf angelegt – mußte ja unbedingt anmerken, daß er den Ring Dienstag abend noch gesehen hätte – mit allen Steinen! Jeder andere wäre klug genug gewesen, die Klappe zu halten, wenn die Polizei im Haus war und Ermittlungen in einem Mordfall anstellte. Aber nicht Jack Harrison, nicht dieser Trottel von einem Ehemann – o nein, der nicht! Der kommt und merkt nebenbei an, gesehen zu haben, wie noch alle Steine am Ring dran waren! Nun, wenn er sich scheiden lassen wollte, nur zu – dann wäre sie ihn endlich los!

Der Inspektor der Ortspolizei schrieb auf, was sie gesagt

hatte, und las es ihr vor. Als sie es unterschrieben hatte, verließen sie das Zimmer. Sie hörte, wie sie durch den Flur zur Haustür gingen. Sie hörte, wie diese sich öffnete und sich hinter ihnen wieder schloß.

Ihr heißer Zorn war befriedigt und legte sich allmählich.

31

Nicholas Carey saß am Toilettentisch seines Zimmers im »George«, aber er war nicht mit der Schönheitspflege beschäftigt. Der altmodische Schminkspiegel mit seinen fünf Schubläden – zwei auf jeder Seite und einer in der Mitte, um darin Ringe, Modeschmuck und was nicht sonst noch alles unterzubringen – war zur Seite geschoben worden, damit es Platz gab für die Schreibmaschine, auf der Carey rasch seinen neuesten Artikel tippte.

Das Zimmer war im überladenen viktorianischen Stil eingerichtet, und die einzige Veränderung, die es seit den Tagen, da das »George« als Poststation gedient hatte, erfahren hatte, waren die modernen Federkernmatratzen in dem düsteren Himmelbett. Daß der Teppich erneuert worden war, hätte selbst Mr. Pickwick nicht beschwören können, und die allgemeine Atmosphäre bedrückender Anständigkeit war ohnehin gewahrt geblieben.

Als das Telefon klingelte, hörte Nicholas zu tippen auf, ging zu dem Raum zwischen den Betten hinüber und nahm den Hörer ab. Eine Stimme teilte ihm mit, daß ein Gentleman ihn zu sehen wünschte. »Namens Abbott – Mr. Abbott.«

»Schicken Sie ihn hoch«, antwortete er und ging zum Toilettentisch zurück, wo er ein paar schon getippte Seiten zusammensuchte. Er betrachtete mit gerunzelter Stirn die eine, die noch in der Maschine steckte, und fragte sich, ob er sie würde zu Ende schreiben dürfen, falls man ihn verhaftete, und ob der »Jupiter« sie überhaupt noch würde haben wollen, falls man es ihm erlauben sollte.

Bevor er sich darüber hatte klarwerden können, klopfte es. Frank Abbott kam herein und schloß die Tür. Er war allein, und sein Auftreten wirkte weniger offiziell.

Nicholas wölbte eine Braue, legte die Seiten weg und fragte: »Mr. Abbott? Ist das reine Höflichkeit oder . . .«

»Nun, es ist vielleicht nicht nötig, den Hausdiener unten mit neuem Tratsch zu versorgen.«

»Aber ich nehme nicht an, Sie sind bloß gekommen, um sich die Zeit zu vertreiben.«

»Nicht direkt.«

»Nun, wir können uns genausogut setzen.« Er bot Frank Abbott den Sessel an, setzte sich auf das nächste Bett und wartete. Wenn die Polizei schon einfach so hereinplatzte, dann konnte sie auch selbst den ersten Schritt tun.

Frank lehnte sich zurück, schlug seine langen Beine übereinander und begann beiläufig: »Ich dachte mir, es wäre vielleicht nützlich, Ihre Ansicht zu Mrs. Traills Aussage zu hören. Miss Graham hat Ihnen davon erzählt?«

»Hat sie.«

»Wollen Sie überhaupt dazu Stellung nehmen? Sie müssen selbstverständlich nicht – ich vermute, Sie wissen das. Falls Sie aussagen wollen, dann muß ich Sie ermahnen, vorsichtig zu sein.«

»Weil alles, was ich erzähle, festgehalten und gegen mich verwendet werden kann? In Ordnung, sehen wir das als gesagt an. Was die Aussage dieser Mrs. Traill angeht – ich war am Dienstag abend um zwanzig nach elf mit Sicherheit nicht im Gazebo. Ich bin von dort weggegangen, gleich nachdem Althea ihre Mutter in das Haus zurückgebracht hatte.«

»Sie halten daran fest?«

»Zufällig ist es die Wahrheit.«

»Mrs. Traill hat gehört, wie Mrs. Graham Ihren Namen nannte. Sie ist bereit, einen Eid darauf zu schwören, daß sie gehört hat, wie Mrs. Graham ausrief: ›Wie können Sie es wagen, Nicholas Carey!‹«

Nicholas nickte. »Ja, das hatte sie auch schon vorher gerufen, als sie nach draußen gekommen war und uns im Gazebo überraschte. Aber wissen Sie, sie kann beim zweiten Mal gar nicht gesehen haben, wer es war. Sie hat höchstens gesehen oder gehört, daß jemand im Gazebo war, und hat daraus den voreiligen Schluß gezogen, daß ich es wäre.«

Das klingt recht vernünftig, könnte sogar wahr sein ..., dachte sich Frank. Dann sagte er: »In ihrer Manteltasche steckte eine Lampe.«

Nicholas lachte kurz auf. »Also nein, das hat doch nichts zu sagen! Wenn sie die Lampe herausgeholt und benutzt hätte, dann wäre die auf den Boden gefallen und weggerollt. Sie wäre nicht in ihrer Tasche gefunden worden.«

»Außer – der Mörder hätte sie wieder dort hineingetan.«

»Mein Gott, Abbott, für wie abgebrüht halten Sie ihn denn? Das Gazebo steht direkt an der Straße, ständig kann einer vorbeigehen – Mrs. Traill *ist* vorbeigegangen, und Mrs. Graham hat geschrien. Vielleicht hat es noch andere Geräusche gegeben. Können Sie sich vorstellen, daß der Mann, der gerade jemand erwürgt hat, lange zögert, bevor er abhaut? Glauben Sie, er hat die Lampe gesucht und dann in die Manteltasche gesteckt? Also, ich nicht. Und übrigens, wenn er es getan hat, dann wären auf der Lampe seine Fingerabdrücke oder aber überhaupt keine, falls er sie abgewischt hat. Wenn aber Mrs. Graham sie in ihre Tasche gesteckt hat, nun, Abbott, dann wären ihre eigenen Abdrücke drauf, und ich nehme an, die hat die Polizei auch gefunden.«

Frank nickte. »Ein Punkt für Sie. Wir haben sie gefunden. Lassen Sie uns jetzt darauf zurückkommen, was Sie am Dienstag abend gemacht haben, nachdem die Grahams gegangen waren. Welchen Weg haben Sie eingeschlagen – den Hügel hoch oder runter?«

»Hoch. Zuerst wollte ich zurück nach ›Grove Hill House‹. Es ist nur ein Katzensprung, wissen Sie, Hill Rise hoch und dann um die Ecke. Ich bin bis zur Ecke gekommen, und dann wurde mir klar, daß ich nicht ins Bett wollte. Es hätte nichts genützt, weil ich ohnehin nicht hätte schlafen können. Ich bin Hill Rise wieder hinuntergegangen und habe Belview Road überquert. Es gibt dort einen kleinen Weg, der zwischen den Häusern hindurch verläuft – er heißt ›Dip‹. Er ist nie zugebaut worden, weil er die schnellste Verbindung zwischen dem Hügel und den Äckern und Auen weiter unten war. Dem bin ich bis zum Ende gefolgt und dann links abgebogen. Danach weiß ich nicht mehr so genau.

Noch in den letzten fünf Jahren ist in dem Teil dort viel gebaut worden. Ich bin in eine neue Siedlung geraten und bin wieder rausgekommen. Ich habe mir nicht wirklich überlegt, wo ich hingehe. Als ich so weit gelaufen war, wie ich Lust hatte, bin ich den Hügel hoch wieder zurückgegangen. Ich kann Ihnen nicht genau sagen, wo ich da entlanggegangen bin – ich bin einfach der Richtung gefolgt, in der das Gelände ansteigt. Schließlich bin ich auf die St.-Jude-Kirche gestoßen, und da wußte ich, wo ich war – zehn Minuten zu Fuß von ›Grove Hill House‹ entfernt.

Ich kann Ihnen nicht sagen, wie spät es war, als ich ins Haus kam. Es war nach Mitternacht, weil die Straßenlampen aus waren. Ich habe mit dem Hausschlüssel aufgesperrt, und ich habe nicht auf die Uhr geschaut und keine Glockenschläge gehört. Ich war hundemüde. Ich habe nicht einmal meine Armbanduhr aufgezogen. Ich habe einfach die Kleider abgestreift und bin ins Bett gefallen. Ob es Ihnen paßt oder nicht, das ist die Wahrheit.«

Nun, vielleicht war sie das. Frank Abbott neigte dazu, ihm zu glauben. Nicholas Careys Stimme, sein ganzes Benehmen waren von einer Art nervöser Energie beseelt. Es schien, als müsse das, was er auf dem Herzen hatte, heraus, und das so schnell wie möglich. Es war nicht die geringste Spur von Aggressivität zu spüren. Er hatte etwas zu sagen, und er hatte es eilig, es hinter sich zu bringen. Er wirkte dabei die ganze Zeit wie jemand, der sich möglichst genau zu erinnern versucht.

»Gut, das ist also Ihre Aussage«, stellte Frank Abbott fest. »Ich nehme an, Sie wären bereit, sie zu Protokoll zu geben und zu unterschreiben?«

»Sofort. Ich tippe sie jetzt gleich, wenn Sie wollen.«

Er ging zum Toilettentisch hinüber, setzte sich, zog die Schreibmaschine zu sich heran, spannte ein frisches Blatt Papier ein und begann zu tippen. Er erledigte es schnell und fachmännisch. Er schrieb vom Anfang bis zum Ende, ohne auch nur wegen eines Wortes zu zögern. Als er fertig war, zog er das Papier heraus, nahm einen Füllfederhalter aus der Tasche und setzte eine verschnörkelte Unterschrift unter die letzte Zeile. Dann kehrte er zu seinem Platz auf dem Bett zurück und reichte Frank die Aussage im Vorbeigehen.

»Da haben Sie es – an mehr kann ich mich nicht erinnern.«

Abbott überflog den Text. Gut und gleichmäßig getippt, keine Fehler und kaum eine Abweichung von der mündlichen Fassung. Und die hatte den Eindruck erweckt, daß Carey sich wirklich nach Kräften daran zu erinnern versuchte, was er getan hatte, nachdem er das Gazebo verlassen hatte, und daß er mit dieser Anstrengung die Ereignisse in seinem Hirn fixierte. Er würde sie nicht mehr vergessen.

»Brauchen Sie sonst noch was?« fragte Nicholas.

»Sie haben jetzt diese Aussage bezüglich der Ereignisse von Dienstag nacht gemacht, aber leider muß ich Ihnen sagen, daß sie mit einer anderen Aussage, die wir erhalten haben, nicht übereinstimmt.«

Nicholas lachte kurz auf. »Ich sehe nicht ein, warum ich für das, was irgend jemand anders gesagt hat, verantwortlich sein sollte.«

»Mrs. Harrison behauptet, daß Sie um elf wieder in ›Grove Hill House‹ waren.«

»Mrs. Harrison irrt sich.«

»Leider scheint bei dem, was sie sagt, ein Irrtum ausgeschlossen. Sie behauptet kategorisch, daß Sie um elf nach ›Grove Hill House‹ zurückgekehrt seien und daß sie beide dann den Rest der Nacht zusammen verbracht hätten.«

Nicholas' dünne dunkle Brauen wölbten sich. »Das ist wirklich sehr albern von ihr. Sie ist vermutlich der Meinung, mir damit ein Alibi zu verschaffen.«

»Sie behaupten, es stimmt nicht?«

»Natürlich stimmt es nicht! Ich bin mit Althea Graham verlobt. Wir hätten am Mittwoch geheiratet, wenn das alles nicht passiert wäre. Es ist eine absurde Geschichte.«

Frank war geneigt, ihm zuzustimmen. Nicholas fuhr mit gewisser Schärfe in der Stimme fort:

»Es ist eine absurde Geschichte, und sie ist eine absurde Frau. Ich verrate Ihnen wohl lieber, daß sie mir ihre Hilfe angeboten hat und ich diese abgelehnt habe. Die ganze Sache ist Blödsinn! Es war mindestens zwölf, als ich zurückgekommen bin. Ich hatte einen Schlüssel, und ich bin direkt auf mein Zimmer gegangen. Ich habe keine Menschenseele gesehen. Der arme alte Jack, er hatte kein Glück, als er sich die ausgesucht hat, was? Wenn sie diese Art von Märchen überall herumerzählt, wird sie ihm damit noch ganz schön weh tun. Er ist ein netter Kerl, wissen Sie, aber er wird mit ihr nicht fertig. Ehrlich, Abbott, diese Geschichte von ihr ist völliger Quatsch.«

»Und Sie bleiben bei Ihrer Aussage?«

»Ich bleibe bei meiner Aussage.«

32

Miss Silver war im Speicher von »The Lodge«. Mrs. Justice hatte kurz vor Mittag angerufen und gefragt, ob Althea sich gut genug fühlte, um sie zu empfangen, wenn sie um zwei vorbeischauen würde. Es war unmöglich, solch eine alte und liebenswürdige Freundin abzuweisen.

Miss Silver ließ die beiden allein und kletterte die Leiter zum Speicher hoch. Seit dem gestrigen Tag verspürte sie den Wunsch, bei Gelegenheit mal die Bücher durchzusehen, die Althea erwähnt hatte, und zu überprüfen, ob es tatsächlich eins gäbe, das sich mit der Geschichte von Grove Hill beschäftigte, aber bis zu diesem Augenblick hatte sich noch keine Gelegenheit dazu gefunden. Da Louisa Justice ein mütterlicher Typ war, konnte man ihr Althea bedenkenlos anvertrauen. Nach einer herzlichen Mitleidsbekundung würde sie nicht weiter bei der Tragödie verweilen. Sie hatte Miss Silver schon mitgeteilt, daß sie ein paar ausgezeichnete Schnappschüsse von Sophys Zwillingen erhalten hätte und glaubte, daß auch Althea an diesen interessiert sein würde. Miss Silver konnte sich daher der Suche unter Mr. Grahams Büchern widmen.

Der Speicher war hell und gut belüftet, und die Bücher waren nicht verpackt. Einige große Regale, die früher mal das Eßzimmer verdunkelt hatten, waren nach Mr. Grahams Tod hier hochgeschafft worden. Das hätte ihn sicher sehr geärgert, aber seine Witwe war der Meinung gewesen, jetzt das tun zu dürfen, was sie wollte. Die meisten Bücher waren in den Regalen untergekommen, der Rest war auf dem Boden gestapelt. Geschichte schien das Hauptinteressengebiet gewesen zu sein. Es gab sowohl englische als auch französische Memoiren aus dem 18. Jahrhundert: Boswells »Johnsons Leben« in einer alten Ausgabe, Bücher mit schönen Stichen von Kathedralen, einen einzelnen Band von »Alte Klöster und Schlösser«, Le Nôtres »Romances of the French Revolution«, ein Buch von Lady Charlotte Bury, das ins 19. Jahrhundert hinüberreichte, und die Erinnerungen der Comtesse de Boigne. Diese Bücher standen alle auf den unteren Brettern eines der Regale. So hoffte Miss Silver, daß das, was sie suchte, sich auch darunter befinden würde. Aber dem schien nicht so zu sein, und da sie weder Titel noch Autor kannte, war es keine leichte Aufgabe, die sie sich da vorgenommen hatte. Ihr einziger Anhaltspunkt war Altheas Bemerkung, daß die Bücher ihres Vaters auf dem Speicher stünden und daß sie glaubte, eines unter ihnen befasse sich mit der Geschichte von Grove Hill.

Sie fand das gesuchte Buch im zweiten Regal, einen zerfledderten alten Band, dessen Verfasser Hochwürden Thomas Jenkinson war, der ehemalige Pfarrer von St. Jude. Offenbar war dieser auch der Autor der Werke »Alte Gasthausschilder« und »Die interessantesten Grabinschriften«. Das Buch, das Miss Silver aus dem Regal holte, hieß »Wohnsitze des hohen und niederen Adels in der Gegend von Grove Hill mit einigen Anmerkungen zu den Familien, die dort während des 18. Jahrhunderts lebten« und war, wie auf dem Titelblatt vermerkt, 1810 erschienen. Miss Silver begab sich zu einem alten, aber recht bequemen Stuhl, setzte sich und begann zu lesen.

Hochwürden Thomas Jenkinson war einer jener Autoren, die zur Weitschweifigkeit neigen. Er zeichnete sich durch eine Vorliebe für Hervorhebungen aus, wie er es vermutlich selbst ausgedrückt hätte, und es war offensichtlich, daß er ein wahres

Vergnügen an Adelstiteln hatte. Menschen der höchsten Stände kamen und gingen auf den Seiten seines Buches. Die Anekdoten über sie grenzten oft ans Frivole. Miss Silver sah sich gezwungen, diese als für einen Geistlichen ziemlich unpassend zu verurteilen.

Sie hatte ungefähr zwanzig Minuten in dem Buch geblättert, als sie auf den Namen Warren stieß – Mr. Henry Warren, ein reicher und wohltätiger Brauer. Mit gespannter Aufmerksamkeit las sie weiter und erfuhr, daß dieser Gentleman 1749 »Grove Hill Estates« und eine Reihe *einträglicher Gehöfte* erworben hatte. Anschließend war er darangegangen, sich auf der Hügelkuppe einen schönen Landsitz zu bauen, den er »Grove Hill House« nannte. Es wurde noch viel über Mr. Warren, seine beiden Ehen, seine neun Kinder, von denen kein einziges überlebte, und seinen wachsenden Reichtum berichtet.

An dieser Stelle erlaubte es sich Mr. Jenkinson, ein wenig zu moralisieren, und Miss Silver überflog die nächsten Seiten nur flüchtig. Die Gordon-Aufstände wurden ausführlich behandelt, wobei Mr. Jenkinson die *Ausschreitungen des Pöbels* und die empörende *Zerstörung von Besitztum* ausgesprochen beklagte, da Mr. Warrens schöner Landsitz völlig abgebrannt war und er selbst vom umstürzenden Mauerwerk getroffen worden war.

Es folgte eine Passage, die leicht mit Bleistift unterstrichen war. Miss Silver las sie aufmerksam durch. »Wie es heißt, hat der unglückselige Gentleman die größten Anstrengungen unternommen, die wertvolleren seiner Gemälde zu retten. Tatsächlich hat er gerade bei diesem Unterfangen auf tragische Weise den Tod gefunden. Gemälde im Wert von vielen tausend Pfund gingen in den Flammen verloren. Vielleicht stand die Rettung des wertvollen *Tafelgeschirrs* und der *Juwelen* seiner Frau, die sich zur Zeit der Zerstörung noch in dem Haus befanden, unter einem günstigeren Stern. Da keine Spur von dem *Gold* in den Ruinen gefunden werden konnte, hält man es für möglich, daß es ihm gelungen ist, es an einen sicheren Ort zu schaffen, bevor ihn das *Verhängnis* ereilte, das sein *irdisches Dasein* beschloß. Da der einzige Hinterbliebene ein Säugling war, wurde keine eingehende Suche vorgenommen. Es ist selbstverständlich möglich, daß die Aufständischen das goldene *Tafelgeschirr* gestohlen haben, das von großem Wert war, aber Mr. D-L-, mit dem zu sprechen ich *Gelegenheit* fand, kurz nachdem ich diese Pfarrei übernommen hatte, versicherte mir, daß er nicht glaube, daß dies der Fall gewesen sei. Obwohl er damals beinahe achtzig Jahre alt war, war er völlig gesunden Geistes und erinnerte sich deutlich der Ausschreitungen, deren sich die *Aufständischen* schuldig gemacht hatten.

Er hatte einen Bruder, der Arzt war und als solcher gerufen worden war, um sich des *unglückseligen* Mr. Warren anzunehmen. Er teilte Mr. D-L- mit, daß er Mr. Warren *in articulo mortis* vorgefunden hätte, aber noch bei Bewußtsein. Er sagte, daß der Sterbende ständig einen Satz wie ›Das Gold ist gerettet‹ oder ›Ich habe das Gold gerettet‹ vor sich hin gemurmelt hätte. Als der Arzt sich erkundigte: ›Was haben Sie damit getan?‹ und ›Wo ist das Gold?‹, blickte Mr. Warren bloß um sich, als hätte er keine Ahnung, wo er sich befände, und murmelte Worte, die höchstens teilweise verständlich waren. Nur wenig später verfiel er in einen *Zustand der Ohnmacht*, aus dem er nicht mehr erwachte. Mr. D-L- behauptete, daß die *Wahrheit* dessen, was eben gesagt worden wäre, sich ohne weiteres überprüfen ließe, da mehrere Personen zugegen gewesen wären, darunter eine junge Frau, die später nach Yorkshire heiratete.

Diese Frau, Mrs. M-n, ist nun nach langjähriger Abwesenheit zurückgekehrt und gehört meiner Gemeinde an. Als ich mich erkundigte, ob sie die Geschichte des Mr. D-L- bekräftigen könnte, der inzwischen verstorben wäre, bestätigte sie diese bis ins Kleinste und wiederholte sogar einige der Worte, die Mr. Warren von sich gab, als er bereits im Sterben lag. Diese sollten aber meiner Meinung nach hier nicht gedruckt festgehalten werden, um nicht falschen Hoffnungen Auftrieb zu verleihen und der Begehrlichkeit haltlosen Gesindels.«

Hier endete der Bericht, und Hochwürden Thomas Jenkinson schweifte zu Spekulationen über eine Quelle auf der »Long Meadow« ab, bei der es sich angeblich um einen der vom abergläubischen Volksmund »Trouble Waters« genannten Bäche handelte, deren Hervorsprudeln das Nahen einer gewaltigen Verheerung anzeigte. So interessant dieses Thema sein mochte, Miss Silver verfolgte es nicht weiter. Statt dessen stand sie auf und stellte sich direkt unter die Glühbirne, die den Speicher beleuchtete. Zwischen dem ersten Buchstaben M und dem abschließenden N des Namens, mit dem Hochwürden Thomas Jenkinson die Dame bezeichnet hatte, die nach Yorkshire geheiratet hatte und anschließend in seine Gemeinde zurückgekehrt war, hatte sie schwache Bleistiftspuren auszumachen gemeint. Hielt man das Buch unmittelbar unter die Lampe, gab es keinen Zweifel mehr, daß dem so war. Der Name war dort eingefügt worden, aber von wem? Wenn es Mr. Jenkinson gewesen wäre, mußte die Ergänzung vor weit über hundert Jahren vorgenommen worden sein, wenn es aber Mr. Graham gewesen wäre, dann war es vielleicht nicht einmal zwanzig Jahre her. Die Buchstaben waren nicht einfach zu entziffern. Sie waren verblaßt und auf der durch Alter und Feuchtigkeit verfärbten Seite kaum noch zu erkennen. Aber es ließ sich doch vage etwas davon wahrnehmen.

Miss Silver blickte mehrmals zur Seite und wieder auf das Buch. Die Wahrnehmung wurde deutlicher. Die mit Bleistift geschriebenen Buchstaben zwischen dem M und dem N fügten sich ohne Zweifel zu einem Namen zusammen, und dieser Name lautete »Martin«.

33

Am nächsten Morgen, nachdem Althea Besuch von Nicholas Carey bekommen hatte, nahm Miss Silver einen Bus in die Stadt. Auf halbem Weg die High Street hinab stieg sie aus und machte sich auf den Weg zum Büro von Martin & Steadman, Immobilienmakler. Dort fragte sie nach Mr. Martin persönlich und wurde sofort in sein freundliches Zimmer auf der Rückseite des Hauses geführt.

Der Tag war sehr mild, und eine Glastür zum Garten hin, in dem die Herbstblumen strahlten, war weit geöffnet. Wenn Miss Silver ihre Bewunderung und Freude auch nicht ganz ohne Hintergedanken kundtat, so empfand sie diese doch aufrichtig. Es stimmte, sie hatte von Althea Graham erfahren, daß Lob für seinen Garten der einzige und sicherste Weg war, Mr. Martins Herz zu gewinnen, aber sie meinte es vollkommen ernst mit ihrer Anerkennung. Die Pracht der Dahlien, Chrysanthemen, Rosen, Nelken und Margeriten war geradezu blendend. Mit warmer Stimme rief sie aus:

»Was für ein herrlicher Garten!«

Mr. Martin nahm die Huldigung entgegen. Sie war nicht ungewohnt für ihn, aber Wiederholungen konnten das Vergnügen in keiner Weise schmälern. Nachdem sie sich kurz über das Gärtnern in den Vororten unterhalten hatten, mußte sie ihm mit Bedauern mitteilen, daß sie nicht aus eigener Erfahrung sprechen könne, da sie in einem Mietshaus wohne.

»Aber die Gärten sind entzückend. Die Erde muß hier gut

sein. Ich wohne bei Miss Althea Graham in ›The Lodge‹, Belview Road.«

»Dann können Sie mir vielleicht sagen, wie sie das Ganze bewältigt. Ich war über den Tod von Mrs. Graham sehr entsetzt. Wir sind zur selben Kirche gegangen, und ich komme normalerweise auf dem Weg zur Arbeit an ihrem Haus vorbei. Ich kenne Miss Graham, seit sie ein kleines Kind war. Es freut mich zu hören, daß sie jemand hat, der bei ihr bleibt. Es gibt ja, glaube ich, keine Verwandten.«

»Nein, ich glaube nicht. Ich bin sehr froh, hier zu sein. Mein Name ist Silver – Miss Maud Silver. Miss Graham hat mir erzählt, wie freundlich Sie immer gewesen seien.«

Er räumte Papier auf seinem Schreibtisch zur Seite und antwortete leicht verlegen:

»Ich habe mein Bestes versucht. Ich vermute, sie hat Ihnen erzählt, daß ich jemand habe, der großes Interesse an dem Haus zeigt. Es ist vielleicht noch zu früh, um von Miss Graham eine Entscheidung in dieser Frage zu erwarten, aber vom rein geschäftlichen Gesichtspunkt aus wäre es gut, wenn sie nicht zu lange zögerte. Mr. Blounts letztes Angebot war ausgezeichnet, aber ich bin mir nicht sicher, ob es noch Bestand hat. Solch eine Tragödie – ein Mord –, na ja, es gibt nichts, was den Wert einer Immobilie derart drückt. Im Fall von Mr. Blount lag der Grund für das gute Angebot in der Tatsache, daß Mrs. Blount, deren Gesundheit stark angegriffen ist, sich dieses Haus in den Kopf gesetzt hat. Man scheint es ihr nur schwer recht machen zu können. Er will nicht zu weit von London weg, und er sagte mir, sie hätten sich über hundert Häuser angesehen, zuerst in dem einen Vorort, dann im nächsten, und daß Mrs. Blount alle abgelehnt hätte. Er sagte, er könnte es kaum glauben, daß sie solchen Gefallen an ›The Lodge‹ gefunden hätte. ›Ich gebe Ihnen mein Wort, Mr. Martin‹, hat er gesagt, ›wenn ich sie in ein Haus kriege, das ihr gefällt, und sie sich dort einrichtet, dann wird das mein Leben völlig ändern. Ruhe und Frieden, das ist es, was ich will, und ich zahle jeden vernünftigen Betrag, um das zu bekommen.‹ Und natürlich denkt man mal darüber nach, was einem alles andere nützt, wenn man nicht ein wenig Ruhe im eigenen Haus findet?«

Miss Silver stimmte ihm zu und erkundigte sich danach, ob er seit Mrs. Grahams Tod irgend etwas von diesem Kunden gehört hätte.

Mr. Martin hob einen Stift auf, hielt ihn, als wollte er damit schreiben, und legte ihn wieder weg.

»Nein. Nein, habe ich nicht. Und das ist es, was mich ein bißchen besorgt macht. Sehen Sie, wenn Mrs. Blount von derart kränklicher und nervöser Konstitution ist, wie er behauptet, dann haben sie vielleicht sofort das Interesse an dem Haus verloren. Diese nervenschwachen Damen sind nun mal leider so: in einer Minute vollkommen begeistert von einer Sache und in der nächsten schon angewidert davon. Miss Graham will vermutlich nicht in dem Haus wohnen bleiben, vor allem, wenn es stimmt, daß sie sehr bald heiraten wird. Wenn ich es so sagen darf, ich glaube, jeder, der sie kennt, wäre froh, wenn dem so wäre. Ich erinnere mich sehr gut an Mr. Carey. Wir haben für seine Tante, Miss Lester, den Verkauf von ›Grove Hill House‹ arrangiert. Es war eine Familienangelegenheit, aber wir haben das Geschäftliche geregelt. Mr. Harrison, der das Haus gekauft hat, ist ein Cousin, aber es ist immer klug, geschäftliche Details von Geschäftsleuten regeln zu lassen. Mr. Carey war oft hier, bevor Miss Lester weggezogen ist – hat die Ferien hier verbracht und war eng mit Miss Graham befreundet.«

Miss Silver hüstelte leicht. »Sie sind immer noch sehr befreundet miteinander, aber dies ist vielleicht nicht ganz der richtige Augenblick für irgendwelche Bekanntmachungen.«

»Nein, nein, natürlich nicht – das verstehe ich vollkommen. Aber unter diesen Umständen finde ich, daß es, falls Mr. Blount sein Angebot wiederholt, keine unnötigen Verzögerungen geben sollte. Sein Angebot ist – oder war es zumindest – wirklich hervorragend. So viel wird Miss Graham von keiner anderen Partei erwarten können. Selbst wenn er jetzt ein viel geringeres Angebot machen sollte, wäre sie, glaube ich, gut beraten, es in Erwägung zu ziehen.«

Miss Silver überraschte ihn. Sie warf ihm von der Seite her einen scharfen Blick zu, der ihn an den eines Vogels erinnerte, und fragte:

»Sie glauben, daß der Preis weniger wegen des tragischen Tods von Mrs. Graham und dessen möglicher Auswirkungen auf Mrs. Blount fallen wird, sondern weil Mr. Worple nicht mehr im Rennen ist?«

Mr. Martin wiederholte den Namen. »Mr. Worple?«

Miss Silver legte den Kopf schief. »Ja. Ich habe ihn zufällig getroffen, als er kurz zu Besuch kam, um sich nach Miss Graham zu erkundigen.«

Mr. Martin runzelte die Stirn. Jedesmal, wenn Fred Worples Name erwähnt wurde, hatte er das Gefühl, daß etwas Zwielichtiges vor sich ginge. Woher hatte Frank das Geld, um mit Gegenangeboten den Preis eines Hauses bis weit über den Marktwert in die Höhe zu treiben? Glück mit einem Außenseiter gehabt – das war Freds Antwort. Aber warum das Geld in ein Haus in Grove Hill stecken, wo er sich wie ein Fisch auf dem Trockenen fühlen würde? Er wünschte sich von ganzem Herzen, daß Fred verschwinden würde. Der Verdacht, den Mr. Martin seinetwegen hegte, richtete sich nun unerfreulicherweise auch auf Mr. Blount. Je mehr er darüber nachdachte, desto weniger gefiel ihm das. Und gerade in diesem Moment fragte Miss Silver:

»Mr. Worple ist mit Ihnen verwandt, nicht wahr?«

Durch langjährige Übung hatte Mr. Martin eine Standardantwort vervollkommnet, die die Entfernung zwischen ihm und Fred Worple so groß wie möglich erscheinen ließ. Die wiederholte er jetzt: »Er ist der Sohn aus erster Ehe meiner Stiefmutter. Ich weiß wirklich nur sehr wenig über ihn.«

»Ich verstehe. Ich habe von Miss Graham erfahren, daß Ihre Familie schon seit langem in Grove Hill ansässig ist.«

Mr. Martin lächelte zum ersten Mal. »Mein Großvater hat das Geschäft gegründet, aber wir hatten schon vorher Verwandte hier.«

Miss Silver strahlte. »Dann sind Sie vermutlich eine Autorität, was die lokale Geschichte hier angeht. Ich bin während meines Aufenthalts in ›The Lodge‹ auf ein interessantes Buch zu diesem Thema gestoßen – eine Geschichte der Gegend hier von Hochwürden Thomas Jenkinson.«

»O ja, ich erinnere mich, daß mein Vater ein Exemplar davon hatte, aber ich weiß nicht, was daraus geworden ist. Komisch, wie manche Dinge so verschwinden, was? Natürlich könnte es sein, daß es irgendwo bei meiner Stiefmutter rumliegt. Es würde mich überhaupt nicht wundern, wenn dem so wäre. Seltsam, daß Sie es jetzt erwähnen – ich habe seit Jahren nicht mehr an dieses Buch gedacht. Ein wenig umständlich, der alte Herr Jenkinson, aber es gab da eine Passage über die Gordon-Aufstände ... Jetzt warten Sie mal, mein Vater meinte, da stände was über ... eine Geschichte, die seine Großmutter immer erzählt hat. Sie stammte hier aus der Gegend und kam als Witwe hierher zurück. Sie erinnerte sich daran, wie ›Grove Hill House‹ von den Aufständischen niedergebrannt wurde. Sie hatte irgendeine Anstellung dort; ich weiß nicht, was für eine, und mein Vater konnte sich erinnern, daß sie erzählt hätte, wie der Pöbel dort eingebrochen und Mr. Warren dabei umgekommen wäre – ein ganz gräßlicher Vorfall, und viel Besitz ist dabei verlorengegangen. Ein Glück, daß es so was nicht mehr gibt!«

Während der kurzen Unterhaltung, die noch folgte, verhinderte Mr. Martin entschieden, daß das Gespräch wieder auf Mr. Worple kam. Im Zuge dieser Bemühungen ging er ausführlich auf das Wachstum der Vororte in der letzten Zeit ein und sagte, daß sein Vater die High Street noch als eine Reihe von Dorfläden in Erinnerung gehabt hätte.

»Diese Häuser in der Belview Road, die waren die ersten, die irgendwann in den neunziger Jahren gebaut worden sind – sechs- oder siebenundneunzig oder so. Damals haben die Lesters angefangen, Teile des alten Guts ›Grove Hill‹ zu verkaufen. Das Haus war wieder aufgebaut worden, wissen Sie, nach dem Aufstand – aber ich glaube, erst lange Zeit später, und das haben sie behalten und den Garten auch, aber der Park wurde zum größten Teil verkauft und bebaut. Es wurde zu teuer, großen Landbesitz zu unterhalten, und dann mit Beginn dieses Jahrhunderts natürlich, als Lloyd George mit seiner Grundsteuer und der Erbschaftssteuer kam, da sind diese großen Güter allmählich alle auseinandergebrochen. Wunderbare Vorstellung, daß das Arbeitseinkommen mal mit neun Prozent und Kapitaleinkommen mit 1,3 Prozent besteuert wurde! Na ja, das werden wir wohl nie wieder erleben, was?«

Während er sich weiter solchen gefahrlosen Themen widmete, geleitete er Miss Silver zum Ausgang, gab ihr noch eine abschließende Botschaft an Althea Graham mit und wollte gerade in die Geschäftsräume zurückkehren, da änderte er seine Meinung und lief hinter ihr her.

»Miss Silver – entschuldigen Sie bitte, vielleicht interessiert es Sie. Das dort ist Mrs. Blount, die gerade aus dem Bus aussteigt.«

34

Miss Silver hatte natürlich großes Interesse. Die Frau, die Mr. Martin ihr gezeigt hatte und bei der es sich angeblich um Mrs. Blount handelte, ähnelte überhaupt nicht der Beschreibung, die er ihr von dieser als einer verwöhnten und kränklichen Frau gegeben hatte, der der Ehemann jeden Wunsch von den Lippen ablas und ihr notfalls auch zu völlig überhöhten Preisen zu erfüllen versuchte. Mrs. Blount sah wirklich überhaupt nicht danach aus. Sie machte eindeutig den Eindruck einer Frau, die an allem das Interesse verloren hatte. Ihrem Haar und ihrer Haut wurde ganz offensichtlich keinerlei Pflege zuteil. Ihre Kleidung, die ursprünglich mal von guter Qualität gewesen war, wirkte vernachlässigt. Ihr Mantelkragen war voller Haarbüschel, und ihr Rocksaum hing kläglich herab. Ihre Strümpfe waren verdreht und die Schuhe seit mindestens einer Woche nicht mehr geputzt worden.

Aber von all diesen Details abgesehen war es vor allem das Gesicht, das Miss Silvers Aufmerksamkeit erregte. Unter dem schlappen Filzhut machte es einen verlorenen und hoffnungslosen Eindruck. Wie jemand jenseits aller Emotionen, jenseits aller Hoffnung auf Besserung sah diese Frau aus, mußte Miss Silver denken. Im Verlaufe ihres Lebens hatte sie schon viel Kummer, Leid, Furcht und Schuld gesehen, aber selbst bei all dieser Erfahrung ging für sie von Mrs. Blount noch etwas aus, das sie in Schrecken versetzte.

Während sie langsam auf sie zuging, sah sie, daß Mrs. Blount an der Bushaltestelle stehenblieb. Die anderen Fahrgäste waren in die verschiedensten Richtungen verschwunden, aber Mrs. Blount war einfach stehengeblieben, als hätte sich der Impuls, der sie dorthin geführt hatte, verflüchtigt. Miss Silver mußte an ein Aufziehspielzeug denken, dessen

Feder abgelaufen war. Sie näherte sich ihr und sprach sie mit freundlicher Stimme an:

»Sie scheinen fremd hier. Kann ich Ihnen irgendwie helfen?«

Mrs. Blount blickte sie ausdruckslos an. »Helfen ...«, wiederholte sie.

Miss Silver legte eine Hand auf ihren Arm. »Ich glaube, es geht Ihnen nicht besonders gut. Kann ich Ihnen helfen?«

Mrs. Blount blickte sie immer noch ausdruckslos an und sagte mit trockenen Lippen: »Keiner ... kann ... mir ... helfen.«

Miss Silver betrachtete sie voller Mitgefühl. »Hier an der Ecke gibt es ein sehr nettes Café. Wenn Sie es bis dorthin schaffen, können wir zusammen einen Tee oder einen Kaffee trinken. Eine heiße Tasse Tee ist sehr erfrischend.« Sie ließ ihre Hand auf Mrs. Blounts Arm und tat einen Schritt in Richtung auf das Café.

Auch Mrs. Blount bewegte sich. Sie schien weder unter Schwindelgefühlen noch Kraftlosigkeit zu leiden. Miss Silvers Meinung nach stand sie unter Schock. Sie war sicher nicht in der richtigen Verfassung, um durch eine fremde Stadt zu bummeln. Es würde ihr guttun, ruhig in einer der abgeteilten Sitznischen des Sefton-Cafés zu sitzen und eine gute Tasse Tee zu sich zu nehmen. Sie führte sie freundlich, aber bestimmt dorthin und stieß auf keinen Widerstand.

Es war jetzt kurz nach zwölf; die morgendliche Hektik hatte sich gelegt, und zum Mittagessen war es den meisten noch zu früh. Miss Silver bestellte eine Kanne Tee und führte Mrs. Blount zu der hintersten Sitznische ganz am Ende des Raums. Da zwischen dieser Nische und der, in der eine aggressive Dame ihrer kleinlauten Freundin über zwei Kaffeetassen hinweg, in denen der Bodensatz längst eingetrocknet war, die Leviten las, vier leere Abteile lagen, die alle durch

Vorhänge in einem leuchtenden Smaragdgrün voneinander getrennt waren, konnte sich Miss Silver sicher sein, daß niemand etwas von ihrem Gespräch mitbekommen würde. Sie hatte zu diesem Zeitpunkt noch keine Ahnung, wie wichtig dieses sein würde.

Auf einem grünen Tablett brachte die Bedienung den Tee und verschwand wieder. Mrs. Blount lehnte sich in einem der reichverzierten Korbstühle zurück und hielt dabei die Augen geradeaus gerichtet wie auf ein Bild des Schreckens. Miss Silver goß ihr eine Tasse Tee ein und erkundigte sich, ob sie Milch und Zucker nähme.

Die starren Lippen bewegten sich, aber sie entspannten sich nicht. Zuerst brachten sie ein »Nein« hervor, dann ein »Ja«, dann »Ist egal«.

Miss Silver tat Milch und Zucker in die Tasse und stellte sie vor Mrs. Blount hin. Diese streckte die Hand aus, nahm die Tasse, hob sie hoch wie ein Roboter und begann mit krampfartigen Schluckbewegungen zu trinken. Als die Tasse leer war, stellte sie sie wieder hin. Miss Silver füllte sie wieder. Die Hand- und Schluckbewegungen wiederholten sich.

Nachdem die Tasse zum zweiten Mal abgestellt worden war, lehnte sich Mrs. Blount wieder zurück und schloß die Augen. Sie hatte seit Mitternacht nicht geschlafen. Sie hatte das Frühstück nicht heruntergebracht. Mr. Blount war früh verschwunden, in welcher Angelegenheit, wußte sie nicht. Um halb zwölf hatte sie die Einsamkeit ihres Zimmers nicht mehr ertragen, und sie hatte Angst vor dem Foyer gehabt. Sie hatte sich angezogen und war hinausgegangen. Der Bus hatte zufällig gerade an der Ecke gehalten, als sie dort vorbeikam, und sie war eingestiegen und hatte es zugelassen, daß er sie in die Stadt mitnahm. Als sie dort angelangt war, hatte sie keine Ahnung, was sie als nächstes tun sollte.

Beim ersten Schluck heißen Tees war ihr bewußt geworden,

wie ausgedörrt ihr Mund war. Sie trank gierig und nahm allmählich etwas von ihrer Umgebung wahr. Ihre Augen öffneten sich, sie blickte Miss Silver an und sagte:

»Sie sind – sehr freundlich.«

»Ich finde, es geht Ihnen nicht gut genug, um alleine auf der Straße zu sein.«

»Mir geht es – ganz gut.«

»Sie haben einen Schock erlitten.«

»Ja – einen großen Schock. Ich weiß nicht, was ich tun soll.«

»Kann ich Ihnen irgendwie helfen?«

Langsam schüttelte Mrs. Blount den Kopf. »Ich glaube, nicht. Wissen Sie – er ist mein Mann ...«

Miss Silver sagte nichts. Mrs. Blount fuhr mit schwerfälliger, müder Stimme fort: »Vielleicht bringt er mich um – ich weiß es nicht. Wenn er annimmt, daß ich gehört habe, was er gesagt hat, dann tut er das vermutlich. Ich denke nicht, daß es mir was ausmacht – nicht wirklich. Bloß die Ungewißheit, wann es passieren wird und wie. Es ist schrecklich, das nicht zu wissen, aber ich habe nichts – nichts, für das es sich zu leben lohnt.«

»Es gibt immer etwas, für das es sich zu leben lohnt«, stellte Miss Silver entschlossen fest.

Langsam schüttelte Mrs. Blount den Kopf. »Für mich nicht ...«

Miss Silver nahm eine der Hände, die nackt auf dem abgetragenen Rock lagen. Sie fühlte sich kalt und schlaff an.

»Haben Sie keine eigene Familie – keine Verwandten?«

»Sie wollten nicht, daß ich ihn heirate. Ich schon. Sie sagten, es würde mir noch leid tun.«

»Mrs. Blount, warum haben Sie so viel Angst vor Ihrem Mann?«

Sie entzog ihr die Hand und blickte sie mit Augen an, aus

denen jetzt eindeutig Furcht sprach. »Ich kenne Sie nicht! Woher wissen Sie meinen Namen?«

»Ich wohne bei Miss Althea Graham in ›The Lodge‹. Ihr Mann versucht, das Haus zu kaufen. Man hat Sie mir gezeigt.«

Die Augen bewegten sich ängstlich und blickten zur Seite. »Ich hätte – nichts sagen sollen. Er mag es nicht, wenn ich über seine Geschäfte rede.«

»Warum haben Sie Angst vor ihm?«

Mrs. Blount erstarrte. »Es gibt nichts, was – ich zu fürchten habe. Er ist – sehr gut zu mir. Er kauft das Haus, weil es mir gefällt.«

Miss Silver empfand tiefes Mitgefühl. Das arme Ding wiederholte, was sie auswendig gelernt hatte, Sätze, die ihr eingetrichtert worden waren.

»Das ist das, was Sie sagen müssen, nicht wahr?« fragte Miss Silver.

Mrs. Blount blickte sie an, und plötzlich brach sie zusammen. Ihr großes flaches Gesicht zuckte, sah wie zerfurcht aus. Ihre Hände fuhren hoch, um es zu bedecken, und sie flüsterte mit bebender Stimme:

»Ach, ich kann da nicht hingehen und dort wohnen – ich kann nicht – ich kann nicht – ich kann nicht! Lieber bringe ich mich um – lieber – viel lieber!«

Miss Silver sah sich ängstlich um. Die so entschiedene Dame und ihre ergebene Freundin waren gegangen. Es gab wirklich niemanden in Hörweite, und Mrs. Blount saß glücklicherweise mit dem Rücken zur Theke. Miss Silver beugte sich nach vorne und fragte:

»Sind Sie nicht vielleicht ein bißchen zu phantasievoll? Gibt es denn für Ihren Mann irgendeinen Grund, Ihnen weh tun zu wollen?«

Mrs. Blounts Hände fielen in den Schoß zurück. Die Tränen flossen nun ungehemmt.

»Oh, es gibt genug Gründe«, flüsterte sie. »Mehr als genug. Er hat mir befohlen, mich nicht in seine Geschäfte einzumischen, und das nicht ohne Grund. Ich habe seit langem gewußt, daß es gute Gründe dafür gibt, und habe mich daran gehalten. Ich habe immer gewußt, ich mische mich lieber nicht ein, und habe mich daran gehalten. Nur letzte Nacht – letzte Nacht . . .« Sie unterdrückte ein Schluchzen und begann nach einem Taschentuch zu tasten.

»Was ist letzte Nacht passiert?« fragte Miss Silver.

Mrs. Blounts Stimme drang nun in kurzen, japsenden Stößen durch das große verknüllte Taschentuch.

»Es ist nicht – meine Schuld, wenn er – im Schlaf – redet, aber er wird mich dafür – umbringen. Ich wünschte, ich wäre tot, bevor er es tut! O Gott, ich wünschte, ich wäre tot! Und er wird mich töten – todsicher tötet er mich, falls er erfährt, was er gesagt hat.«

»Wie sollte er das erfahren, Mrs. Blount?« fragte Miss Silver mit ruhiger, gleichmäßiger Stimme.

Mrs. Blount starrte sie an. »Der findet schon einen Weg«, murmelte sie.

35

Als sie an das Gespräch zurückdachte, empfand Miss Silver keinerlei Befriedigung. Es gab zwar reichlich Anlaß zu Spekulationen, weckte Argwohn, was die Vergangenheit anging, und schlimme Befürchtungen bezüglich der Zukunft, aber es lieferte ihr keine Antworten, nach denen diese Vermutungen und Zweifel verlangten.

Nachdem sie in Tränen ausgebrochen war, hatte sich Mrs. Blount dann zusammengerissen und nichts mehr gesagt. Wie bei vielen Leuten, die irgendwie bedroht werden, hatte die bloße Tatsache, daß sie von ihren Sorgen gesprochen hatte, sie in gewissem Maße zerstreut. Und wie schon Miss Silver gesagt hatte, wie sollte Sid eigentlich rauskriegen, daß er im Schlaf geschrien und gesagt hatte, daß ... Ihre Gedanken schreckten vor dem zurück, was er gesagt hatte.

Der heiße Tee hatte ihr gutgetan. Alles wirkte schlimmer auf einen leeren Magen. Sie hätte frühstücken sollen, aber ihr Hals hatte sich dem Essen verschlossen. Sie fuhr mit dem Bus zurück und stieg bei Miss Madisons Gästehaus aus, das auf halbem Weg den Hügel hinauf lag. Das Mittagessen wurde gerade serviert: ein richtig guter Eintopf mit Klößen, wie ihre Mutter ihn immer gekocht hatte, und kleine Apfelkuchen. Die Leute hier nannten sie Törtchen, aber das war Blödsinn. Ein Törtchen war ein offenes mit Früchten oder Marmelade belegtes Teigschälchen, das oben vielleicht kreuzweise mit Teigstreifen verziert war, aber ein Ding, bei dem das Obst in der Mitte ganz mit Teig bedeckt war, hieß Kuchen, egal, ob es Äpfel enthielt oder Pflaumen oder sonst was. Ihre Mutter kam aus dem Norden, und die Leute im Norden gaben den Dingen die richtigen Namen.

Sie aß ein wenig von dem Apfelkuchen und ging dann nach oben und legte sich aufs Bett und schlief eine Weile. Es war kein sehr ruhiger Schlaf, denn er war voller rasender Träume: Sid war wütend auf sie, weil sie einen Apfelkuchen gebacken hatte, der Teig aber nicht richtig durch war. Er nahm das Stück, das sie ihm gegeben hatte, und warf es ihr mit Teller und allem ins Gesicht, und die Tellerkante zerschnitt es wie ein Messer; Blut tränkte ihr Kleid, und sie wußte, daß sie sterben würde. Und dann plötzlich war alles ganz anders, und sie war in einer dunklen gewundenen Höhle, in der es ständig um die Ecke ging, und sie konnte nicht sehen, wohin sie lief, aber sie hörte Schritte, die ihr folgten. Sie begann zu rennen, aber sie wurde die Schritte nicht los. Es waren Sids Schritte, und Sids Stimme rief ihr nach, sie sollte stehenbleiben; nur wußte sie, daß er sie töten würde, wenn sie es täte, und sie wußte auch, wie. Diese beiden starken Hände von ihm würden sich um ihren Hals schließen und ihr das Leben abdrücken. In ihrem Traum berührten sie sie, und sie schrie auf. Und erwachte schreiend.

Mr. Blount schloß die Tür hinter sich und hielt ihr schnell den Mund zu.

»Verrückt – völlig verrückt bist du!« sagte er mit leiser, zorniger Stimme. »Du willst doch nicht, daß alle denken, daß ich dich abmurkse, oder?«

Sie schob seine Hand beiseite, und er nahm sie weg.

»Ach . . .«, schluchzte sie gedehnt. »Ich habe geträumt«, sagte sie dann.

»Würde mich nicht wundern, wenn du dich zu Mittag überfressen hast! Wovon hast du denn geträumt?«

»Jemand – ist hinter mir hergerannt . . .«, sagte sie mit schwacher Stimme.

Er stand über ihr und runzelte die Stirn. Keiner hätte ihn jetzt für einen heiter-jovialen Mann gehalten. Einen Moment später wandte er sich ab.

»Na gut, steh auf! Ich muß mit dir reden!«

Sie hatte sich nicht ausgezogen, sondern nur das Korsett gelockert und die Daunendecke über sich gezogen. Sie stand jetzt auf, richtete das Bett wieder her und zog die rosafarbene Überdecke darüber. Als sie fertig war, kam er vom Fenster zurück, wo er gestanden und gegen die Scheibe geklopft hatte, und legte ihr eine Hand auf die Schulter.

»Was war letzte Nacht los?« fragte er.

Er hätte ihr keine beängstigendere Frage stellen können. Ihr Gesicht wurde schreckensbleich. »Letzte Nacht . . .?«

Er fluchte leise: »Du hast es doch gehört. Als ich gerade zurückgekommen war, wollte Miss Madison mich sprechen –

sie war sehr freundlich, aber eigentlich ging es nur darum, daß es letzte Nacht eine Störung gegeben hätte und daß die beiden Damen am Ende des Gangs geweckt wurden – Miss Doyle und Miss Wie-heißt-sie-gleich-wieder.«

»Miss Moxon.«

»Was kümmert mich ihr Name – ich will wissen, was sie gehört haben! Ich konnte Miss Madison nur sagen, daß ich die ganze Nacht geschlafen hätte und daß du es sicher warst, falls es irgendwelche Störungen gegeben haben sollte. Hat irgendwer mit dir darüber gesprochen?«

»Nein, Sid.«

»Bist du sicher?«

»Ich bin nicht aufgestanden.«

»Frühstück im Bett – das berechnen die extra.«

»Ich habe nicht – gefrühstückt. Ich habe in der Stadt Tee getrunken.«

»Beim Mittagessen hat keiner mit dir gesprochen?«

Er starrte sie immer noch an, und sie konnte die Augen nicht abwenden. Sie wurde immer verwirrter. Sie wollte gar nicht reden, hörte sich aber sagen: »Nur Miss Moxon.«

»Hat sie gesagt, daß sie geweckt wurde?«

»So was in der Richtung.«

»Ich erfahre jetzt sofort, was sie gesagt hat, oder ich schneide es aus dir heraus!«

Das Messer – das war der eigentliche Schrecken. Seine Hand glitt zu der Tasche, in der er es trug: O Gott, alles, bloß das nicht! Die Worte kamen stoßweise hervor:

»Sie hat – nur gesagt, daß – jemand – geschrien und – sie geweckt hat.«

»Was hast du geantwortet?«

Es war ihr noch nie leichtgefallen, zu lügen. Man konnte es einfach nicht, wenn man so erzogen worden war. Hilflos blickte sie ihn an.

»Was hast du gesagt?«

»Ich – habe gesagt, daß – du – geschrien hast.«

Er nahm sie jetzt auch bei der anderen Schulter, hielt ihr Gesicht dicht an das seine, und flüsternd verfluchte er sie. Selbst wenn jemand gleich auf der anderen Seite der Tür gewesen wäre, hätte er nicht gehört, was Sid sagte, sie jedoch mußte es sich anhören. Sie mußte sich alles anhören. Was darauf folgte, war: »Du hast ihr gesagt, ich hätte geschrien?«

Ihr war übel vor Angst. Es hatte keinen Sinn, irgendwas zurückzuhalten. Japsend brachte sie zwei Worte hervor. »Sie wußte ...«

Plötzlich ließ er sie los und trat zurück. Es war, als hätte er Angst vor dem, was seine Hände sonst anrichten könnten. Hier, in Miss Madisons »Rosa Zimmer«, durfte er nicht töten. Er entfernte sich, entfernte sich so weit es ging, dann drehte er sich um und fragte:

»Du hast gesagt, daß ich geschrien hätte. Stimmt das überhaupt?«

»Ja, Sid. Du hast geträumt.«

»Habe ich bloß geschrien, oder hab' ich auch was gesagt?«

»Du – hast – geschrien.«

Er tat einen Schritt auf sie zu. »Wenn du mich anlügst, schlitze ich dir die Gurgel auf!«

»Nein nein, tue ich nicht – ich sage die Wahrheit.«

»Was habe ich gesagt?«

Er würde mit der Fragerei nicht aufhören, bis sie es ihm verraten hätte. Sie hatte nicht die Kraft, irgendwas zu verbergen. Sie erzählte ihm, was er gesagt hatte. Kaum hatten die Worte ihren Mund verlassen, wußte sie auch schon, was sie damit angerichtet hatte. Sie versuchte, es wiedergutzumachen:

»Sie hat nicht – verstanden, was du gesagt hast. Sie hat bloß gehört, wie du geschrien hast. Keiner hat gehört, was du gesagt hast – außer mir.«

Er wiederholte die Worte ganz ruhig und gelassen: »Keiner außer dir hat es gehört? Aber du hast mich gehört – oder behauptest es zumindest. Mit wie vielen Leuten hast du seither geschwätzt?«

»Mit niemand – niemand.«

»Und das tust du auch lieber nicht! Hast du mich verstanden? Und jetzt machst du dich mal an die Arbeit und packst! Wir verschwinden, sobald wir fertig sind.«

»Wo – wo fahren wir denn hin?«

»Das siehst du, sobald wir dort sind!« knurrte er und begann die Sachen aus den Schubläden zu zerren und in seinen Koffer zu schmeißen.

36

Miss Silver legte für einen Moment ihre Hände auf das Strickzeug. »Ich glaube, das ist alles, worüber wir geredet haben.«

Frank Abbott antwortete nicht sofort. Er betrachtete sie, die adrett und ernst dasaß mit der halbfertigen Weste im Schoß. Er wußte aus Erfahrung, daß sie das Gespräch mit Mrs. Blount peinlich genau wiedergegeben hatte. Bloß, was das alles zu bedeuten hätte, war eine ganz andere Frage. Das sagte er ihr und fügte dann hinzu: »Es könnte eine ganz einfache Erklärung geben, weißt du.«

»Ja, Frank?«

»Mrs. Blount ist nicht ganz bei Verstand.«

Sie hob ihr Strickzeug wieder auf. »Den Eindruck hatte ich nicht.«

»Es würde aber deine Beschreibung ihres Verhaltens erklären.«

Sie hüstelte leicht. »Keine Verhaltensbeschreibung kann

mehr als grobe Umrisse darstellen. Mrs. Blount hatte große Angst.«

»Sie könnte Angst haben, ohne einen Grund dafür zu haben.«

»Meiner Meinung nach stand sie unter Schock.«

»Na gut, du hast sie gesehen und ich nicht. Aber weißt du, es klingt ziemlich nach Verfolgungswahn. Dieses ›Vielleicht wird er mich umbringen. Wenn er annimmt, daß ich gehört habe, was er gesagt hat, dann tut er es sicher‹ – das klingt schon ziemlich danach.«

Miss Silver schüttelte den Kopf.

»Für mich klang es so, als hätte die arme Frau etwas gehört, was sie so erschreckt hat, daß sie einen Zusammenbruch erlitten hat. Ihr Mann hat im Schlaf gesprochen. Sie hat mir nicht gesagt, was er geredet hat, und ich konnte sie nicht drängen, aber es hatte sie in solch einen Schockzustand versetzt, in dem alle natürlichen Hemmungen versagten und sie erzählte, was sie auf dem Herzen hatte. Ich bin mir sicher, daß nur ein großer Schock sie in diesen Zustand versetzt haben kann, in dem ich sie angetroffen habe.

Die Blounts wohnen in einem Gästehaus auf halbem Weg den Hügel hoch. Was immer es gewesen war, das sie so in Schrecken versetzt hat, es hat sich vermutlich irgendwann in der Nacht ereignet, denn sie erwähnte, daß ihr Mann im Schlaf geredet hätte. Ich glaube, sie selbst ist dann nicht wieder eingeschlafen und hat am nächsten Tag auch nichts gegessen. Sie ist wohl rausgegangen, weil sie es im Haus nicht mehr ausgehalten hat. Als ich sie angesprochen habe, stand sie verwirrt an der Bushaltestelle und hatte, glaube ich, keine Ahnung, was sie als nächstes tun sollte. Dein Besuch war mir besonders willkommen, weil ich das Gefühl hatte, dich dringend informieren zu müssen. Ich glaube, daß Mrs. Blount sich in ernster Gefahr befindet.«

Vierundzwanzig Stunden früher hätte er sie vielleicht noch ausgelacht. Jetzt war ihm nicht mehr danach zumute, die Angelegenheit mit Mrs. Blount auf die leichte Schulter zu nehmen.

»Du weißt, du hast gefragt, ob wir etwas über Blount und Worple ausgraben könnten ...«

Sie hob den Blick, bis er den seinen traf, und sagte: »Ja?«

»Nun, es gibt nicht viel, aber immerhin etwas. Worple entspricht vielleicht nicht genau dem, was wir suchen, aber er kommt dem nahe. Mit anderen Worten: Er ist nicht erwiesenermaßen ein Verbrecher, aber er hat Umgang mit welchen. Im Augenblick hat er die Taschen voll Geld, wobei seine eigene Erklärung dafür die ist, daß er auf einen Außenseiter gesetzt und gewonnen hätte – keine Details, was Datum, Ort und nähere Umstände angeht. Er glaubt, gut bei Frauen anzukommen. Er nennt sich selbst einen Handelsvertreter und hat eine Klappe ungefähr so groß wie ein Schulbus.«

Miss Silver drückte mit einem Blick ihr Mißfallen an diesem Vergleich aus. »Und Mr. Blount?«

»Oh, der hat einen recht seriösen Hintergrund. Sein Vater hatte ein Antiquitätengeschäft in der Edgeware Road. Blount selbst ist angeblich ein ziemlicher Rumtreiber gewesen. Dann hat er das Geschäft übernommen und sich häuslich niedergelassen. Mrs. Blount hatte ein bißchen eigenes Geld. Ihre Verwandten wollten nicht, daß sie Blount heiratet. Es gab einen Krach, und sie sprechen nicht mehr mit ihr. Die Eltern sind tot, und den Brüdern und Schwestern hatte es nicht gefallen, daß das Geld nicht mehr in Händen der Familie war. Sie war schon etwas älter, und sie hatten geglaubt, es würde bleiben, wo es war. Es gab ein bißchen Gerede wegen Blount. Er ist viel unterwegs, und wenn er wieder da ist, sieht sie ziemlich verängstigt aus. Worple und Blount waren für ein oder zwei Jahre ziemlich eng miteinander befreundet. Das wäre es in

Grundzügen: nichts Aussagekräftiges, nichts Handfestes. Auf den ersten Blick würde ich sagen, daß sowohl Worple als auch Blount recht zwielichtige Charaktere sind. Aus irgendeinem Grund heißt es, daß man sich mit Blount lieber keine Schwierigkeiten einhandeln sollte. Er war schon einmal verheiratet, und seine Frau ist unter einen Zug geraten. Vielleicht war es ein Unfall, vielleicht Selbstmord. Er war angeblich kilometerweit entfernt, als es passiert ist.«

»Angeblich, Frank?«

»Wie ich gehört habe, sind das die Unterstellungen der Verwandten der jetzigen Mrs. Blount. Allgemein wird angenommen, daß Blount ohnehin nichts nachzuweisen ist, egal, was geschehen oder nicht geschehen ist.«

»Eine seltsame Einstellung, wenn es nicht schon Zweifel an seinem Charakter gab, bevor sich der Unfall ereignet hatte. Hat er von seiner Frau was geerbt?«

Frank wölbte eine Braue. »Das ist einer der Aspekte, meine Liebe, die das Gerede ausgelöst haben.«

»Einer der Aspekte?«

Seine hellen, kühlen Augen ruhten auf ihr. »Man scheint der Ansicht zu sein, daß Mitglieder der Familie Blount ein wenig zu oft von Unfällen ereilt werden.«

»Es gab also noch andere?«

»Blounts Vater hat sich das Genick gebrochen, als er in seinem Antiquitätengeschäft eine entsprechend antike Treppe runtergestürzt ist. Er war alleine im Haus, und als man ihn am Morgen gefunden hat, war er tot. Sein Sohn war wegen einer Arbeit nach Sussex gefahren.«

»Warum hat es dann Gerede gegeben?«

»Ach, böse Zungen, nehme ich mal an. Er war wirklich nach Sussex gefahren, und er hatte wirklich dort zu tun. Wie einige böse Zungen betonten, hatte er auch ein Motorrad und hätte zurückkommen, das erledigen, was er zu erledigen hatte, und wieder nach Sussex fahren können. Das ist so eine Sache. Wenn er es hätte tun wollen, dann hätte er es vermutlich auch tun können. Er ist an ein gutgehendes Geschäft und die Ersparnisse des alten Mannes gekommen.«

»Zwei Unfälle – und beide profitabel für Mr. Blount«, stellte Miss Silver feierlich fest. »Glaubst du nicht, die gegenwärtige Mrs. Blount hätte allen Grund, Angst zu haben? Auch sie verfügt über eigenes Geld. Letzte Nacht hat er im Schlaf geredet. Das, was er gesagt hat, hat den Schockzustand ausgelöst, in dem ich sie vorgefunden habe. Es muß etwas Schwerwiegendes gewesen sein. Nichts sonst würde ihren Zustand erklären. Für mich persönlich besteht wenig Zweifel, daß es etwas war, das ihn mit dem Mord an Mrs. Graham in Verbindung bringt.«

»Also bitte, meine Liebe . . .«

Sie sah ihn ruhig an. »Du brauchst mir nicht zu sagen, daß es keinen Beweis für eine solche Verbindung gebe. Mrs. Blount würde als Zeugin nicht zur Verfügung stehen, und überhaupt kann ich mir nicht vorstellen, daß Worte, die im Schlaf geäußert wurden, vor Gericht irgendein Gewicht hätten. Aber betrachten wir mal für einen Augenblick Mr. Blounts Charakter und Verhalten: Sein Vater und seine erste Frau werden beide von Unfällen ereilt, von denen er profitiert. Er heiratet wieder eine Frau, die über eigenes Geld verfügt, bringt sie hierher und beginnt damit, den Grahams Kaufangebote für ihr Haus zu unterbreiten. Dann taucht Mr. Worple auf. Sie bieten gegeneinander, bis sie bei der außergewöhnlich hohen Summe von siebentausend Pfund angelangt sind, an dem Punkt, wo Mr. Worple seine Bemühungen um das Haus einstellt, aber unserer Miss Graham weiterhin mit Nachdruck und gegen ihren Willen den Hof macht. Ich weiß nicht, wie du die Situation bis zu diesem Punkt deuten würdest, aber unter Berücksichtigung dessen, was du mir gerade über die frühere Freundschaft zwischen Mr. Blount und Mr. Worple erzählt hast, scheint es mir wahrscheinlich, daß sie – unabhängig davon, was sie mit dem Erwerb von ›The Lodge‹ bezwekken mögen – zu dem Schluß gekommen sind, daß ihnen mit Zusammenarbeit mehr gedient sei als mit Rivalität.«

Er betrachtete sie mit gespannter Aufmerksamkeit. »Unabhängig davon, was sie mit dem Erwerb von ›The Lodge‹ bezwecken mögen – was genau meinst du damit?«

»Ich kann den Motiven, die die beiden vorgeben, keinen Glauben schenken. Mr. Blount ist nicht der Mann, der große Geldsummen ausgibt, um einer Laune seiner Frau Genüge zu tun. Und Mr. Worple scheint mir bisher auch noch nicht so viel Anhänglichkeit seiner Familie und der Umgebung seiner Jugend gegenüber bewiesen zu haben, daß seine Bereitschaft, eine große Geldsumme zu opfern, um ein für ihn völlig ungeeignetes Haus zu erwerben, irgendwie glaubhaft wirkte.«

»Und du glaubst, daß er jetzt einverstanden sei, ›The Lodge‹ mit Mr. und Mrs. Blount zu teilen?«

Sie blickte nachdenklich auf die kleine rosa Weste und maß sie mit der Hand ab. »Nein – das glaube ich nicht. Ich glaube, weder Mr. Blount noch Mr. Worple beabsichtigen überhaupt, in ›The Lodge‹ einzuziehen.«

»Sie wären bereit, siebentausend Pfund für ein Haus auszugeben, in dem sie nicht einmal wohnen wollen?«

»Wenn Mr. Blount bereit war, siebentausend Pfund für ›The Lodge‹ auszugeben, dann deshalb, weil er erwartete, einen hübschen Gewinn dabei zu machen. Wenn er und Mr. Worple sich geeinigt haben sollten, dann würden sie sich den Kaufpreis teilen, aber den Gewinn auch. Da zwischen ihnen dann ja keine Rivalität mehr stünde, können sie natürlich davon ausgehen, daß der Preis nicht mehr so hoch sein würde. Erst heute morgen hat Mr. Martin, der Immobilienmakler, angedeutet, daß die Umstände, unter denen Mrs. Graham gestorben ist, zwangsläufig starke Auswirkung auf den Wert des Hauses haben werden.«

»Nun, das ist nicht überraschend, oder? Aber laß uns zum Ausgangspunkt zurückkehren. Was glaubst du, wie Mr. Blount einen hübschen Gewinn mit einem Haus zu erzielen hofft, für das er siebentausend Pfund zu zahlen bereit war? Und er scheint wirklich so viel zu zahlen bereit gewesen zu sein, als er und Mr. Worple noch gegeneinander geboten haben. Der Gewinn könnte ja unmöglich aus dem Wiederverkauf entstehen. Was meinst du, worauf hatte er es abgesehen?«

Miss Silver hüstelte nachdenklich. »Ich glaube, er hätte gern ein wenig im Garten gegraben«, sagte sie.

37

Es war nicht einfach, Frank Abbott in Erstaunen zu versetzen, aber auf diese Bemerkung hin sprang er vom Stuhl auf und rief: »Was?«

Miss Silver tadelte ihn mit einem Blick und wiederholte ihre Vermutung: »Ich glaube, er hätte gern im Garten gegraben.«

»Aber meine Liebe!«

»Oder im Gazebo. Ja, vermutlich eher im Gazebo.«

Sie legte die fast vollendete Weste weg und holte das Buch von Hochwürden Thomas Jenkinson, dem sie sich mit so viel Interesse gewidmet hatte, aus ihrem Strickbeutel. Ein weißes sauberes Lesezeichen steckte zwischen den Seiten, und sie fand daher sofort das Kapitel über Grove Hill. Sie reichte Frank den Band und lenkte seine Aufmerksamkeit auf den Absatz, der die Gordon-Aufstände behandelte. Im Verlauf der Lektüre würde er zwangsläufig auf die Passage stoßen, die kaum sichtbar unterstrichen war.

Während er von dem Bericht in Anspruch genommen wurde, wandte sie sich wieder dem Stricken zu und blieb still. Sie hätte genau zu sagen vermocht, wann er die Beschreibung der letzten Augenblicke im Leben des unglückseligen Mr. Warren erreichte. Beim Bericht des Arztes, des Bruders von Mr. D-L-, wölbten sich seine farblosen Brauen, aber er las das Kapitel wortlos zu Ende. Und erst dann zitierte er aus dem offenen Buch:

»›Er sagte, daß der Sterbende ständig einen Satz *Das Gold ist gerettet* oder *Ich habe das Gold gerettet* vor sich hin gemurmelt hätte.‹ – Darum dreht es sich wohl bei der ganzen Sache, wobei das Gold vermutlich das goldene Tafelgeschirr ist, das, wie erwähnt, von großem Wert sein soll. Alles sehr interessant, meine Liebe, aber auch ziemlich weit hergeholt. Wo bist du auf das Buch gestoßen?«

»Althea Graham hat mir erzählt, daß ihr Vater sich sehr für die Geschichte von Grove Hill interessiert habe; sie erwähnte eine Verbindung mit den Gordon-Aufständen und meinte, daß die Bücher ihres Vaters im Speicher ständen und daß in einem davon ein Bericht über die Gordon-Aufstände zu finden wäre. Als ich gerade mal nichts zu tun hatte, bin ich den Band suchen gegangen und habe ihn gefunden.«

»Das erklärt, wieso du über die letzten Momente des unglückseligen Mr. Warren informiert bist. Aber wie – meinst du – haben dieser Blount und dieser Worple davon erfahren?«

»Mein lieber Frank, Mr. Worple ist der Stiefsohn von Mr. Martin, dessen eigener Sohn der gegenwärtige Mr. Martin ist, der führende Immobilienmakler von Grove Hill. Während einer Unterhaltung heute morgen hat er mir erzählt, daß sein Großvater die Firma gegründet habe und daß sich sein Vater sehr für die örtliche Geschichte interessierte und ein Exemplar von Mr. Jenkinsons Buch besessen habe. Mr. Worple hätte also auch Zugang dazu gehabt. Diese Passage hat vielleicht seine

Einbildungskraft angeregt. Warum genau ihm diese Sache jetzt so am Herzen liegt, wissen wir genausowenig wie etwas darüber, warum er seine Gedanken und Überlegungen zu diesem Thema Mr. Blount mitgeteilt hat, aber . . .«

Frank Abbott warf das Buch mit der geöffneten Seite nach unten auf den Eßtisch.

»Weißt du, es kann gut sein, daß du da wirklich was gefunden hast. Ein Bruchstück zumindest, und ich habe ein weiteres. Du hast mich nicht gefragt, was Blount für einen Beruf hat, wenn er sich nicht gerade mit Ganoven herumtreibt oder ein Antiquitätengeschäft führt, aber in diesem Zusammenhang könnte es ziemlich wichtig sein.«

»Er hat einen Beruf?«

»Einen mehr oder weniger ererbten.«

»Mein lieber Frank!«

»Also, seine Mutter kam aus einem Dorf in Sussex, einem kleinen Ort namens Cleat. Offenbar hat Blount dort unten viel Zeit mit seinem Großvater verbracht, der der letzte einer Reihe hochangesehener – na, was glaubst du? – war. Dreimal darfst du raten!«

Sie lächelte. »Ich finde, du verrätst es mir lieber.«

»Rutengänger. Und ich werde dich nicht mit der Frage beleidigen, ob dir das was bedeutet.«

»Die suchen nach Wasseradern, nicht wahr?« sagte sie gelassen.

Er nickte. »Großvater Pardue war äußerst fähig auf diesem Gebiet. Er hat in ganz Sussex gearbeitet. Wenn eine Quelle versiegt war, hat man ihn kommen und eine andere suchen lassen. Wenn man bauen wollte, konnte er einem sagen, ob es auf dem Grundstück Wasser gäbe. Auf seine Art ein recht berühmter alter Knabe, und er hat seinen Enkel darin ausgebildet. Das haben wir alles von den Einheimischen in Sussex erfahren. Die sagen, Blount hätte es richtig aufgesogen und sei jetzt fast so gut, wie der alte Mann mal war. Er verlangt ziemlich viel Geld und erhält trotzdem Aufträge.«

»Diese Sache ist früher als ländlicher Aberglauben abgetan worden«, sagte Miss Silver in nachdenklichem Ton. »Man benutzt, glaube ich, einen gegabelten Stock, am besten eine Weidenrute. Angeblich zuckt sie und zeigt so unterirdisches Wasser an.«

»Nicht nur angeblich – es ist wirklich so. Meinem Cousin Charles Montague gehörte ein alter Stammsitz, den er dem National Trust überschrieben hat. Er hatte ein paar Hektar behalten, um sich darauf ein Landhaus zu bauen, und da das Wasser entscheidend war, ließ er einen Rutengänger kommen. Er fragte mich, ob ich ihn besuchen und der Veranstaltung beiwohnen wollte, und das habe ich dann auch getan. Der Mann ist ungefähr zwanzig Minuten rumgelaufen, und nichts ist passiert. Dann sind wir zu einer anderen Stelle gegangen, und die Rute hat zu zittern angefangen. Der Mann ist weitergegangen und hat die Rute mit ausgestrecktem Arm von sich gehalten, und plötzlich hat sie derartig gezuckt und gepeitscht, daß er sie kaum noch festhalten konnte. Er zeigte, wo man graben sollte, und in dreißig Meter Tiefe haben sie eine erstklassige Quelle gefunden.«

Miss Silvers Ja hatte etwas Fragendes an sich. »Fahr bitte fort!« fügte sie noch an.

»Aber Wasser ist nicht das einzige, was ein guter Rutengänger finden kann.«

»Das glaube ich auch.«

»Es heißt, daß sie auch Metalle orten können. Blounts Großvater wurde nach dem Mickleham-Raubüberfall von der örtlichen Polizei eingeschaltet. Es war eine ziemliche Menge wertvolles Silber gestohlen worden, und man vermutete, daß die Diebe es vergraben hatten. Der alte Knabe hat es gefunden und eine stattliche Belohnung kassiert. Ob ihm das gelungen ist, weil er eine Rute hatte oder weil er mehr wußte als die Polizei, darfst du mich aber nicht fragen. Auf den Dörfern wissen die Leute oft viel mehr, als sie je verraten werden.«

Miss Silver faltete die Hände über Tinas Weste und meinte dann:

»Ich nehme nicht an, daß Mr. Blount in Mrs. Grahams Garten nach Wasser gesucht hat, aber vielleicht wollte er nur die Bestätigung, daß das goldene Tafelgeschirr von Mr. Warren tatsächlich unter dem Gazebo oder in der Nähe davon vergraben ist. Ich weiß nicht, ob du in Mr. Jenkinsons Bericht den Hinweis auf eine junge Frau gesehen hast, die damals zugegen war, als Mr. Warren in den letzten Zügen lag, und die deshalb seine Behauptung, das Gold gerettet zu haben, gehört haben muß. Ich hätte es gern, wenn du dir diese Passage noch einmal anschauen würdest.«

Frank überflog die Seite, bis er die Stelle »eine junge Frau, die später nach Yorkshire heiratete« erreichte. Von dort an las er laut: »›Diese Frau, Mrs. M-n, ist nun nach langjähriger Abwesenheit zurückgekehrt und gehört meiner Gemeinde an. Als ich mich erkundigte, ob sie die Geschichte des Mr. D-L-bekräftigen könnte, der inzwischen verstorben war, bestätigte sie diese bis ins Kleinste und wiederholte sogar einige der Worte, die Mr. Warren von sich gab, als er bereits im Sterben lag. Diese sollten meiner Meinung nach hier nicht gedruckt festgehalten werden, um nicht falschen Hoffnungen Auftrieb zu verleihen und der Begehrlichkeit haltlosen Gesindels.‹«

Als er das Ende der Passage erreicht hatte, sah er auf und fragte: »Mrs. M-n?«

»Wenn du das Buch zum Licht drehst, wirst du sehen, daß die fehlenden Buchstaben mit Bleistift eingefügt worden sind.«

Er gehorchte und rief aus: »Was erkennst du da? Für mich sieht es wie ›Martin‹ aus.«

»Während meiner Unterhaltung mit Mr. Martin heute morgen«, sagte Miss Silver, »hat er erwähnt, daß die Großmutter seines Vaters zu der Zeit, als ›Grove Hill House‹ von den Aufständischen niedergebrannt wurde, dort irgendeine Anstellung innehatte. Er sagte, sein Vater hätte sich noch daran erinnern können, wie sie vom hereinstürmenden Pöbel und Mr. Warrens Tod erzählt hat. Glaubst du nicht, daß sie ihm noch einiges mehr erzählt haben könnte und daß diese Geschichte dann die Phantasie seines Stiefsohns angeregt hat? Irgend etwas in der Richtung muß, glaube ich, passiert sein, um Mr. Worple und Mr. Blount ins Spiel zu bringen. Mr. Worple wußte diese Geschichte von einem versteckten Schatz. Mr. Blount ist angeblich in der Lage, vergrabenes Metall zu orten. Das wäre ein Grund, warum sie sich zusammengetan haben, nicht wahr? Aber Mr. Blount versucht, seinem Partner ein Schnippchen zu schlagen: Er kommt als erster hierher und versucht, das Haus zu kaufen. Doch Mr. Worple folgt ihm. Vermutlich ist es zu einer wütenden Auseinandersetzung gekommen, und eine Zeitlang haben sie einander überboten, aber letztendlich beschließen sie, wieder zusammenzuarbeiten. Mr. Worple zieht sein Angebot zurück, und an diesem Punkt wird Mrs. Graham ermordet.«

Frank lachte. »Das ist eine phantasievolle und faszinierende Geschichte, aber es ist natürlich unmöglich, irgendwas davon zu beweisen. Und selbst mit deiner Phantasie würde es dir schwerfallen, einen Grund für den Mord an Mrs. Graham zu finden!«

Sie schüttelte den Kopf. »Er ist natürlich nicht vorsätzlich geschehen. Von den drei Verdächtigen – vielleicht sind es aber auch deren vier – gibt es nur gegen zwei konkretes Belastungsmaterial. Im Fall von Mr. Carey ist es Mrs. Traills Aussage, sie habe gehört, wie Mrs. Graham zu dem Zeitpunkt, da die Tat erfolgt sein muß und er selbst den eigenen Angaben zufolge ganz woanders gewesen sei, ausrief: ›Wie können Sie es wagen, Nicholas Carey!‹ Das ist ein Beleg dafür, daß Mrs. Graham in den Garten zurückgekehrt war, nachdem ihre Tochter sie ins Haus gebracht hatte, und daß sie einen Eindringling bemerkte, den sie für Mr. Carey hielt. Es ist kein Beweis dafür, daß es wirklich Nicholas Carey war.

Die zweite Verdächtige ist Mrs. Harrison. Dienstag abend um sieben Uhr war ihr Diamantring noch vollständig. Um zehn Uhr am Mittwoch morgen fehlte einer der Steine. In der Zwischenzeit wurde Mrs. Graham ermordet. Später wird der Stein in einer Ritze am Eingang des Gazebos gefunden, und Mrs. Harrison bemüht sich verzweifelt um ein Alibi für Dienstag nacht.

Mr. Worple gehört eigentlich auch zu den Verdächtigen, aber wir haben nichts in der Hand, was ihn tatsächlich mit dem Verbrechen in Verbindung bringt, und sowohl in seinem als auch Mrs. Harrisons Fall fällt es schwer, sich vorzustellen, was sie zu solcher Stunde ins Gazebo gelockt haben könnte – außer vielleicht ein Rendezvous.«

Er lachte. »Ein bißchen weit hergeholt, findest du nicht?«

»Vielleicht. Und das Mordmotiv wäre recht schwach. Aber in Mr. Blounts Fall gäbe es einen dringenden Grund, Mrs. Graham zum Schweigen zu bringen. Ganz offensichtlich hatte er keine Gelegenheit, die Umgebung des Gazebos einer richtig gründlichen Untersuchung zu unterziehen. Als er das Haus besichtigt hat, ist er zweifelsohne in den Garten gegangen, aber Miss Graham hat ihn sicher dorthin begleitet. Ich weiß nicht, inwieweit man eine Wünschelrute einsetzen kann, ohne daß sie deutlich sichtbar ist; aber jeder, der mit dem Gedanken spielt, eine große Geldsumme in ein Projekt dieser Art zu investieren, würde mit Sicherheit alles möglichst gründlich prüfen wollen, bevor er sich festlegt.«

»Blount ist also ins Gazebo gegangen, um mit seiner Rute zu wedeln und festzustellen, ob es das Gold wirklich gebe?«

»Ich behaupte nicht mehr, als daß er aus diesem Grund dorthin gegangen sein könnte.«

»Und dann?«

»Er weiß, daß die Leute in ›The Lodge‹ früh aufstehen und früh zu Bett gehen. Was er nicht wissen konnte, ist, daß Mr. Carey und Miss Graham sich um halb elf im Gazebo treffen wollten und daß Mrs. Graham dieses Stelldichein unterbrechen würde. Deshalb war sie noch zu einer Zeit wach, als sie längst hätte schlafen sollen. Ich vermute, er hat eine Taschenlampe benutzt – ohne Zweifel mit großer Vorsicht –, und Mrs. Graham hat dies vom Badezimmerfenster aus gesehen. Irgendwas muß sie ja veranlaßt haben, wieder in den Garten zu eilen. Sie erreicht das Gazebo und schreit auf. Du mußt dir vorstellen, wie das auf die Person gewirkt hat, die sie überrascht hat! Er packt sie bei der Gurgel und will sie vielleicht nur am Schreien hindern. Der Rest ergibt sich daraus.«

Frank nickte. »Eine gute Geschichte, und nicht einmal unwahrscheinlich! Und nicht ein einziges noch so geringes Beweisstück, das man den Geschworenen vorlegen könnte. Aber was Carey angeht – also, für ihn wäre eine Verhandlung eine riskante Angelegenheit, und es würde alles vom Können seines Verteidigers und seiner Glaubwürdigkeit als Zeuge abhängen.«

»Und wenn du einer der Geschworenen wärst, wie würdest du entscheiden?«

Er lachte. »Damit würde ich ja was verraten!«

»Dann tu es bitte«, antwortete sie betont erst.

»Na gut, ganz unter uns gesagt glaube ich nicht, daß es Carey war. Nach allem, was ich gehört habe, kann ich mir vorstellen, daß sie eine grauenerregende Schwiegermutter abgegeben hätte, aber ich glaube nicht, daß er so weit gegangen wäre, sie deshalb umzubringen – zu viele Unannehmlichkeiten und nicht genug Anreiz. Er hätte das Mädchen ohnehin geheiratet, und da Mrs. Graham ihn schon einmal im Gazebo gefunden hatte, war es eigentlich egal, ob sie ihn dort noch einmal erwischte.«

Miss Silver lobte ihn mit einem verständigen Blick.

»Das ist genau das Argument, das ich selbst angeführt hätte. Aber kehren wir zu Mrs. Blount zurück. Ich bin äußerst besorgt um sie. Falls sich ihr Mann durch das, was sie unter Umständen gehört hat, gefährdet glaubt, ist sie, so fürchte ich, in ernsthafter Gefahr. Sie befindet sich noch in diesem leichten Schockzustand, der es relativ einfach machen würde, einen Unfall zu inszenieren. Eigentlich ist sie in einer Geistesverfassung, die sowohl einen Unfall als auch einen Selbstmord plausibel erscheinen ließe. Und es würde keinen Beweis dafür geben, daß sie nicht bloß irgendeine neurotische Frau wäre, die die Last abgelegt hat, die sie nicht mehr ertragen zu können meint. Solange sie allerdings hier in einem Gästehaus wohnt . . .«

Er unterbrach sie: »Sie haben das Gästehaus verlassen. Ich bin auf meinem Weg hierher kurz dort gewesen, und sie waren schon weg. Es ist alles ganz schnell und unvorbereitet vor sich gegangen. Miss Madison war empört genug, um Dampf abzulassen und mir alles zu erzählen. Wie es scheint, waren zwei Gäste letzte Nacht aus dem Schlaf geschreckt, weil Mr. Blount geschrien hat. Sie sagt, das habe sie ihm bloß mitteilen wollen, als er am frühen Nachmittag zurückgekehrt sei, aber er hat nicht einmal darauf geantwortet, sondern ist wenig später heruntergekommen und hat gesagt, daß er einen Anruf bekommen hätte und dringend fort müsse, woraufhin er ein Taxi kommen ließ, die Rechnung bezahlte und innerhalb von fünfundvierzig Minuten verschwunden war. Sie scheint der Ansicht zu sein, daß er sich beleidigt gefühlt hat.«

Miss Silver sah äußerst besorgt aus. »Hat sie irgendwas über Mrs. Blount gesagt?«

Er nickte. »Sie sagt, sie habe nicht so ausgesehen, als wäre sie in der Verfassung gewesen zu verreisen.«

38

Die Blounts fuhren mit dem Bummelzug. Er hielt an vielen Stationen, und jedesmal stiegen Leute ein oder aus. Manchmal war es im Abteil so eng, daß Mrs. Blount nicht mehr atmen zu können glaubte. Der Morgen war kalt gewesen, aber jetzt war die Sonne hervorgekommen, und am Nachmittag wurde es schwül. Die meisten Reisenden waren viel zu warm angezogen, aber keiner schien ein Fenster öffnen zu wollen. Die Luft war mit dem Geruch von Mottenkugeln, Menschenleibern und Zigarettenrauch geschwängert.

Mrs. Blount schloß die Augen, denn wenn sie versuchte, sie offenzuhalten, verschwamm alles. Sie konnte nicht sehen, wie krank sie wirkte – mit diesen blassen, geschlossenen Lidern und den Ringen darunter, dunkel wie Blutergüsse. Wenn sie den Kopf zurücklehnte und ihre farblosen Lippen sich teilten, sah es wirklich so aus, als würden sich jene schlaffen Lider nie mehr öffnen.

Mr. Blount, der auf dem gegenüberliegenden Platz saß, wurde wütend. Warum mußte sie derart die Aufmerksamkeit auf sich ziehen? Warum konnte sie sich nicht so wie die anderen Frauen im Abteil benehmen? Eine von denen las genau die Art von Schundzeitschrift, an der Millie sonst so großen Gefallen fand. Eine andere lutschte Pfefferminzbonbons, und eine dünne drahtige Frau mit Brille hatte die Person neben sich in eine ziemlich lebhafte Diskussion verwickelt.

Blount beugte sich vor und berührte Millie am Knie: »Hör mal, du schläfst jetzt lieber nicht ein. Du sagst doch immer, du bekämst Kopfschmerzen, wenn du im Zug schläfst. Und das wollen wir doch nicht.«

Sie fuhr zusammen, sah ihn unruhig an und antwortete mit nervösem Unterton: »Mir ist nur schwindelig.«

Er wünschte sich schon, er hätte sie in Ruhe gelassen. Aber vielleicht war es auch ganz gut so. Falls irgend jemand sie im Gedächtnis behalten sollte, würde der sich daran erinnern, daß ihr Verhalten seltsam und ihr Mann sehr um ihr Wohlergehen besorgt gewesen wäre. Er sagte mit seiner freundlichsten Stimme:

»Ach so, na, dann mach es, wie es dir am bequemsten ist, meine Liebe.«

Sie wußte, weshalb er so mit ihr sprach. Vor anderen Leuten war er nie böse zu ihr. Mit seiner ersten Frau, die unter den Zug geraten war, hatte er es genauso gemacht. Es hatte viel Gerede deshalb gegeben. Er war nicht dort gewesen, als es passierte – oder war angeblich nicht dort gewesen, als es passierte. Und keiner konnte ihnen nachsagen, daß sie sich je gestritten hätten. Sie schloß die Augen wieder und versuchte, nicht an Lucy Blount zu denken, die vor fast vier Jahren unter einen Zug gekommen war.

Er hatte ihr noch nicht verraten, wo sie hinführen, aber sie nahm an, daß Cleat das Ziel war. Sein Großvater war tot, und seine Tante Lizzie lebte weiter in dem alten strohgedeckten Cottage, das die Besucher immer für so malerisch hielten. Sie verdiente ganz gut damit, daß er einzelne Stücke aus seinem Lager mitnahm und in das Landhaus stellte – einen Stuhl oder einen Tisch oder irgendwelche Porzellanfiguren. Die Besucher sahen sie dann dort: einen Tisch und einen Stuhl, die wie zufällig draußen standen, und die Figuren im Fenster, nahe der Scheibe. Sie zahlten dann immer gutes Geld und freuten sich wie die Schneekönige, wenn sie gingen, denn sie glaubten, ein Schnäppchen gemacht zu haben.

Lizzie Pardue war bestens geeignet, solche Dinge zu verkaufen. Sie arbeitete als Haushälterin der Pfarrei und war ein bißchen unbedarft, dafür aber fleißig. Außer dem, was Sid ihr sagte, wußte sie nichts über die Dinge, die er ihr zum Verkaufen brachte, weshalb die Leute, die diese erwarben, glaubten, daß sie keine Vorstellung vom Wert der Antiquitäten hätte – womit sie ja recht hatten – und daß sie eine einfache Seele wäre, die das Dorf in ihrem ganzen Leben noch nicht verlassen hätte, was ebenfalls völlig der Wahrheit entsprach.

Sie mußten zweimal umsteigen, bevor sie in Cleat ankamen. Millie Blount war erst zum dritten Mal dort. Sie fühlte sich ein wenig beruhigt, als Lizzie Pardue die Tür des strohgedeckten Cottage öffnete und sie willkommen hieß. Er hatte offenbar in der Pfarrei angerufen und ihren Besuch angekündigt, denn ihre Zimmer waren schon bereit und ein gutes Essen außerdem. Er mußte vom Bahnhof aus telefoniert haben, als sie auf ihren Zug gewartet hatten und sie auf die Toilette gegangen war.

Von der häuslichen Atmosphäre und von Lizzie Pardue selbst ging eine tröstliche Wirkung aus. Sid hatte eher Ähnlichkeit mit der mütterlichen Seite der Familie. Lizzie hatte die gleiche frische Gesichtsfarbe, den gleichen untersetzten Körperbau, die gleichen kräftigen Arme und Hände, aber da endeten die Gemeinsamkeiten auch schon. Ihre Gesichtzüge waren weich und verschwommen und ihre Augen sehr gütig. Güte – das war es, was einem sofort und auch später immer wieder an ihr auffiel.

Lizzie warf einen schüchternen, halb zögerlichen Blick auf Sids Frau, die ihr immer noch fremd war, und redete sanft, beinahe flüsternd mit ihr. Mrs. Blount dachte es zwar nicht direkt, daß Sid ihr vor seiner Tante Lizzie nichts antun würde, aber sie hatte ein entsprechendes Gefühl. Sie aß ein gutes Abendessen und glaubte, daß sie schlafen würde.

Das Cottage hatte drei Schlafzimmer. Lizzie hatte das, das nach vorn ging. In dem großen Doppelbett hatten ihre Eltern während ihrer ganzen Ehe geschlafen. Als der alte Mr. Pardue gestorben war, war sie dort einfach und ganz selbstverständlich eingezogen. Das Cottage und die Möbel gehörten jetzt ihr, also war es nur recht und billig, daß sie auch das beste Zimmer bekam. Die beiden anderen Schlafzimmer waren klein und hatten schmale Rollbetten.

Millie Blount hätte lieber auf dem Boden geschlafen, als ein Zimmer mit Sid zu teilen. Nein, sie würde nie wieder ein Zimmer mit Sid teilen können. Was, wenn er wieder im Schlaf aufschrie wie in Miss Madisons »Rosa Zimmer«? Was, wenn er wiederholte, was er damals gesagt hatte? Oder schlimmer noch. Alles in ihr zitterte bei dem Gedanken daran. Aber hier konnte sie sich jetzt in ein schmales Bett legen und die Decken bis über beide Ohren hochziehen, und sie würde überhaupt nichts hören. Das Cottage war solide gebaut, und die dicken Wände und das Strohdach ließen die Laute nicht weit dringen. Selbst wenn Sid schrie, würde sie nicht verstehen, was er sagte ...

Kurz bevor sie einschlief, fiel ihr ein, daß es vielleicht genauso in seinem wie in ihrem Interesse läge, daß jeder sein eigenes Zimmer hatte. Vielleicht wollte er genauso wie sie nachts allein bleiben, denn so wäre keiner in der Nähe, der ihn hören könnte, falls er wieder schreien oder reden sollte. Dieser tröstliche Gedanke begleitete sie in einen tiefen und traumlosen Schlaf.

Erst am nächsten Tag, als Lizzie Pardue sie verlassen hatte und in die Pfarrei gegangen war, fragte sich Millie Blount zum ersten Mal, warum sie überhaupt nach Cleat gekommen waren; aber sie wußte, es wäre besser, keine Fragen zu stellen.

Wenn sie hätte hören können, was Lizzie der Frau des Pfarrers erzählte, hätte sie sich vielleicht wieder Sorgen gemacht. Lizzie arbeitete schon seit vielen Jahren für Mrs. Field und fühlte sich ganz zu Hause bei ihr. Sie machten zusammen die Betten, und sie hatte viel über ihren Neffen Sid und dessen Frau zu erzählen.

»Sehr um sie besorgt ist er, Mrs. Field. Deshalb sind sie auch hierhergekommen. ›Die Landluft‹, sagt er, ›und dein Essen, Tante Lizzie,‹ sagt er. ›Und wenn ihr das nicht hilft, dann hilft ihr gar nichts. Richtig melancholisch, das ist sie.‹ Und nachdem sich seine erste Frau unter einen Zug geworfen hat, das arme Ding, da ist es nur natürlich, daß er es sich zu Herzen nimmt.«

»Sie hat sich unter einen Zug geworfen?« rief Mrs. Field aus. »Wie schrecklich! Nein, das Laken ist nicht gerade, Miss Pardue – es muß auf Ihrer Seite noch glattgezogen werden.«

Lizzie tat das. »Sie hat sich direkt unter den Brighton-Express geworfen. Sid hat sich das schrecklich zu Herzen genommen. Sie hat ihm eine ganze Menge Geld hinterlassen, aber das macht es auch nicht wieder wett, daß er seine Frau verloren hat. Und er hat mir letzte Nacht gesagt: ›Ich würde nie darüber wegkommen, wenn so was noch mal passieren sollte, Tante Lizzie.‹«

»Miss Pardue, das ist das Kissen vom Pfarrer, was Sie da haben, nicht meins. – Sie wollen damit doch nicht sagen, daß es einen Grund gibt, anzunehmen, daß . . .«

Miss Pardue schüttelte traurig den Kopf. »Es läßt sich nicht leugnen, daß sie melancholisch ist. Und ich bin mir sicher, es gibt nirgends einen besseren Ehemann als Sid. Aber er macht sich Sorgen, das sehe ich. Er meint, sie sagt komische Sachen.«

»Die Daunendecke ist hinter Ihnen, Miss Pardue. – Was meinen Sie mit ›komische Sachen‹?«

Lizzie Pardue nahm die Daunendecke und breitete sie auf

dem Bett aus. »Was sie halt sagt, und wie sie es sagt, wenn Sie wissen, was ich meine. Sid redet nicht gerne darüber, aber wenn es so weit geht, daß sie sagt, sie glaubt nicht, es noch lange auszuhalten, und er wäre besser ohne sie dran, na ja, da erschrickt man schon ein bißchen, vor allem, nachdem sich die arme Lucy vor den Zug geworfen hat und so.«

»Sie sollte zu einem Arzt gehen«, empfahl Mrs. Field ganz entschieden.

In dem Cottage mit dem Strohdach saß Mrs. Blount und schälte Kartoffeln. Sie mußte auch noch Rosenkohl putzen. Sie hatte ein bißchen davon gepflückt und hereingebracht, und sie war froh, diese Arbeit erledigen zu können, denn Tante Liz sollte möglichst wenig zu tun haben, wenn sie um halb eins nach Hause käme. Am anderen Ende des Tisches saß Sid vor einem Tintenfläschchen und einem Block Papier. Er holte seinen Federhalter hervor und füllte ihn auf.

Er hatte nicht mehr als eine oder zwei Zeilen geschrieben, als er anhielt und sich den Daumen und die Seite seiner Hand rieb. Sie wandte die Augen nicht von den Kartoffeln, damit sie ihn nicht anblicken mußte. Er mochte es nicht, wenn man ihn beobachtete, und sie mochte seine Hände nicht sehen. Die waren kräftig und grob, und sie waren voller Haare. Sie erschreckten sie.

Er begann wieder zu schreiben und füllte die Seite. Dann stöhnte er »Eiih!« und rieb sich die Hand mit dem Füllhalter. Ein Tintenfleck spritzte auf den weißgescheuerten Tisch. Lizzie Pardue würde das gar nicht gefallen. Mrs. Blount stand auf, um einen Lappen zu holen, aber er schrie los, sie sollte nicht soviel Wirbel machen, und sie gehorchte. Sie kehrte um und nahm wieder Platz, und da saß er, massierte seine Hand, behauptete, sich den Daumen verrenkt zu haben, und fragte sich, wie er den Brief wohl beenden sollte.

»Und er muß auf jeden Fall noch heute zur Post. Da ist

dieser Kerl, mit dem ich mehr oder weniger ein Geschäft ausgemacht habe, aber jetzt hab' ich es mir anders überlegt. Genauer gesagt ist mir was zu Ohren gekommen über ihn, und er scheint nicht die Sorte Mensch zu sein, mit der ich was zu tun haben möchte.«

Mrs. Blount war sehr überrascht. Sie waren seit drei Jahren verheiratet, und sie konnte sich nicht erinnern, daß er je von seinen Geschäften geredet hätte. Sie antwortete nichts, weil sie nicht wußte, was sie sagen sollte. Er murrte weiter wegen seiner Hand.

»Brauch' gar nicht mehr zu probieren; den Stift zu halten ist völlig ausgeschlossen. Und dieser Brief muß unbedingt zur Post! Versuch du mal dein Bestes. Ich sage dir, was du schreiben sollst. Am besten kommst du hierher und nimmst meinen Stuhl. Und wasch dir die Hände! Ich will nicht, daß solch ein Geschäftsbrief mit dem Dreck von den Kartoffeln vollgeschmiert wird!«

Die Kartoffeln waren gar nicht dreckig, denn sie hatte sie natürlich abgeschrubbt, bevor sie sich hingesetzt hatte, um sie zu schälen, aber sie sagte nichts.

Sie ging hinüber und wusch sich die Hände, und er fluchte, weil sie so lange brauchte. Als sie sich endlich hingesetzt und den Federhalter in die Hand genommen hatte, zitterte sie. Er legte den Block mit einem frischen Bogen Briefpapier vor sie hin. Die erste Seite war fertig, und er hatte sie weggelegt. Sie gab sich Mühe, ihre Stimme zu beruhigen, und fragte:

»Soll ich oben eine Zwei hinschreiben?«

»Du schreibst nur das, was ich dir sage! Und fang nicht zu weit oben an. Es kommen nur noch ein, zwei Sätze, und so sieht es dann besser aus.«

Sie saß da und wartete darauf, daß er ihr sagte, was sie schreiben sollte. Er stand hinter ihr, beobachtete alles, was sie tat, und fing zu diktieren an. Sie war so nervös, daß ihre Hand schlimmer denn je zitterte. Mit holpriger Schrift brachte sie folgende Worte zu Papier:

»Ich lasse es sein. Es hat keinen Zweck. Mir gefällt es nicht mehr, und das ist die einzige Erklärung.«

Er schaute ihr über die Schulter. Als er sah, was sie geschrieben hatte, zog er ihr den Block weg und fluchte los:

»Meinst du vielleicht, ich kann solch ein Geschmier verschicken! Ich werde doch versuchen müssen, ihn per Telefon zu erreichen.«

Er riß das Blatt aus dem Block und sah es an. Die Schrift war kaum leserlich, und als er ihr das Blatt weggerissen hatte, war der Stift quer über das Blatt gefahren.

Er stand hinter dem Stuhl seiner Frau und lächelte zynisch. Das, was sie da geschrieben hatte, wäre bestens geeignet ...

39

Jack Harrison war verwirrt und fühlte sich unbehaglich. Er war jemand, der auf keinem Gebiet über besondere Fähigkeiten verfügte. Mit achtzehn war er in das Familiengeschäft Harrison & Leman, Import und Export, eingetreten, hatte sich von diesem während des Ersten Weltkriegs getrennt, um seinen Wehrdienst zu leisten, und war, als alles vorbei war, mit einer verwundeten Schulter, die ihn manchmal noch schmerzte, und einer ungemeinen Dankbarkeit dafür, sich wieder in einem Büro aufhalten zu dürfen, dorthin zurückgekehrt. Er war nicht klug, aber er war sorgfältig, höflich und vertrauenswürdig. Zu gegebener Zeit wurde er Teilhaber und erbte ein ansehnliches Vermögen von zwei unverheirateten Onkeln. Alle mochten ihn, aber auf eine gewisse herablassende Art.

Wenigstens eine Frau war ihm zutiefst zugetan gewesen, aber er hatte unglücklicherweise Ella Crane geheiratet. Er wäre mit Emmy Lester glücklich geworden; mit Ella Crane war er es nicht, aber es kam ihm nie in den Sinn, daß er daran etwas hätte ändern können. Er tat, was er konnte, um Streitereien und den Anlässen dazu aus dem Weg zu gehen, aber es war eine Sisyphusarbeit, und er war auch darin nicht besonders gut.

Daß es vor den beiden Polizisten, von denen einer noch dazu zur örtlichen Wache gehörte, zu einem Streit gekommen war, und zwar einem sehr heftigen, war schrecklich peinlich. Die Figur, die Ella in ihrer rasenden Wut zerstört hatte, war Meißener Porzellan gewesen und hatte irgendeiner Urururgroßmutter gehört.

Er hatte eine Verletzung am Auge davongetragen, die vielleicht sein Sehen beeinträchtigen würde, aber viel schlimmer war, daß die Szene mit ihrem Lärm, ihrem Zorn, ihrer Gewalttätigkeit den seit den letzten zwei oder drei Jahren vor sich hinglimmenden Groll mit frischem Sauerstoff versorgt und offenen Haß hatte aufflammen lassen.

Es war nicht schön, die eigene Frau zu hassen und sich vergebens zu wünschen, sie nicht geheiratet zu haben, und keinen Weg zu wissen, sich ihrer Gegenwart zu entledigen. Und wenn schon das nicht schön war, was sollte er dann erst von den Regungen halten, deren er sich zuletzt von Zeit zu Zeit bewußt geworden war? Es war zutiefst erschreckend, daß es Augenblicke gab, in denen er sich bei dem Wunsch ertappte, Ella zu schlagen und einmal mitzuerleben, wie sie zurückzuckte und Angst bekäme.

In diesem unglücklichen Gemütszustand wirkte die Nachricht von Nicholas Carey wie ein Katalysator. Nicholas hatte sie eigenhändig in den Briefkasten geworfen, nachdem er erst geläutet hatte und dann weggegangen war, ohne sich umzusehen oder abzuwarten, bis Mrs. Ambler, das Zimmermädchen, die Tür öffnete. Sie brachte den Umschlag zu Jack Harrison ins Arbeitszimmer und sagte ihm, sie hätte nur den Rücken des Herrn gesehen, wie dieser die Auffahrt hinabgegangen wäre. »Er hat überhaupt nicht gewartet, hat ihn nur eingeworfen und ist weggegangen.«

Er öffnete den Umschlag und las, was Nicholas geschrieben hatte:

Lieber Jack,
ich bin mir fast sicher, daß ich heute verhaftet werde. Es ist eine blöde Angelegenheit, und ich glaube nicht, daß viel dabei herauskommt, aber was will man machen – eine Verhaftung ist angezeigt, und die meisten Leute halten vermutlich mich für den, der am meisten verdächtig ist von allen, die in den Fall verwickelt sind. Ich weiß nicht, wo man mich hinbringen wird, aber Du kannst mich besuchen kommen, wenn Du möchtest. Du bringst lieber schon mal in Erfahrung, wer in solcher Sache ein guter Verteidiger wäre. Ich glaube nicht, daß der alte Knabe, der Onkel Oswalds Erbe aufgeteilt hat, dafür so besonders geeignet wäre. Entschuldige bitte den Skandal und die allgemeine Aufregung!

Dein Nick

Die Verwirrung in Jack Harrisons Kopf legte sich. Solange sich einem mehrere Möglichkeiten eröffneten, konnte man sich erst der einen zuwenden, dann der anderen und sich überlegen, welche man nun verfolgen sollte. Man konnte – was sehr nahe lag – alle ablehnen und einfach abwarten und gar nichts tun.

Aber als er Nicks Brief las, war die Unsicherheit, die ihn wie ein Nebel umfangen hatte, verflogen, und er konnte deutlich sehen, was er tun mußte. Er konnte nicht zulassen, daß Nick verhaftet würde. Keiner aus ihrer Familie war, soweit er sich erinnerte, je verhaftet worden. Nick war mit Althea Graham verlobt. Sie hätten beinahe geheiratet. Althea war ein nettes Mädchen und eine gute Tochter, und das Leben war ihr gegenüber bisher nicht gerecht gewesen.

Und dann war da noch Emmy. Wenn Nick verhaftet werden würde, würde das Emmy sehr weh tun. Sie war freundlich und gutherzig. Sie hatte es nicht verdient, sich Sorgen machen zu müssen. Er konnte es einfach nicht zulassen, daß Nicky verhaftet würde. Er steckte den Brief in die Tasche, ging in den Flur und überlegte, ob er sich einen Mantel anziehen sollte. Nein, der Nachmittag war warm, und es gab kein Anzeichen von Regen.

Er setzte sich den Hut auf, öffnete die Haustür und ging die Auffahrt hinab. Wenn Nick erwartete, verhaftet zu werden, war er vermutlich zu Althea gegangen, um sie zu besuchen. Es war ziemlich wahrscheinlich, daß er immer noch dort wäre. Er wollte nicht aufdringlich sein, aber konnte nicht – konnte unter keinen Umständen – zulassen, daß man Nick verhaftete.

40

Nachdem Miss Silver ihm die Haustür von »The Lodge« geöffnet hatte, wußte Mr. Harrison nicht so recht, wie sein nächster Schritt aussehen sollte. Er ging ins Eßzimmer, denn Miss Silver schien zu erwarten, daß er ihr dorthin folgte. Er erinnerte sich vage, gehört zu haben, daß jemand bei Althea Graham wohnte, und obwohl er ihren Namen nicht wußte, nahm er an, daß es sich bei der Dame, die ihn hereingelassen hatte, um diesen Jemand handelte. Sie befreite ihn aus seiner

Verlegenheit, indem sie laut und deutlich ihren Namen verkündete, woraufhin er sich auch vorstellte und den Grund für sein Kommen nannte.

»Ich habe nicht das geringste Verlangen, mich aufzudrängen, das kann ich Ihnen versichern, aber Nicholas Carey ist mein Cousin, und ich würde ihn gern sprechen – wirklich sehr gern. Ich dachte mir, er sei vielleicht hier.«

Miss Silver legte den Kopf schief. »Er ist mit Miss Graham im Wohnzimmer. Ich finde, die beiden sollten jetzt nicht gestört werden.«

Jack Harrison packte einen der Eßtischstühle. Erst hinterher, als er überrascht einen roten Striemen auf seiner Handfläche entdeckte, wurde ihm bewußt, wie fest er die Lehne umklammert haben mußte. Aber im Moment spürte er davon überhaupt nichts. Er spürte nur, wie in seinem Kopf Verwirrung und Sorge schmerzhaft zunahmen. Er hörte seine eigene Stimme:

»Verabschiedet er sich gerade von ihr? Ich habe eine Nachricht von ihm erhalten. Er erwartet, verhaftet zu werden.«

»Hat er Ihnen das gesagt?«

»Ja – er hat mir eine Nachricht geschickt. Er schreibt, er sei sich sicher, verhaftet zu werden. Das kann ich doch nicht zulassen, oder?«

Miss Silver beobachtete ihn aufmerksam. Er war sichtlich beunruhigt, und er hatte etwas auf dem Herzen. Sie verfügte über zuviel Erfahrung, um die Anzeichen falsch zu deuten, und Jack Harrison versuchte eigentlich schon gar nicht mehr, sie zu verbergen. Er rang nach Worten und sagte:

»Ich hätte es gerne vermieden, auszusagen. Sehen Sie, meine Frau ist auch in die Sache verwickelt – aber ich kann es nicht zulassen, daß man Nicholas Carey verhaftet. Er hat damit überhaupt nichts zu tun, also kann ich auch nicht zulassen, daß man ihn verhaftet, richtig?«

»Richtig, Mr. Harrison«, antwortete sie und blickte an ihm vorbei durch das Fenster und sah, wie das Gartentor zur Belview Road aufging. Frank Abbott und Detective Inspector Sharp kamen herein und gingen den gepflasterten Weg zum Haus hoch. »Nur einen Augenblick«, sagte sie und verschwand, um die beiden hereinzulassen.

Nach einem kurzen Blick über die Schulter blieb er stehen, wo er war, behielt den Stuhl fest im Griff und beobachtete die Tür. Miss Silver schloß sie hinter sich. Er hörte Stimmen murmeln und dachte sich: Sie erzählt ihnen, was ich gesagt habe. – Es waren die Polizisten, die am Tag zuvor in sein Haus gekommen waren. Sie hatten Ella befragt. Er würde ihnen seine Geschichte erzählen müssen. Hier. Jetzt. Es war zu spät, wieder wegzugehen. Miss Silver erzählte ihnen, was er ihr gesagt hatte. Es gab kein Zurück mehr. In gewisser Weise war das eine Erleichterung. Er würde ihnen erzählen, was passiert war, und dann hätte er es hinter sich.

Jetzt kamen sie ins Zimmer, der Mann von Scotland Yard und Inspector Sharp und Miss Silver. Sie zogen Stühle heran und setzten sich. Er setzte sich auch. Seine Hand und sein Arm waren taub. Der Inspektor von Scotland Yard begann:

»Miss Silver sagt uns, daß Sie eine Aussage zum Mord an Mrs. Graham machen wollen. Stimmt das?«

Er staunte über seine eigene Stimme. Sie war lauter und höher als sonst.

»Sie werden Nicholas Carey verhaften, nicht wahr? Das hat er mir auf einer Karte mitgeteilt. Ich wollte eigentlich keine Aussage machen, aber ich kann nicht zulassen, daß man ihn verhaftet. Das wäre nicht fair, weil er mit der ganzen Sache wirklich überhaupt nichts zu tun hat.«

»Nur einen Augenblick, Mr. Harrison«, sagte Frank Abbott. »Wenn diese Aussage Sie selbst betrifft, muß ich Sie warnen, daß ...«

Jack Harrison schüttelte den Kopf. »Nein, nein – ich habe auch nichts damit zu tun. Es ist nur so, daß meine Frau darin verwickelt ist – bis zu einem gewissen Grad –, und natürlich nicht in den Mord. Aber ...« Er brach ab. »Vielleicht erzähle ich Ihnen lieber, was passiert ist.«

Inspector Abbott antwortete, daß er dies für einen ausgezeichneten Plan hielte, und Inspector Sharp zog seinen Notizblock hervor. Jack Harrison wartete, bis sie bereit waren. Miss Silver, die am Tischende saß, beobachtete ihn. Sie alle beobachteten ihn. Als er zu sprechen anfing, hatte seine Stimme ihren hohen, angestrengten Ton verloren und klang jetzt tiefer und natürlicher. Er lehnte sich in seinem Stuhl zurück und ließ den rechten Arm steif herabhängen. Ein ernster, pflichtbewußter Mensch, der wie vor den Kopf geschlagen war und jetzt sein Bestes gab.

»Es war an diesem Dienstag abend. Wir waren zum Bridgespielen bei den Reckitts gewesen. Wir sind um ungefähr halb acht zurückgekommen. Nach dem Abendessen bin ich ins Arbeitszimmer gegangen – das tue ich abends normalerweise. Ich habe die Tür einen Spaltbreit offengelassen. Ich wollte wissen, ob jemand zu Besuch käme oder ob meine Frau hinausginge. Nachdem die Hausmädchen gegangen waren, waren bloß noch wir beide im Haus.«

»Erwartete Mrs. Harrison jemand?« fragte Frank Abbott.

»Sie wollte einen Freund treffen. Ich wußte aber nicht, wo.«

»Was für einen Freund?«

»Einen Mann namens Worple – Fred Worple. Meine Frau ist beim Theater gewesen – sie kennt ihn von daher. Er ist vor ein oder zwei Wochen hier aufgetaucht. Er hat Verwandte hier in der Gegend. Er hat meine Frau getroffen, und die beiden haben sich seither ziemlich häufig gesehen. Mir hat diese Freundschaft nicht gefallen. Worple ist ein zwielichtiger, affiger Typ, und ich habe zu meiner Frau gesagt, daß es für sie nicht gut sei, mit ihm zusammen gesehen zu werden. Sie ist wütend geworden und hat gesagt, sie tue, was sie wolle.«

»Und dann, Mr. Harrison?«

Er machte eine ziemlich lange Pause, bevor er fortfuhr. Er blickte auf Mrs. Grahams polierten Eßtisch, aber tatsächlich sah er seinen eigenen Schreibtisch mit dem tintenverschmierten Löscher und dem Telefonapparat vor sich. Er sah sich, wie er die rechte Hand ausstreckte und den Hörer abhob ...

»Ich hatte einen Anruf zu erledigen. Als ich den Hörer abnahm, redete meine Frau am Apparat in ihrem Zimmer. Sie sagte: ›In Ordnung, Fred – zwischen halb und drei Viertel elf.‹ Und dann hat sie aufgelegt. Sie sehen, ich wußte also, daß sie Worple treffen würde, aber ich wußte nicht, wo. Um Viertel vor zehn bin ich ins Wohnzimmer gegangen und habe ihr gesagt, daß ich ins Bett ginge.«

»Sie haben getrennte Schlafzimmer?«

»Oh, ja.«

»Nebeneinander?«

Er schüttelte den Kopf. »Es ist ein großes Haus. Es befindet sich schon seit langem in Familienbesitz. Ich habe das Zimmer, in dem ich schlief, wenn ich als kleiner Junge zu Besuch hergekommen bin. Das Zimmer meiner Frau ist am anderen Ende des Hauses.«

»Und – sind Sie ins Bett gegangen?«

Er schüttelte wieder den Kopf. »Nein, ich bin in mein Zimmer gegangen und habe gewartet. Eines meiner Fenster geht zum Nebeneingang hin. Ich dachte mir, meine Frau würde diese Tür benutzen, falls sie rausgehen oder jemanden einlassen wollte. Die Riegel der Eingangstür verursachen ziemlichen Lärm, wenn sie zurückgeschoben werden. Ich habe also mein Licht ausgemacht, mich ans Fenster gesetzt und gewartet. Ich habe gewartet, und nichts ist passiert. Ich hatte mir vorgenommen, bis Viertel vor elf nichts zu tun und dann zum Zimmer meiner Frau hochzugehen, um nachzuschauen, ob sie noch da sei, denn es gibt noch zwei andere Türen, durch die sie hätte rausgehen können. Meine Uhr hat ein Leuchtzifferblatt. Um zwanzig nach elf ist meine Frau zum Nebeneingang rausgekommen, um das Haus herumgegangen und verschwunden. Ich hatte alles bereit, um ihr zu folgen: einen dunklen Regenmantel und Tennisschuhe. Zu Fuß sind es nur fünf Minuten von ›Grove Hill House‹ bis zu ›The Lodge‹.

Ich möchte klarstellen, daß ich meine Frau auf der ganzen Strecke gesehen habe. Als ich in Hill Rise einbog, war sie stehengeblieben – ich bin wirklich fast in sie hineingelaufen. Auf der anderen Straßenseite rannte eine Frau, und der Bus kam gerade an der Ecke Belview Road an. Er stoppte bei ›The Lodge‹, und die Frau ist eingestiegen. Ich war nur ungefähr einen Meter von meiner Frau entfernt.

Sobald der Bus weg war, ist sie losgerannt und durch die Dienstbotenpforte von ›The Lodge‹ verschwunden. Die ist direkt an der Ecke, und von da aus führt ein Weg an der Hecke entlang zu dem kleinen Hof vor der Gartentür. Als sie dort hineingeschlüpft war, hab' ich sofort erraten, daß sie diesen Kerl, den Worple, in dem Sommerhäuschen treffen wollte, das oben im Garten der Grahams steht. Sie nennen es ein Gazebo. Sie kennen es natürlich schon, weil man Mrs. Grahams Leiche dort gefunden hat. Ich weiß nicht, weshalb sie dorthin gegangen ist. Sie geht immer sehr früh ins Bett. Ich habe meine Frau um das Haus herumgehen lassen, dann bin ich ihr gefolgt. Als ich auf den Weg gekommen bin, der den Garten hochführt, konnte ich sie vor mir sehen. Ich möchte noch einmal ganz klar feststellen, daß ich sie – außer, als ich um das Haus herumgegangen bin – immer im Blick hatte. Ist das deutlich geworden?«

Inspektor Sharp nickte und sagte: »Vollkommen, Mr. Harrison.«

Jack Harrison blieb seinem bisherigen präzisen und methodischen Stil treu: »Ich konnte sie sehen, zum Teil, weil ich nach ihr Ausschau hielt, zum Teil, weil ich auch bei Dunkelheit sehr gute Augen habe. Aber weder sie noch die andere Person hätte mich sehen können, und als sie dann zurückkamen, stand ich vor einem dunklen Hintergrund.«

»Die andere Person? Was für eine andere Person?« fragte Frank Abbott scharf.

Leicht erstaunt sah Jack Harrison ihn an. »Ein Mann war im Gazebo. Wie Sie wissen, führen dort Stufen hinauf. Als meine Frau die oberste Stufe erreicht hatte, ist einer an ihr vorbeigerannt und hat sie umgeworfen.«

»Sie meinen, er hat sie geschlagen?«

»O nein, das glaube ich nicht. Er hatte es nur eilig, von dort wegzukommen.«

»Mrs. Harrison muß doch wissen, ob er sie geschlagen hat.«

Sein Erstaunen wurde deutlicher. »Ich habe mit meiner Frau nicht darüber gesprochen. Sie hat keine Ahnung, daß ich dort gewesen bin.«

»Na gut, machen Sie weiter.«

Das tat er auch – in nachdenklichem Ton: »Wenn sie einen Stein aus ihrem Ring verloren hat, wie Sie behaupten, dann ist es vermutlich passiert, als sie gestürzt ist. Ihre Hand ist vielleicht auf der Schwelle aufgeschlagen.«

»Sehr wahrscheinlich. Aber erzählen Sie uns mehr über den Mann.«

»Er ist sehr schnell den Weg herabgerannt. Ich bin in ein Beet gestiegen, um ihm aus dem Weg zu gehen. Eine kleine Stufe führt zu dem Hof vor der Gartentür hinab. Er muß sie übersehen haben, denn er ist gestolpert und glatt hingefallen.«

»Haben Sie ihn erkannt?«

Jack Harrison schüttelte den Kopf. »Ich habe sein Gesicht nicht gesehen. Aber es war nicht Mr. Worple.«

»Woher wissen Sie das?«

»Er war nicht groß genug. Mr. Worple muß fast einsachtzig groß sein. Als dieser Mann an mir vorbeigerannt ist, wirkte er nicht viel größer als ich selbst, aber um einiges massiger. Nicht groß, aber breit. Und schwer, so wie er gefallen ist.«

Miss Silver hatte diesmal nichts gesagt. Sie hörte zu und beobachtete ihn mit großer Aufmerksamkeit. Es fiel ihr nicht schwer, den breiten aber nicht großen Mann, der so schwerfällig gestürzt war, als Mr. Blount zu identifizieren.

»Was ist danach passiert?« fragte Frank Abbott.

»Er ist wieder aufgestanden«, antwortete Jack Harrison schlicht und einfach.

»Sie haben nicht versucht, ihn aufzuhalten?«

»Dazu hatte ich ja keinen Grund. Erst am nächsten Tag hatte ich Anlaß zu der Vermutung, daß er Mrs. Graham ermordet haben könnte.«

»Gut, fahren Sie fort. Er ist also wieder aufgestanden ...«

»Und weggerannt. Meine Frau hat sich am Eingang zum Gazebo aufgerappelt. Wenn sie erwartet hatte, Mr. Worple zu treffen – und ich glaube, daß sie das zweifellos getan hat –, dann muß es ein großer Schock für sie gewesen sein, von einem brutalen Fremden so über den Haufen gerannt zu werden. Sie kam über den Pfad auf mich zugehumpelt und hat gestöhnt, als hätte sie Schmerzen. Ich habe ganz ruhig hinter einigen Stockrosen verharrt und sie vorbeigelassen.«

Frank Abbott lehnte sich über den polierten Tisch nach vorn.

»Ist sie in das Gazebo reingegangen?«

»O nein – dazu hatte sie keine Gelegenheit; sie wurde auf der Schwelle umgestoßen.«

»Aber danach – als sie wieder aufgestanden war?«

»Nein, sie hat gestöhnt und ist wieder hochgekommen – ich habe sie gehört. Ich glaube, sie wollte bloß noch fort. Sie ist die Stufen und den Weg herabgekommen und um das Haus gegangen und auf die Straße hinaus. Und dann ist sie nach Hause zurückgekehrt.«

»Sind Sie sich dessen ganz sicher?«

»Ich bin ihr gefolgt. Als sie zur Auffahrt gelangte, ist sie eine Weile stehengeblieben. Es gibt einen Pfad, der links durch das Gebüsch führt. Den habe ich genommen, weil ich vor ihr im Haus sein sollte. Ich hatte mir überlegt, sie auszusperren, aber dann hab' ich mir gedacht, daß sie sicher einen starken Schreck bekommen hätte und daß es grausam wäre, so etwas zu tun, weshalb ich einfach in mein Zimmer gegangen bin, ohne die Tür abzusperren.«

»Sind Sie sich auch ganz sicher, daß sie wirklich reingekommen ist?«

»O ja, ich habe beim Fenster gewartet, bis ich sie um die Ecke habe kommen und reingehen sehen. Ich habe meine Tür ein bißchen offenstehen lassen und habe gehört, wie sie die Treppe hochgestiegen und in ihr eigenes Zimmer gegangen ist.«

»Sie haben mit ihr weder da noch am nächsten Tag über das, was geschehen ist, geredet?«

»Nein.«

»Warum nicht?«

»Ich wollte mit meiner Frau keinen Streit haben.«

Nachdem sie selbst die Ehre gehabt hatten, Zeugen einer dieser ehelichen Auseinandersetzungen zu sein, glaubten die beiden Inspektoren ihm sofort.

»Selbst als Sie vom Mord an Mrs. Graham hörten, haben Sie ihr nichts gesagt?« fragte Frank Abbott.

»Nein, ich habe nichts gesagt.«

»Mr. Harrison, ist Ihnen bewußt, wie wichtig Ihr Zusammentreffen mit diesem Mann am Tatort ist? Er hat zumindest unerlaubt Privatbesitz betreten, und sein Verhalten ist – milde gesagt – höchst verdächtig. Er hatte nichts im Gazebo zu suchen. Er verschwindet wie der Blitz, als er dort entdeckt wird, und rennt eine Frau über den Haufen. Es war Ihnen doch sicherlich klar, daß es Ihre Pflicht gewesen wäre, zur Polizei zu gehen?«

»Sicher doch. Aber sehen Sie, meine Frau ist in die Sache verwickelt.«

Frank Abbotts helle, kühle Augen ruhten auf ihm.

»Wir haben eine Zeugin, die gehört hat, wie Mrs. Graham ungefähr um zwanzig nach elf mit jemand im Gazebo geredet hat. Diese Zeugin bekam Angst und rannte zur Straßenecke hinunter, wo sie in den Bus stieg. Wenn, wie Sie sagen, der an der Ecke stand und eine Frau zu ihm runtergerannt ist, als Sie in Hill Rise einbogen, dann bestätigen Sie damit die Aussage dieser Zeugin, und es wird klar, daß Mrs. Graham zwischen dem Zeitpunkt, als man sie rufen hörte, und dem Augenblick, als Sie diesen Mann, den Sie eben beschrieben haben, aus dem Gazebo stürzen sahen, ermordet worden ist.«

»Vermutlich.«

»Es war ein großer Fehler von Ihnen, diese Sache nicht gleich zu melden.«

»Ich weiß. Aber ich hätte es nie und nimmer zugelassen, daß ein Unschuldiger verhaftet wird – das hatte ich mir fest vorgenommen. Das ist auch der Grund, warum ich jetzt zu Ihnen gekommen bin. Mein Cousin hat gesagt, man wird ihn verhaften, und das kann ich doch nicht zulassen!«

»Nun, ich glaube, wir werden ein weiteres Gespräch mit Mrs. Harrison führen müssen. Sie sind sich sicher, daß sie nicht weiß, daß Sie ihr gefolgt sind?«

»Ja, völlig sicher. Ich wollte vermeiden, daß es wieder zu einer Szene kommt.«

Er zögerte, und dann rückte er damit heraus: »Nur eine Sache noch ...«

»Und die wäre?«

»Als dieser Mann hingestürzt ist, hörte es sich an, als hätte er was fallen gelassen. Vielleicht hatte er es in der Hand, vielleicht ist es ihm aus der Tasche geglitten – ich weiß es nicht. Der Hof ist gepflastert, und es hat auf den Steinen eine Art metallisches Geräusch gemacht. Ich hatte eine Taschenlampe bei mir, und als meine Frau um das Haus herum verschwunden war, hab' ich die angeschaltet. Ich habe das Ding ziemlich schnell gefunden und mich dann beeilt, meine Frau wieder einzuholen.«

»Und was haben Sie aufgehoben?«

Jack Harrisons Hand tauchte tief in die Tasche seiner Jacke und brachte einen in Seidenpapier eingeschlagenen Gegenstand zum Vorschein. Er wickelte ihn aus, nahm ihn behutsam hoch und legte ihn auf den Tisch. Es war eine gegabelte Metallstange. Frank Abbott sah sie an, Inspektor Sharp sah sie an, und Miss Silver sah sie an.

»Ich weiß nicht, was das ist«, sagte Jack Harrison, »aber ich war vorsichtig beim Aufheben. Ich habe nur die Enden der Stange berührt – falls Sie die auf Fingerabdrücke hin untersuchen wollen.«

»Für einen Rutengänger auf der Höhe der Zeit kommt nur ein Metallinstrument in Frage«, stellte Frank Abbott mit ausdrucksloser Stimme fest.

41

Nicholas und Althea waren seit einer Stunde zusammen. Sie hatten nicht viel geredet. Er war gekommen, um sich zu verabschieden. In beiden wurde die Erinnerung an jenes andere Mal vor fünf Jahren wach, als sie im Gazebo Abschied voneinander genommen hatten.

Dann waren für Althea fünf lange, kalte, fruchtlose Jahre angebrochen, die ihr Jugend, Freude, überhaupt alles, geraubt hatten. Aber er war zurückgekehrt. Die toten Jahre waren vergessen. Das Leben strömte wieder hinein, und die Wüste blühte. Wenn er jetzt ginge – und zwar nicht, um die Risiken und Gefahren weit entfernter Gegenden auf sich zu nehmen, sondern das kalte, schonungslose Urteil des Gesetzes hinzunehmen –, dann war dies vielleicht das allerletzte Mal, daß sie einander sahen, ohne daß Gitter sie trennten – das allerletzte Mal, daß sie sich berührten, küßten und Worte zueinander sagten, die andere nicht hörten. Aber obwohl sie sich am Rande solch einer Trennung befanden, fehlten ihnen die Worte. Und wenn sie sich berührten, wie sollten sie es dann fertigbringen, sich wieder zu trennen? Beiden war der Gedanke gewärtig, daß es besser wäre, Schluß zu machen, sich loszureißen und dieses lange unerträgliche Sterben all dessen, was gerade wieder zum Leben erwacht war, zu einem raschen Ende zu bringen.

Als bald darauf Miss Silver durch die Tür trat, befand sich das halbe Zimmer zwischen den beiden: Althea saß mit einem Gesicht, aus dem alle Farbe gewichen war, in der Sofaecke; Nicholas stand mit dem Rücken zu ihr am Fenster und blickte auf den Weg und die Straße jenseits des Gartentors hinaus. Drei Männer waren zur Haustür herausgekommen und hatten sie hinter sich geschlossen. Sie gingen nun zum Gartentor hinaus und bogen in Hill Rise ein. Es waren Detective Inspector Sharp, Detective Inspector Abbott und Jack Harrison. Nicholas war überrascht, daß sie ihn nicht festgenommen hatten. Hinter seinem Rücken gab Miss Silver das leichte Hüsteln von sich, mit dem sie für gewöhnlich die Zuhörer um Aufmerksamkeit bat, und erklärte:

»Mr. Harrison hat eine sehr wichtige Aussage gemacht.«

Die beiden Inspektoren und Jack Harrison gingen Hill Rise hoch und bogen in die Grove Hill Road ein. Frank Abbott bemerkte, daß man nur fünf Minuten brauchte, um bis zur Haustür von »Grove Hill House« zu gelangen. Unter dem Portal erkundigte sich Jack Harrison besorgt:

»Sie brauchen mich doch nicht mehr, oder?«

Als dies verneint wurde, zeigte er sich ausgesprochen erleichtert, merkte noch an, daß es besser wäre, wenn sie läuteten, und schlüpfte um die Ecke zum Nebeneingang.

Als das Dienstmädchen gegangen war, um Mrs. Harrison zu holen, und die beiden Polizisten im Salon allein gelassen hatte, sagte Sharp:

»Ich bin gespannt, was sie diesmal zerschmettert. Der arme Kerl hat richtig Angst vor ihr, wie man sieht. Was halten Sie von seiner Aussage?«

»Ich würde sagen, sie entspricht der Wahrheit.«

In diesem Moment ging die Tür auf, und Ella Harrison kam herein. Sie trug den gleichen karierten Rock wie am Tag zuvor, aber der Pullover und die Strickjacke waren diesmal purpurrot anstatt smaragdgrün, und die Wirkung war sogar noch verblüffender. Sie hatte eine ganze Menge Make-up aufgelegt und sah aus, als könnte sie jeden Augenblick die Beherrschung verlieren. Ohne auch nur ein Wort der Begrüßung zu äußern, stellte sie sie sofort zur Rede:

»Also, was gibt es diesmal? Sie glauben wohl, ich hätte nichts Besseres zu tun, als einen Haufen dummer Fragen zu beantworten! Und ich muß nichts sagen, wenn ich keine Lust habe – dazu weiß ich zuviel über meine Rechte!«

Inspector Sharp wich ihrem herausfordernden Blick aus. Frank Abbott erwiderte ihn kühl.

»Ich glaube, es wäre besser, wenn wir uns setzen. Sie können uns vielleicht helfen, und ich glaube, Sie wären gut beraten, wenn Sie es täten. Tatsache ist, daß wir eine sehr detaillierte Aussage, was Ihre Unternehmungen von Dienstag nacht angeht, erhalten haben.«

»Was meinen Sie mit Unternehmungen? Ich habe überhaupt nichts unternommen! Wir sind von den Reckitts um sieben nach Hause gekommen und dann nicht mehr ausgegangen.«

»Mrs. Harrison, wenn Sie auf dieser Aussage beharren, werden Sie unter Umständen in ernste Schwierigkeiten geraten. Sie haben Dienstag nacht um ungefähr zwanzig nach elf noch einmal das Haus verlassen. Sie wissen vielleicht nicht, daß man Ihnen gefolgt ist, aber man hat uns ausführlich beschrieben, wo Sie hingegangen sind und was Sie getan haben.«

Der Schock war überwältigend. Es wurde deutlich, daß Jack Harrisons Behauptung, seine Frau hätte nicht die geringste Ahnung, verfolgt worden zu sein, nur allzu wahr war. Sie tat mit ausgestreckter Hand einen zögerlichen Schritt nach vorne, als könne sie nicht mehr sehen. Als Sharp ihr einen Stuhl brachte, plumpste sie auf diesen nieder und blieb mit einem Gesicht, das unter dem Rouge und dem Puder gesprenkelt und fleckig aussah, keuchend sitzen.

»Wir haben diese Aussage«, stellte Frank Abbott fest, »und ich halte sie für wahr. Wenn Sie uns einfach aus Ihrer Sicht die Dinge erzählen, die passiert sind, und die beiden Versionen übereinstimmen, dann haben Sie, glaube ich, nichts zu befürchten. Sie müssen endlich einsehen, daß nichts außer der Wahrheit Sie entlasten kann.«

»Wer ist mir denn gefolgt?« fragte sie mit veränderter Stimme.

»Ihr Mann. Er sagt, daß er Sie zwischen dem Zeitpunkt, als Sie ›Grove Hill House‹ verließen, und Ihrer Rückkehr dorthin nur dreimal, und das jeweils nur für kurze Momente, aus den Augen verloren hatte. Wenn Sie uns berichten, was während dieses Zeitraums passiert ist, können wir das mit der Aussage Ihres Mannes vergleichen. Wenn die beiden Versionen übereinstimmen – nun, Sie wissen selbst, daß Ihre Glaubwürdigkeit dadurch erheblich gewinnen würde.«

Er redete, um ihr Zeit zu geben. Sie hatte ja einen plötzlichen und unerwarteten Schlag hinnehmen müssen.

»Er ist mir gefolgt?« brachte sie mühsam hervor.

»Und hat äußerst detailliert berichtet, was geschehen ist«, ergänzte Frank Abbott energisch. »Also, Mrs. Harrison, nur eine sehr dumme Frau würde nicht einsehen, daß eine Übereinstimmung zwischen Ihrer Aussage und der Ihres Mannes in Ihrem ureigensten Interesse liegt. Wenn Sie und er die gleichen Vorfälle beschreiben und dabei die Wahrheit sagen, kann Ihnen das nur nützen, aber schon die geringste Abweichung von dem, was wirklich geschehen ist, die leichteste Verfälschung – und Sie verschlimmern die gefährliche Situation, in der Sie sich ohnehin schon befinden. Wie Sie gesagt haben, brauchen Sie nicht zu reden, wenn Sie nicht wollen, aber es wäre wirklich dumm von Ihnen, zu schweigen.«

Er konnte sehen, wie sie sich zusammenriß. Die Farbe kehrte in ihr Gesicht zurück. Sie holte ein-, zweimal tief Luft, richtete sich auf dem Stuhl auf und fragte noch einmal: »Mein Mann hat also wirklich eine Aussage gemacht?«

»Aber ja.«

»Woher soll ich wissen, daß Sie mich nicht einfach zum Narren halten?«

»Fragen Sie ihn doch selbst!« Er wandte sich an seinen

Kollegen. »Würde es Ihnen was ausmachen, Sharp? Er ist, glaube ich, in seinem Arbeitszimmer.«

Während der Inspektor das Zimmer verlassen hatte, saß Ella Harrison da und betrachtete Frank Abbott. Der schöne graue Anzug, die Krawatte und das Einstecktuch in dezentem Blaugrau, die makellos polierten Schuhe, das spiegelglatte Haar, die langen eleganten Hände und Füße, das kühle, selbstsichere Auftreten riefen in ihr eine eigenartige Mischung aus Widerwillen und Respekt hervor. Sie verspürte Lust, diese kühle polierte Oberfläche zu zerschlagen, zu schreien, mit allem, was ihr gerade in den Griff käme, um sich zu werfen, aber es war ein Verlangen, das unerfüllt blieb. Während dieses Gesprächs würde kein Porzellan zerbrochen werden. Die schlaue, durchtriebene Seite ihres Charakters gewann die Oberhand, die Seite, die immer auf den eigenen Vorteil bedacht war und darauf achtete, daß die eigenen Interessen nicht zu kurz kämen.

Als Jack Harrison und Inspector Sharp ins Zimmer zurückkehrten, wandte sie sich um. Jack wirkte nervös und hatte allen Grund dazu. Er kam kaum in das Zimmer hinein und blieb gegen die Tür gelehnt stehen, nachdem er diese geschlossen hatte.

»Du bist mir also am Dienstag gefolgt . . .«, rief sie scharf.

»Ja, bin ich.«

Sie lachte wütend auf. »War ziemlich riskant, was? Wenn ich Fred wirklich getroffen hätte, hätte er dir den Kopf runtergehauen!«

Frank Abbott schritt ein. »Mr. Harrison ist gekommen, um Ihnen zu bestätigen, daß er Ihnen Dienstag nacht tatsächlich gefolgt ist und Sie nur aus dem Blick verloren hat, als Sie von Grove Hill Road in Hill Rise eingebogen sind, für die kurze Zeit, die Sie brauchten, um das Haus der Grahams zu umrunden und in den hinteren Teil des Gartens zu gelangen, und als Sie diesen wieder verlassen haben. Stimmt das, Mr. Harrison?«

»O ja«, antwortete er.

»Dann werden wir Sie nicht weiter belästigen. Ich nehme an, Mrs. Harrison, Sie glauben mir jetzt, daß Ihr Mann Ihnen gefolgt ist und daß er eine Aussage gemacht hat bezüglich dessen, was er gesehen und gehört hat. Wie steht es?«

Sie beobachtete, wie Jack Harrison das Zimmer verließ und die Tür schloß, bevor sie antwortete. Wenn sie nur fünf Minuten allein mit Jack haben könnte, um herauszukriegen, was er ihnen erzählt hatte ... Aber genausogut konnte sie sich den Mond wünschen. Da war nichts zu machen, sie würde sich einfach an die Wahrheit halten müssen. Sie wandte sich um, blickte Frank Abbott dreist ins Gesicht und sagte:

»In Ordnung, ich spiele mit.«

Sie machte ihre Aussage, und Sharp hielt diese fest. Anfangs gab es ein paar Ausschmückungen. Fred Worple erschien als der Freund, den sie nicht zu sich nach Hause einladen konnte, weil Jack es nicht ertrüge, wenn sie sich mit einem anderen Mann unterhielte.

»Sie haben wirklich keine Vorstellung, wie langweilig es war. Nicht die besten Voraussetzungen, damit die Ehefrau einem zugetan bleibt, aber wenn ein Mann eifersüchtig ist, dann ist er eifersüchtig, da läßt sich nichts machen. Als Fred also auftauchte – und Sie dürfen nicht vergessen, wir waren einmal wirklich gute Freunde gewesen –, warum sollte ich da nicht ab und zu mal mit ihm ins Kino gehen oder mich einfach so mit ihm treffen?«

»Und Sie haben sich mit ihm im Gazebo von ›The Lodge‹ getroffen?«

Sie zögerte und biß sich auf die Lippe. »Na ja, ein- oder zweimal. Die Grahams waren immer um zehn im Bett, außer wenn Winifred Bridge spielte, und sie hat nicht oft abends gespielt. Sie war ziemlich leidend, wissen Sie, aber wenn Sie mich fragen, war das alles Einbildung. Sie hatte es gern, wenn ständig jemand für sie da war, und sie wollte auch nicht, daß Thea heiratet ... Wo war ich eigentlich?«

»Sie haben gerade Mr. Worple im Gazebo getroffen.«

Sie sah ihn wütend an. »Nur ein- oder zweimal die Woche, wenn das Wetter schön war. Ich wollte am Dienstag gar nicht hingehen. Er sollte hierherkommen, ist es aber nicht.«

Es gab eine ziemlich langgezogene Pause.

»Und dann, Mrs. Harrison?«

»Na gut, Sie können es ruhig wissen. Er hat sich an Thea rangemacht – ich verstehe beim besten Willen nicht, warum –, und ich hatte mir eingebildet, daß er mit ihr vielleicht dort wäre.«

»Das wirkt nicht sehr wahrscheinlich.«

Sie schüttelte den Kopf.

»Man überlegt nicht, was wie wahrscheinlich ist, wenn man jemand erwartet und der nicht auftaucht. Ich dachte mir, er hat es vielleicht mit Absicht getan – ich dachte mir, er wäre vielleicht mit Thea zusammen – ich dachte mir, vielleicht hätte er erwartet, daß ich zum Gazebo käme. Also bin ich losgezogen.«

Dann erzählte sie, wie sie in Hill Rise eingebogen wäre, hätte sie eine Frau gesehen, die die Straße herabgerannt gekommen wäre, um den Bus an der Ecke Belview Road zu erwischen. Sie wäre durch die Dienstbotenpforte von »The Lodge« geschlüpft und um das Haus herum und durch den Garten hoch zum Gazebo gelangt.

»Ich bin die Stufen rauf, und gerade als ich die oberste erreicht hatte, bin ich fürchterlich erschrocken. Jemand kam herausgestürmt und hat mich umgerannt. Ich wurde gegen die Tür geworfen und bin auf den Boden geknallt. Vermutlich hab ich da den Stein aus meinem Ring verloren. Wissen Sie, ich bin mit der Hand aufgeschlagen, denn die hat hinterher die ganze Nacht durch weh getan.«

»War es ein Mann, der Sie umgerannt hat?«

»Er war nicht Fred Worple«, sagte sie rasch. »Nicht groß genug. Außerdem hätte Fred so was nicht getan.«

»Wissen Sie, wer es war?«

»Ich könnte raten.«

»Und?«

»Dieser Kerl Blount, der ein Angebot für das Haus gemacht hat. Wozu hat er es denn gewollt? Ich dachte, er war es – hat rumgeschnüffelt, als alle im Bett waren und geschlafen haben.«

»Sie meinen also, es war Blount. Haben Sie ihn erkannt?«

»Nein, kann ich nicht behaupten.«

»Gut, fahren Sie fort, Mrs. Harrison.«

Sie sah ihn aufsässig an. »Es gibt nichts mehr. Sie glauben doch nicht, daß ich dort geblieben bin, nachdem man mich so umgestoßen hat? Ich bin aufgestanden und so schnell ich konnte nach Hause gegangen.«

»Sind Sie im Gazebo gewesen?«

Sie verlor die Geduld. »Wie meinen Sie das: im Gazebo gewesen? Wofür halten Sie mich? Ich denke, die arme Winifred Graham hat da tot gelegen, oder? Wenn ich in das Gazebo reingegangen wäre, hätte ich über sie stolpern müssen. Glauben Sie wirklich, ich wäre weggegangen und hätte sie dort so liegenlassen? Das hätte ich nämlich bestimmt nicht! Ich weiß nicht, woraus die Leute Ihrer Meinung nach gemacht sind! Mein Gott, vielleicht war sie ja noch nicht mal tot.«

Inspector Sharp schrieb es auf, wie er schon den ganzen Rest aufgeschrieben hatte.

»Ach, ich glaube, es besteht kein Zweifel daran, daß sie da bereits tot war«, sagte Frank Abbott.

42

Die gerichtliche Untersuchung wurde am nächsten Morgen abgehalten. Althea beschrieb, wie sie den Leichnam ihrer Mutter gefunden hatte, Dr. Barrington und der Gerichtsmediziner, der die Autopsie durchgeführt hatte, gaben die medizinischen Fakten zu Protokoll, und anschließend bat die Polizei um eine Vertagung. Die Beerdigung fand am frühen Nachmittag desselben Tages statt. Miss Silver war froh, als diese beiden Ereignisse vorüber waren.

Althea hatte ihre Aussage einfach und klar gemacht und mit ruhiger Selbstbeherrschung an der Begräbniszeremonie teilgenommen. Nicholas hatte in der Kirche neben ihr gesessen und auf dem Friedhof eine Hand unter ihren Arm geschoben, aber der Tag wurde unvermeidlich zu einer harten, langwierigen Prüfung für sie.

Nicholas kam mit in das Haus zurück, und Miss Silver ließ ihn und Althea allein. Was deren persönliche Schwierigkeiten anging, hatte sich die Lage gebessert. Nicholas war nicht verhaftet worden, und in Anbetracht der Aussagen, die die Harrisons gemacht hatten, war es jetzt höchst unwahrscheinlich, daß überhaupt noch Anklage gegen ihn erhoben werden würde.

Frank Abbott fuhr in die Stadt, um sich mit seinen Vorgesetzten zu beraten, und fand sich schnell auf dem Beifahrersitz eines Polizeiwagens unterwegs nach Cleat neben Sergeant Hubbard wieder, der – abgesehen vom Schnitt – genau denselben Anzug trug wie er selbst und diesen auch mit einem Einstecktuch, einer Krawatte und einem Hut vervollständigt hatte – quasi ein Ausdruck seiner Ehrerbietung. Nachahmung mag die deutlichste Form von Bewunderung sein, aber wenn sie wegen gravierender Unterschicde im körperlichen Erscheinungsbild an Parodie grenzt, übt sie unter Umständen eine deutlich negative Wirkung auf die Laune des Nachgeahmten aus. Es gab Zeiten, da es Detective Inspector Abbott erheiterte, solcherart imitiert zu werden, und es gab Zeiten, da es ihn rasend machte. Dies war eine der Gelegenheiten, da er vor Wut raste.

Aber der Nachmittag war sehr schön. Sergeant Hubbard war ein ausgezeichneter Fahrer und die Landschaft, nachdem sie einmal London und seine Vororte hinter sich gelassen hatten, äußerst erfreulich. Hinzu kam die Befriedigung, den Fall praktisch abgeschlossen zu haben, und die Erleichterung darüber, daß Jack Harrison gerade noch rechtzeitig sein Herz ausgeschüttet hatte, womit der Fehler vermieden werden konnte, Nicholas Carey zu verhaften. Die Presse ist nicht zimperlich, wenn es darum geht, ihre Mitglieder in Schutz zu nehmen. Der »Jupiter« war besonders bekannt dafür. Abbott dankte seinen Sternen, daß die Zeitschrift keine Gelegenheit bekommen hatte, ihrem Ruf gerecht zu werden.

Unten in Cleat war es ein sehr angenehmer Tag. Mr. Blount schlug einen Ausflug zum Kino in der Nachbarstadt vor. Rillington war nur acht Kilometer und eine bequeme Busfahrt weit entfernt. Er forderte Lizzie Pardue auf, sie zu begleiten, und bot an, sie erst zum Tee ins »Arcadia« und dann ins Kino einzuladen, das sich praktischerweise auf der gegenüberliegenden Seite des Hauptplatzes befand.

Lizzie war begeistert. Sie war es nicht gewohnt, eingeladen zu werden, denn ihr Vater war der festen Überzeugung gewesen, daß Frauen zu Hause am besten aufgehoben seien. Wozu waren sie auf der Welt, wenn nicht, um zu kochen und zu scheuern, zu gebären und Kinder großzuziehen, und wo fand das alles statt wenn nicht zu Hause? Ausflüge, Feste, Zerstreuungen und so was – man brauchte sich bloß umzuschauen und sah, was die Folge davon war: Leichtsinn! Geschwätz!

Tratsch! Müßiggang! Und richtiggehend böse Machenschaften! »Schau dir bloß diese Suffragetten an! Was soll man zu diesem schamlosen Treiben noch sagen? Hab' es mit eigenen Augen gesehen, vierzig Jahre ist es her und mehr! Wahlrecht für Frauen, haben sie geschrien! Und was war das Ergebnis? Zwei große Kriege und überall Bomber am Himmel!«

Unter solchem Regime war Lizzie schwer schuftend herangewachsen. Sie hatte nur wenig Ablenkung in ihrem harten, mühsamen Leben gekannt, und der alte Pardue hatte dafür ein blitzsauberes Haus und eine gehorsame Tochter gehabt, die immer zur Stelle war. Tee im »Arcadia« und danach ein Film im Kino waren eine unglaubliche Ausschweifung.

Sie zog sich ihre Kirchenkleider an, einen schwarzen Mantel, einen Rock, den die Frau des Pfarrers an sie weitergegeben hatte, nachdem ihr Mann ihn mißbilligend betrachtet und dazu angemerkt hatte: »Wirklich, meine Gute, ich finde, den kannst du nicht einmal mehr zu einem Begräbnis anziehen«, und einen ziemlich zerknautschten Hut, den sie mit einem Stück roten Band und einem Sträußchen Gänseblümchen verziert hatte, das den Knoten verdeckte.

Mrs. Blount trug das formlose Kleid , in dem Miss Silver sie gesehen hatte. Sie hatte es während der Fahrt getragen, und sie hatte es – genauso wie ihren Hut – angezogen, ohne auch nur einen flüchtigen Blick in den Spiegel zu werfen.

Falls sie sich überhaupt gewundert hatte, warum Sid sie und Lizzie entgegen all seinen Gewohnheiten ins Kino einlud, dann nur ganz undeutlich. Eigentlich war alles in ihrem Kopf undeutlich. Es war eine Erleichterung, in Cleat zu sein; es war eine Erleichterung, bei Lizzie Pardue zu sein; es war eine Erleichterung, ein eigenes Zimmer zu haben.

Sie hatte auf dem schmalen Rollbett tief geschlafen. Im Bus nach Rillington fühlte sie sich immer noch dem Schlaf nahe. Tatsächlich nickte sie kurz ein und fuhr mit einem Ruck auf, als Lizzie sie anstieß. Danach hielt sie die Augen weit offen und richtete sie auf die Straße. Davon wurde ihr zwar ein bißchen schwindelig, aber das war immer noch besser, als wenn Sid bemerkte, daß sie fast eingeschlafen wäre.

Sie hätte sich keine Sorgen zu machen brauchen: Mr. Blount war sich ihres verwirrten Zustands vollkommen bewußt und darüber hoch zufrieden. Es ging nicht, daß sie im Bus einschliefe, aber es war in Ordnung, wenn sie schläfrig und benommen wirkte. Sie hatten nach dem Mittagessen eine Kanne Tee getrunken, und die Tablette, die er ihr in die Tasse getan hatte, sollte eigentlich genügen. Davon würde sie nicht direkt einschlafen, aber das würde die ganze Angelegenheit ungemein erleichtern.

Das Café »Arcadia« war sehr voll und laut. Lizzie genoß es in vollen Zügen: das Klappern der Teller, das Stimmengewirr, das ständige Strömen und Lärmen des Verkehrs draußen. Sie trank zwei Tassen Tee und aß ein Scone mit Butter, drei raffinierte Törtchen und zwei Schokoladenkekse. Millie Blount trank nur zwei Tassen Tee. Die waren kochend heiß und taten ihr gut. Tante Lizzie drängte sie immer wieder, etwas zu essen, aber Millie glaubte nicht, daß sie etwas herunterbringen konnte.

Jedesmal, wenn Lizzie Pardue sie bedrängte, fiel es Mr. Blount schwer, sich zurückzuhalten. Er durfte nicht einmal die Stirn runzeln, weil er doch wollte, daß jeder bemerkte, wie schlecht es seiner Frau ginge und wie liebenswürdig und aufmerksam er selbst wäre. Aber wenn sie jetzt auch noch all das bestellte, was Lizzie aß, würde ihn das trotz allem gewaltig ärgern. Raffinierte Törtchen und Schokoladenkekse für eine Frau, die tot und für immer aus dem Weg geräumt sein würde, bevor eine weitere Stunde um wäre – also, das machte doch keinen Sinn, oder? Glücklicherweise war Millie so klug, nein zu sagen.

»Du ißt ja gar nichts, mein Liebling«, sagte er laut genug, um auch von den Leuten am Nachbartisch gehört zu werden. »Fühlst du dich nicht gut?«

Sie war froh, als sie wieder an die frische Luft kamen, aber als sie den Gehweg überquerten und zum Randstein kamen, blieb sie zurück. Das Kino stand an der Ecke einer großen Kreuzung, und sie befanden sich an einer anderen. Der Verkehr war stark, und von dem Lärm und der Geschwindigkeit wurde ihr wieder schwindelig. Als die Ampel umsprang, legte Sid seine Hand auf ihren Arm und führte sie zu der Verkehrsinsel in die Mitte der Straße, und dort mußten sie warten, bis sie auf die andere Seite würden hinübergehen können. Viele Leute warteten schon und drängten sich auf der Insel.

Rillington ist eine alte Stadt mit schmalen Straßen und malerischen Häusern, die die Autofahrer gerne abgerissen sehen würden und die die Denkmalschützer bis zum letzten Atemzug zu verteidigen bereit sind. In der Presse und im lokalen Stadtrat wird noch darum gestritten, aber bisher haben die Denkmalschützer ihre Positionen halten können.

Die vier breiten Straßen, die auf die Stadt zulaufen, verwandeln sich in vier Engpässe, sobald sie den Hauptplatz erreichen, der als »Square« bekannt ist. Die Autos und Busse fahren deshalb dort gezwungenermaßen sehr dicht an den Verkehrsinseln vorbei. Sie halten zwar, wenn die Ampeln auf Rot stehen, aber sobald sie Grün haben, fahren sie so schnell, wie das örtliche Tempolimit es erlaubt, und manchmal um einiges schneller. Ein Busfahrer, der freie Bahn hat und keinen Polizisten entdecken kann, wird es unter Umständen darauf ankommen lassen.

Das Polizeiauto mit Detective Inspector Abbott und Sergeant Hubbard bog in die High Street von Rillington ein und näherte sich dem »Square«. Bevor sie den Platz erreichten, mußten sie an einer roten Ampel anhalten, und Frank Abbott entdeckte das »Arcadia« auf der rechten Seite und dachte sich, daß eine Tasse Tee jetzt was Schönes wäre, aber vermutlich wäre es besser, keine Zeit zu verlieren, und außerdem würden sie ohnehin keinen Parkplatz finden.

Als sein Blick wieder über die Straße zurückschweifte, blieb er an der dichtbevölkerten Verkehrsinsel direkt vor ihnen hängen. Es sah aus, als wären viele Leute von der Seite, auf der das Café lag, herübergekommen und müßten jetzt dort in der Mitte der Straße warten. Gerade als er hinsah, schaltete die Ampel erst auf gelb, dann auf grün. Die ganze Fahrzeugkolonne begann sich zu bewegen – und ihr eigener Wagen auch.

Und in ebendiesem Augenblick entdeckte Frank sie: Mrs. Blount stand unmittelbar am Rand der Insel. Neben ihr wartete eine Frau, die einen schwarzen Mantel, einen schwarzen Rock und einen schwarzen Hut trug, um den ein rotes Band gewickelt war. Mr. Blount war weder neben seiner Frau noch unmittelbar hinter ihr zu sehen.

Frank öffnete die Tür und kletterte mit seinen langen Beinen mühsam ins Freie. Er rief dem erstaunten Sergeant Hubbard »Parken Sie irgendwo, und kommen Sie dann zurück!« zu und durchquerte auf gefährliche, ja halsbrecherische Weise den Verkehr in Richtung der Insel.

Bis dahin war sein Handeln rein instinktiv erfolgt. Im Rückblick wurde ihm bewußt, daß er durch den gleichzeitigen und lebhaften Eindruck mehrerer Wahrnehmungen dazu veranlaßt worden war: Zum einen war da Miss Silver, die bedeutungsvoll festgestellt hatte, sie machte sich große Sorgen um Mrs. Blount. Dann war da Mrs. Blount selbst, die am Rande des Verkehrsstroms stand, der sich gleich mit großer Geschwindigkeit bewegen würde. Da war die Menschenmenge auf der Insel hinter Mrs. Blount. Und zuletzt war da noch Mr. Blount, der weit genug von seiner Frau entfernt stand, um nicht in Verdacht zu geraten, aber doch nah genug, um ihr im entscheidenden Augenblick einen Stoß zu versetzen. Und weiter hinten im Bewußtsein, aber deutlich genug, war das Wissen, daß Mr. Blounts Vater sich das Genick gebrochen hatte, als er die Treppe im eigenen Haus hinabgestürzt war, und daß die erste Mrs. Blount unter einen Zug geraten war. Bei beiden Gelegenheiten hatte Mr. Blount davon profitiert, und auch jetzt würde er profitieren, sollte der jetzigen Mrs. Blount etwas zustoßen. Tote reden nicht. Falls Mrs. Blount etwas zu verraten hätte, würde sie keine Gelegenheit mehr haben, es zu erzählen. Nicht, wenn sie tot wäre ...

Dies alles wurde ihm plötzlich zu seinem Schrecken bewußt, als er aus dem Verkehr auftauchte und im Schutz der Insel auf der Straße stand. Auf der Insel selbst war kein Platz mehr. Er wollte Mr. Blounts Aufmerksamkeit nicht auf sich lenken, aber mußte in Reichweite von Mrs. Blount gelangen. So schob er sich am Rand der Insel entlang. Zwei Frauen sahen ihn wütend an, und ein Mann sagte: »Wo drängeln Sie eigentlich hin?«

Die Autos, die an der Ampel gewartet hatten,waren alle weg, und die, die jetzt den Platz erreichten, beschleunigten, um noch schnell die Kreuzung zu überqueren, bevor es wieder »rot« wurde. Die Leute sahen ihnen zu, wie sie vorbeifuhren. Die Zeit wurde knapp – die Ampel würde jeden Augenblick wieder umspringen. Ein purpurfarbener Bus beschleunigte, um noch rechtzeitig über die Kreuzung zu kommen. Er würde so dicht an der Insel vorbeifahren, daß die Leute in der ersten Reihe unwillkürlich zurückzutreten versuchten. Bloß gab es keinen Platz, um zurückzutreten. Die Leute hinter ihnen drückten, weil sie nicht ausweichen konnten. Jemand stieß Mrs. Blount derart heftig an, daß sie auf dem Kantstein das Gleichgewicht verlor und gerade in dem Moment, als der Bus herangedonnert kam, nach vorn stürzte.

Lizzie Pardue schrie auf und versuchte erfolglos, den Mantelärmel zu fassen zu kriegen. Mrs. Blount selbst schrie nicht. Sie spürte lähmende Angst, die lähmende Gewißheit, daß dies ihr Tod wäre. Und dann den raschen, festen Griff einer Hand auf ihrem ausgestreckten Arm. Es war eine Männerhand, und die war kräftig. Sie allein hielt sie davor zurück, unter die Vorderräder des Busses zu fallen. Sie wurde an Lizzie Pardue vorbei zur Seite gerissen, und der Bus rauschte an ihr vorüber. Seine purpurne Flanke schrammte ihre Schulter, und diese wurde selbst durch den dicken Mantelstoff hindurch ganz wund und heiß.

Als Millies Verstand wieder zu arbeiten begann, hatte die Ampel umgeschaltet und den Verkehr angehalten. Auf der Insel war Platz gemacht worden. Der Retter von Mrs. Blount hatte seinen Arm um ihre Schultern gelegt und stützte sie. Lizzie Pardue schluchzte, und Sid stand da, sah Millie an und fragte: »Was ist passiert, Millie – was ist denn passiert?«

»Du hast mich gestoßen«, antwortete sie.

43

Am Abend besuchte Frank Abbott »The Lodge« und erzählte Miss Silver die ganze Geschichte:

»Wenn du es nicht geschafft hättest, mir wegen Mrs. Blount Angst einzujagen, dann wäre sie schon tot. Wir rollen friedlich durch Rillington, als ich sie auf einer Verkehrsinsel entdecke und von einer Ahnung überwältigt werde. Da steht sie, und da steht auch Blount, und dann war da noch dieser Verkehr, und plötzlich wird mir klar, daß ich mir, wenn ich ein Ganove wäre und eine Frau loswerden wollte, die einen Batzen Geld auf der hohen Kante hat und außerdem zu viel über mich weiß, keine bessere Gelegenheit wünschen könnte.

Ich konnte gar nicht so schnell denken, da war ich schon aus dem Auto rausgesprungen und über die halbe Straße gerannt. Ich hätte wirklich wie ein Narr dagestanden, wenn dann nichts passiert wäre, aber wie du ja weißt, war das nicht der Fall. Blount und ich waren verwandte Seelen, die nur eines im Kopf hatten. Es war ihm nicht entgangen, daß sich auf der Verkehrsinsel die Fußgänger stauten und sich damit die Gelegenheit ergab, jemand im richtigen Moment einen Stoß zu versetzen. Tatsächlich muß die ganze Sache sorgfältig geplant gewesen sein. Er hat seine Frau und seine Tante noch nie zuvor nach Rillington mitgenommen, und als man ihn auf der Polizeiwache durchsucht hat, hatte er einen dieser zusammenklappbaren Zollstöcke bei sich. Genau das Richtige, um Mrs. Blount durch die Reihe vor ihm hindurch zu erreichen. Wenn man den Zollstock auf dreißig Zentimeter Länge auseinanderklappt, ist er gerade lang und stark genug, um damit die Sache zu erledigen.

Sie sagte, ihr Mann hätte sie gestoßen, weißt du, und sie sagte, der Rücken täte ihr weh, also hat der Polizeiarzt sich den angesehen, und da war ein blauer Fleck, wo der Zollstock sie getroffen hatte. Ich habe ja erzählt, daß Hubbard, gleich nachdem es passiert war, aufgetaucht ist. Blount wollte die ganze Sache damit erklären, daß seine Frau selbstmörderisch veranlagt wäre. Nun, dafür hatte er auch Vorsorge getroffen. In seiner Brieftasche steckte ein Zettel, auf dem in Mrs. Blounts Schrift gekritzelt stand: »Ich lasse es sein. Es hat keinen Zweck. Mir gefällt es nicht mehr, und das ist die einzige Erklärung.«

Sie sagte, er hätte in der Küche einen Brief geschrieben. Er hätte so getan, als habe es mit einem Geschäft zu tun, das er ursprünglich hatte eingehen wollen, das er jetzt aber abblasen wollte, weil er über den anderen Kerl irgendwas gehört hätte, das ihm nicht gefiel. Und urplötzlich behauptet er, er habe sich den Daumen verrenkt, und will, daß sie den Brief für ihn fertigschreibt. Er diktiert ihr diesen ›Ich lasse es sein‹-Blödsinn, dann reißt er ihr das Blatt weg und sagt, er könne es nicht wegschicken, weil es so schlecht geschrieben sei, und er werde den Mann halt anrufen. Sie sagt, er hatte sie schon so nervös gemacht, daß sie kaum den Stift halten konnte.

Und weißt du, wenn dieses scheußliche Geschmier vor Gericht als Beweisstück präsentiert worden wäre, hätten alle Geschworenen der Welt auf Selbstmord entschieden. Bisher ist er wegen Mordversuchs an seiner Frau angeklagt, aber sobald die Aussagen der Harrisons dem Gericht vorliegen werden, bringt man ihn vermutlich her, um ihn wegen des Mordes an Mrs. Graham anzuklagen. Man hat ein paar Fingerabdrücke auf dem Metallstab gefunden, den er bei seinem Sturz im Garten der Grahams fallen gelassen hat. Wenn die von ihm sind, dann ist er dran.«

Miss Silver hüstelte leicht. »Mrs. Blount hat wirklich Glück gehabt.«

»Ich glaube, sie hat ihn schon lange gefürchtet. Meiner Meinung nach läßt sich kaum mehr bezweifeln, daß er auch den Tod seines Vaters und den seiner ersten Frau auf dem Gewissen hat. Das hat ihn in den Glauben versetzt, er könnte sich alles erlauben. Ich nehme an, Worple könnte dazu bewegt werden, mit ein paar nützlichen Informationen rauszurücken. Übrigens ist schon alles bereit, um Montag morgen das Gazebo zu untersuchen. Egal, ob wir Mr. Warrens goldenes Tafelgeschirr dort entdecken oder nicht, sowohl Worple als auch Blount waren offensichtlich überzeugt, daß man es dort finden würde, und fest entschlossen, die glücklichen Finder zu werden. Dafür hätten sie die rechtmäßigen Eigentümer des Grundstücks sein müssen. Ich weiß nicht, was ein Goldservice aus dem 18. Jahrhundert für einen Verkehrswert hat. Sie hätten es kaum als das verkaufen können, was es ist, und wenn sie es eingeschmolzen hätten, wäre es schwierig gewesen, es außer Landes zu schaffen. Aber es gibt natürlich immer Möglichkeiten. Die Kriminellen denken sich dauernd was Neues aus.

Aber die siebentausend, die Blount für das Haus geboten hat – weißt du, die wollen mir nicht aus dem Kopf. Ich kann einfach nicht glauben, daß das Geld wirklich bezahlt worden wäre. Natürlich haben sie erwartet, einiges davon beim Weiterverkauf wieder hereinzubekommen, aber meiner Meinung nach hat das Haus einen Marktwert von maximal viertausend. Und sie hätten sich nicht einmal darauf verlassen können, soviel zu bekommen.«

Miss Silver hatte etwas Neues zu stricken begonnen. Es würde eine Jacke für ihre Nichte Ethel Burkett zu Weihnachten werden. Sie hatte mit dem Rückenteil angefangen. Fünf Zentimeter Bund und drei mit dem Muster hingen schon von den Nadeln. Die Wolle war weich und dunkellila. Ethel hatte in letzter Zeit ein wenig zugenommen, und dieser Farbton würde sowohl ihrem Gesicht als auch ihrer Figur schmeicheln. Sie hatte sich kürzlich einen Rock mit einem pupurnen Streifen gekauft. Miss Silver hatte sich davon ein Stoffmuster beschafft und eine passende Jacke entworfen. Jetzt sagte sie nachdenklich:

»Hochwürden Thomas Jenkinson erwähnt außer dem Tafelgeschirr auch Juwelen – Juwelen, die Mr. Warrens letzter Frau gehört haben. Das kann alles mögliche bedeuten. Es ist fast sicher, daß es ein paar wertvolle Ringe gab. Vielleicht sogar eine Diamantenkette.«

Frank lachte. »Oder vielleicht auch nur eine oder zwei schäbige Broschen!«

Sie strickte gelassen weiter.

»Ich halte es für unwahrscheinlich, daß ein paar Broschen mit der Bezeichnung ›Juwelen‹ geadelt worden wären. Und ich glaube, daß Mr. Worple – und durch ihn Mr. Blount – über wesentlich mehr Informationen verfügt als wir. Mr. Worples Stiefvater, der ältere Mr. Martin, erinnerte sich, wie seine Großmutter von den Aufständen erzählt hat. Du weißt sicher noch, daß sie die junge Frau war, die nach Yorkshire geheiratet hatte, aber später als Witwe nach Grove Hill zurückgekehrt war. Über sie wurde geschrieben, daß sie zugegen gewesen wäre, als Mr. Warren starb, und daß sie hätte bestätigen können, was sich während seiner letzten Minuten zugetragen hatte. Sie hatte Mr. Jenkinson Dinge erzählt, von denen dieser nicht glaubte, daß es gut wäre, sie zu drucken, ›um nicht der *Begehrlichkeit* haltlosen Gesindels‹ Auftrieb zu verleihen. Was sie ihrem Pfarrer erzählt hatte, könnte sie genausogut ihrem Enkel gegenüber wiederholt haben. Wir wissen zwar nicht, was es genau war, aber ich glaube, wir dürfen davon ausgehen, daß es zuletzt entweder in mündlicher oder schriftlicher Form Mr. Worple erreicht hat und von diesem an Mr. Blount weitergegeben wurde. Kannst du mir sagen, wie die rechtliche Situation wäre, falls tatsächlich etwas unter oder im Gazebo gefunden wird?«

Er wölbte die Brauen.

»Es gibt also wirklich etwas, das du nicht weißt? Es gehört nicht ganz zu meinem Gebiet, aber ich glaube, es würde als Schatzfund gewertet werden. Wenn jemand etwas im Boden oder sonstwo versteckt in der Absicht, es von dort zu einem günstigeren Zeitpunkt hervorzuholen, haben seine Erben, glaube ich, auch noch nach einem ziemlich langen Zeitraum Anspruch darauf, aber wenn er es nicht selbst ausgräbt und es keine Erben gibt, dann ist es ein Schatzfund und gehört theoretisch der Krone. Die moderne Praxis sieht so aus, daß alles, was über archäologischen oder historischen Wert verfügt, an das entsprechende Museum weitergeleitet wird. Vielleicht erinnerst du dich, daß genau das mit dem römischen Silber passiert ist, das in Traprain in Schottland gefunden worden war und schließlich in einem Museum in Edinburgh gelandet ist. Aber im Gegensatz zu früher, als es nur eine nominelle Entschädigung für den Finder gab, was dazu geführt hat, daß sehr viele kostbare und interessante Objekte ihres reinen Materialwerts wegen einfach eingeschmolzen wurden, ist es jetzt üblich, den aktuellen Verkehrswert zu zahlen.«

Miss Silver legte den Kopf schief. »Das stimmt mit meinem eigenen Wissen überein.«

»Zwei Köpfe mit einem einzigen Gedanken!« rief er aus und fuhr dann hastig fort: »Was Worple angeht, nehme ich nach allem, was ich über ihn gehört habe, an, daß er sich bereitwillig nach der Decke strecken wird. Mit anderen Worten: Ich gehe davon aus, daß er reinen Tisch macht. Von unserem Standpunkt aus können wir ihm wirklich nicht viel vorwerfen. Es ist nicht verboten, ein Haus kaufen zu wollen, auch wenn man annimmt, daß in dem Garten etwas Wertvolles vergraben ist. Und ich würde keinen Moment lang glauben, daß er sich in einen Mord hätte verwickeln lassen. Zwielichtige finanzielle Machenschaften sind seine Sache, aber nicht physische Gewalt, und er hat es meistens geschafft, sich auf der richtigen Seite des Gesetzes zu bewegen. Vielleicht bräuchte man ihn noch als Zeugen, und er wäre sicher bereit, dem Gericht diesen Dienst zu erweisen.«

Miss Silver tat Mr. Worple mit dem geringstmöglichen Aufwand an Worten ab: »Ein Geck!«

44

Am Montag morgen entfernte ein Zimmermann die Dielenbretter im Gazebo – gute, massive Eichenbretter, die mehrere Generationen überstanden hatten, seit sie dort ungefähr im Jahr 1750 auf Geheiß des reichen Brauers Mr. Henry Warren verlegt worden waren. Der konnte zu jenem Zeitpunkt noch nicht jenen dreißig Jahre entfernten Tag vorhergesehen haben, da er auf die zuverlässige Warnung hin, daß gewalttätige Ausschreitungen gegen die Katholiken bevorstünden, heimlich im Schutze der Nacht die letzte an die Wand grenzende Diele, auf der die schwere Eichenbank stand, hochheben würde, um darunter das goldene Tischgeschirr zu verstecken, das er damals noch gar nicht besaß, und die Juwelen und Schmuckstücke seiner Frau, die dann schon längst tot sein würde.

Doch auch ohne solche Vorahnungen hatte er ein Gebäude errichten lassen, das mit seiner achteckigen Form und dem freien Raum unter den Dielen wie geschaffen war als Versteck. Das hinterste Brett an der Wand war kurz. In jener Schrekkensnacht hatte Martin Hickley unter seiner Aufsicht diese kurze Diele hochgehoben. Sie hatten gemeinsam das Tafelgeschirr herbeigeschleppt und mit den Boi-Überzügen ausgestopft. Die Teller und Platten wurden so weit wie möglich unter die Dielen geschoben. Die beiden großen Salzgefäße konnten nur mit einiger Mühe verstaut werden, aber schließlich war alles untergebracht und auch die Schmuckkassette in einem eigens dafür gegrabenen Loch versenkt. Als das Brett wieder festgenagelt und ein bißchen Staub darüber gestreut worden war, war nicht mehr zu erkennen, daß man es je entfernt hatte.

Die Gordon-Aufstände mit ihrer kurzfristigen Gewalttätigkeit ebbten ab und ließen ein zerstörtes Haus und zwei Tote zurück. Martin Hickley starb, als er ein Gemälde seines Herren in Sicherheit brachte und dabei vom Dach der Eingangshalle erschlagen wurde, und Henry Warren wurde im gleichen Augenblick vor dem Portal von herabstürzenden Ziegeln getroffen und lebte nur ein oder zwei Stunden länger. Das ist eine alte zu Dreiviertel vergessene Geschichte, die über das 19. Jahrhundert hinweg bis ins 20. hineinreichte und dort die Lebensläufe von einem halben Dutzend Menschen beeinflußt und zwei von ihnen sogar um ihr Leben gebracht hat.

Ungefähr dies ging Miss Silver durch den Kopf, als sie dem Handwerker bei seiner Arbeit zusah. Frank Abbott, der gerade vorbeikam, nahm sich einen Augenblick Zeit, um sich neben sie zu stellen, und blickte mit einem spöttischem Funkeln in den Augen zu ihr hinab. Er sprach so leise, daß nur sie ihn hören konnte:

»Ich glaube, dies verlangt nach einem Zitat. Erzähl mir nicht, daß Tennyson verstummt ist.«

Ein leichtes Hüsteln wies ihn wegen dieser Ungehörigkeit zurecht. Sie antwortete gelassen: »Ich könnte dir etwas ausgesprochen Passendes vortragen, aber du hast es sicher schon gehört.«

»Wie lautet es?«

»And lust of gain, in the spirit of Cain.« Und bei diesen Worten gab das Brett knarzend die Öffnung frei, und er ließ sie stehen und trat nach vorn.

Nicholas und Althea sahen auch zu. Sie standen beisammen, und ihre Hand lag leicht auf seinem Arm. Es war ein schöner Morgen. Der Zimmermann rief:

»Da unten ist was, ziemlich schwer.«

»Am besten entfernen Sie noch ein paar von den Brettern«, empfahl Inspector Sharp.

Am Ende kam Henry Warrens goldenes Tafelgeschirr aus

dem dunklen Loch, in das es 1780 hineingestopft worden war, wieder zum Vorschein. Er wäre über das Aussehen seines Schatzes sicher sehr erschrocken. Der grüne Boi, in den das Geschirr eingewickelt gewesen war, war verrottet und hatte sich in trüben Schleim verwandelt. So wie Gold nun mal beschaffen ist, würde es bald wieder in seinem ursprünglichen Glanz erstrahlen, aber im Moment sah das Ganze nicht so aus, als wäre es die Ehrlichkeit eines Mannes und das Leben einer Frau wert.

Das Schmuckkästchen von Mrs. Warren existierte praktisch nicht mehr. Holz und Leder waren gesprungen und hatten sich zersetzt. Trockenperioden hatten es zu Staub werden lassen und der Regen zu Matsch, aber irgendwo in dem Dreck, der übriggeblieben war, lagen die Juwelen, die das Kästchen einst enthalten hatte. Ein kleiner dürrer Mann namens Benchley, der als Experte herbeigezogen worden war, erklärte, daß es sich bei dem Geschirr um Gold handle – ein vollständiges Service für zwanzig Personen. Er lehnte es ab, dessen Wert zu schätzen.

Wie Henry Warren in den Besitz eines so extravaganten Geschirrs gekommen war, erklärte sich später, als man herausfand, daß der exzentrische und weithin bekannte Mr. Wavenham es bei ihm deponiert hatte, bevor er in der zweiten Hälfte des Jahres 1779 vor seinen Gläubigern floh. Da Mr. Wavenham ein Jahr später in Italien bei einem Duell getötet wurde und keine Erben hinterließ, war das Verschwinden des Tafelgeschirrs nie aufgefallen. Mr. Warrens Sorge, das ihm von einem Freund anvertraute Gut zu retten, gereicht ihm sicher zur Ehre. Aber es bedurfte noch einer Menge geduldiger Nachforschungen, bevor all diese Einzelheiten feststanden. In jenem Augenblick stapelte sich das goldene Tafelgeschirr noch auf dem Eichentisch, und Mrs. Warrens Juwelen lagen daneben.

Mr. Benchley legte eine Liste an. Er bat um einen Lappen und eine Schüssel Seifenlauge und betupfte damit die Steine in den Halsbändern, Armreifen und Ringen.

»Halsband. Diamanten. Gute Steine. Mittlerer ungefähr fünf Karat.«

»Anhänger in Form eines Kreuzes. Diamanten und Rubine. Vermutlich französisch.«

»Fünf Ringe . . .«

Der Katalog, sehr trocken und präzise wie Mr. Benchley selbst, ging noch weiter. Und als man mit allem fertig war und die Dielenbretter wieder festgenagelt hatte, ging die Polizei weg und nahm das Geschirr und die Juwelen mit. Eine gerichtliche Untersuchung würde festzustellen haben, ob es sich um einen Schatzfund handelte oder nicht. Egal ob ja oder nein, es würde sicherlich eine lange Zeit dauern, bis diese Angelegenheit schließlich entschieden sein würde.

Frank Abbott merkte verächtlich an, es sei hoffnungslos, staatliche Einrichtungen zur Eile veranlassen zu wollen, und wenn ein Museum in die Sache eingeschaltet werde, könne es unter Umständen noch zwanzig Jahre dauern, bis die Sache geklärt sei, zu welchem Zeitpunkt es dann ungefähr 200 Jahre her sein dürfte, daß das Zeug vergraben wurde.

Sie waren im Wohnzimmer, und er nahm Abschied. Nicholas Carey legte einen Arm um Althea.

»Na, ich hoffe, du rechnest nicht damit, die Diamantenkette bald zu tragen, Allie« sagte er.

Er war überrascht, wie blaß sie wurde.

»Oh, das könnte ich nie!« murmelte sie zitternd.

Er schüttelte sie leicht. »Liebling, du wirst auch gar keine Gelegenheit dazu kriegen.«

Frank Abbotts Augen funkelten. »Ich nehme an, Sie beide werden jetzt heiraten.«

»Falls ich nicht ins Gefängnis abtransportiert werde. Darf

ich davon ausgehen, daß Sie den Gedanken an meine Verhaftung endgültig aufgegeben haben?«

»Sicher. Man wird Sie als Zeugen brauchen, wenn Blount vor Gericht kommt – Sie beide. Also verbringen Sie die Flitterwochen nicht in Timbuktu oder der Wüste Gobi. Ich finde, wir sollten nicht riskieren, daß Blount noch einmal auf die Menschheit losgelassen wird. Die anderen Sachen werden nicht vor Gericht gebracht, aber unter uns gesagt habe ich nicht den geringsten Zweifel, daß er die Unfälle auf dem Gewissen hat, denen sein Vater und seine erste Frau zum Opfer gefallen sind. Und wie Sie wissen, wäre auch der Mordversuch an seiner jetzigen Frau um ein Haar geglückt. Er hat einen Zollstock benutzt, um sie zu schubsen, einen dieser zusammenklappbaren, und vermutlich hat er bei seiner ersten Frau die gleiche Technik angewandt. Sie ist unter einen Zug gestürzt, und er war zu der Zeit angeblich woanders, und deshalb ist er nicht angeklagt worden. Aber diesmal haben wir ihn, glaube ich. Ganz sicher kann man sich bei den Geschworenen natürlich nie sein.

Aber ich sehe keinen Grund, weshalb zwölf normale Leute berechtigten Zweifel daran haben sollten, daß Mrs. Graham ihn überrascht hat, als er den Boden mit seiner Wünschelrute absuchte. Sie hat ihn für Carey gehalten, was verständlich ist, und hat Careys Namen ausgerufen. Er versucht, sie zum Schweigen zu bringen – und hat Erfolg. Als Mrs. Harrison auf dem Schauplatz eintrifft und nach Worple sucht, entgeht sie, glaube ich, nur knapp dem Tod. Jedenfalls sind Blounts Nerven da vermutlich schon nicht mehr so gut. Er muß gehört haben, wie Mrs. Traill zur Straßenecke runtergelaufen ist. Sie hatte Angst bekommen, als sie Mrs. Graham schreien hörte. Und sie ist zum Bus gelaufen, aber das konnte er nicht wissen. Er konnte nicht wissen, wieviel sie gehört hatte und ob sie jetzt selbst rufen und Alarm schlagen würde. Dann hat er den Bus gehört und gewartet, bis er vorbei wäre. Und als Mrs. Harrison den Weg hochkam, wollte er bloß noch weg, also ist er an ihr vorbeigestürmt und hat sie dabei umgeworfen. Dann ist er über die Stufe gestolpert, die zum Hof führt, und hat seine Wünschelrute verloren.

Das Glück hatte ihn definitiv verlassen, und außerdem hat er auch noch im Schlaf geredet, und seine Frau hat mitbekommen, was er da erzählt hat. Es muß ihr einen ziemlichen Schock versetzt haben. Er hatte wahrscheinlich schon seit längerem daran gedacht, sie loszuwerden. Jetzt war es unumgänglich, und je eher desto besser. Er nimmt sie nach Cleat mit, umgarnt die ehrbare Tante, die allen bestätigen wird, wie liebenswürdig er zu seiner Frau sei, und bereitet einen weiteren tödlichen Unfall vor. Er muß den Plan für narrensicher gehalten haben. Aber ich glaube nicht, daß er noch mal Gelegenheit erhält, jemanden zu ermorden.«

Er schüttelte allen die Hand und ging mit Detective Inspector Sharp hinaus. Da Miss Silver auch das Zimmer verließ, konnte er sie an der Eingangstür noch kurz sprechen:

»Wirst du die Braut zum Altar führen?«

Sie wies ihn mit einem Blick zurecht. »Es wird selbstverständlich eine äußerst stille Hochzeit werden.«

Seine kühlen, blauen Augen blitzten. »Die Braut trug Kranz und Trauerflor ...?«

»Seit mindestens vierzig Jahren hat niemand mehr Trauerflor getragen«, erwiderte sie ruhig.

»Meine Güte, du weißt einfach alles! Ich nehme den Trauerflor zurück. Ich mag Carey, aber wir werden einander kaum noch einmal über den Weg laufen. Es wäre mir schwergefallen, ihn verhaften zu müssen, aber fast wäre es passiert. Wann kehrst du in die Montague Mansions zurück?«

»Althea hätte es gerne, wenn ich bliebe, bis sie geheiratet hat. Ich glaube nicht, daß sie hier allein bleiben sollte.«

»Wirst du am Sonntag zurück sein? Und wenn ja, darf ich zum Tee kommen?«

Miss Silver lächelte nachsichtig. »Hannah sagt, daß Mrs. Rafe Jerningham uns freundlicherweise eine Wabe feinsten Honig geschenkt hat. Sie wird dir dazu ein paar von ihren berühmten Scones machen.«

Althea und Nicholas standen im Salon beisammen. Er hielt sie in den Armen, als er sie fragte: »Wann heiraten wir, Allie?«

Sie antwortete mit sanfter, zitternder Stimme: »Ich weiß es nicht. Ich finde, wir sollten noch warten.«

»Weitere fünf Jahre?« brummte er düster. »Das überlegst du dir lieber noch mal. Ich will dich von hier wegbringen und für dich sorgen.«

»Weg?«

Er nickte. »Irgendwohin, wo keiner je etwas von Grove Hill gehört hat. Spanien vielleicht, wenn dir kaputte Toiletten und Busse und Züge, die ständig liegenbleiben, nichts ausmachen.«

»Ich bin nicht gerade verrückt danach. Oder dachtest du das?«

Er lachte. »Ich dachte mir, ein Ausflug ins Mittelalter wäre mal was anderes. Aber ich verrate dir was: Wir könnten in Südfrankreich anfangen und einfach ein bißchen herumgondeln. Wenn man sich etwas auskennt, macht das viel Spaß, und wir brauchten nichts zu planen. Wenn wir von einem Ort genug haben, fahren wir zum nächsten. Da man mich nicht verhaftet hat, werde ich mir jetzt ein Auto kaufen. Ein Mann, den ich kenne, verkauft einen Austin, der erst sieben- oder achttausend Kilometer hinter sich hat. Der Mann geht nach Amerika, und ich kann den Wagen sofort haben, wenn ich will. Wie wäre es also, wenn wir Donnerstag heiraten?«

Althea sah zu ihm hoch. Da war etwas, was sie sagen wollte, aber dann doch nicht sagte. Sie wurde plötzlich von dem

Gefühl überwältigt, daß der gestrige Tag vergangen war, daß alle Tage der letzten fünf Jahre vergangen waren und daß nichts und niemand dies würde rückgängig machen können. Sie waren ihr endlos vorgekommen und trist. Sie hatten sich zäh und träge dahingeschleppt und hatten zuletzt in einer schrecklichen Tragödie ihren Abschluß gefunden. Es hatte ihrer mehr als genug gegeben. Sie waren vorbei, sie waren zu Ende, sie waren vergangen, und Nicky und sie selbst waren frei. Sie beide waren zusammen, und sie waren frei. Sie sah ihn an, und sie sagte:

»Ja – ja – ja.«